U0902452

魅丽文化
桃夭
桃夭工作室

江苏凤凰文艺出版社
JIANGSU PHOENIX LITERATURE AND ART PUBLISHING, LTD

图书在版编目（CIP）数据

蜜谋已久 / 初尘著 . — 南京：江苏凤凰文艺出版社，2019.10
ISBN 978-7-5594-4071-6

Ⅰ . ①蜜… Ⅱ . ①初… Ⅲ . ①长篇小说 - 中国 - 当代
Ⅳ . ① I247.5

中国版本图书馆 CIP 数据核字 (2019) 第 219854 号

蜜谋已久

初尘 著

出 版 人 张在健

责任编辑 张 倩 王 青

特约编辑 刘思月 罗李璇

装帧设计 黄 梅

出版发行 江苏凤凰文艺出版社

南京市中央路 165 号，邮编：210009

网 址 http://www.jswenyi.com

印 刷 湖南凌宇纸品有限公司

开 本 880mm × 1230mm 1/32

印 张 10.5

字 数 338 千字

版 次 2019 年 10 月第 1 版，2019 年 10 月第 1 次印刷

书 号 ISBN 978-7-5594-4071-6

定 价 36.80 元

目录

CONTENTS

目录

CONTENTS

第一章
消防战士

“1 月 15 日深夜 23 点 20 分许，星城市城北工业园‘庆达化工厂’发生火灾，星城市消防中队接警后，迅速出动赶赴火场。到达时，火灾正为猛烈燃烧阶段，副中队长陆浅迅速组织人员进行火情侦察。通过厂内技术人员了解到，火灾发生在反应塔二层……该事故没有造成人员伤亡，火灾原因及损失目前正在进一步调查中……”

特勤消防大队队长办公室里，正放着昨晚的新闻，站在办公桌前面的，正是新闻里组织人员进行火情侦察的副中队长——陆浅。

陆浅是队里唯一一位女同志，身高一米七二，穿着一身绿色军装，正站得笔直，一双大长腿尤为惹眼。军帽下，一张瓜子小脸上此时布满了严肃的神情。

她皮肤是真白，即便是每天训练、爬梯子、挂钩梯，也没把她晒黑。记得刚开始训练的时候倒是晒伤过，皮肤红得像只煮熟的虾子，后来大概是有了抵抗力，怎么都晒不黑了。

站在她对面的那个满脸愤怒的男人，是消防大队长李国荣，长了一张标准的国字脸，四十几岁的年纪，法令纹深得好似沟渠。此刻，他正拍着桌子冲着陆浅大吼：“知道自己错在哪儿吗？”

“不该违抗军令，冲进火场！”她一鼓作气地说完，又放低声音嘟囔了一句，“人不是都救出来了吗？”

陆浅长了一双水灵灵的大眼睛，眉眼间距较窄，眼尾微微上翘，让她看起来英气十足。

“救出来了，我就该表扬你了？主动请战，违抗军令，新兵蛋子都不敢这么干！你倒好，冲上二层反应塔就把人给我扛出来了。”李国荣瞪了她两眼，气不打一处来，“你告诉我，军人的天职是什么？”

“服从命令，听指挥。”

“大点声！”

陆浅深吸一口气，大吼：“服从命令，听指挥！”

李国荣大手一挥：“30公斤负重爬梯，爬完收拾东西滚！你妈电话都打到支队去要人了！再不把你放回去，怕是要跑到中队来拉横幅了。赶紧滚！”

要不是看在陆浅是位女同志的分上，李大队真想给她一脚。事实上，陆浅除了长得有点女性特征以外，还真不比男同志逊色，否则也不会破格留在特勤中队。

陆浅老老实实爬完楼梯，回到宿舍刚想洗个澡，就接到了老妈的夺命连环call，烦得她随手抓起背包和头盔就下了楼。刚走了两步，她又倒回来，从床头抓了两本书塞进包里。

将油门一拧，陆浅的摩托车就像离弦的箭一样射了出去。

从中队到陆浅家距离有点远，中途要经过两条商业街。星城最高端大气上档次的白金五星级酒店就位于商业街的入口五百米处。这地方人来人往，陆浅习惯性地放慢车速，远远地看到星城大酒店门口仿佛聚众闹事一样，聚满了围观群众。仔细一看才发现，所有人都方向一致地仰着头。

受好奇心驱使，陆浅把车停在一旁，也顺着众人的方向望过去。只见大酒店的天台上，一个芝麻大的黑影正晃晃悠悠地挂着。

陆浅丢了车，随手抓了个群众问道：“什么情况？”

“好像是一个姑娘要跳楼哟！”一个大妈攒劲地说道。

陆浅一看围观群众越聚越多，竟然没有消防人员，她问：“报警了吗？”

“报了报了，还没到！”大妈话还没说完，就看到这个问话的小姑娘冲进了酒店。

陆浅迅速跟保安表明身份，保安上上下下打量了她两眼，姑娘穿着军绿色的T恤，又瘦又高，皮肤白里透红，仿佛掐得出水来。要不是她手臂上的肌肉线条足够明显，以及T恤袖子上还绣着“特勤中队”这四个字，打死他也不信这白白嫩嫩的姑娘是消防员出身。

陆浅跟着酒店经理一起进了电梯，经理没忍住，问了一句：“姑娘，你这么白，看模样不像消防员啊！”

陆浅不想多说，她一出天台门就看到了那个意图轻生的姑娘。空旷的天台上妖风阵阵，扑面而来的热气让人呼吸困难。远远望去，那姑娘正摇摇欲坠地站在天台护栏外，稍有不慎就会粉身碎骨。这姑娘究竟有什么想不开的，非要跑到这么高的地方来自寻短见？

为了避免打草惊蛇，陆浅对着经理做了一个嘘声的手势。陆浅趁着那姑娘疏忽时，弓着背迅速朝她靠近。万万没想到，此时楼下警铃大作，姑娘一个回头，正好和陆浅四目相对……

空气尴尬得仿佛停止了流动，数秒后，那姑娘回过神来，冲着十米开外的陆浅大吼："别过来！"

"我不过去，不过去……"生怕她情绪过激，陆浅立刻举起双手，"同志，请保持冷静……"

这姑娘穿着一身蓝色的空姐制服，长得挺漂亮，瓜子脸、杏仁眼，巴掌大的脸上长着一张樱桃小嘴，标准的三庭五眼，就是有点营养不良，瘦得跟麻秆儿似的。

注意到她攥在手里的手机，陆浅试探性地开口："要不你先下来，有话好好说，你年纪轻轻的，有啥想不开的……"

"乔深！你把乔深给我找来！要不然我现在就从这儿跳下去！"姑娘一边落泪，一边歇斯底里地大吼。由于情绪激动，她的一只手已经离开了护栏。

看着眼前这危如累卵的样儿，陆浅赶紧开口稳住她："好，乔深乔深，我帮你把他找来。不过，你得先下来，告诉我乔深是谁啊？"

姑娘虽然在妖风里战栗着，但报电话号码的时候，嘴巴却像竹筒倒豆子似的，噼里啪啦说了一长串。不是陆浅记性不好，而是这姑娘确实说得太快了，她一个字都没听清。

"同志，我记不住啊，要不这样，你把手机给我？"

陆浅试探性地朝姑娘又挪了半步，姑娘尖着嗓子吼："你别过来！乔深在 22 楼星城套房，你把他给我叫来！"

此时，从楼下冲上来几个消防战士，其中一个皮肤黝黑的大高个和陆浅打了个照面："陆副队？"

"下面什么情况？"陆浅小声问陈奇。

陈奇低声说："出动了一辆云梯救援车和九名队员，还有一个小组在铺设救生气垫，民警和保安一起去调监控录像了。"

陈奇带来的队友一直在远处安抚那个姑娘的情绪，民警气喘吁吁地跑过来说："姑娘叫苏安琪，是昨晚入住酒店的空姐，外地人，父母都不在星城。”

顶楼天台风很大，苏安琪衣着单薄，长时间地站立让她全身乏力。陆浅放柔了声音，刚要开口，那姑娘突然指着她说：“你去！你去帮我把乔深叫上来，你腿长，他一定会给你开门的！”

陆浅腿确实长，一米七二的身高，腿长就占了一米一，能不长吗？这是看她腿长跑得快，才让她跑腿的吗？

姑娘哭得声嘶力竭，陆浅真怕救生气垫还没撑起来，她就体力不支摔下去了。

陆浅连忙安抚：“好好好，我去我去，你别跳啊！”

和陈奇交换了一个眼神，陆浅这才飞奔着往22楼跑。酒店经理拖着一身肥膘跑到22楼准备帮陆浅开门时，房门已经被人从里面拉开了。

陆浅扶着门框，顺着男人的一双大长腿往上看，首先映入眼帘的，便是围在腰间的浴巾，以及引人注目的人鱼线……

这男人剑眉星目，就连两道浓眉都泛着温柔的涟漪。长长的睫毛微颤，仿佛清风拂过。这长相完美得，怕是上帝手中的雕塑都不敢这么刻！

难怪迷得小姑娘为了他跳楼！

想到那要跳楼的花季少女，陆浅赶紧甩甩脑袋，拉着他的手腕问：“乔深？”

男人深邃的美眸率先扫过她那双包裹在军裤里的大长腿，嘴角一弯，把人拽进房里。

乔深单手撑着墙，居高临下地打量着陆浅：“没化妆？”

“化什么妆？你女朋友……”

“嘘……”男人骨节分明的食指压在陆浅唇上，“女人话太多就不可爱了。”

这男人皮相生得太好了，唇形完美的嘴唇一张一合，说话时，性感的喉结在白皙修长的脖颈间微微滚动，浑身上下都散发着强烈的荷尔蒙。

陆浅是个标准颜控，看到这样的美颜，差点分神，还好理智把她拉了回来。

“同志，你赶紧跟我……唔……”

她话音未落，男人突然弯腰，对着她的薄唇，蜻蜓点水地一碰。

唇瓣相接的那一刹，陆浅睁大了双眸……

见她僵直了脊背没有任何反应，乔深迅速撤离，只维持着弯腰的姿势不变，把薄唇贴近她耳边，轻声问：“满意吗？”

乔深抬起她的下巴，微微一笑：“连续两个月，每天半夜都给我发骚扰短信，就为了一个吻？有意思？”

“什么骚扰短信？不是……我去……”陆浅终于回过神来，擦嘴的同时，对着男人的小腿狠狠地踹了一脚，“你女朋友要跳楼，你不知道吗？”

人命关天，来不及多做解释，陆浅抓着他的胳膊往外拽。

乔深抓紧自己身上的浴巾，浓眉一蹙：“你干什么？！”

“闭嘴！”陆浅一拳砸在电梯壁上，“老子待会儿再找你算账！”

她抬起手背狠狠地擦着嘴唇，乔深终于注意到她袖子上绣着的“特勤中队”那四个大字……

他还来不及多说一句话，就被这粗鲁的女人揪着手臂拽出电梯。

天台上风很大，吹得上半身光溜溜的乔深猛地一哆嗦，在目光接触到苏安琪的那一刹，他终于明白了眼前是个什么情况……

苏安琪也看到了乔深，她激动得脚下一滑，身子晃得厉害。陆浅吓得心里咯噔一下，忙说：“同志，你要见的人来了，咱下来好好说行不行？”

“乔深，我爱你！”苏安琪红着眼眶表白，那叫一个感天动地。

乔深扫了苏安琪一眼，微笑着点点头：“谢谢你的爱。”

陆浅此时觉得这渣男就是一颗社会毒瘤，她用胳膊捅了乔深一下，压低声音警告：“同志，麻烦配合我们的救援工作，先把人哄下来，她体力不支，怕是站不了多久了！”

男人深如潭水的眸低头扫了一眼自己腰间仅可遮羞的浴巾：“我就这么被你揪出来，在这么多人面前衣不蔽体，我也丢脸得想要跳楼，你怎么不哄哄我？”

哄？她现在只想把这货从 26 楼直接踹下去！

“副队，25 楼有个露台，在苏安琪左手边，大鹅和石头已经爬上去了，让我们继续吸引苏安琪的注意力。”陈奇凑近陆浅耳边低声说了几句话。

“她叫什么名字？”乔深突然问陆浅。

陆浅惊愕地瞪着他：“你女朋友叫什么名字，你不知道？！”

渣男！

“不说，那我下去了。”乔深作势要走。

陆浅赶紧把人吊住。

“苏安琪！”她说。

乔深瞥了她一眼，看向苏安琪："安琪，乖，下来。有什么话我们回房再说。"

苏安琪听了这话，眼里染上欣喜："乔师兄，真的吗？我……"

"你不愿意？"乔深打断她，微微一笑，"那算了。"

"我愿意，我愿意！"苏安琪高八度的声音裹着热气扑面而来。

陆浅：……

乔深轻轻勾起嘴角，扯出一抹微笑。

这微笑虽然看起来有够敷衍，但配上乔深的眉眼，依旧让人有种如沐春风之感。

苏安琪羞红了脸，抓着栏杆颤颤巍巍地说："乔师兄，你能扶我一把吗？我、我腿软……"

乔深并不是很情愿地走上前，把手递给她，然后就这样把人牵回来了……

陆浅心想，这是什么操作？既然这么好哄，那还跳什么楼啊？

她目瞪口呆地看着苏安琪，只见苏安琪像只软体动物一样挂在乔深身上。乔深眉宇间写满了不悦，在路过陈奇时，把苏安琪顺手推给了陈奇。

"乔、乔师兄……你不是说要带我回房的吗？"苏安琪红着眼眶追问，双眼却看向了陆浅，那眼神仿佛在说"你要是不帮我留住乔深，我就死给你看"。

陆浅生怕这小祖宗一个想不开又去跳楼，赶紧快走两步抓住乔深的肩："同志，你……"

"松手！"乔深好看的眼睛里像是簇着一团火，目光落在陆浅的爪子上，仿佛下一秒就要把她的手腕拧断。

陆浅松开手，压低声音："同志，情侣之间闹矛盾是很正常的事情，你带你女朋友回房劝劝她……"

"你叫什么名字？"乔深下颌微抬，语气不善地打断她。

陆浅莫名其妙被他亲了一口，本来就憋着一肚子气没地儿撒，这男人居然还敢理直气壮地质问她。

她银牙一咬，掷地有声地蹦出四个字："消防战士！"

一旁的陈奇实在没忍住，"扑哧"一下笑出了声，这裹着浴巾的美男，也不知是被陆副队从床上薅起来的，还是从浴室拽出来的，想想实在太有画面感了。

陆浅瞪了陈奇一眼，还没开口，就被乔深抢了话茬。

“苏安琪是吧？”男人冷冽的双眸扫过泫然欲泣的苏安琪，“你刚刚说你爱我，是认真的吗？”

苏安琪垂下双眸，娇滴滴的小脸染上一抹害羞的神色，声情并茂地说：“是、是真的……”

“一个连自己都不爱的人，没有资格爱别人。”乔深抓着苏安琪的手，直接往天台边上拽。

这突如其来的动作让所有人始料未及，就连陆浅都蒙了。等她反应过来时，苏安琪已经被乔深压在了栏杆上。

“看到了吗？”乔深捏着苏安琪的下巴，逼着她看向楼下，“跳楼对你而言只是往这天台上一站，但楼下的消防车，还有那边的救援人员……”

乔深指着 25 楼露台上准备实施救援的消防员：“他们是冒着生命危险在救你，你浪费的是国家消防资源，这些资源在遇到真正的火灾或者地震时，你知不知道能救多少人的命？我不知道你今天闹这一出是不是为了吸引我的注意力，但如果你今天摔死了，我不会替你难过，因为在此之前，我连你叫什么名字都不知道。”

苏安琪听完乔深的这番话后，才开始后怕，她跪在地上，双腿颤抖得厉害……

陆浅好心上前去扶她，却被她一把推开：“你走！你谁啊？你滚开！”

别看这姑娘挺瘦的，力气倒是不小，陆浅毫无防备，被她推得一屁股坐在地上。

“别走……”苏安琪突然抱住乔深的脚踝，一双红通通的眼睛锁着他，“乔深，我爱你我有错吗？”

“你没错，但是你跳楼就是你的不对了。”陆浅拍拍屁股站起来，劝道，“小姑娘，生命诚可贵，爱情价更高。若为自由故，两者皆可抛。知道什么意思吗？”

“什么意思？”开口的人是乔深，苏安琪也就没有插嘴。

只听陆浅说：“生命是基础，爱情是更高层次的精神需求，自由才是终极理想。不管是更高层次的精神需求，还是终极理想，都是建立在生命的基础上的，你说你连命都没了，哪来的爱情和自由？这世上失恋的人多了去了，我半个月前还被劈腿了呢……”

陆浅意识到自己说漏了嘴，只好话锋一转：“总之，这世上还有很多比爱情更美好的事情。没有了爱情，你还可以发财啊，暴富不比谈恋爱幸福多了？”

“你懂什么？”苏安琪痛恨地看着她说，“你什么都不懂，活该你被你男朋友劈腿！”

嘿！这小姑娘嘴倒是挺毒啊！

想到自己的职责使命，陆浅决定不和她一般见识，伸手去拉苏安琪。没想到苏安琪反应过激，竟然用力地推了她一把，陆浅本来就站在栏杆边缘，被苏安琪这么用力一推，脚一滑，整个人倒栽着跌了出去……

就在陆浅跌出栏杆的那一瞬，乔深半个身子探出去，在千钧一发时，抓住了陆浅的手臂……

陆浅虽然不胖，但身上的肌肉却是实打实的，乔深的手臂没办法长时间承受她的重量，好在陆浅左边有一根管道，左脚刚好够到，她踩在管道上，找到了一个落脚点。

“抓紧！”乔深皱着眉头，扣紧了陆浅的手臂。可是她的皮肤太滑了，乔深使不上力气。

陆浅反手扣住乔深的手腕，努力维持着平衡。陈奇飞速跑过来，抓住了陆浅的另一只手。

“抱紧我！”乔深咬牙吩咐酒店经理。一旁的民警也终于反应过来，纷纷上前稳住乔深。

“抓紧我！”乔深看着陆浅，深邃的眸子因为用力过度而布满了血丝。

他侧眸看了一眼陈奇，听陈奇数着“一二三”一起用力。数到“三”的时候，陆浅踩在管道上的左脚用力蹬了一下，乔深和陈奇等人合力，把她抓了上来。

陆浅爬过栏杆时，乔深抱住了她的腰。他右手在刚刚抓住陆浅的那一刻受了伤，此时使不上力气，手臂一软，抱着陆浅一起摔倒在地上。

陆浅扑在他身上，柔软的唇贴上了他的胸，仿佛能感受到他心脏扑通扑通跳动的声音。

陆浅死里逃生，心脏也如小鹿乱撞得厉害。男人的胸前有股独特的味道，像是山茶花的香气混着薄荷，没有夏日炎炎的汗味，倒有一股沐浴露的清香。

陆浅心跳越来越快，比刚刚翻下栏杆的那一刻还要跳得剧烈。

她抬起头，唇瓣从他的胸前撤离。

她正想起身时，却被身下的男人扣住了腰……

陆浅蒙了一两秒后……

“啊！！！”

乔深捂住陆浅的嘴：“又不是在床上，叫什么叫！”

饶是乔深，也憋红了一张老脸。在救陆浅时，他压根没留意自己身上的情况，在把陆浅抱起来的那一瞬，他才感觉到身下一凉。

围在腰间的浴巾不知道什么时候蹭掉了，而陆浅正严丝合缝地趴在他身上，挡住了众人的视线……

尴尬的空气瞬间燃爆了，陆浅一张脸憋成了猪肝色。

苏安琪知道自己惹了祸，早就趁乱跑了。只有陈奇捡起浴巾塞到陆浅手里：“那什么……陆队，我们就先收队了啊……”

陈奇趴在栏杆上对着25楼露台上的大鹅和石头说了一句：“陆队没事了，收队收队啊！”

“陆队今儿不是回家探亲吗？”说话的叫王磊，外号石头，他个子比陆浅还矮半头，是队里最油嘴滑舌的一个。

陆浅今天确实是要回家探亲的，只是半道上遇到了这码事……

乔深一直扣着她的腰，两人贴得很紧，陆浅能够清楚地感受到乔深的身体变化，这王八蛋在大庭广众之下竟然有反应了……

等到整个天台上只剩下他二人时，乔深才松开陆浅。

陆浅从他身上滚了下去，立刻捂住双眼，冲他大吼：“围好了没？！”

乔深慢条斯理地围好浴巾，不太自在地应了一声：“嗯。”

陆浅从指缝中看出去，看到男人果然围好了浴巾。她抬手就想给他一拳，可是又考虑到他刚刚才救了自己一命，犹豫了一下，她抬脚狠狠地踩了他一脚：“禽兽！”

第二章
深和浅

乔深手臂伤得不轻，按电梯键时都使不上劲儿。

可是一想到那女人涨红了脸骂自己的模样，他又忍不住想笑。

那女人长得实在太对他的胃口，只不过她的性格和职业……乔深赶忙摇摇头，他想得太多、太远了……

刚回到套房，乔深就接到了好友邵然的电话。

“老乔，见到那个天天晚上给你发骚扰短信的变态妹子没有？”

事情是这样的，乔深这两个月，几乎每天晚上都会收到同一个人用不同的电话号码发来的数十条告白短信，因为工作原因，他的手机不能关机或者静音，所以每天晚上深受其扰。因此邵然出了个主意，让乔深干脆约那妹子见上一面，当面拒绝，一劳永逸。

那妹子说见面可以，但她有个要求——要是见面的时候，乔深能亲她一下，她就保证从今以后再也不骚扰他。

邵然听了这要求，差点没笑死。大千世界果然无奇不有啊，那妹子简直比小说里写的角色还要奇葩。

邵然得知妹子和乔深约了今日见面，实在好奇，所以才打电话过来关心。

可是没想到竟换来乔深冷冰冰的一个字——“滚！”

“怎么了？妹子长得太丑下不去嘴啊？”邵然乐了，不正经的声音传来，“没事，改天哥给你介绍个靠谱的……”

邵然还没说完，乔深就把电话挂了。多亏了那奇葩妹子，他在刚刚那“消防战士”的眼里，怕是已经烙上了“变态”的印记。

陆浅匆匆忙忙赶下楼，还好她的宝贝摩托车没被拖走，只被贴了一张罚单。她松了一口气，把罚单揣进兜里，跨上摩托，却迟迟没有拧动车钥匙。

双腿明明干干净净的，可是一想到它们刚刚和乔深的“作案工具”有过亲密接触，她就觉得双腿发麻。暗骂了一句，她折回酒店，把身份证拍到前台：“美女，开间房。”

“小姐，只剩套房了，可以吗？”

“随便。”陆浅掏出一张银行卡递给前台。

陆浅拿到房卡一看，22楼……

“换一层行不行？”陆浅问。

前台笑着摇摇头：“对不起小姐，只剩22楼的套房了。”

星城大酒店作为地标级建筑物，又是周末这样的日子，这个时间段只剩套房也不奇怪。

陆浅拿着房卡进了门，迫不及待冲进浴室。她反反复复冲洗了大半个小时，大腿都搓红了，这才善罢甘休。想起那个莫名其妙的吻，她拿起牙刷猛刷了几次，直到牙龈都充血了，才意识到那个吻不过是嘴唇碰嘴唇而已，和牙齿有什么关系……

陆浅扔了牙刷，冷着一张脸走出浴室。放在茶几上的手机指示灯正闪个不停，她滑开一看，十来个未接来电，全是她妈妈打来的。

陆浅回了过去，还没开口说话，母亲埋怨的声音就自电话那头传来：“不是说好今天放假回来的吗？是不是你们领导不让你走？”

林姿肤白胜雪，是个冰肌玉骨的美人，陆浅的美貌就是随了她。她年轻时就是一个如光风霁月的女人，如今依旧风情万种。时间并没有在她的脸上留下太多的痕迹，反而增添了撩人的成熟和妩媚。即便是生起气来，也是好看的。

她正皱着眉头抱怨：“我当初就不该听你雷叔叔的话，同意你去念什么军校，当什么破消防员！”

“破消防员？”陆浅冷着的脸在这一刻出现龟裂的表情，她攥着手机的指尖开始渐渐泛白。

林姿自知一不小心戳中了女儿最柔弱的地方，立刻后悔道：“浅浅，妈妈不是这意思……”

“当初您也是这么跟我爸说的吧？破消防员？”陆浅忽地一笑，“是！破消防员！今晚我就不回去了，免得我这个破消防员回去碍着您的眼！”说完，她就挂了电话。

“又跟浅浅拌嘴了？”雷廷生走到妻子跟前，搂着她坐下，“你呀你，人家都说母子连心，浅浅是你亲生的，怎么还没见面就吵上了？你说孩子好不容易放两天假……”

“我也不是故意的，我就是……你知道的，浅浅那工作本来就不随我的意，每天风里来雨里去的，每次在新闻上看到她我都提心吊胆的……”林姿说着说着眼眶就红了，捶了雷廷生两拳，“都怪你，当初要不是你支持她去念军校，哪有这些事啊！”

“是是是，怪我怪我……”雷廷生和林姿是半路夫妻，但两人感情向来和睦，他轻声安慰林姿，“别气了啊，我给浅浅打个电话。”

接到雷廷生电话时，陆浅正拿着电话准备叫餐。

“喂，雷叔。”

“浅浅啊，你妈妈她……”

“她不是有你吗？”陆浅闷声，“现在她正在气头上，我今晚就不回去了。明天再说吧！”

雷廷生是陆浅的继父，平心而论，他对她们母女二人确实很好，因为他没有生育能力，所以更是将陆浅视如己出。陆浅虽然嘴上叫着雷叔，但心里头对他没有任何芥蒂。

雷廷生担心地问：“那你这大晚上的住哪儿？”

“我在星城大酒店。”

“哦，那钱够用吗？我让阿杰给你转点……”

“不用了，雷叔。你去看看我妈吧！”

陆浅匆匆挂了电话，她明知林姿这话是无心之失，可到底还是听进去了。陆浅两岁那年，林姿和陆浅的生父陆卫就离了婚，陆浅原本是归陆卫抚养的，直到她六岁那年，陆卫出了事，林姿才把她接回雷家。她冠上了雷家的户口，成了雷家唯一的小公主。是雷廷生不拘小节，让她保留了陆浅这个名字。

林姿一直希望陆浅将来从商或者从事艺术类工作，而陆浅却瞒着她报考了武警学院。这事儿在她们母女之间，一直是道坎儿。从报考到录取，再到后来参加工作，林姿就从来没支持过。

肚子咕噜噜的叫声打断了陆浅的思绪，点了餐她才想起一件很重要的事情。她从随身携带的背包里扒出一本漫画书。

封面上有两个人，穿黑色衬衣的叫陆询，他蜷着双腿坐在浴缸里。而从背后抱住陆询的那个人，叫西辞。缱绻又唯美的封面上，印着大大的“小甜点”三个字。

这本漫画陆浅追了很久了，从它在网上连载的时候就开始追了。她翻开有折痕的那一页，津津有味地看起来。

一页又一页，一直翻到了最后。

画面定格在陆询把西辞压在办公桌上的场景，陆浅激动得倒抽一口凉气，然而再往后一翻，没了……

竟然没了！

她抓了一把凌乱的短发，立刻找到漫画作者大K的微博。

大K作为一个漫画作者，竟然坐拥六百多万的粉丝，这个数据也是相当厉害了。

他最新的那条动态上写着：《小甜点2》将于下周三晚上八点开始连载。

陆浅快速评论了一条：“我就问一句，我们家大询询什么时候才能开荤啊？”

然而她的评论很快就被淹没在三万多条评论里了……

就在陆浅准备继续回味一下最后一页时，门铃声响了。陆浅喜滋滋爬起来开门，接过外卖关了门，正要大快朵颐，她却听到门外突然响起一声惊叫——

“放开我！”

陆浅跑到门边一看，只见斜对面的套房门口，一个高大的男人拦腰抱起了一名花季少女。少女双手撑在门框上，大半个身子已经进了套房，而男子就站在门口，正抱着少女把人往屋内推。

少女一边哭一边喊，一看就不是心甘情愿的。

陆浅眉头一皱，刚要上前，就看到了男子的侧脸。这不看不打紧，一看……等等，这不正是天台上的浴巾哥吗？

乔深？！

陆浅顿住脚步，那女的好像不是下午为了他跳楼的苏安琪啊！

正在陆浅发呆时，只听乔深语气不善地吼了少女一句：“闭嘴！”

“求求你了，你放开我吧……”

少女无助祈求的声音传入陆浅的耳朵里，她瞬间想起今天下午渣男把自己拉进套房强吻的事儿。她头脑一热，撸起袖子就朝前冲。冲了两步，她又冷静下来，嘴角一勾，脑海里有了计策。

两秒后，陆浅拨通了报警电话：“喂，110吗？我要报警，我在星城大酒店22楼目击有个男的想性侵一位女同志。对，我亲眼看到的，你们赶紧过来吧……”

陆浅把酒店套房的详细地址报给了片警，公安局距离星城大酒店也就两分钟路程。片警出警速度奇快，很快就找到了目击证人陆浅。

陆浅二话不说就领着一胖一瘦两个警察朝乔深房间跑去，她指着还在继续纠缠的二人：“警察同志，我亲眼看见这位男同志强迫这姑娘和他开房！”

这男的高大英俊，一脸冷漠；少女却眼眶湿润，一脸委屈。两人又抱在一起，举止暧昧，看起来还真像陆浅说的那么回事儿……

“开房？”乔深松开怀里的少女，突然笑了。

少女猝不及防摔在了地上，砸了个四脚朝天。

“是你？”乔深眸子一抬，看向陆浅。

陆浅从小就胆大，可是这男人戏谑的眼神却让她觉得脊梁骨都生出一股凉意来。

胖警察把陆浅护到身后，瘦警察抬头看着乔深语气严肃地道：“同志，我们接到热心市民报警，举报你意图对这位姑娘实施性侵，能说说你们这拉拉扯扯的是在干什么吗？”

乔深愣了片刻，最后竟然轻轻地笑了起来，他回头看着陆浅：“热心市民？”

陆浅没理他，而是弯腰扶起了摔倒在地的花季少女，哪知少女突然推开她，上前挽住乔深的手臂，含情脉脉道：“警察叔叔，你们误会了！他没有强迫我，我是他女朋友。”

“姑娘，你说实话，别怕，警察同志会还你一个公道的！”陆浅以为少女是迫于乔深的淫威才这么说的，可是这少女的眼神盯着她就像看着从精神病院逃出来的病人一样。

陆浅被她的眼神看得不自在，逐渐意识到……今晚的事儿很有可能真的是个误会……

虽然乔深够渣，但外形条件确实惊为天人啊！合身的浅蓝色衬衣包裹着他完美的体形，将那股衣冠禽兽的范儿凸显得淋漓尽致。就连她这个身经百战的颜控都难以抵抗，更何况这个涉世未深的花季少女……

意识到自己可能闹了一个大乌龙，陆浅心虚地看向两位警察同志。

胖警察看清这其中的门路之后，站出来打圆场："这既然是女朋友……"

"她不是我女朋友。"乔深掰开少女的手，平静地朝旁边挪了一步。

少女眉眼低垂，看起来委屈得快要哭了。

陆浅作为一个女人，看到少女梨花带雨的模样都觉得于心不忍，而冷硬的乔深却无动于衷。

他睨了一眼少女："她大半夜来敲我的门，非要往我房间里钻。我把人往外拉，倒成了意图性侵。一个深夜扰民，一个公然报假警，警察同志，这事儿你们要管的吧？"

报假警很显然是指陆浅了……

胖警察把目光落到少女身上，崩溃地问乔深："那她和你到底什么关系？"

"不认识。"乔深靠在门边，双腿随意交叠。

少女磨不开面子，狠狠地瞪了陆浅一眼。都怪这女人跑出来搅局，她揪住陆浅的衣裳："警察叔叔，是她报了假警，你快把她抓回去吧！"

"不是，警察同志，我不知道他们是两口子……"

陆浅话还没说完，乔深就重复道："我不认识她，不是两口子。"

陆浅瞪他一眼，又回头看向警察："对不起警察同志，麻烦你们出警了，这事儿纯属误会……"

"什么误会！乱七八糟的，回局里再说！"瘦警察显然脾气不太好，二话不说，干脆把三人一起带回了局里。

盘问过个人信息以后，警察开始挨个审问。

三人各执一词，花季少女一口咬定自己是乔深的女朋友。乔深严肃地表示自己和花季少女不认识。陆浅坚定地认为这是个误会。警察问了半天也没问出个缘由，干脆把三人一起关进了临时拘留室。

"商量好了，再告诉我们到底怎么回事！有什么矛盾私下和解。"严肃的瘦警察把门锁上，冷声警告，"老实点，别闹事儿啊！"

陆浅靠在角落双臂环胸，一双凤眼目不转睛地盯着乔深。他随意地坐在地上，蜷起了一条腿。虽然肤如凝脂这种词用来形容女人更为合适，但用在他身上，也丝毫不为过。他左眉上方有一颗浅褐色的痣，极淡，美得像是朱砂。这剑眉星目的男人，抬眸的那一刹那，眸子里泛起温柔的涟漪。

只不过说出口的话，就显得有点凉薄了，他竟对着那花季少女问了一句："你究竟是谁？"

"嗬！"靠在角落的陆浅忍不住鄙夷地嗤了一声，嘴里小声嘟囔了一句，"渣男！"

穿着碎花洋裙的少女，一脸怀春地轻声答道："乔师兄，我是中飞院空乘系毕业的，我是你的学妹，我叫米允儿。我……我喜欢你。"

"哦。"乔深在脑海里检索了一下信息，最后确定，"没听说过。"

米允儿略显尴尬，又鼓起勇气："乔师兄，我真的仰慕你很久了。我也是从其他师兄口中得知你住在22楼的，我只是想趁着这个机会跟你表白，可是你没等我开口就把我赶出来了。而且……谁知道她会报警啊……"

陆浅也表示很无辜，她对乔深的渣男形象先入为主，遇到今晚这事儿，她想不误会都难。

不过，毕竟是自己有错在先，她拍拍裤子上的灰，走到少女身边："对不起啊，打扰了你的告白。"

米允儿冷静下来，知道陆浅不是故意的。虽然脸色不太好看，但还是点头接受了她的道歉。

陆浅提议："小妹妹，要不这样，我们先和解，出去了你俩再继续交流感情？"

陆浅早已经饿得前胸贴后背了，胃里翻江倒海难受得很。她回头看向"万恶之源"乔深，踢了他一脚，小声嘟囔一句："对不起啊兄弟，误会你了。"

"什么？"他声音微扬，听起来不太满意。

陆浅深深地吸了一口气，硬邦邦的语气又加重了几分："我说，和解吧！"

话音刚落，陆浅的肚子就咕噜噜叫了起来。

乔深抬眸瞥了一眼她的肚子，眼底染上了散漫的笑意："我又不饿，为什么要跟你和解？"

陆浅捂住不争气的肚子，憋红了脸："不和解，你打算在这儿过夜啊？"

乔深笑得随意，虽然他并没有打算今晚要在这儿过夜，但看到陆浅吃瘪的模样，他就是觉得有趣得很。

气氛僵了半分钟后，门外传来极富节奏感的脚步声。瘦警察领着一个身穿黑色警服的男人进来了，嘴里还毕恭毕敬地叫着"杨队"。

杨队命他把门打开，然后提着米允儿就往外走。

米允儿挣扎得很厉害，抓着杨队的手臂说："舅舅，我不想走……"

原来是个有背景的，陆浅抓着铁栅栏，语气一软："杨队，顺便把我们也放了吧？"

那人不理她，提着米允儿就走了。

倒是瘦警察笑着问了一句："和解了？"

陆浅刚想点头，就听旁边传来一把低醇的嗓音："还没，她态度不太好。"

陆浅奓毛了，一脚踹在他脚尖上："说谁态度不好呢！"

乔深满不在意地拍了一下脚尖上的灰尘。

警察拿过资料册问了两人的亲属联系方式："你们再商量商量，要是不愿意和解，就等人过来保释出去。"

陆浅知道这人不是善茬，放低姿态在他面前蹲下："同志，我真的不是故意……"

"乔深。"他纠正。

"我知道你叫乔深。"陆浅顺口问了一句，"哪个深？"

"和你的浅相对的那个深。"他注视着她的眼睛，低沉的声线也极为平静。

明明很普通的一句话，用他略带沙哑的声音说出来，竟多了几分调情的味道。陆浅装作不经意地瞥开视线，生怕看久了会被他幽深的瞳孔吸进去，因为当这人目不转睛地看着她时，总让她生出一种款款深情的错觉。

陆浅在他身边席地而坐，习惯性地伸长了腿，正想和他继续讨论和解事宜，却发现他正全神贯注地盯着自己……

乔深是个不折不扣的"腿控"，这事儿圈里人都知道。而陆浅的腿，堪称极品……

她脚踝纤瘦，小腿雪白，没有松松垮垮的赘肉，紧实而匀称，属于第一眼就让人过目不忘的那种。他仔细欣赏起来，直到陆浅突然缩回双腿，大骂一句："王八蛋！看哪儿呢？！"

陆浅瞪圆了眼睛怒视着他，仿佛随时做好了挖他双眼的准备。

乔深这才回过神来，虽然他是个腿控，但今天也是他第一次做出这种堪称流氓的行为来。从前不管看到多美的腿，最夸张也不过多看两眼而已，这次倒好，竟然直接把眼神黏在人家姑娘的腿上了……

这也……忒不要脸了！

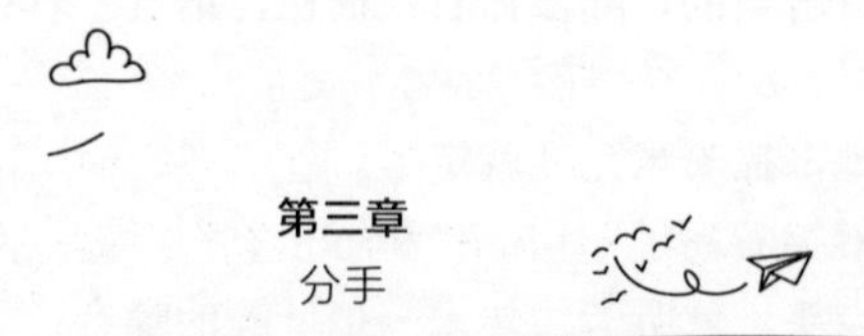

第三章
分手

乔深手松松地握成拳头，抵在嘴角，心虚地看着她的短裤说：“布料挺好。”

“嘀——”陆浅抬眸看他一眼，显然不信。

但她不计前嫌，扬起微笑说：“我承认今晚是我误会你了，对不起啊！但是结合你的前科，我想不误会也难啊！要不这样……”

她伸出手去，提议：“握手言和？”

她手指细长，指关节比普通的女孩子看上去要突出一些，掌心覆着一层厚厚的老茧，手背肤色不均，大大小小的伤痕不计其数．。右手手背虎口的位置，还有一块触目惊心的疤痕。这骇人的伤疤，让乔深失神多看了一会儿。

“嫌脏啊？”陆浅把手收回去。

“那倒不是。”乔深好奇，“怎么来的？”

“你一大男人怎么这么八卦啊？”陆浅不耐烦地问，“还和不和解了？”

“要和解也不是不可以。”乔深的眼睛深邃如夜，微晃的灯光摇曳在他的眸子里好像星辰，他微微一笑，“不过，你得告诉我，你从哪儿看出我是渣男的？就因为今天下午亲了你？”

不提这事儿还好，一提，陆浅又要炸了。

乔深解释：“下午的事情是个误会……”

“渣就是渣，别给你的渣找理由。有家室还出轨的、长得帅还撩妹的、撩完又不负责的，全都是渣男，特别是劈腿的，渣中霸王！”

听她这义愤填膺的语气，乔深突然想起她下午跟苏安琪说过的话……

“对不起，我忘了你刚刚被前男友劈腿，可以理解。”

“你女朋友也给你戴过绿帽子？”

“我没有女朋友。”

“喊……”他说的话，陆浅一个字都不信，“我叫警察叔叔了啊，待会儿你配合一下，就说和解了。不然，今晚真要在这儿过夜了。”

陆浅扯着嗓子正准备喊，那脾气不好的胖警察叔叔就进来了，脸上竟然堆着笑。

“乔先生，您朋友来了，您可以走了。”

这前后态度变化之大，刚刚还一脸严肃，毫无情面可讲的样子，现在一转眼竟然就对乔深用上了尊称……

只见乔渣男淡定起身，对着她微微一笑：“我是不打算在这儿过夜，不过，你……请随意。”

说完，这大爷大摇大摆地就走了。

陆浅恨不得脱了军靴砸过去，最后却只能抓着铁栅栏，目送着乔深离开的背影，可怜兮兮地问警察叔叔：“同志，能给我来杯水不？有点干粮就更好了……”

“要不我再给你煮碗面？放俩鸡蛋？”

“那就再好不过……”

“老实蹲着！”胖警察眼一横，“大晚上报假警，你还有理了！”

陆浅：说好的警民一家亲呢？

她悲催地蹲回墙边，只好祈祷着损友赶快过来保自己出去。好不容易盼来的探亲假，万万没想到会在派出所的小黑屋里度过……

就在陆浅百无聊赖地蹲在墙角画圈圈时，警察温和的声音在她背后响起：“陆小姐，你可以走了。”

陆浅兴奋地回头，看到那个和警察一起站在门口的男人，嘴角的笑容蓦地僵住。

“行啊老乔，听说空乘系有个小学妹今晚上找你告白去了。看这样子，你们玩得挺刺激啊！都闹到公安局来了。”好友邵然用肩撞了一下乔深，脸上挂着意味深长的笑，“人家小姑娘把你怎么着了？”

乔深瞥了邵然一眼，目光如猎鹰一般犀利。

“该不是霸王硬上弓了吧？”邵然一脸戏谑，“你是不是宁死不从来着？”

两人走到公安局门口。

“开车了吗？”乔深问。

邵然把车钥匙丢过去，乔深正要伸手去接，一个身穿西装的男人正好撞了他一下。车钥匙应声落在地上，男子连忙弯腰捡起来还给他：“不好意思。”

邵然代替乔深接过，笑着说：“没事没事。”

站在男子身旁的女人穿着一条红色的深V连衣裙，包裹不住的胸器蹭着男子的手臂撒娇：“阿舟，你到底是怎么知道陆浅在警察局的？是不是有人恶作剧啊？”

“先进去再说。一会儿看到浅浅，你少说两句。”萧泊舟牵着女子进了警局。

邵然摇下车窗：“干啥呢老乔？走啊！”

乔深朝公安局看了一眼，愣了片刻后，对邵然挥挥手：“你先走，我打火机好像落下了，我回去找找。”

乔深正要进去，就听到陆浅古井无波的声音从临时拘留室内传来：“同志，今晚我就在这儿过夜了，那两个人我不认识。”

“你怎么能这么说呢？”依偎在萧泊舟身旁的女子娇滴滴地开口，“我和阿舟大晚上跑过来保你，你这么说也太没良心了吧，陆姐姐。”

“我没你这么浪的妹妹，谢谢。”

靠在转角处的乔深，听到这话，嘴角不自觉地弯起。

萧泊舟示意警察开门：“浅浅，别闹脾气，先出来再说。”

陆浅一动不动地靠着，眼皮都懒得掀一下。

“陆姐姐，你别生阿舟的气了，虽然你们没缘分继续做情侣，但是你们还可以做朋友啊！毕竟你们从小就认识，这么多年的感情……”

“杜漫霏小姐，你可以闭嘴吗？我真的很讨厌驴叫。”

杜漫霏眼睛一红，揪着萧泊舟的袖子：“阿舟……”

“好了，浅浅，这大半夜的，别闹了，跟我走。”

萧泊舟弯腰去拉陆浅，陆浅抓住他的手腕一拧，把他反手压在墙上：“跟你走？你谁啊？”

萧泊舟的脸怼在墙上，龇牙咧嘴的样子着实难看。

警察赶紧上前拉开陆浅，陆浅撒气似的踹了一脚大门：“滚！萧泊舟，带着你的女人，有多远滚多远！最好这辈子都别出现在老子面前！”

“阿舟，你没事吧？疼不疼啊？”杜漫霏温柔地抚过萧泊舟的脸，眼里写满了心疼。

萧泊舟抓住她的手，把她牵到陆浅面前：“浅浅，你不问我为什么吗？”

陆浅也斜了他一眼，薄唇吐出一个字：“滚！”

“你问啊！你问我为什么是霏霏，而不是你！你问我为什么要和你分手！你问我啊！”

“分手？”陆浅轻蔑一笑，“萧泊舟，自始至终你和我提过分手吗？”

萧泊舟无言以对：“对，是我背叛了你，是我劈腿在先。但是平心而论，浅浅，在这段感情里，你就一点错都没有吗？”

“我错？”陆浅直面萧泊舟，“我当然有错，我错就错在当初答应了你的追求，我就是瞎了眼才会爱上你！”

“你是真的爱我吗？陆浅，你问问你自己，你那样的爱是爱吗？”萧泊舟眼睛里布满了血丝，把心中的不快全都发泄了出来，他说，“我爱你，所以就必须无条件地迁就你，迁就你的暴脾气，迁就你的不温柔，迁就你永远把工作看得比我更重要！别人家的狗掉进下水道了，你二话不说就跳下去救。我胃都要穿孔了，你却让我多喝热水！这就是你说的爱吗？”

“我……”

萧泊舟抓起杜漫霏的手：“但是霏霏不会，她在医院陪了我三天三夜，她会在我需要的时候陪在我身边。她会关心我累不累，会帮我熬粥，会温柔地喂我。她会迁就我，照顾我的感受，会告诉我抽烟不好。她会为了我留长发，化淡妆……”

一开始，萧泊舟的满腔控诉确实让陆浅觉得愧疚，她的确把更多的时间奉献给了她的工作。可是当他提到“化淡妆”这三个字时，那些愧疚的情绪瞬间散了个七七八八，她盯着萧泊舟冷笑了两声：“留长发，化淡妆？你劈腿就劈腿，找什么乱七八糟的理由！曾经是谁说的，我剃光头也一样好看？是谁告诉我，我素颜比化妆更美？现在你怪我不够温柔体贴？”

陆浅给萧泊舟竖了个大拇指：“你可真棒啊，萧泊舟！”

杜漫霏站出来护住萧泊舟：“陆浅，你别怪阿舟，都是我的错，是我先……”

“你先什么？”陆浅睨了杜漫霏一眼，嘴上不饶人，“小三就是厉害啊，不仅会插足，还会插嘴呢！”

“不关霏霏的事，你别拿她撒气！”萧泊舟抓住陆浅的手腕。

陆浅突然觉得特别恶心，她抬手用力一甩，原本是想甩开萧泊舟，却不料正好一巴掌扇在杜漫霏的脸上。

陆浅力道不小，杜漫霏皮肤又白，五个手指印很快就凸显出来。

杜漫霏大概是真的疼，眼泪一下就飙了出来，像打开了水龙头似的，哗啦啦往下流。

虽说陆浅这是无心之失，可看到杜漫霏梨花带雨的模样，她也起了怜香惜玉的心思。有些愧疚地抬头，正要开口道歉，不料萧泊舟却用力推了陆浅一把，然后护着杜漫霏冲她大吼："陆浅，你有什么气冲着我来！你欺负霏霏做什么？你自己有多大劲儿，你不知道吗？！"

好一个情比金坚啊！陆浅双手捏紧拳，打过杜漫霏的那只手，轻轻地颤抖着。认识萧泊舟那么多年，从来都是她把他护在身后，什么时候，他也曾像护着杜漫霏一样护过她吗？她也是现在才知道，萧泊舟在护着其他女人时，原来是这样厉害。

"滚吧！"陆浅不想和他们继续撕。

当她转过身准备走向墙角时，却被萧泊舟拽住了手腕——

"道歉！"他声音冷硬。

陆浅笑了，问他："跟谁道歉？跟插足我和你之间的小三道歉，还是跟你这个劈腿的男人道歉？"

"阿舟，我不是小三，是吗？"杜漫霏红通通的眼睛配着赤红色的脸，看起来更惹人怜惜了。

萧泊舟心一软，对着陆浅的态度强硬了许多："不管怎么说，你都不该打她！"

"我已经打了。"陆浅眸光幽深，尽是不屑，"道歉有用的话，我不如多打她几巴掌，多道几次歉，你说好不好呀，阿舟？"

这是陆浅第一次这么亲昵地叫他，她嗓音很清脆，干净利落，听起来宛如悠扬的琴声。

萧泊舟一时失神，杜漫霏扯着他的袖子，委曲求全地说："算了吧，阿舟，她毕竟是你的前女友……"

说到"前女友"这三个字时，杜漫霏又哭了。

陆浅烦死了，甩开萧泊舟的手："你到底滚不滚？你不滚，我走了！"

她推开萧泊舟往外走，萧泊舟再一次抓住她的手腕，语气强硬道："陆浅，道歉！"

陆浅回头，正要爆发时，背后突然传来一道慵懒的声音："萧泊舟是吧？牵你妈的手之前，问过你爸意见吗？"

突如其来的声音，懒散又猖狂。

萧泊舟和陆浅同时扭头，只见早就离开的乔深，不知何时竟然又出现在门口。他依旧穿着那件浅蓝色衬衣，因为刚刚关在小黑屋里，衬衣已经有些皱了，袖口随意地挽起，看起来一点也不精致。明明萧泊舟一身正装看起来更加绅士儒雅，可是乔深只是慵懒地站在那里，就像一幅画，单单一个眼神，气场就莫名其妙地高了萧泊舟一截。

陆浅很意外："你怎么回来了？"

"我的小东西落这儿了，回来取。"

说完，乔深迈着长腿，从陆浅和萧泊舟中间穿过去。萧泊舟被迫放开了陆浅的手，他质疑的目光看向陆浅，仿佛在质问她"这是谁"？

乔深对来自萧泊舟的敌意视若无睹，他动作熟稔地揉着陆浅的头："还生我气呢？"

陆浅有点蒙，但根据这些年她看过的那些漫画和小说，她得出一个结论，乔深这是准备英雄救美，帮她撑腰。

可她猜不到他的意图，毕竟是她害得他大半夜被抓进警察局的。

"不生气了，好不好？"乔深讨好的语气拉回陆浅的注意力。

"刚刚来敲门的那个女人，我真的不认识。你看你这个小醋坛子，她不就是跟我表个白而已，你至于生气到报警抓我吗？"他轻轻刮了一下她鼻子，"别人身体里百分之七十都是水，我家浅浅身体里百分之八十都是醋呢？"

见不得这两人亲昵的举动，萧泊舟终于炸了，指着乔深问陆浅："他是谁？"

陆浅终于被乔深出神入化的演技带入角色，她反手抱着乔深的腰，嘴唇一勾，对着萧泊舟说了一句："你爸爸。"

萧泊舟脸色难看起来，如果说刚刚是晴转中雨，那现在已经是雨夹雪了。

偏偏陆浅还抱着乔深的腰，撒娇地说了一句："下次不许你再给其他女人开门了……"

目睹这一幕的警察此时已经无话可说了，也搞不清这到底是什么剧本。一开始，他以为陆浅报警抓乔深，是因为乔深对米允儿意图不轨。后来又说是米允儿半夜骚扰乔深，陆浅误会了，所以报假警。现在倒好，直接演变成女朋友吃醋，所以才报假警了。

这在场的几人一看都不是省油的灯，更何况清官难断家务事，警察索性端着茶盅去一旁站着看戏了。

乔深被突然扑上来的陆浅吓了一跳，没想到她会主动抱自己的腰，他猝不及防地僵了两秒，刚想伸手把她圈住时，萧泊舟一把拽过陆浅。

“你把话说清楚，他到底是谁？你们什么时候认识的？”

萧泊舟沉着一张脸，好像乔深才是那个奸夫。

说到底，这人还是太双标了，他可以劈腿，却没办法接受陆浅给他戴绿帽子。

陆浅从来都不是软柿子，她嘴角一勾，回了萧泊舟四个字：“关！你！屁！事！”

萧泊舟脸色铁青，还是杜漫霏站出来挽住他的手臂，温柔地笑道：“太好了，陆姐姐，我还以为你会一直笼罩在阿舟甩了你的阴影里走不出来呢！”

在杜漫霏眼里，陆浅作为一个女人，身无长处，性格暴戾，长相又偏硬朗，本来就不招男人喜欢，更不可能吸引到乔深这么好看的男人。

所以这男人要么是陆浅请来演戏的，要么就是小白脸。

她长袖善舞，又回头看向乔深：“陆姐姐虽然长得不是很漂亮，脾气也不是太好，但是她继父很有钱的。这位先生你一定要好好对陆姐姐。”

陆浅最讨厌别人拿她的家人说事儿，正要奓毛时，乔深一把将她扯回来，圈在怀里：“是吗，浅浅？怎么没听你提起过呢？”

陆浅镇定下来，用力地点点头：“嗯哪，超有钱的，以后我偷我继父的钱养你啊！”

她不笑的时候，是清贵冷艳的；笑起来时，嘴角却挂着两个很浅的梨窝，特别甜……

乔深觉得萧泊舟是真的瞎。他低头亲了一下陆浅的额头：“走吧，回家造人，反正外公超有钱，养得起。”

在被他亲吻额头的那一刻，陆浅出戏了。

她只当他在替自己解围，没想到做戏会做得如此全套。震惊之余，陆浅下意识看了一眼萧泊舟，他目光阴鸷又灼热，仿佛要将她烧出一个洞来。

被乔深牵着转身的那一刻，陆浅脑海里飞快地闪过她和萧泊舟这些年来重要的点点滴滴。

他们从小就认识，可以说是青梅竹马。从一开始的邻居，到后来的同学，再到无话不谈的好朋友，他们关系一直都很亲。

从前陆浅是把萧泊舟当亲兄弟看待的，直到有一天，两人像往常一样吃完饭逛完街后，萧泊舟把她送到家门口。他让她帮忙开一下后备厢，而那后备厢里，放着鲜花和玩偶。

其实这惊喜的告白方式挺老套的，但陆浅还是被他惊着了。她一直以为他在闹着玩，直到后来，他锲而不舍地追了她三年……

萧泊舟对她是真的好，陆浅一直觉得，这世上应该不会有比他对自己还好的男人了，所以她就答应了。两人交往了快三年，说长不长，说短也不短了。

他跟她求过两次婚，第一次她觉得为时尚早，所以拒绝了他；第二次，正好遇上她调职，所以也就不了了之。

其实说到底，这些都是借口。陆浅之所以拒绝萧泊舟，还是因为她打心底对婚姻就抱有排斥态度，小时候父母离异的事情，还是对她造成了或多或少的影响。

但她一直在反思，一直在劝自己，不能一杆子打翻一条船，比如现在母亲和雷叔再婚以后，就过得挺幸福的。因为雷叔对母亲的爱，是无条件的好。而萧泊舟对她也真的挺好的，所以他们结婚后，应该也会很幸福的。陆浅想，如果萧泊舟再跟自己求婚的话，她就答应。结了婚，组个小家庭，其实也挺不错的。

但现实却打了她一个措手不及……

陆浅知道，此时她若是由着乔深牵着自己走过这个转角，那她和萧泊舟之间，就真的回不去了。就像跨越了一条鸿沟，从此便是身处两个世界了。她速度很慢，却走得很稳，仿佛一个脚印就能烙下一个坑。

就在她即将越过转角那一刻，萧泊舟突然出声："陆浅！"

陆浅下意识顿住脚步，却没有回头。

只听萧泊舟扯着嗓子问她："下个月我订婚，你来吗？"

陆浅的双脚在那一瞬间仿佛灌了铅，沉甸甸地抓在地板上，半步也挪不动……

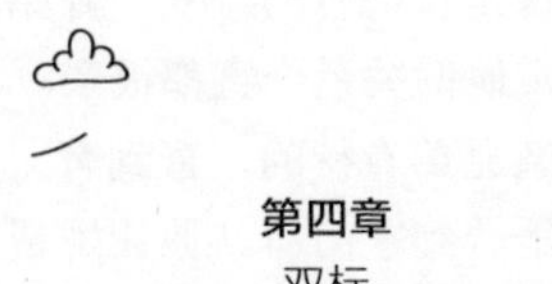

第四章
双标

听到“订婚”这两个字，在场最震惊的人，不是陆浅，而是杜漫霏。因为在此之前，她从未听萧泊舟提起过这件事。

萧泊舟是个很大方的人，至少在为女人花钱这一点上，他从来都不会犹豫。他会花金钱来讨好她，也会花时间来陪伴她，但是在他的身上，杜漫霏却从来没感受过“真心”这二字。因为萧泊舟就算在床上时，深情叫出口的也是陆浅的名字。

所以一开始她只想做个安分守己的小三，并没有想过要拆散萧泊舟和陆浅，就连后来被陆浅捉奸在床，也只是个意外。可萧泊舟对她的好，真的让她动了心……

尽管她知道，萧泊舟此时说出这样的话，很可能是在刺激陆浅，但她还是勾着萧泊舟的手臂笑着问：“浅浅，你和你男朋友会来的吧？”

陆浅不是死要面子活受罪的人，她对萧泊舟尚有余念，自然不会硬着头皮委屈自己去参加他们的订婚礼，更不会送上门去让杜漫霏侮辱自己。她张了张嘴，刚要拒绝，就听一旁传来乔深笃定的声音——

“那是自然，届时我和浅浅一定准时出席。”

陆浅张开的嘴差不多能塞进一个鹅蛋。片刻后，她拽着乔深的衣领就把他拉过转角，一直到公安局外，她将他压在了一棵大梧桐树上。

枝繁叶茂的梧桐树也遭受不住这猛地一击，粗壮的树干都跟着一抖。

乔深严重怀疑陆浅是吃了菠菜的大力水手，这力道差点震碎他的五脏六腑。明明比他矮一头，可把他压在树上时，却气场惊人。

“自然个屁，我什么时候答应要去参加他们的订婚礼了？”

“哦，那你现在回去告诉他，你不去，因为你还舍不得他，放不下他。”

陆浅憋着的一肚子气，瞬间偃旗息鼓，乔深作为一个局外人，都能看出她对萧泊舟的恋恋不舍，那萧泊舟呢？他看出来了吗？

“陆浅。”

乔深的声音从头顶劈下来，陆浅终于回过神，赶紧松开拽住他衣领的那只手，又歉意地帮他抚平褶皱。

“对不起啊，我……”

“你怎么这么爱吃醋呢？”

“啊？”

陆浅的惊讶没有持续太久，乔深就已经弯腰抱住了她。

这便宜占得也太明显了，陆浅抬腿就要给他一脚，他的下巴却落在她肩上，低声说：“你前男友就在你身后一百米处，目不转睛地盯着你。”

陆浅抬起的脚僵在半空中，两秒后，她才灵机一动，把原本准备踢他的那条腿，改成勾住了他的腰。

陆浅准备了两句情话，刚想当着萧泊舟的面说给乔深听，然而话还没说出口，乔深就跟触了电似的，猛地推了她一把。

这发展让陆浅始料未及，她趔趄了两步，一屁股坐在地上，摔了个四脚朝天，那姿势跟翻不了身的龟丞相一模一样……

远处的萧泊舟见了，以百米冲刺的速度跑过来，他扶起她：“浅浅，你没事吧？”

“我……”陆浅噎了一下，灵魂终于归位，嘴角往下一沉，抓了一把土就朝乔深的腿砸去，语气娇嗔地吼，“我就是爱吃醋，我就是见不得你和别的女人走得近，我就是怕你跟我前男友一样劈腿，我有错吗？！我怎么就无理取闹了？”

萧泊舟：……

乔深不是有意要推开陆浅的，只是她刚才抬腿缠住他腰际的动作，实在是太突然了，他完全没准备，所以条件反射地就推开了她。当他反应过来时，萧泊舟已经跑过来了。

陆浅噼里啪啦地一顿埋怨，既损了萧泊舟的颜面，又保证了这场戏的质量，乔深都恨不得给她拍手叫好。

“愣着干吗？拉我起来呀！”陆浅避开萧泊舟的搀扶，直接把手递给乔深。

萧泊舟被拂了面子，脸色黑得好似炭块，最后还是杜漫霏追过来把他拉走了。

陆浅就坐在地上，看着萧泊舟和杜漫霏携手而去的背影，嘴角挂起一抹嘲讽的微笑。

乔深把她拉起来，压低了声音："不好意思，刚刚……"

"没事。"陆浅将眼底复杂的情绪掩去，随便找了个话题，"对了，你不是走了吗？怎么又回来了？"

"不是说了吗？我的小东西落这儿了，回来取。"

"谁是小东西？你这人……"陆浅话还没说完，乔深就从兜里掏出一个打火机。

差点自作多情的陆浅又问："那你什么时候回来的？"

"就在你说你不喜欢听驴叫的时候。"

那就是看完了一整场戏……

两人靠在那棵梧桐树下，谁也没有开口。

乔深从口袋里摸出烟盒，问陆浅："介意吗？"

"不介意，一起抽呗？"

陆浅没抽过烟，可现在却觉得，尼古丁大概真的是个好东西，不然怎么明明烟盒上写着"吸烟有害健康"，还是有那么多人戒不掉……

乔深慵懒地看了陆浅一眼，她不像会抽烟的人，所以他把抽出来的那支烟塞回烟盒，转着打火机说："女孩子抽烟不好。"

"男人抽烟、喝酒、文身是个性，女人抽烟、喝酒、文身就是坏。他劈腿就理所当然，我给他戴绿帽子就是大逆不道。"陆浅靠着梧桐树坐下，嘴里轻嗤了一声，"双标！"

"不是所有男人都会劈腿的。"乔深揉了揉陆浅的短发，完全是下意识的行为，她发质很软，落在掌心里酥酥痒痒的，有些上瘾。

陆浅一把拍开他的手："虽然你刚刚帮了我一把，但这也不能改变你是个渣男的事实！"

这姑娘心情不好，乔深没惹她，而是抽了一支烟丢给她："喝酒的疗效应该比抽烟好？"

陆浅抬眸看了他一眼，这眼神让乔深觉得自己像是一只给小鸡拜年的黄鼠狼，好像他就是那种故意把女孩子灌醉，然后带去酒店开房的极品渣男……

"我不会对一个刚失恋的女人乘虚而入。"

"那我谢谢您啊！"

这烟看起来不便宜，陆浅深深地吸了一口，她没经验，一口下去眼泪都呛出来了。

乔深似乎早料到是这结果，他漫不经心地掐灭她手头的烟："早说了，抽烟不好。"

"要早知道这玩意儿这么难抽，当初我就劝他戒烟了……"

萧泊舟烟龄十几年了，陆浅一直以为他是因为喜欢才坚持了这么多年，她虽然知道吸烟有害健康，可总不能剥夺他的爱好。可到头来，这却成了他劈腿的原因之一……

陆浅越想越难受，不是伤心，是委屈和无奈。她才发现，那个她认识了二十几年，交往了快三年的男人，她其实一点都不了解。

视线越来越模糊时，乔深的手臂递了过来。

"干吗？"

"借给你擦眼泪。"

陆浅抹了一把脸，才知道自己哭了，从被劈腿到现在，她第一次掉眼泪，在这个陌生男人面前，哭成了狗……

她吸了吸鼻子："你哪只眼睛看见我哭了？这大夏天的还不许人流汗了？"

乔深笑着把袖子递给她："那你擦擦汗。"

陆浅抱着乔深的袖子痛痛快快地哭了一场，抽抽搭搭地问他："哪个酒吧有最烈的酒？"

"想去？"男人一双漆黑的眸子深处，闪过一抹笑意，又像安慰小奶狗一样顺了顺她的毛，"小姑娘大半夜的去什么酒吧？回去洗洗睡吧！"

陆浅：……

她起身拦了一辆出租车，又摇下车窗，看着窗外站得笔挺的乔深说："谢谢你今晚替我解围。"

"师傅，去不夜城……"陆浅的最后一句话从车里飘出来，乔深听了个一清二楚。

不夜城是京都最有名的酒吧，也是出了名的鱼龙混杂。看她这样子，应该是奔着大醉一场去的……

不过依她的脾气，应该也不至于吃亏。乔深摇头浅笑，这好像和他没什么关系。

他伸手招下一辆车："师傅，去星城大酒店。"

陆浅坐在吧台前，点了最烈的酒，烈酒入喉，烧得嗓子火辣辣地疼。调酒小哥皮肤很白，还长了两个小酒窝，特别萌。

在陆浅点第三杯的时候，他出声提醒：“小姐姐，这酒后劲儿很足的。”

陆浅酒量不俗，她冲着酒窝小哥微微一笑：“看不出我是来买醉的吗？”

“看得出来。”这美女一看心情就不好，来不夜城的姑娘们，哪个不是踩着细高跟，穿着包臀裙，化着夜店妆，只有这美女，T 恤加短裤，看样子还是素面朝天。

但敌不过小姐姐肤白貌美大长腿啊，往这儿一坐，反倒像是一株出淤泥而不染的清莲。前前后后过来搭讪的男人，已经被她打发了好几拨。

又一杯红酒被人推到她面前：“小姐，有心事啊？”

这酒后劲儿确实足，陆浅已经有些晕了，她把酒推回去，语气冷淡地说：“不约。”

“小姐有什么心事，不妨说来听听啊？”

“刚去医院检查出得了性病，心情不好。”

“……”男人神色古怪地跑了，连那杯红酒都不要了。

还以为能消停一会儿，结果这男人前脚刚走，陆浅跟前又多了一杯橙汁儿：“美女，小酌怡情，大醉伤身。”

陆浅抬头看了一眼送橙汁儿的男人，长得还行，就是一双写满欲望的桃花眼看着有点烦人。

她扶着吧台起身要走，却被桃花眼抓住了手腕。脚下一个踉跄，陆浅就跌进了他怀里。桃花眼圈住她的腰，顺势把下巴搁到她的肩上，恶心地贴在她耳边：“小美女，这么热情啊？”

陆浅本来就憋着一肚子气没地方发泄，她脑袋使劲儿往后一撞，正好撞上桃花眼的鼻子。趁着他吃疼时，陆浅端起那杯橙汁儿泼了他一脸：“滚！”

桃花眼的眼神顿时阴狠起来，一把捏住陆浅的手臂。

陆浅不耐烦，一脚踢上他引以为傲的下半身：“这一脚就当替天行道了，你滚吧！我今天心情不好，不想打架。”

桃花眼也没想到，这女人看起来弱不禁风的样子，力道竟然大得出奇，跟头蛮牛似的，被她拽住了手臂，他竟然没有挣扎的余地。

陆浅踢人的时候没用多大的力道，可还是伤害了桃花眼幼小的心灵。桃花眼自知不是她的对手，遂捂着痛处骂骂咧咧地跑了。

陆浅把剩下的那半杯酒喝了下去，晃晃悠悠朝门边走，刚走没几步，就被人堵住了。

回到酒店，乔深洗了个澡，多少恢复了一些元气。短信铃声突兀一响，打断了他的思绪。又是一个陌生电话号码发来的骚扰短信，乔深瞥了一眼，烦躁地把那号码拉入了黑名单。

他刚躺在床上，邵然就打来电话："老乔，你到酒店了没？周漾在'天上居'组了个局，全是大长腿的小姐姐，来浪一圈不？"

大长腿……

乔深脑子里轰然划过陆浅那双腿，身子一僵。

"喂，老乔？吱一声啊，浪不？"

"不。"惜字如金的乔深起身去阳台上，点了支烟，吹了吹冷风，果然镇定了不少。

"胸大、颜正、大长腿，确定不出来？"

"啪嗒"一声，乔深把电话挂了。

邵然是个坚持不懈的男人，他又发了微信过来，乔深无奈点开——"刚刚有个练家子的小姑娘，看上去忒不好惹，喝了两杯就非要拉着周漾过招。老周也是性情中人啊，直接把人拉去开房了，贼刺激，我说你不来别后悔啊？"

练家子，忒不好惹，喝了两杯，开房……

这一个个词语，着实扎心。乔深嘴里的烟，瞬间有点辣喉咙。

摁灭烟头，乔深抓了件浅蓝色衬衣换上，取了车钥匙就往外走。

不夜城里，五六个身强体壮的男人把陆浅围了起来，刚刚被她踹了一脚的桃花眼又耀武扬威地回来了，他一副高高在上的模样警告她："你要是跪下来叫我三声'好老公'，老子今天就饶了你！"

"好……"醉了个七八分的陆浅，突然乖乖鼓起掌来。

桃花眼一看有戏，笑意立刻爬上那张猥琐的脸，咸猪手朝着陆浅的脸蛋伸过去，只不过还没碰到，就被陆浅一巴掌拍开："好个屁好！"

她揪着桃花眼的衣领："你们五六个大男人，合伙欺负一个小姑娘，九年义务教育就这么教你们做人的？”

桃花眼知道这女人不是善茬，但他好歹有五六个兄弟在呢，没理由退缩。于是，他吼了一嗓子：“美女，老子劝你识相点！”

陆浅掏出手机……

“干吗？想报警？”桃花眼一把抢走她的手机，却发现这女人竟然打开了相机。

她迷迷糊糊地说：“我们先拍个证据，你们对着镜头发誓，要是被打残了，不能找我付医药费。要不、要不我就不跟你们打，打架毕竟是……犯法的！”

她这义正词严的模样，乖得很，乔深见了，都想在她脖子上系一条红领巾。这都醉得站不稳脚了，原则倒是还挺强，真不愧是祖国培养出来的花骨朵。

乔深也不知道自己这大半夜的不睡觉，气喘吁吁赶过来，究竟是干吗的！但在看到陆浅安然无恙的那一刻，他烦躁的内心终于恢复了平静。要了一杯苏打水，他坐在吧台前静观其变。

那桃花眼遭到陆浅的挑衅，丢了面子，一怒之下摔了陆浅的手机：“臭娘们，给老子蹬鼻子上脸呢？兄弟们，上！”

陆浅虚晃了两步，撑着吧台：“来呀……”

那语气软绵绵的，半点力道都没有。

乔深无奈，一把将人扶住，恨铁不成钢地戳她脑门：“来什么来？”

说话时，他手里的苏打水，已经准确地泼了桃花眼一脸。

“打架是吧？”他深黑色的双眸缓缓一沉，“你们有十秒钟考虑，接下来三个月要住哪家医院？”

“打架？”陆浅扯扯他的袖子，再一次强调，“要受处分的，不打不打……”

她脑袋摇得跟拨浪鼓似的，嘴上说着不打，当桃花眼拎着酒瓶子砸过来时，她又条件反射地一脚踹回去。正中人家脑门，踢得人家原地转了两三圈，愣是没找到方向。

她这会儿倒是不晕了，抓着乔深的手就往外跑，一路上绕了两条小巷子，如有神助一般成功地甩掉了那群混混……

两人刚站稳，乔深一口气还来不及喘，陆浅就两眼一翻，直挺挺地晕了过去……

第五章
为人民服务

乔深没想到半夜出来竟然捡了个醉鬼，怎么说也是个肤白貌美、细腰长腿的姑娘，这大半夜的总不能直接把人丢在大马路上。

寻思一番，最后，他无奈地把人背起来。

陆浅趴在他背上，软趴趴的，像是没长骨头一样，特别是那两坨肉，来来回回磨蹭着他宽阔的后背，简直要了他半条命。

好不容易把人扛上车，乔深弯腰过去帮她系安全带。手刚碰到安全带，脑袋就嗡的一声响……

陆浅不知啥时醒了，一巴掌拍在他后脑勺上，振振有词地骂他："浑蛋！居然玩劈腿！"

乔深知道，陆浅这是把自己当成前男友萧泊舟了。

也不知自己是造了什么孽，竟然主动摊上了这么个小醉鬼，乔深使坏地掐住她的脸："看清楚我是谁！"

陆浅晃了晃脑袋，看清了，咧嘴傻笑："这么巧啊，浴巾哥——"

"……"乔深现在后悔了，想把她从车窗扔出去。可是她这会儿老实了，靠着窗门傻乎乎地掉眼泪，不吵不闹。

看得乔深还有点心疼，他搓了一下手指，这姑娘不知道用的什么护肤品，日晒雨淋的，摸起来倒是又软又嫩。

乔深觉得自己这行为实在有点猥琐。

既找不到陆浅的住址，又问不出她的房间号，乔深只好先把人带回自己房间。他这一晚上的耐性都被她磨光了，把人丢在床上时，半点怜香惜玉的心思都没剩下。

陆浅被摔疼了，大长腿一踢，正好踢中乔深大腿。

乔深闷哼一声，抓住她的脚踝："喂，醒醒。"

“吵个屁，吵吵吵！”陆浅一个鲤鱼打挺坐起来，抓住乔深的衣领就往床上拽，跟个寻欢作乐的大老爷们似的把他压在床上，言语威胁，“再吵！就罚你做五百个俯卧撑！”

说完，她翻身就掏出手机，打开电话簿，上下翻着。

“找什么呢？”乔深探头一看，问她，“酒醒了？”

他抽走她的手机，跳下床。

眼看陆浅作势就要扑过来了，他面色一冷：“乖乖坐那儿别动，我给你爸妈打电话让他们过来接你。”

一听到爸妈两个字，陆浅神志清醒了三分，倒是认出了乔深，立马改了个乖宝宝坐姿：“浴巾哥……”

“叫我乔深！”乔深对自己的名字其实没什么执念，一般来说他也不在意别人怎么称呼自己，但是从陆浅口中说出来的“浴巾哥”这三个字，实在是刺耳！

陆浅不悦地瞪他一眼：“你一大老爷们，别在意这些细节嘛！”

一看陆浅那双眼迷离得跟个孤魂野鬼似的，乔深就知道她还没醒酒。

他去浴室拧了条湿毛巾扔给她：“把脸擦干净！”

陆浅这会儿乖了，擦脸的时候还顺便擦了一下脑袋，她揪着自己短短的头发，委屈地嘶嘴：“我短发很难看吗？”

乔深：……

陆浅把毛巾砸在地上，揪起乔深的衣领，一张小脸凑近他：“我不化妆真的很丑吗？”

这一口酒气，喷了乔深一脸。

陆浅这酒品，乔深简直不敢恭维，他只能顺着她安慰道：“还行。”

其实他也没想明白，这个陌生的姑娘究竟是哪里勾住了他，竟让他放弃宝贵的休息时间，来安慰她这个失恋的小醉鬼，还任由她在这儿撒野，其实完全可以把她丢回公安局……

陆浅好像不相信他敷衍的安慰，鼻子一红，又带上了鼻音：“追我的时候全是甜言蜜语，劈腿了还怪我不解风情，真不要脸啊！”

她勾着乔深的脖子，打量着他的脸，脑海里只剩下一个念头，这男人……长得可真好看，特别对她这个颜控的胃口。要是只能用一个词语来形容他的长相，那就是……梦、中、情、人！

陆浅突然推了乔深一把，乔深没注意，一屁股跌坐在床边。

陆浅一条腿踩在床沿，左手搭在他肩上压着他，右手勾起他的下巴，满脸痞气地问："兄弟，你说说，我到底哪儿不解风情了？"

"一口一个兄弟，当然不解风情了。"乔深逗她，"叫我名字。"

"乔深？"

陆浅骂人的时候，铿锵利落，而带着疑问的尾音，却软得像棉花糖。

乔深听得心痒，喉结滚了两下："叫阿深。"

陆浅挠了挠头，还是乖乖叫了一句："阿深。"

"叫哥哥。"

"哥哥……"

"叫……"

陆浅一巴掌盖上他后脑勺，"你当老子复读机啊！"

乔深：……

揉了揉生疼的后脑勺，乔深差点忘了，这是朵有刺的野玫瑰，不是香软的棉花糖。

他刚刚想站起来，又被陆浅压回去："我问你……"

她没头没尾地开了个头，然后就一直看着他发呆。

乔深被她磨得没了脾气，问她："你想问我什么？"

"你怎么长得这么好看呢？"她贪婪地盯着他的脸，昏黄的灯光从大厅照过来，光与影交织在他的侧脸上，形成桀骜的分界线，一半隐在黑暗里，一半映着毛茸茸的光。挺拔的鼻梁下，嘴唇又红又润……

呃……想亲。

乔深完全不知道陆浅脑子里此刻竟装着如此流氓的思想，要早知道的话，可能会先给她灌两碗醒酒汤。

这个不按套路出牌的女人！乔深猝不及防被她这么一撩，出于生理本能地咽了一下口水。

"你有女朋友吗？"问话时，她眼神突然带上了几分娇羞。

乔深不回她，就是想知道她到底要干吗。

只听她可怜兮兮地说："我没男朋友了……"

乔深："我知道……"

"那都是成年人了，我明人不说暗话。"

她狭长的眼睛锁定着乔深的脸，乔深险些被她勾走了魂。身子朝后倾斜了几度，他问她："你想干吗？"

“咱们做点成年人才能干的事儿吧？”她突然一屁股坐下来，落在他怀里，白净的手腕勾着他脖子，小声说，“你放心，我不是那种不解风情的女人。”

乔深：……信了你的邪，也不知道究竟喝了几斤老白干，才能醉成这副鬼样子。还好今天“捡尸”的人是我，若要换了其他别有用心的人……

想到这里，乔深眸色一僵，严格说来，他也是别有用心的人。要不是因为对她有几分兴趣，要不是因为她长得太对他的胃口，他应该也不会做出这种大半夜去不夜城捡人的行为……

但不管怎么说，他也算是半个正人君子。

思及此，他扒开她的手腕，捏着她的脸说：“我劝你清醒点。”

“我！”她突然一巴掌拍在自己胸上，乔深看了都替她疼，她却满不在乎地继续说，“风情万种的我！你不了解一下吗？”

让她这么在身上扭来扭去的，乔深已经不可控地有了反应，他急切地去推她：“等你酒醒了再了解。”

“我不，我要你现在就了解！磨磨叽叽的，跟个黄花大闺女似的，你是不是不敢？”陆浅觉得索然无味，推开他，踉踉跄跄起身，“你不敢就算了，我去找、找别人……”

“你给我回来！”

乔深翻身而起，一腔怒气憋在嗓子眼里还没发泄出来，谁知陆浅就羞涩又直接地回头往他身上一扑，精准地用她的唇堵住了他的嘴……

本该缠缠绵绵的吻，愣是磕磕绊绊地纠缠了两分多钟，陆浅说好的风情万种，最后却化身小狼狗，那两颗亮晶晶的獠牙发起狠来，剐破了乔深的唇。

“嘶——”乔深推开她问，“你属狗的吗？”

陆浅迷茫地掀开眼皮，点点头：“是啊！我今年本命年。别人都说本命年不顺，说得真准。这不，上半年刚开年我就被劈了腿！欸，不是，我说你这人废话怎么这么多？你是不是没经验，所以故意找话题啊？”

埋汰人的时候，条理如此清晰，乔深想问陆浅是不是酒醒了，可话刚到嘴边，就见她拍着胸脯信誓旦旦地说：“没事，姐有经验，我带你飞！你躺着别动，我来！”

乔深觉得自己的男性地位受到了深深的威胁，正怀疑人生时，身上的姑娘动了。她像只猫一样，小心翼翼舔了一下被她磨破的嘴唇，又贴在乔深耳边小声问他："疼吗？"

她好像是真的怕自己太生猛会吓着他，她一动不动地趴在乔深身上，生怕惊扰到怀里这个好看得无以复加的男人。

等了好一会儿，她才轻柔地抚上他的脸颊，哄他——

"你别怕，我会轻点的。"

乔深搁在陆浅腰上的手，突然就收紧了，浓郁的夜色里，他眼里只剩媚眼如丝的她。一番天旋地转后，他反客为主，把她压在了身下。

楼下车水马龙的声音逐渐消失，只剩此起彼伏的喘息交织在一起。

乔深没想到，在七月伊始的第一天，上天就给他攒了这样一个惊喜……

陆浅醒来时，天还没有大亮，只剩下零零散散的几颗星星挂在淡青色的天边。屋内留了一盏昏黄的壁灯，正好照亮乔深的肌肉线条，紧实匀称，像素描的雕塑一样好看。

浑浑噩噩的记忆凌乱稀疏地灌入陆浅的脑子，三秒后，她如梦初醒，推开胸前那颗毛茸茸的脑袋，她一巴掌呼在自己的天灵盖上。

昨晚她都干了什么惊天地泣鬼神的事情，她依稀记得，好像还是自己主动"逼良为娼"……

凌乱的衣物彰显着暧昧的气息，像是要寻求什么证据，陆浅一把掀开被子，将乔深踢下了床。

乔深脑子撞在地毯上，发出一声闷响，转而不得不睁开眼睛，将哀怨的目光投向陆浅。这几秒的空隙里，陆浅已经穿戴整齐了。

她像个没事人一样盘腿坐在床边："那什么……我先问一句，昨晚，你应该没喝酒吧？"

乔深一蒙，听这语气，像是要秋后算账？

"从你嘴里喝了不少。"他抓过浴巾刚想围上，又想起了昨晚陆浅给自己取的"浴巾哥"这个称号……只能用床单把自己勉强裹住。

陆浅一看乔深那模样，活像个娇羞的小姑娘。昨晚的细节她记不清了，但自己有多混账她还是依稀记得的。

两人就这么面面相觑了好一会儿，乔深都差点以为陆浅接下来要他负责了，哪知她突然对他说："你身份证能借我看一下吗？"

乔深一愣："身份证？"

你要我户口本我还能理解，要我身份证是什么操作？

“哎呀，我想你也应该不止十八岁了！身份证我就不看了。”陆浅拍拍屁股站起来，故作轻松地笑着说，“既然都是成年人了，你又没喝酒，那就是完全民事行为能力人了是吧？也就是说昨晚咱俩做的事儿，不违法。既然这样，那什么……”

陆浅低头看了一眼腕上并不存在的手表：“哎哟，这时候不早了，我再不走就要迟到了，你一个人回家没问题吧？”

陆浅一边说，一边慌不择路地往外跑，刚跑出去没几步，她又折回来，趴在门边上说：“对了兄弟，你渣归渣，技术还是……挺好的！”

乔深：？！

陆浅慌忙逃出来，才发现自己忘了带手机，在门口踌躇一会儿，又只好硬着头皮回去敲门……

乔深刚洗完澡出来，还围着浴巾，他倚在门框上，锐利的眼睛毫不避讳地打量着陆浅，像是早料到她会打道回府。

陆浅从他手臂下钻进去，从乱七八糟的床单里翻出手机，朝他一晃：“不好意思，手机忘带了，你继续忙。”

说完，她风风火火往外跑，大有一副“江湖再见，互不亏欠”的洒脱。只不过跑的时候有点太慌了，她忘了坐电梯，是从安全楼道口跑下去的……

乔深再一次——蒙了个彻底！

他觉得陆浅对昨晚的事……可能有点误会。正在犹豫要不要追出去解释清楚时，突兀的手机铃声打断了他的思绪，看了一眼来电显示，乔深眉头一皱，只好翻出行李箱，开始更衣。

陆浅一口气跑到酒店楼下，才发现手机屏幕摔碎了，趁着假期还有几个小时，她赶紧去电脑城换了个屏。她又风风火火骑着摩托车往单位赶，还顺道去单位附近的药店买了一盒避孕药揣兜里。

刚把车停到单位门口，就见到了她以为故意等在门口的不速之客。她把车停好，打算无视站在门口的萧泊舟，目不斜视地往里走。

“陆浅！”萧泊舟吼了一声，又追上去抓陆浅的手腕。陆浅这暴脾气，顺势就一把挥开。只不过一不小心用力过猛，把兜里的避孕药也一起甩了出来。

两人同时弯腰去捡，可陆浅还是晚了一步。

“这是什么？”萧泊舟捏着那盒药，猩红的眸子快要喷出火来。

陆浅冷哼一声：“九年义务教育没毕业吗？上面写什么字儿，你不认识啊？”

萧泊舟手里的盒子被他捏得变了形，他憋着怒气，咬牙切齿地问：“给谁买的？”

“关你屁事！”陆浅朝他伸手，“还给我！”

“昨天晚上那男的，是你找来演戏的对吧？”萧泊舟瞪红了双眼问陆浅。

陆浅笑道：“不认识你手里攥着的是什么药吗？你什么时候见过我演戏演这么全套的？就为了演一场戏给你看，我还自备事后药？我有这么闲吗？”

萧泊舟心态彻底崩了，直接将药盒子砸到了陆浅脸上：“你和他睡了是不是？你是不是和他睡了？”

亏他还觉得昨晚自己和杜漫霏做得有点过分了，其实他原本没想过要和杜漫霏订婚的，所以他这一大早就来单位门口等她。原本是想跟她道个歉，谁知道，她竟然揣着这个惊喜在这儿等着他呢！

萧泊舟抓着陆浅的肩膀激动地吼：“是不是我们还没分手的时候，你们就搞在一起了？你说啊！是不是？”

陆浅一把推开萧泊舟：“你别碰我，脏！”

“我和你在一起都快两年了，陆浅，每次要发生点什么的时候，你不是临时接到工作电话，就是说你还没准备好。呵，没准备好！我就是信了你的邪！现在你和别的男人在一起就准备好了？事后药都准备好了？陆浅，你怎么就这么贱呢？”

气急了的陆浅，此时却只想冷笑。一个认识二十几年，在一起交往了快三年的男人啊！直到分手这一刻，她好像才真正认识他。那个曾经发誓这辈子会对她不离不弃，绝不三心二意的男人，不光劈腿，现在还指着她的鼻子骂她贱。

陆浅觉得恶心坏了，脸上的笑意却有增无减：“三年了我都不让你睡，你就不会反思一下你自己吗？万一我就是觉得你脏，所以下不去手呢！”

陆浅捡起地上的药盒子，昂首挺胸地进了部队。

萧泊舟一脚踢在石墩子上，心里郁结的气却怎么也出不来。

回到宿舍，陆浅抠了两片药就往嘴里塞。她这辈子就没这么憋屈过，昨晚确实喝断片了，什么都不记得了。一早在陌生的大床上醒来的时候，还抱有一丝侥幸心理，希望什么都没发生，直到看到床单上那明艳艳的血丝，她才知道，于事无补……

不过，好在陆浅是个乐天派，昨晚的事虽然记不得了，也不知道是怎么稀里糊涂把乔深拽上床的，但还好……把她从酒吧里捡回来的男人是乔深，不是什么坏人。至少乔深长得还是很符合她审美观的，外加技术又好，没有出现漫画里那种事后腰酸背痛腿抽筋的情况。也不算吃亏吧！

况且这座城市那么大，她和乔深，接下来应该不会再相遇了。昨晚那一场混乱，就当是失恋的转折点好了。从今天开始，她要彻底将萧泊舟这个渣男踢出她的世界！

抱着这种天塌下来当被子盖的心态，陆浅又一头扎进了工作里。每次出任务她都恨不得冲在最前面，一个多月下来，成功被大队长点了两次名。

这不，刚从火场回来，陆浅又被大队长提到了办公室……

“欸，陈班长，陆副队这是又要挨批了？”问话的人是二班班长江尔易，有个外号叫“二姨”，不光名字有谐音，这人长得也秀气，顶着一张瓜子脸，大眼睛高鼻梁的，乍一看跟个漂亮姑娘似的，刚入伍那会儿，又高又瘦，不知道的人还以为他是来应聘少年班演员的。谁都没想到这人会留到最后，还当了二班班长。

陈奇和他是一起被选入特勤中队的，兄弟俩关系好得很。

江尔易勾着陈奇的肩坐在操场上。

陈奇叹了声气：“昨天北城河涨大水，我们赈灾去了。人都救下来了，就是有个猪圈冲垮了。那家的老两口无儿无女的，就买了两头猪崽儿养大了准备卖点钱，老人家一看猪冲走了就急了，拉着陆队非要让她把猪救回来。陆队一冲动就下水了……”

江尔易差点没笑成智障：“然后呢？猪救回来了吗？”

“没有，早冲走了。”陈奇说，“大队长知道这事儿，差点没气死。”

江尔易兴奋地拍着大腿傻笑：“老子真的是墙都不扶，就服咱陆指导员。上回是违抗军令冲进二层反应塔把人扛出来了，这回是下水救猪仔，你说她是不是买了复活甲，所以这么不怕死啊？哈哈哈……”

“哈你个头啊哈？”陆浅一巴掌拍上江尔易的后脑勺，“给你们闲得慌是不是？水带操练完了吗？”

江尔易立时站起来，敬了个军礼：“报告副队，练完了。”

“一会儿下午两点有一场民主测评会，通知一下。”陆浅说完，伸手揉了一下肚子，今天一早起床这肚子就隐隐作痛，这会儿疼得稍微有点厉害。

江尔易察觉出陆浅的异常，关心地问：“怎么了？副队，你不舒服啊……”

他话还没说完，急促的警铃声突然拉响。

就在消防中队附近的一个小区里，有群众李先生报警称钥匙落在家中需要帮助。陆浅刚刚才被大队长骂得满脑袋包，急需出去透透气。

“江尔易，陈奇，你俩跟我走。”陆浅点名把人带走了。

到达现场后，陆浅先对李先生的住宅所在楼层进行了侦察，李先生住在二楼，楼层不高，刚好其中一间房的窗户没有上锁。

“陈奇，梯子接过来。”陆浅回头拿了安全索递给江尔易，又压着梯子对江尔易说，“你上。”

江尔易虽然平时喜欢插科打诨，但一干起正事儿来，他是丝毫不含糊。在陈奇的协助下，他用安全索做了保护措施，爬上梯子翻入室内，顺顺利利地帮李先生打开了房门。

要论这业务能力，江尔易绝对是过关的！他晃晃悠悠从楼上下来，帮忙收梯子。

“收队收队。”陆浅拍拍手。

这小区距离单位很近，走路也就两三分钟，江尔易和陈奇跑步过来的。陆浅刚刚为了提前过来侦察情况，骑了摩托车。

这会儿正是中午下班时间段，高峰期，路上堵得厉害，车子一耸一耸的，跟蜗牛慢爬似的。

江尔易开玩笑：“陆队，你开慢点，当心别把路上的蚂蚁轧死了。”

“麻溜滚！”陆浅洪亮的声音顺着风飘了出去，正好飘进了停在路边的那辆出租车车窗里。

汽车后座上坐着一个长相出众的男人，正在接电话。听到窗外那熟悉的声音，他下意识地循着声源望去。

“喂，老乔，你到底听没听我说啊？你现在还在去城北高尔夫球场的路上吧？那正好要往中医院过，你现在赶紧帮我去一趟中医院，人命关天的啊……喂！老乔，我在跟你说话呢！你听没听到啊？听到就吱一声啊！”邵然咋咋呼呼的声音还在继续。

“知道了。”乔深挂断电话，问司机，“师傅，前面堵得厉害吗？”

师傅看了一眼导航：“地图都堵红了，你说厉害不厉害！我这是出租车，又不是摩托车，你以为哪儿都能钻得过去啊？”

摩托车……

乔深灵机一动，意味深长地看了一眼正在戴头盔的陆浅，扔下两百块就匆匆朝陆浅跑去。

陆浅这头盔还来不及扣上，后座就突然一沉。原以为是江尔易又皮痒了，她边回头边问：“是不是上午操练你们操练得不够狠啊？”

陆浅话还没说完，就看清了身后那人的长相，这浓眉大眼熟悉至极的男人……

“你上午操练谁了？”乔深浓眉一拧，黑眸直勾勾地盯着陆浅。

陆浅一时语塞，结结巴巴地叫了一声：“浴、浴巾哥？”

深深地吸了一口气，乔深恨不得把眼前的女人掐死，他现在一听到“浴巾哥”这三个字就头大！

虽然他和陆浅加起来也没见过几面，但是陆浅在他梦里出现的频率，却出奇高。这女人在他的梦里，还总换着花样叫他的名字，一会儿是“乔深”，一会儿是“阿深”，还有那一声声萦绕在耳边的“哥哥”，那叫一个风情万种。而几乎每一次，他都是被“浴巾哥”这三个字吓醒的……

这来来回回折腾了差不多一个多月了，乔深愣是一个安稳觉都没睡上！

现在再从陆浅嘴里听到“浴巾哥”这三个字，可想而知其威力。

要不是现在还有要紧事必须得去一趟医院，乔深真想手把手教教她，“乔深”这两个字到底应该怎么写！

收起眼底复杂的情绪，乔深问她：“知道中医院怎么走吗？”

“啊？”

“中医院有人等着我去救命，能麻烦女战士送我一程吗？”

说起“女战士”这三个字的时候，他还刻意加重了语气。

前方的柏油公路堵得水泄不通，陆浅看他的神情也不像开玩笑，毕竟是人命关天的大事，陆浅不疑有他，沉默片刻后，取下备用头盔丢给他。

乔深是第一次见到骑哈雷摩托的女人，她双手扶着摩托车把手，单腿撑在地上，天气太热的缘故，裤腿挽了两圈，露出一截雪白的脚踝，嗯……和那晚一样好看的腿。

她利落地踢开脚架，身子朝前一倾，轰了两把油门，车子“嗖”的一声就射出去。

“抓稳！”女人的声音顺着风飘进乔深的耳朵里。

他听话地伸手，抱住她的腰。

“我×！你摸哪儿呢？”陆浅一脚急刹车踩下去，乔深随着惯性朝前倾，两个头盔撞在一起，发出清脆的声响。

她绷紧下颌线冲他吼：“抓我衣服就行了……”

也不知这男人是不是故意的，把她的T恤朝后面扯了一把，陆浅差点没被他勒死。

她一路加速把人送到中医院门口，只想着以后最好再也不要撞见他。每次看到乔深，陆浅都觉得自己是个睡了男人就拍拍屁股走人的大浑蛋。就跟电视里提上裤子翻脸不认人的渣男差不多，毕竟那晚是她“逼良为娼”……

乔深匆匆朝医院走了两步，又倒回来：“你电话多少？”

“干吗？”陆浅防备地看着他，生怕被他讹上似的。

“回头把车费转给你。”乔深随性一笑，“或者女战士你这是为人民服务，友情载客，不收费？”

他说完，动作利落地把手机往回收。

陆浅快速报了一串电话号码：“微信转账，谢谢。”

开玩笑！她一个靠着出生入死换津贴的战士，怎么说也不能和钱过不去啊！而且这浴巾哥一看就很有钱的样子……

乔深记下电话号码，嘴角勾起一抹浅浅的弧度，熟知他的人都知道，那是意味深长的老狐狸式微笑。

陆浅却浑然不知，眼看着男人匆匆进了医院，终于松了一口气。

她跨上摩托车刚想打道回府，肚子突然咕噜噜叫了两声，一早就隐隐作痛的肚子，此时痛得更厉害了。她无奈只能把摩托车停在外面，捂着肚子进医院找洗手间。

解决完人生大事的陆浅，刚从洗手间出来，就恰好看到乔深站在一张产床前。

床上躺着一个孕妇，眉眼温温顺顺的，特别好看，顶多二十出头的年纪，肚子高高地隆起，看样子是要生了。

她紧紧抓着乔深的手，死死不放，脸上豆大的汗珠仿佛大雨倾盆。因为疼痛，女人脖子上的青筋骤然暴起。

而乔深正满脸不耐烦地去掰女人的手。

刚好电梯门打开，乔深眉头一皱，扯开女人的手，一脸嫌弃地对护士道："赶紧把人推进去吧！"

"不……我、我不生了，我怕，乔哥……我不生了，不生了……"女人的哭声惊天地泣鬼神，声嘶力竭。

乔深微愣半秒，做了个惊人的举动，他一边把产床往电梯里推，一边说："不想生那就不生了，走吧，我带你去打胎。"

陆浅三观震碎，看得她一股邪气直冲脑门。就在她差点化身正义之士上前教乔深怎么做人时，那女人一边哭一边松开了乔深的手，抽抽噎噎地说："我生、我生还不行吗，呜呜呜……"

护士一边劝女人别哭了，要节省体力，一边把人推了进去。

乔深倒像什么都没发生似的，跟在后面进了电梯。关门的前一秒，陆浅看到他竟然掏出了手机，看样子是打算玩手机？

陆浅的眉心早就皱成了波浪线，这世上怎会有如此厚颜无耻的渣男，究竟是道德的沦丧，还是人性的毁灭？

亏她还一直以为自己睡了就跑是大逆不道的行为呢！看样子真是……便宜他了！

陆浅骂了一句，憋着一肚子气回到单位，刚好赶上下午的民主测评会，忙着主持会议，耽搁了一阵，彻底忘了午饭这回事。

一直忙到晚餐时间，她才有空得以喘息。

她的工作性质比较特殊，部队就是家，部队生活就是她全部的生活。一天中唯一的业余时间，就是晚餐后这段时间。有的战士去阅览室看书了，有的则去室内健身房跑跑步，做做器械，加强身体锻炼。

而陆浅这会儿就坐在阅览室里，抱着手机满足自己的小嗜好。她找了几本时下最流行的漫画，看了几页，却觉得索然无味。她翻来覆去，还是觉得大K的《小甜点》最合她的口味。

不过，大K这个骗子，明明两个月前发微博说《小甜点2》将于上个月最后一个周三晚上八点开始连载，结果一直到现在都没更新。她这唯一的爱好，支撑得实在是太辛苦了。

委屈的陆浅翻到大K的微博，在他置顶的那条微博底下又催了一拨更新！

忙了一下午的乔深，总算拖着疲倦的身子回到酒店。他冲了个澡，打开电脑，登上微博。

乔深有个不为人知的小爱好，那就是画漫画。其实一开始他没想过创作漫画的，是因为高中有个同寝室的好友叫御城，御城有个好朋友叫慕容和，每次御城和慕容和在一起互动的时候，乔深都觉得……那应该是难得的兄弟情。

一开始画漫画原本是用来调侃御城的，后来乔深参加工作以后，御城也成了家喻户晓的大明星。乔深原本都把这事儿给忘了，直到前段时间，偶尔得知御城和慕容聚在一起的消息，这才记起那本漫画，于是抽空整理了一下，把漫画给御城寄了过去，准备送给他做个纪念。哪知御城看了以后，喜欢得很。御城从他手里拿了版权，给漫画主角改了一下名字，取名为《小甜点》，然后就出版上市了。

意料之外的是，这书一夕爆红……

有心栽花花不开，无心插柳柳成荫，加印了无数册之后，那些出版社通过御城的关系找到了乔深这里，希望他能继续出续集。

本来乔深闲来无事也喜欢画两笔，后来选了个靠谱的公司，准备先进行网络连载。本来在脑海里把剧情都整理好了，奈何工作太忙，抽不出时间，所以就把《小甜点2》的更新时间定在了上个月最后一个周三晚上八点。

后来又被陆浅这事儿一闹……搞得他这一个多月几乎天天晚上梦到陆浅，然后又被吓醒。高强度的工作压力，再加上晚上休息不好，漫画连载这事儿，经过和公司商量，就推迟了一个月。

今天和陆浅重逢，这一个多月里的烦躁思绪好像终于得到了缓解，还生出了一种奇迹般的安定感。所以他拿出数位板，准备开画。

画画前，他习惯性地打开微博看一眼。数不胜数的私信他没空逐一检阅，就索性翻到上个月周三发的那条置顶微博。

那上面写着——《小甜点2》将改于下个月26号晚上十点开始连载。

评论区里一片怨声载道，评论数已经突破了两万余条。

乔深按照时间顺序翻看了一下最新的留言，刷到其中一条的时候，不由得顿住——

陆遇浅水坑：你这个大骗子，说好的上个月最后一个周三更新呢！我都被我男朋友劈腿了，你还没更新，你再不更新，我要脱粉了！

看到这ID名字和评论内容，乔深虎躯一震，陆、陆浅？

应该是个巧合吧？人海茫茫，相遇的概率应该没这么大。

但不管这人是不是陆浅，他平静的心湖还是因为“陆浅”这两个字，荡起了一片涟漪。

拿起的数位板又放下，乔深盯着电脑屏幕数秒，终于下定决心……打开微信，输入陆浅的电话号码。

一番操作后，陆浅的微信被乔深搜了出来。陆浅的微信头像简单粗暴，就是红金相间的党徽标志图片。而她的微信名……

乔深简直不敢相信自己的眼睛，陆浅好像用事实向他证明了，虽然人海茫茫，但有缘人相遇的概率，还是很大的……

陆浅的微信名和她微博名字一模一样，都是“陆遇浅水坑”，这么特别的微信名，巧合都不敢背这个锅了！没想到陆浅竟然是自己的书粉，乔深嘴角带着笑，添加了好友。

经过一天的操练，陆浅现在已经累得跟条咸鱼没什么区别了。她洗了澡躺在床上，正要闭眼休息，手机突然一振。她翻出来一看，是微信好友申请，验证消息就两个字——乔深。

一想到今天下午他打算推那个孕妇去堕胎的绝情姿态，陆浅顺手就想把他拉入黑名单，手指已经落在屏幕上了才想起，他该不是来付车费的吧？

陆浅翻身坐起来，同意了乔深的好友申请。

一看陆浅这么快就回应了自己，乔深嘴角不由得牵起一抹满意的弧度，这女人——该不会捧着手机在等自己加她吧？

乔深单手托着下巴，正在思考开场白要说点什么时，陆浅突然发来一条微信——

陆遇浅水坑：“车费！”

乔深盯着看了两秒，突然笑了，这女人……金牛座的吧？这么爱财。

为表诚意，他给陆浅发了个红包。

陆浅眼前一亮，迅速拆开，看了一眼金额，吓得不轻。

两百？！这么大个红包！埋汰谁呢？她长得像是那种占别人便宜的人吗？

陆浅收了个市场价，又把剩下的退了回去。

乔深望着对话框，料不准陆浅这是什么意思，莫非是……礼尚往来？

也是，男女之间想要发展下一步感情，首先就得礼尚往来，你来我往的，关系自然就密切了。思及此，乔深嘴角上扬的弧度又深了几分。虽然不想承认，但点开那个红包时，乔深心里还是带上了那么一丁点久违的期待。还想着，微信那头的女人，指不定发了个 520 回来，四舍五入，也相当于变相表白了。她这一个多月应该也惦记着他吧！要不然今天怎么一眼就把他认出来了呢？

想到这里，乔深开始思考，要是陆浅真跟自己告白的话，他是接受呢，还是……

思绪还没补充完整，乔深就已经看到了陆浅发过来的红包金额——74 块，不多不少，刚刚好！

74？几个意思？“气死”还是“去死”？这女人是在借机骂他吗？

乔深盯着这数额，想了半天，也没弄懂到底有什么深意。他索性问她：“什么意思？”

让他意外的是，这消息居然没发出去，对话框里多了一个红色的感叹号。紧随而来的，就是一条系统提示消息——“浅浅开启了朋友验证，你还不是他（她）朋友。请先发送朋友验证请求，对方验证通过后，才能聊天。发送朋友验证”

“……”乔深不信这个邪，又发了个省略号过去。

然而换来的，依旧是刚刚那条系统提示消息。

这下乔深总算是信了，陆浅……居然真的把他删了！收了钱就把他删了，干净利落，一点也不拖泥带水的作风，和那天早上睡完就跑的操作，简直如出一辙。

乔深深深地吸了一口气，又匀速吐出来。他反复调整了两次呼吸，最后还是没忍住，手机往桌子上一拍……

他就不信治不了她！

怄不过这口气，他再次点击了“发送朋友验证”。

陆浅看着蹦出来的验证消息，手指一敲，利落地把人拉入黑名单。她还附带一声冷笑，啧，长得再好看又有什么用？还不是个渣男！

陆浅是一朝被蛇咬，十年怕井绳。自从被萧泊舟那条毒蛇咬过之后，她就下定决心要对渣男群体避而远之。奈何乔渣男吸引妹子的段位实在是太高，什么都不做，就往那儿一站，就已经够撩人了。跟他聊微信时，陆浅总能想起对方那张脸。她怕再多聊几句，就栽了。

所以，她赶紧按住自己这颗怦怦直跳的小心脏，不停地回忆着白天乔渣男推那个孕妇去堕胎时的模样。那张冷漠又绝情的脸，终于扑灭了陆浅心里刚刚点燃的爱情小火苗。

翻来覆去十几分钟后，陆浅终于沉稳地进入梦乡。

陆浅是被肚子痛醒的，她醒的时候天还没亮，抓来手机看了一眼时间，竟然才五点半。

陆浅肚子疼得厉害，就去厕所蹲了一会儿。从昨天起这肚子就不对劲儿了，陆浅放任没管，没想到今天更严重了。

她掐算着生理期的日子，又觉得不太对劲，她每个月的生理期来得都十分准时，并且从来不痛经。这个月按顺延日期算，竟然已经推迟了快一个星期了。

该不会……

不会的，不会的！

陆浅摸着自己的胸口发誓，她这辈子不是在赈灾就是在救火，从来没做什么亏心事，更何况和乔深发生关系的第二天她就来大姨妈了，应该不会这么倒霉的！

陆浅躺在床上又做了半个小时的心理建设，六点整，起床铃终于打断了她的思绪，陆浅肚子疼的情况也缓解了许多。

六点十分，陆浅穿上训练服站在操场，带领整队开始出操。高强度的训练，让她无暇顾及那些乱七八糟的思绪。直到六点四十分安排洗漱的时候，紧张的气氛才缓和下来。

这忙起来还好，一停下来，陆浅又发现肚子开始不对劲儿了，隐隐作痛，情况还越发严重，额头的汗珠噌噌往外冒。

江尔易提着水桶恰好路过，顺口问了一句："副队，没事儿吧？"

陆浅挥挥手："没事，忙你的。"

等江尔易走后，陆浅赶紧摸出手机，上网查了一番资料。最后搜出来的一系列答案，大同小异，都说——有些人的排卵期会受到外界条件的影响，会因为体内激素水平的波动而提前或者推迟，所以，经期前一天同房，也有怀孕的可能性……

陆浅丢了洗脸盆就往大队长办公室跑，刚跑了两步，又唯恐自己肚子里真揣了小豆芽，立马又放慢脚步。

陆浅平时从来不会主动请假，都是领导强制让她休息，这次主动跑去请两个小时病假，队长立马就批了。队长还嘘寒问暖好几句，生怕她出了什么大问题。

陆浅搪塞了几句之后，匆匆赶往医院。

中心医院是距离单位最近的一家医院，为了节约时间，她直接去中心医院挂了个妇科。

做完尿检又照了个B超，最后医生才肯定地告诉她："根据检查结果来看，没有妊娠现象。"

医生是个年轻貌美的女人，烫着一头波浪卷，扎着马尾，红唇撩人，一身白大褂穿得既禁欲又洒脱。

看到陆浅还在发呆，医生以为她是备孕失败，所以难过，善良的医生开口好心安慰："别着急，你还这么年轻，身体也没什么问题，慢慢来，顺其自然，心态放平和，一定会怀上的。还有，你这肚子疼应该是肠胃不适引起的，我建议你去消化内科挂个号，仔细检查一下。"

陆浅没有多做解释，弯腰道谢后，拿了检查单子朝电梯口走去。她准备乖乖听医生的话，去挂个消化内科，刚把检查单子装进口袋，电梯门就开了。

她抬腿正要跨进去……

"嗯，我已经到医院了。"乔深语气不耐烦地讲着电话，一抬头，正好撞上陆浅震惊的双眸……

陆浅心里瞬间有一万头羊驼飞奔而过，她这运气是有多背，才会在这种时候撞上乔深！早知道出门多翻翻皇历，老祖宗诚不欺我啊！

"不进？"乔深挂了电话，黑夜一般的眼睛，直勾勾地盯着她。

陆浅脸上扬起一抹职业假笑："我走楼梯，还是把电梯让给……有需要的患者吧！"

陆浅脚底抹油似的，转身就跑。

然而她到底是低估了乔深手长脚长的程度，他大长腿迈出电梯，伸手就从背后揪住了她的衣领。

"跑什么？昨天删我微信的时候，胆子不是挺肥的吗？"

陆浅在心里默默地骂了他两句，笑着转身："哟，这么巧，乔同志也来看妇科啊？"

她怎么就忘了呢！昨天可是她亲自骑车把乔渣男送来中心医院陪产的！他出现在这里，真是一点都不奇怪好吗！

乔深松开陆浅，瞥见她手里的袋子，眸色一深："你来看病的？"

乔深这变脸的速度比翻书还快，陆浅在心底冷笑一声，这渣男肯定怕自己怀孕以后会赖上他，看他昨天对待孕妇那态度就知道了！

陆浅灵机一动，把袋子朝身后一藏，故意遮遮掩掩地说："不是，不是来看病的！"

乔深显然不信，朝她逼近了一步，问："你哪儿不舒服？"

"我没事，你放心，我哪儿都舒服，我没怀，绝对没怀！"陆浅后背贴着冰冷的瓷砖，一张脸憋得通红。比起前几次张牙舞爪的样子，这次的反差太大，萌得像只小白兔似的。

乔深的手擦过陆浅耳郭，撑在了墙上："怀？"

他邪气一笑："怀什么？怀孕？"

陆浅英气的眉毛一挑，满脸震惊地瞪大眼珠子："你、你都看到啦？"

乔深：……我看到什么了？

陆浅咬了一下嘴唇，低声说："既然、既然你都看到了，那我就不瞒着你了。我这两天一直肚子疼，所以请假到医院来做检查的，医生也是刚刚才告诉我，我……我怀孕了。宝宝刚好五周，孩子是、是你的……"

"你说什么？"乔深加大音量，因为激动，脖子上的青筋都暴了出来。

陆浅吓得脖子一缩，乔渣男这反应未免也太大了，果然怕她讹上他啊！能让整日留恋花丛中的男人，露出这种表情，陆浅相当满意，也当替天行道给他个教训了。

陆浅嘴一抿："那天晚上我是喝醉了，可是、可是你没醉啊！你就不知道做点措施吗？"

乔深：……我做措施？我进都没进，做什么措施啊！

第六章
靠近一点

陆浅软绵绵地伸手扯了一下他的袖子，委屈巴巴地垂下头唤了一句："乔深……"

这是陆浅第一次如此矫揉造作，她觉得自己很有演戏的天赋。也是陆浅第一次正经地叫他的名字，总算是叫对了，可乔深此时却一点也笑不出来，因为陆浅如果真怀孕了，那肚子里的孩子……只能是她前男友的。

昨晚被陆浅拉黑以后，乔深又把数位板塞回了行李箱，好不容易累积的灵感，瞬间灰飞烟灭。无心睡眠的他，干脆约了邵然出来撸串。

他把自己遇到陆浅的事跟邵然说了个大概，当然省略了陆浅酒后那一段……

经过邵然严肃又正经地分析，得出一个结论，那就是……乔深这棵万年老铁树，大概是要开花了。

乔深昨晚翻来覆去想了一夜，觉得邵然说得确实有那么几分道理，他要不是对陆浅有兴趣，怎么可能一直念念不忘？今天他都已经打算接受这个事实了，陆浅却给了他当头一棒，说是怀了前男友的孩子……

这剧情反转太快，乔深实在是接受不来。

按这个情节发展下去，他是应该立刻浇灭这心中的爱情小火苗呢，还是接受事实喜当爹啊？

就在乔深进退维谷时，陆浅大度地叹了一口气："算了，我还没想好怎么处理，我先回去纠结一下，等想好对策了再通知你吧！你别想着赖账啊，我知道你叫乔深！"

说完，她伸手去推乔深。乔深此时把她壁咚在墙上，陆浅用力推搡了两下，乔深竟然纹丝不动。

她一脸不解地抬起头。

“检查结果给我看看。”乔深弯腰去拽她藏在身后的袋子。

陆浅抓着他的手，一把甩开。开玩笑，这玩意儿看了不就露馅了吗？

她坚定地藏好检查单，板着脸冲他吼：“看什么看？有什么好看的？你不就是想推卸责任吗？不想负责就算了呗！我要早知道你是这种乱搞男女关系的人，那天晚上我睡电线杆都不睡你！”

“我？乱搞男女关系？”乔深眉头一皱，这都什么乱七八糟的？

“冤枉你了？”陆浅掰着手指头数，“不是弄得小姑娘为了你跳楼，就是害得小姑娘大半夜陪你进局子，还有昨天我送你过来的时候，我都看到了……老婆生孩子的时候，你不在旁边安慰她就算了，你还要推她去堕胎，她都快临盆了，是说堕就堕的吗？还有没有点人性了？”

“堕胎？”

“乔同志，我劝你做人善良点。既然有老婆了，就别再朝三暮四的。你老婆为了你辛辛苦苦十月怀胎，你还在外面拈花惹草，你说你还是人吗？”

“我……”

“我知道你要说什么，你想说都是那些姑娘主动的对吧？”陆浅一脸痛心疾首，“我告诉你乔同志，苍蝇不叮无缝的蛋，要不是你面对感情的态度犹豫不决，拒绝的时候语气模棱两可，让姑娘们觉得有机可乘，那些姑娘也不至于为了你误入歧途。”

乔深：……

“就好比那天晚上，你要是不回来帮我气萧泊舟，你要是不亲我额头，你要是不答应陪我出席萧泊舟的订婚礼，你要是不把袖子递给我擦眼泪，你要是没有来酒吧找我，没有把我带去你的房间……我也不会……退一万步说，我脱你衣服的时候，你要是还记得你自己是个已婚人士，态度强硬一点推开我，我现在也不会怀孕了，你知道吗？”

她语速极快，跟连珠炮似的不停往外喷，喷得乔深根本就没有反驳的机会。要不是她一连串说这么多，他都不知道，原来自己为她做了那么多反常的事情。这一件件意料之外的傻事，真是他乔深做的吗？

两人正僵持时……

“欸？你怎么还在这儿啊？不是让你去消化内科挂号检查吗？”刚给陆浅做检查的妇科医生突然出现。

乔深回过神来，谜一样的眼睛望着陆浅，似笑非笑：“消化内科？不是说怀孕了吗？”

陆浅脸上火辣辣的，已经预料到接下来要上演的大型打脸现场。刚好电梯在这层楼停住了，趁着乔深不注意的时候，她一下蹿进了电梯。

打脸来得太快就像龙卷风，进了电梯的陆浅一阵脸疼，本来想理直气壮教育一下乔渣男，哪知道医生姐姐竟然来得如此及时……

陆浅扶着额头，还好她跑得快。

乔深再想伸手抓住陆浅的时候，她已经钻进电梯跑了。站在他身边的医生姐姐正一脸八卦地问他：“刚刚那姑娘你认识啊？”

乔深嘴角扯出一抹浅浅的弧度，边走边说：“不熟。”

医生姐姐显然不信，拔腿追上去问：“不熟？不熟她能把怀孕的事儿告诉你？”

乔深脚下一滑，顿住，脸上的笑容转瞬即逝：“她真的怀孕了？”

医生姐姐双手插进口袋里，脸上挂着“小人得志”的笑容，淡定地边走边说：“哎呀，这是病人的隐私，我们做医生的可不敢随便乱说。”

“周慕一！”

“你叫我什么？”周医生回头瞪了乔深一眼。

乔深老老实实叫了一声：“表姐……”

“叫我表姐我也不能告诉你，我毕竟是有医德的人。你要想知道的话，你可以去问患者本人啊！”周慕一眉毛一挑，“不对啊，你刚刚不是说了，和人家姑娘不熟吗？那你干吗关心人家有没有怀孕？”

乔深仔仔细细观察着周慕一的表情，她向来不怎么擅长演戏，真相都写在脸上，看她这模样就知道，陆浅刚刚一定在胡说八道。

乔深打道回府，周慕一把他拦住：“说真的你和那姑娘什么关系？我今天早上听邵然说了，说你最近跟一个姑娘走得很近，该不会就是她吧？”

邵然这大嘴巴，果然靠不住。

这不，半天不到，竟然就传到周慕一这里了。

周慕一比乔深年长几岁，可以说是从小看着乔深长大的。自小就是姑娘围着乔深转，这还是她头一次看到乔深替别的姑娘操心。

她不免有些好奇：“你和那姑娘怎么认识的？”

“那姑娘是做什么的？”周慕一追着问。

到了嘴边的“消防员”三个字，又被乔深咽了回去，最后改成了：“公务员。”

周慕一和他外婆几乎是一个鼻孔出气的，要是周慕一知道这事儿，外婆迟早也会知道。

等乔深脱口而出说了“公务员”这三个字以后，他才意识到……他好像想得太遥远了，陆浅从事什么工作，和自己有什么关系？

“公务员啊？”周慕一满意地点点头，“还真是巧了。”

“巧？”

“对啊，你外婆今天一早还跟我说，说是给你物色了一个好姑娘，也是个公务员，工作稳定。女孩子还是工作稳定一点好，还说那姑娘细腰、长腿、鹅蛋脸，你肯定喜欢。说是等你有空就安排先见上一面。”

周慕一暧昧地冲着乔深眨眨眼：“不过，看样子这见面是没必要了……”

“谁说没必要了！”乔深截断周慕一的话，“你跟我外婆说一声，要约见面的话，安排在后天下午，后天下午我有空！”

“欸，不是……”周慕一看着乔深离去的背影，“那刚刚那个姑娘……”

“什么姑娘，不是说了吗？不熟！”

就像邵然说的，他可能是一时鬼迷心窍，接触的姑娘太少了，所以才会一直梦到陆浅。

对，多接触几个姑娘就好了！

他就不信他这棵老铁树非得栽在陆浅这块地里不可！

好事不出门，坏事传千里。

这绝对是古人用血和泪的教训换得的结论。

这不，陆浅前脚刚回到部队，亲妈林女士的电话后脚就拨了过来。

陆浅一句“妈”还没叫出口，林姿就噼里啪啦地开口：“我听说小萧要订婚了，这事儿你知道吧？”

陆浅最近实在太忙了，既要工作，又要失恋，还忙着疗伤以及……想乔深。这一天到晚过得稀里糊涂的，完全忘了要把自己和萧泊舟分手这事儿告诉林女士……

“呃……这个嘛……”她心虚地打马虎眼。

林姿强压着怒气：“我听说小萧的未婚妻好像不姓陆啊！你说是不是我年纪大了，耳朵不好使了？”

“我觉得，也不排除有这种可能性……”陆浅默默地把手机移开耳边半米。

“陆浅！”林女士那方圆十里皆可耳闻的爆炸声，终于还是传进了陆浅的耳朵里，“你和小萧到底怎么回事？”

“没什么，就……分手了呗！”

“分手？好端端的，为什么要分手？”

陆浅鼻子一酸。

小时候，摔了一跤都恨不得能扑进父母怀里号啕大哭，以此表现自己的委屈。长大以后，却学会了撒谎。感到难过时，宁愿甩个漂流瓶和陌生人发发牢骚，也不再和最亲的人分享。随着年纪的增长，我们学会了报喜不报忧，这大概就是成长的代价。

明明心里委屈得不行，陆浅却还要笑着说谎：“就觉得性格不合适，在一起也没什么好结果，不如早分早好。”

“你们都认识二十几年了，现在才知道不合适……”林姿刚念叨了两句，又被雷廷生拉了一把，示意她少说两句。

林姿深深地吸了一口气，到底闺女是亲生的，她话锋一转，又问：“他跟你提分手的？”

“我提的。”虽然劈腿的人是萧泊舟，但提分手的人，确实是陆浅。

林姿追问：“是不是他在外头有人了？”

不得不承认，母亲看问题还真是透彻。陆浅坐在操场边上，洒脱地说：“不重要，反正我也没有多喜欢他。”

说谎话的次数多了，就能信手拈来了。虽然一开始得知萧泊舟劈腿的时候，陆浅恨不得砍死他，但事情过去以后，想到林女士强势的性格，要知道她吃了亏，指不定能闹成什么样子。萧家和雷家毕竟是世交，还有很多商业利益在牵扯着，实在没必要因为她这段失败的感情经历，而牵扯太广。

陆浅毕竟是林姿亲生的，就算平时心平气和说不上三句话，但知女莫若母，陆浅的脾气林姿多多少少还是清楚一些。

“你们什么时候分手的？”她换了个方式问。

陆浅没发现这问题有坑，老老实实答道：“一个多月了吧！”

“才一个多月他就要和别的女人订婚了，你就没想想问题出在哪儿吗？”林姿怒气冲冲道，“实话跟你说吧，今天我在商场碰到他那未婚妻了。娇滴滴软绵绵的，挂在小萧身上跟条蚯蚓似的，你要是有她一半……

算了算了。”

接收到老雷的信号，林姿话锋一转：“我听你李阿姨说，你今天去医院了？”

大队长李国荣的老婆和林姿是闺密，大队长又刚好是个妻管严，这事儿林女士知道，陆浅半点也不意外。

生怕林女士发散性思维会胡思乱想，陆浅忙说：“嗯，月经不调，去医院看看。”

“你这年纪，早该结婚生孩子了，你说你这好不容易有男朋友还分手了，难怪你经期不调，怪谁？”

陆浅：……

“所以说要早点结婚，这月经不调啊，生了孩子就好了。”

“你这从哪儿听来的偏方啊！”陆浅嗤了一声，掩饰不住地嫌弃。

“你别不信，老中医都说了，痛经生完孩子就好了，月经不调不是一个道理吗？对了，你李阿姨朋友的小孩儿，刚从国外回来了，后天我安排你俩先见一面。”

这画风转变也太快了，说了半天，就搁这儿等着呢！陆浅脖子一梗：“相亲啊？我不去！”

“相什么亲？你想得美哦！就你这年纪，相亲别人都嫌你岁数大了，你李阿姨这两天约了要去医院体检，没空，就是让你给人家当导游的，人家刚回国，对地方不熟悉。”

陆浅没敢继续顶撞林女士，就怕林女士一个不高兴，又拿她的工作性质说事儿，只能硬着头皮答应：“我只有后天晚上七点到九点有空。”

“行，那就这么定了。”林姿匆匆挂了电话。

陆浅忍不住翻了个大白眼，瞧林女士这迫不及待的样儿，还说不是相亲！

相亲的时间就定在后天晚上七点，林女士打电话过来叮嘱陆浅的时候，陆浅刚从训练场上下来。

天气太热了，又带着战友们进行了一场户外负重训练，陆浅浑身湿透了，湿答答的全是汗。

手机贴在耳边都听不太清楚，只听到林女士再三强调：“城阳路北约咖啡厅，6号桌，你记得穿漂亮点，最好是穿裙子，别老穿运动装，好好说话，别一开口就吓着人家。听到没有？”

“知道了，知道了。”陆浅不耐烦地挂了电话，回宿舍冲了个澡。

穿裙子？开什么玩笑。翻了一件T恤和运动短裤套上，陆浅骑着摩托车就去赴约了。

到北约咖啡厅的时候，刚好七点二十分。

她隔着玻璃窗望了一眼，6号咖啡桌上，坐着的竟是一个留着鬈发的女人。

女人？

陆浅疑惑地推开门走进去，仔细一看，惊了一下，这鹅蛋脸大红唇的美人，不正是那天在中心医院给她看病的妇科医生吗？

周慕一也瞪大了双眸：“是你啊！”

陆浅尴尬地扯了一下嘴角，难道林女士说的“朋友的小孩儿”，是个女的？

她豁然开朗，拉开椅子在周慕一对面坐下：“我还以为我妈让我来相亲的，没想到是你啊！”

周慕一连忙摆手：“你别误会，要跟你相亲的人是我表弟，他航班延误了，要过一会儿才到，你电话又打不通，他怕你久等，就让我过来跟你说一声。”

搞了半天还是来相亲的……

陆浅不好意思地笑了笑：“我这破手机，信号不太好，前段时间又换了屏，老古董了，正准备换呢！”

“重新认识一下吧，你好，我叫周慕一。”

“原来是周医生啊，你好，我叫陆浅。”

“我一直以为跟我表弟相亲的人叫钱钱，原来是浅浅啊！”周慕一说，“我在隔壁订了餐厅，你饿了吗？要不我们去隔壁等他吧？”

陆浅出来相亲时间有限，一会儿忙完回部队就要打铃休息了，要是现在不吃，就只能饿一夜了，她大方点头：“行，走呗！”

两人一路有说有笑地朝着隔壁餐厅走去。

周慕一看着陆浅，颇有一种丈母娘看女婿，越看越满意的感觉。

“听说你是公务员？”周慕一找话题聊着天。

严格来说，消防部队属于武警编制，不是公务员。但陆浅懒得解释，所以也就笑着说：“算是吧！”

周慕一忍不住打量起陆浅，大眼睛在她修长的腿上多瞄了两眼，听姨奶奶说，这次跟乔深相亲的姑娘，不仅是个公务员，还会跳芭蕾舞。不过，看陆浅这身高，不像跳芭蕾舞的。她好奇地问了一句："你劈叉……一定很厉害吧？"

陆浅：……公务员和劈叉有啥关系？

她尴尬地敷衍："还行吧……"

两人就这么尬聊了大半个小时，陆浅觉得自己差不多要虚脱时，周慕一接到电话，立刻兴奋地笑道："我表弟来了，我去外面接她，一会儿我还要回医院加班，就不陪你们吃饭了。下次见。"

"好的。"陆浅终于松了一口气。

周慕一在门口碰到姗姗来迟的乔深："之前让你去相亲的时候，死活不答应，我就说这次怎么这么积极呢！"

乔深一脸迷茫，自己很积极吗？

"3 楼 309 号包间，快去吧，别让人家久等了。"周慕一把乔深推进电梯里，又暧昧地笑他，"心机老 boy！"

"……"心机老 boy？

乔深带着满腹疑惑，推开了 309 包间大门。

听到有人推门的动静，正在胡吃海塞的陆浅匆忙收起筷子，起身："你好，我……"

她话还没说完，就被门口那尊大神吓着了，一口气堵得脸色发青："浴……"

"打住！"乔深及时阻止她即将脱口而出的"浴巾哥"三个字，又退回去看了一眼包厢号，确定是 309 以后，他问陆浅，"你是不是走错门了？"

陆浅刚要回他，就收到了林女士发来的微信——

"刚刚小吴打电话问我你怎么还没到，你跑哪儿去了？不是跟你说了吗？城阳路北约咖啡厅 6 号桌。"

陆浅瞄了一眼，瞳孔放大："城阳路北约咖啡厅？"

林姿："是啊，你怎么还没到？"

偷偷地瞄了乔深一眼，陆浅脑子里唰唰飞过几只黑乌鸦："……可能因为我在城翔路北约咖啡厅吧！"

收了手机，陆浅勾起一个无懈可击的商业假笑："不好意思，应该是我走错门了。"

又想溜？

乔深一把抓住陆浅的手腕："来都来了，不如干脆讨论一下孩子的事儿吧！不是说想好对策就通知我？想好对策了吗？"

"周慕一不是你表姐吗？我怀没怀孕，她没告诉你？"陆浅送了他一记大白眼。

乔深面不改色："我表姐说，病人隐私不方便透露。"

骗鬼呢？陆浅冷笑一声，那天周慕一都当着他的面让她去消化内科挂号了，就他这智商，能听不出来？只不过她懒得和他唱戏，陆浅走回桌边拿了一双筷子递给他："那天我确实不该骗你，这顿我请，就当给你赔礼道歉了。"

乔深刚刚接过筷子，又见陆浅做出一副痛心疾首的模样冲他说："不过你自己也反思反思，你说你一已婚男人，装什么未婚青年？"

一想到自己睡了个已婚男人，陆浅这心里就怄得能吐出一碗血来，感觉就像一只苍蝇飞入喉咙里，好不容易才生吞下去，结果却发现这苍蝇是吃屎的。

乔深一直在想陆浅不待见他的理由，今天总算是找到了出处。他没忙着解释，因为空口无凭，说了陆浅也未必会信。

他单手撑在桌上，脸上憋了一股似笑非笑的劲儿："我如果是已婚男人，那你就是小三，你知道吗？你就这么急着给自己扣上小三的帽子？"

"我怎么就成小三了？我和你清清白……虽说也不是那么清白，但我是在不知情的情况下被小三的。"一说起这事儿，陆浅就来气，她筷子一拍，"说到底还不是因为你渣！有老婆你还来者不拒，竟然还出来相亲……

陆浅话音一顿，不对啊！有老婆怎么可能出来相亲呢？难道……

看着面前陷入沉默的陆浅，乔深还以为她会有所顿悟，谁知她话锋一转，问道："你未婚先育啊？"

"……"偏见之所以是偏见，就是因为陆浅戴着有色眼镜看问题，论人就事，而不是就事论事。要想证明自己不是渣，还得请那天的孕妇出马。解铃还须系铃人，对这一点乔深深信不疑。他抓过桌上的摩托车钥匙，拉着陆浅就往外走。

陆浅被他拉得一趔趄，干吼了一嗓子："干吗？"

乔深长腿一跨，坐上陆浅的宝贝摩托车，又顺手把备用头盔扔给她。

"去哪儿？"

陆浅抱着头盔去扯乔深，却被他抓着腕子用力一拽，拽上后座。

“抱紧。”“咔嗒”一声，乔深扣上头盔，接着踢开脚架，左手捏下离合器，左脚脚尖一勾一踩，换挡连杆，油门一轰，车子唰地飞了出去。

这操作一看就知道是个老司机。老司机车速太快，车子前倾得厉害，陆浅条件反射地抱住他的腰，骂声随风而起：“你骑我老婆的时候能不能温柔点？”

“老婆？”乔深的嗓音随风飘来，这话虽然是疑问的语气，可是被风吹散了，倒像在唤陆浅似的。

陆浅又问了一遍：“去哪儿？”

乔深没说，直到他把车停在医院门口，陆浅才知道，他是要带自己去见那天那个孕妇……

带着暧昧对象去见现任老婆？陆浅给了乔深一个“城里人真会玩”的眼神，问：“你脑子没坏吧？”

乔深把头盔挂在车把手上：“那天你在医院撒谎说你怀孕的时候，她刚好听到了，误以为我俩有什么见不得人的关系，出于人道主义关怀，你是不是该陪我进去解释一下？”

陆浅刚想反驳，就听他意味深长地叹了一口气：“唉，听别人说，刚生完孩子的产妇，最容易得产后抑郁症了……”

这语气……搞得好像陆浅要是不去解释，就十恶不赦，活该下十八层地狱似的。陆浅烦躁地薅了两把头发，转身去超市挑了个果篮。

那果篮丑得惊世骇俗，乔深对陆浅的审美不敢抱有任何幻想，拿起旁边那包装精美的花束提议：“要不送这个？”

“送什么花？华而不实。果篮多实用啊！一看就知道不会过日子。”陆浅嫌弃地看了他一眼，扬了扬下巴，问收银员，“多少钱？”

趁她掏钱包的时候，乔深把卡递了出去。

收银员笑呵呵地刷了卡，还说了一句：“欢迎下次光临。”

乔深提着果篮就走了，粗糙的果篮提手上还绕了一圈五颜六色的镭射纸，握在他手里，愣是有一种高档的红酒瓶口塞了一个啤酒瓶盖的感觉。相当格格不入，简直俗不可耐。

陆浅不想占他便宜，追上他说：“回头我把钱转给你。”

乔深有点意外：“什么？”

陆浅怕他不信，正要伸手去掏钱包时，乔深把手机丢给她：“我不收现金。”

陆浅接过来一看，手机屏幕上是他微信添加好友的二维码页面……

“不加？”乔深瞥她一眼，又把手机收回去，“也行，那你把我从黑名单里拉出来吧！”

陆浅：“……”

陆浅不情不愿地加了，给他转了两百块钱。

她现在满脑子都在想一会儿要怎么解释，她活了二十余年，生在新中国，长在红旗下，一根正苗红的小青年，从来没想过有一天也会成为险些破坏别人家庭的第三者，还是被小三的命运，简直太扯淡了！

走到病房门口，乔深伸手去推门，陆浅一把拽住他的衣摆：“等等……等会儿！”

一鼓作气把他扯进楼梯间，压在墙上，陆浅心虚地问：“一会儿我怎么解释？就说咱俩是同事，那天我是跟你开个玩笑，行不？对了，你是做什么的？”

乔深张了张嘴刚要说话，陆浅一拍脑门：“哦，我想起来了，你是空乘吧？”

上次被抓进警察局的时候，陆浅听那个小姑娘提了两句，说她是中飞院空乘系毕业的，乔深既然是她的师兄，上次又有空姐为了他跳楼，种种信息结合起来，陆浅断定这人应该是空少没错了！

她挠了挠头：“看我这气质也不像空姐啊！”

乔深没解释，笑了笑说：“你倒是挺有自知之明。”

陆浅灵机一动：“对，就说我是机场警卫，是你同事，怀孕的事儿就是跟你开个玩笑，行不？”

那双水灵的眼睛就这么充满期待地盯着乔深，乔深没出息地想，就冲着她这表情，别说是撒谎，就算是捅他一刀，他大概也能原谅她……

做人还是不能这么没有原则，乔深狠心把陆浅拽回病房门口。

病房里空空如也，只剩一个阿姨正在整理床单。乔深显然也没料到会是这样，他问阿姨：“住在这间病房的人呢？”

“今天上午刚出院。”阿姨看乔深眼熟，顺口问了一句，“你是她老公吧？心也是大哟，让老婆一个人拖着孩子办理出院手续，啧啧……”

阿姨的眼神在陆浅和乔深之间来回转悠了几遍，仿佛下一秒就要说出“世风日下，人心不古”这类的感叹。没看到乔深的太太，陆浅倒是松了一口气。好像溺水的人抓住了浮木，她趁着乔深给他太太打电话时，偷偷摸摸地溜了。

一出医院门口才发现，下雨了。豆大的雨点从天而降，一滴一滴落在地面上，砸出一朵朵小水花。雨滴的密度不大，却也没有要停下的意思。陆浅的车停在对面那个露天停车场，医院和停车场中间架着一座桥。桥头栽着垂柳，细长的枝条随风飘荡，和桥下的荷花池相得益彰。细雨落在盛开的荷花上，倒有几丝雨裹红蕖冉冉香的意境。

不过，陆浅此时没有欣赏美景的心情，因为……她的车钥匙在乔深那里！

无声地暗骂了一句，陆浅决定打道回府。她刚一转身，就看到了乔深。

那人左手食指上晃着钥匙圈，右手提着果篮，悠闲地走到她跟前站定。她伸手去抢车钥匙，他却顺势一举，因为身高差的关系，陆浅放弃了跳跃挣扎。

她摊开手，冷着声音说："车钥匙给我！"

乔深把果篮朝她怀里一丢："一言不合就落跑，谁给你惯的臭毛病？"

陆浅稳稳当当地接住果篮："我……"

"我能吃了你吗？"他双手插兜，突然弯下腰和她平视。

陆浅刚一抬头，便撞进了他温柔的眼里……

陆浅觉得，多情的人不可怕，可怕的是无情的人，却生了一双多情的眼睛，还长了一张"祸国殃民"的脸。

此时的乔深可能无意撩她，但他突然弯腰凑近她时，距离一下拉得很近，像是要吻她一样。

陆浅吓得后退了两步，匆匆别开目光。雨滴砸在她脸上，凉悠悠的，砸得她瞬间清醒了不少。她趁着乔深没注意，抢了车钥匙就跑。

乔深追上去，没有拉住她，而是和她保持着半米的距离。两人一追一赶，跟闹着玩儿似的。

陆浅跑到桥中间，终于忍不住回头，指着医院正门口说："要打车去那边，跟着我做什么？"

"本来带你来医院，是想跟你解释一下，那天你在医院看到的孕妇，是我表妹。他老公那天刚好出差赶不回来，我又距离医院最近，所以……"

"所以你要带你表妹去堕胎？"

"……那是威胁她的，她从小就那脾气，不说狠话听不进去。"

“哦。”这话是用来骗三岁小孩子的吗？老子信了你的邪还差不多！

陆浅皮笑肉不笑地说：“你和你表妹感情真好！”

她转身接着往前走。

乔深一听这语气就知道陆浅没信，他不动声色地跟上去。

陆浅停在桥中央，一股子邪火蹿上来，回头瞪他。乔深的白衬衣已经被雨水浸湿了。衬衣粘在他的皮肤上，把藏在衣服里的肌肉线条一下凸显出来。他就是那种穿衣显瘦，脱衣有肉的人，身上的每一寸肌肉都匀称得恰到好处，虽然没有夸张的腱子肉，但该有的腹肌和人鱼线都有……

呸！想什么呢！

陆浅咽了一下口水，问他：“你到底想干吗？”

“我想跟你说说那天晚上的事，那晚……”

“什么那晚！那晚我喝醉了，什么都不记得了，你别瞎说啊！”

陆浅此时慌张的表情，特别像否认三连表情包。

乔深嘴角上扬，意味深长地笑：“我还什么都没说，你心虚什么？那晚的事，你想起来了？”

陆浅确实想起了一个细节，那晚她暴力扯开他的衬衣后，好像低头咬了他的胸，还细数着他的腹肌，一块一块地亲了下去，甚至口出狂言，说要在他的人鱼线上文自己的名字……

在那之后的细节，她倒是没记起来，也不敢再去想。不过，从第二天她身上青一块紫一块的情况来看，那晚乔深应该也被她折磨得够呛。

她大概是伤到乔深作为男性的自尊，否则他一个大男人，也不至于一直为这事儿耿耿于怀。毕竟那天晚上要是以正常情况来看，吃亏的人应该是她才对。

“虽然我不记得那天晚上的细节，但是我知道我酒品不好，所以今天我正式地跟你道个歉。对不起啊！”

过了一会儿，她问：“那……这事儿能不能翻篇了？”

“你把我送回去，这事儿我们就翻篇。”男人讳莫如深的眸子定格在陆浅英气逼人的眉眼处。

陆浅总觉得有阴谋。

“当真？”她问。

“嗯，你知错就好。”

陆浅立刻挺直腰杆发誓：“我知错，绝对知错了，诚意天地可鉴。我要是骗你，天打五雷轰！”

陆浅话音刚落，“轰”的一声，一个响雷劈开天幕……

她吓得浑身一哆嗦，往前蹿了两步，正好撞上乔深的胸膛。

乔深的手落在陆浅腰上，低头在她耳边浅笑：“你这投怀送抱的方式，真是别出心裁。”

“你胡说八道什么，我这是被吓的好吗！”原来电视里演的都是真的，说谎的时候，是真的有可能被雷劈的……

乔深贴着她的耳郭笑道：“你看，老天爷都不信你。”

他低沉的笑音像是陈酿的酒，听得陆浅浑身酥麻。陆浅下意识地想要逃离他的怀抱，伸手去推乔深时，铆足了劲。用力过猛的后果就是，乔深正好在此时松手，陆浅被乔深反弹回去，一头栽进了荷花池……

乔深实在没反应过来，直到落水声“扑通”响起时，他才回过神来，趴在栏杆上往下看。

池水不深，刚好没过陆浅的胸，可慌乱之中，她还是扑腾了好几下才站稳。泡过水的短发死死地粘在她的额前，活像个西瓜太郎。

乔深实在是憋不住，不厚道地笑了。

气得陆浅鞠了一捧水，朝他洒去：“笑屁啊笑？笑死你算了！”

她一边扯着裤腿往池子边走，一边骂乔深：“我上辈子是挖了你家祖坟吗我？”

乔深绕到池子边等陆浅，陆浅抓了一把淤泥朝他砸过去：“还笑！遇到你准没什么好事！你是扫帚星转世的吗？”

乔深轻而易举地躲过了淤泥袭击，笑着把手递给她。

陆浅气归气，还是抓住了他的手。

乔深把陆浅从池子里拉起来的时候，陆浅浑身已经湿透了。脏兮兮的T恤粘在皮肤上，完美的胸型一下子就显了出来。运动短裤紧贴着大腿，虽然脏兮兮的，却把身材勾勒得更好了。

惹得那些打着伞的行人都忍不住多看了两眼，乔深神情不悦，脱了衬衣把陆浅裹住。

正在擦眼睛的陆浅，突然抬头，怔怔地望着他。他衬衣里头就穿了一件白色的工字背心，白净的皮肤配着好看的肌肉线条，简直极品……

陆浅扯下衬衣还给他：“要穿你自己穿，谁稀罕！”

“走吧。”乔深不由分说地用衬衣裹着陆浅，揽着她的肩往前走。

“去哪儿？”

“换身干净衣服。”乔深攥着衬衣袖子，温柔地帮陆浅擦着眼睛周围的淤泥。

她皮肤不仅白，摸上去还嫩得很，像是剥了壳的荔枝，又像是水煮过的鸡蛋，又软又细，让人爱不释手。乔深正在享受这细腻的手感，一巴掌突然盖了过来……

陆浅满是淤泥的手拍在他脖子上，将他推开，又胡乱地擦着脸说：“我自己来。”

狼狈的两人互相搀扶着找了一家酒店。

乔深洗了把脸，对陆浅说：“等着，我去给你买衣服。”

“买什么衣服啊？”陆浅大大咧咧地说，“一会儿洗干净就能穿了，反正外面也在下雨。”

说完，她就钻进了浴室。

乔深还是第一次遇到活得如此粗糙的女人，好像穿湿衣服是家常便饭一样。

隔着浴室门，他提醒陆浅：“热水器好像有点问题，要不换一间吧？”

“没事儿！”陆浅打开水龙头才发现，这热水器确实有问题，一会儿冷水一会儿热水的，好在她体质好，不然铁定感冒。

把身上的淤泥冲干净以后，陆浅裹着浴巾把脏衣服洗了，拧干后，原本想用吹风机吹一下，可是一看时间来不及了，距离归队的时间只剩一个多小时，只能赶紧把湿衣服套上。

陆浅出来的时候，乔深已经不见了。她环顾了四周一圈，只剩他那件脏兮兮的白衬衣还丢在地上。

难道走了？

陆浅纠结两秒后，捡起衬衣裹成一团拿在手里，拉开了大门。

门外，乔深手里拿着一个纸袋，刚好挡住陆浅的去路。

“将衣服换上再走。”乔深把纸袋丢给陆浅。

纸袋里装着一条黑色连衣裙，这附近没有商场，这么短的时间里，也不知道他从哪儿弄来的。

大概是看懂了陆浅眼中的疑惑，乔深说：“我表姐身材和你差不多，你试试。”

所以这么短的时间内，他又冒雨回了一趟医院，还借了一把伞回来。

“去浴室换。”见陆浅迟迟不动，乔深直接把她推进了浴室。

陆浅拎着裙子：“大哥，你开什么玩笑？我一会儿要骑摩托车的好吗！”

“外面雨大，我帮你叫了出租车。等改天天晴了你再回来取摩托车，反正隔得不远。”乔深帮她把浴室门关上，“快换吧！不是急着回单位吗？”

陆浅都已经好多年没穿裙子了，拎着这裙子，实在是下不去手！

她拉开门：“欸，我说……”

“怎么了？”乔深背靠着门框，嘴角挂着痞痞的笑。

湿漉漉的工字背心粘在他身上，腹肌的形状清晰可见。他捋了一把额前的碎发，从烟盒子里掏出一支烟点燃，挑眉：“要我帮忙？”

这颓废的美感，让陆浅下意识咽了一下口水，心脏扑通扑通……跳乱了节奏。

美色倾城，男色倾国，绝色倾世。

陆浅“啪嗒”一声摔上浴室门，靠着门板拍脸，呼出一口浊气……

他大爷的，还能不能有点出息了！

脱了身上的湿衣服，陆浅换上了那条裙子。经典的赫本小黑裙，宽宽的吊带，复古收腰的款式，下摆是长长的伞裙。除了手臂和肩膀以外，该包的都包住了，不算暴露，在陆浅的接受范围内。

乔深打量着陆浅。

大概是长期训练的缘故，她的手臂不像其他女孩子一样纤细，反倒是有着漂亮的线条。连着深深的锁骨，不像是林黛玉那种病娇的美感，而是充满了力量和朝气。她脖子很长，是人们常说的天鹅颈。因为在部队待过的原因，她后背挺得笔直，哪怕是穿着平底鞋，气质依旧卓然。

陆浅是美的，英气又独特的美，没有网红脸，也没有小细胳膊，却美得别具一格。

乔深再一次觉得，萧泊舟应该是瞎了眼，才会劈腿。

“走吧。”还是乔深率先收回目光，拿了伞走在前面。

陆浅有些别扭地扯了一下裙摆，把湿衣服装进纸袋里提走。

外面下着瓢泼大雨，乔深约的车就停在马路对面。

两人撑着伞，并肩而行。

陆浅刻意地和他保持着距离，也不知在心虚些什么。雨水一滴一滴地砸在她的肩上，顺着肩膀流下去，很快就打湿了裙摆。

乔深走了两步，把伞倾向陆浅。

伞倾斜得太明显了，搞得陆浅很不好意思，伸手就给他推了回去：“自己遮，免得回头淋感冒了，来找我要医药费。”

乔深问：“……你是从小被父母当成儿子养大的吧？”

陆浅难得脸红，终于意识到，自己刚刚的行为，好像确实很 Man。

她红着脸吼他：“你才从小被你妈当闺女养……”

她话还没说完，乔深突然搂住了她的肩，把她往怀里一带。

陆浅身子一僵，形同僵尸，被他带着走了两步，差点同手同脚。

两人在斑马线前停下时，乔深依旧没有放开搭在陆浅肩上的手。陆浅天天混在男人堆里，和队友们勾肩搭背那都是日常操作，休息的时候还能三五成群，跟兄弟们聊几个荤段子，脸皮早就练得跟城墙一样厚了。更何况乔深这么绅士，只是将手臂搭在她肩上而已。照理说她应该心无旁骛，可偏偏就是不争气，闹了个大红脸。

她用两根手指架起乔深的手腕，正准备挪开他的手臂，就听他平稳地叙述：“我表姐说这条裙子挺贵的，淋不得雨。”

他话音刚落，红绿灯就切换了。

乔深勾着陆浅的肩，朝马路对面走去。

马路两头交会的人群，行色匆匆，五颜六色的雨伞像是特务接头。乔深紧紧地把她护在怀里，熙熙攘攘的人群和她擦肩而过，却一滴水都没溅到她身上。

这是第一次，陆浅有种被人细心呵护的感觉。

这是第一次，她听到心里有个声音说：放心吧，放心把自己交给他……

不过，这危险的想法转瞬即逝，斑马线很快就走到尽头。

乔深松开了搭在陆浅肩上的手，帮她拉开了出租车的后座车门。

陆浅钻入车里时，乔深的手就护在她头顶，很绅士。

注意到这个细节的陆浅，一下就清醒了。这个男人啊，绅士有礼，这动作一看就是做过很多次。那晚的技术还特别好，一看就是很有经验的样子。

空姐为了他跳楼，花季少女为了他蹲小黑屋，还有姑娘和他未婚先孕……

这可是万花丛中过，片叶不沾身的渣男啊！

陆浅扪心自问，才被萧泊舟那渣男摆了一道，实在是玩不起这种送命的爱情游戏。

一颗火热的心，瞬间凉了。

她“啪嗒”一下摔上车门，对师傅说：“去特勤中队。”

说完，她又摇下车窗，对着窗外的男人生疏一笑：“谢啦，还帮忙叫车。真是祖国培养出来的好同志。”

乔深：“……”

呼啸而去的车子仿佛在嘲笑乔深的自作多情。陆浅这种恩将仇报的行为，一般人还真干不出来。乔深这一口气憋在喉咙里，差点没怄死。他随手拦下一辆出租车：“师傅，追上前面那辆出租车，尾号23的那辆！”

师傅油门一轰：“小伙子，和老婆吵架了啊？”

何止是吵架，他这是被甩啊！

“师傅，别跟太近了，注意安全。”

“放心，老司机了！”师傅一看就是乐天派，中年秃顶，活泼开朗的胖司机一枚，还有一颗八卦的少女心。

师傅已经认定是乔深惹老婆生气了，所以热情支着儿：“这哄老婆啊，千万别操之过急，还是得投其所好。你比方说我老婆，她喜欢包，每回我惹她生气了，我就送包给她。你老婆……”

“她不是我老婆。”乔深也不知道哪根筋搭错了，竟然耐心地搭了一句。

“哦……”师傅恍然大悟，接着说，“这哄女朋友啊，是比哄老婆要麻烦些，得好好哄，这毕竟还没领证呢，搞不好就跟别人跑了……”

“师傅，看路。”乔深忍不住打断了话痨的司机，却被师傅最后一句话给洗脑了。

陆浅要是跟着别人跑了……

乔深脑子里划过萧泊舟的脸，那浑蛋长得人模狗样的，万一……

他眨了眨眼，回过神来。

想什么呢？！跑了就跑了呗！关他什么事！他现在这么追上去是想干吗？让陆浅赔礼道歉吗？

冲动，简直是太冲动了！

乔深放缓了声音对师傅说：“算了，师傅，慢慢开吧！注意安全，不追了。”

“啊！不追了？”

“嗯，不追了。”乔深觉得好笑，笑这莽撞的个性，一点也不像自己。

师傅放慢了车速，见乔深不爱搭腔，就闭上了碎碎念的嘴，打开了收音机。

十来分钟后，乔深正在闭目养神时，收音机里突然传来主持人的声音：“今晚八点左右，遂南路内环快速路发生一起严重车祸，一辆尾号为23的出租车被罐车压扁，现场暂时封路，要前往遂南方向的车辆请注意绕道……”

遂南快速路，不正是他们现在行驶的这段路吗？

出租车……

乔深猛地睁开双眼：“师傅，你听清了吗？刚刚说的尾号是多少？”

师傅摇头，叹了一声，说：“好像是什么3吧？刚刚旁边的车按喇叭，没听清。”

师傅望着前方的路况说：“糟了，前头已经堵死了，怕是要堵好几个小时才能通车了哟。”

乔深隔着玻璃窗，看了一眼前方路况。前方堵得死死的，滂沱的大雨冲刷着路面，黑漆漆的夜色，阴沉极了，只有偶尔的闪电划过，才有一丝光亮。

他握紧了车把手，消防车的警铃声伴着大雨从应急车道呼啸而过，溅起一片水花。

乔深看着消防车，脑子里更是不可抑制地想起了陆浅……

不会的，应该不会这么巧的。

乔深尽量冷静下来，握着手机的手指却不知不觉间开始泛白。

在度过如坐针毡的两分钟后，他到底还是没控制住，拉开车门就往前跑。

“小伙子，你车费还没给呢！”

乔深急刹车，又跑回来扔下车钱。

师傅回头扫了一眼车厢：“欸欸，小伙子，你的伞……”

乔深早就跑远了，师傅的声音也被淹没在巨大的雨幕里……

第七章
是我，乔深

阴暗的天空像是被闪电劈开了一道口子，雨势越来越猛，丝毫没有停歇的意思。

乔深跑了一段距离才想起，之前加微信的时候，他存了陆浅的电话。雨落在手机屏幕上，他连戳了好几次才拨出去。可是响了没几声，就传来“暂时无法接通”的机械女音。

心里的不安越演越烈，乔深加快步伐奔向事发地点。

当他拿出百米赛跑的速度跑到现场时，消防队已经拉起了警戒线。

车祸现场惨烈，已经堵死了这段路。堵车的民众纷纷打着伞下车，围在了车祸现场。还有一部分人正拿着手机在拍摄，也有记者拿着话筒正在报道现场情况。

救护车就在一旁候着，医务人员冒着大雨守在原地，随时听候调度。

乔深环顾四周一圈，没看到陆浅所在的那辆出租车。湿漉漉的头发粘在额前，挡住了他的视线，他胡乱地撩了一把，根本顾不上形象。

推开里三层外三层的围观群众，乔深一路势如破竹地挤进了前排。

只见警戒线内，三辆车撞到一起。油罐车侧翻，正好压着一辆出租车。油罐车屁股后面还有一辆出租车追尾了。追尾的那辆出租车，车头已经完全撞变形了，就连引擎盖都翘起来了。

“陆浅……”乔深低声喊了一句，透过朦胧的雨幕，看清了车牌尾号，他拳头紧握，脖子上的青筋突然炸起。

“陆浅！”乔深扒开警戒线就要往里钻，却被一个穿着消防制服的人拦住。

“干什么的？”江尔易拦住乔深，拿着喇叭，扯着嗓子吼道，“油罐车随时有可能发生泄露，无关人员请立刻退后！”

大概是江尔易吼得太温柔了，看热闹的民众们依旧聚集在周围，一下都没挪动。

陆浅抓过江尔易手里的喇叭："都不要命了？全都往后退！"

她回头冲着交通秩序组吼："警戒线拉好了没？先把滞留车辆和人员疏散至安全区域！"

江尔易闻言，松开乔深，迅速加入战斗。

乔深站在警戒线外，静静地看着警戒线内的陆浅，她额头受了伤，又红又肿，在白皙的脸上显得格外明显。但她丝毫不在意，她不知何时换下了那身连衣裙，穿上了消防制服。

黑色的腰带勒在橙黄色的衣服上，看上去比其他队员纤瘦许多。她忙着抢险，压根就没有注意到乔深的存在。

可是乔深这一颗心，却在看到她安好无恙的那一秒，奇异地安定下来。

隔着一条警戒线，两人之间却像隔着楚河汉界。

乔深静静地看着陆浅回头去跟另一个男人报告："油罐车驾驶员伤得不重，已经送往医院了。车上满载二十多吨汽油，刚刚让石头和大鹅详细检查过了，并没有泄漏点，但是罐身前方有明显的撞击摩擦痕迹。另外被压的那辆出租车上，司机和副驾驶的女乘客已经确认死亡，女乘客怀里抱着一个婴儿，被卡在里面了，还有呼吸，暂时没有生命危险。但是孩子的腿被卡在车头，动不了。"

此次带队的是特勤中队的中队长罗永旭，浓眉鹰钩鼻，一双单眼皮的眼睛看上去相当犀利。特勤中队总共出动了 4 辆消防车，三十余名消防战士。

从陆浅口中了解现场情况后，罗永旭立刻让陆浅成立了临时指挥部。

在陆浅的安排下，分设了交通秩序组、应急抢险组、污染控制组、信息组等负责现场有关事宜，严防二次事故发生。

当她处理好这一切的时候，围在警戒线外的群众都已经疏散得差不多了，仅剩的那几个还来不及疏散的人，就显得格外显眼。

陆浅不经意地抬头，正好撞进一双深情的眼睛。

警戒线外，乔深不久前才换的一身衣服，早已经湿透了，裤腿上还溅满了泥土。

他明明那么狼狈，可是那双漆黑的眸子，却像是雨夜里的火把一样，照亮了陆浅的视线。她控制不住自己的步子，朝乔深走去的同时，冲着他大吼：“你疯了是不……”

话音未落，她就被乔深扯进了怀里。

乔深一手箍着她的腰，一手护住了她的后脑勺。他冷冰冰的唇瓣贴近她的耳郭，轻声又坚定地说了一句：“注意安全。”

陆浅耳朵酥酥的，憋了一肚子的火还没发出来，乔深就已经松开她，乖乖走向了安全地带。

“陆队，罐车厂家派的人到了。”陈奇的一声报告，把陆浅无处安放的少女心击了个七零八落。她甚至都来不及多看乔深一眼，就被迫回头再度投入抢险救援中。

虽然这场瓢泼大雨对油罐车发动机等零部件进行了自然冷却，但还是不排除罐体爆炸的可能。这罐车满载汽油，如果用吊车直接吊起是完全不可行并且危险万分的，所以陆浅让信息组联系了罐车厂家，准备进行倒罐。

罐车倒下去的时候，全部重力压在了出租车左侧，正好是驾驶室的位置，所以出租车司机当场就死亡了。而副驾驶座的母亲为了保护婴儿牺牲了。在勘查现场情况后，中队长罗永旭决定，倒罐和救援婴儿同时进行。

陆浅主要负责指挥，她安排了两支泡沫水枪对车辆发动机等部件进行冷却降温，随后由三组人员轮流对油罐车进行冷却等待倒罐车辆来进行倒罐。

罗永旭带着应急抢险组，对变形的出租车驾驶室进行了扩张。车头的残骸从那位母亲的右侧腰穿刺过去，这也是造成她死亡的主要原因。但因为母亲一心护着孩子，所以孩子被母亲抱到了左侧。现在必须得把母亲周围的杂物清理干净，才能够到她怀里的孩子。

几分钟后，陈奇和江尔易用液压扩张器扩大了救援空间，孩子被卡住的右腿终于可以动弹了。

但留给罗永旭施展的空间依旧很小，他必须得绕过母亲的遗体，伸手去把孩子受伤的右腿拉出来，这孩子才能获救。可是对他宽厚的手掌和粗大的手臂来说，这空间还是太狭窄了。

孩子的啼哭声越来越弱，嗓子已经嘶哑了，眼看撑不了多久了。

陆浅一看现场情况，不由分说地扯掉消防手套，捋起袖子：“我来！”

孩子的情况一刻也不容耽搁，罗永旭赶紧给陆浅让出一条道来。

站在安全线外的乔深还没走，冒雨站在路边，只见陆浅半个身子探进了车厢里，他眉头紧跟着一皱，屏住了呼吸。这一瞬，他只想突破重围，上前把置身于危险中心的陆浅扛出来，可是他知道，他没有立场这么做，也不能这么做……

只好在遥远的地方，胆战心惊地看着她渺小又伟大的背影。

明明那么瘦弱的肩，却非要扛起那么重的担子，这傻女人……

傻女人陆浅好不容易把手伸了进去，绕过母亲的遗体，她探到了孩子被卡住的腿。像是操控着精准的仪器一样，她握着孩子的腿，小心翼翼往外挪。

屏息三十几秒后，她终于从母亲的遗体里，把那个奄奄一息的婴儿抱了出来。120 救援人员立刻冲上来接走了孩子，陆浅站在雨里，脸上终于划过一抹劫后余生的笑……

乔深的心却跟着狠狠一抽。

只见她纤细的手臂在救援过程中划开了一条长长的口子，距离隔得太远，雨下得太大，乔深看不清那伤口有多长、有多深……

但是殷红的血不断地从她手臂里渗出来，他却看得一清二楚。刚流出来的血，被雨水冲刷，最后化作蜿蜒的水流，顺着她垂落的指尖一路流下去，流到了地上，她却恍若未见地放下袖子，继续投身指挥。

虽然司机和孩子母亲已经去世了，但作为消防战士，还是要完完整整地把逝者体面地救出来。

后来消防队又采用了“装载机拖曳，挖掘机扶正”等方法，历时整整 9 个多小时的全力奋战，才终于解除了危机。

剩下的两名逝者被救了出来，侧翻的油罐车也终于被成功拖出路面。在消防战士们的指导下，滞留车辆终于得以平安有序地前行。

为表达谢意，司机们纷纷对消防官兵鸣笛致敬。

那一刻，暴雨转停，天边也泛起了鱼肚白，晨曦冲破阴霾，终于迎来了破晓……

乔深站在百米开外，视线安静地锁定着陆浅，她疲倦的脸被天色照亮，嘴角突然扬起一抹死里逃生的傻笑。

而乔深也没想到，此生有一日，他会为了一个“陌生人”站在雨夜里，淋了整整 9 个小时的暴雨，不为别的，就只为看到她安然无恙……

她没有看他，甚至不知道他还在这里，可是她透着疲惫的笑容，却好像刻进了乔深的眸子……

被堵了一夜的话痨司机，终于把车开过来了，路过这里时，他认出了乔深："哎哟，小伙子，没想到还能碰上，这是你的伞吧？"

乔深看着那把透明的雨伞。

好心的话痨司机打开车门："上车吧，小伙子。你打车费给多了。你去哪儿，我送你一程。"

乔深接过那把伞，遥遥地看了一眼远处已经上车的陆浅，扬起嘴角……

车上。

江尔易看到陆浅袖口上的血迹，眉头一皱："受伤了？"

"哦，没事，剐了一下，回去包扎一下就是。"

受伤对于他们来说都是家常便饭，陆浅在这方面也是久病成良医，一会儿去大队长办公室拿个医药箱随便包扎一下就是了。

不管陆浅平时多刚烈，毕竟还是个女孩子，江尔易忍不住说她："大队长说得对，整个中队，就数你最不要命。"

"大队长又不在这儿，你拍他马屁也没用。"陆浅捂嘴打了个哈欠。

江尔易问："你轮休不是还剩一天假吗？不回家啊？"

"不回，回部队。"昨天相亲的事搞了个乌龙，她又关机了一整夜，这会儿要是回家的话，肯定又免不了听林女士一阵唠叨，还不如趁着轮休，回部队睡个安稳觉。

回到宿舍后，陆浅洗了个澡，沾床就睡。

日夜操劳后再回到床上，简直就像回到了人间天堂。陆浅一觉睡到了下午六点，去食堂蹭了顿晚饭，又跟林女士打电话解释了一下相亲的误会。

听说她昨晚顾着抢险救援，几乎一夜未眠，林姿到底还是心疼女儿，没有继续追究相亲的事，而是跟她提起了萧泊舟寄到家里的订婚请柬。

陆浅愣了半晌，才淡淡地扯了扯嘴角，回绝了。她实在没办法以萧泊舟的前女友身份去参加他的订婚礼，毕竟她曾经傻乎乎地幻想过为他披上婚纱。现在想来，山盟海誓什么的，实在好笑。

陆浅抱着手机躺下了。这宿舍里就住了她一人，因为整个特勤中队，除了后勤以外，就她一个女同志，上头为了照顾她，特地把这间接待来宾的休息室整理出来，给她当宿舍。平时忙忙碌碌的没觉得，一闲下来，陆浅倒觉得这小小的宿舍过于空荡了，好像说话都有回声似的。

就在陆浅合着眼睛闭目养神时，手机又振了起来。

原以为是林女士意犹未尽，打开手机一看，竟然是一条短信。电话号码是她再熟悉不过的，不久前，她刚删了这串号码。可讽刺的是，就算没有备注，她还是一眼就能认出来，这是萧泊舟的电话。

“浅浅，请柬给你送到家里了，下周六我订婚，你会来吧？”

陆浅干净利落地回了两个字：“没空！”

正要把这号码拉入黑名单，萧泊舟就秒回：“你是不是和那个男人分手了，所以不能一起过来了？”

陆浅好好的睡意就这么被磨光了，她翻身坐起来愤怒地戳着手机键盘——你放心，你都没离婚，我和他怎么会分手呢！谢谢萧先生关心，我们好得很。奉子成婚那天，请柬一定寄……

陆浅编辑到一半，又觉得自己实在是太情绪化了，这么回过去，搞不好萧泊舟还自作多情觉得她很在意他呢！

思前想后，陆浅笑着编辑了一条：“是啊，分了，男人也是有保质期的，过了保质期就换新鲜的试试。”

萧泊舟看着这条信息，握着手机的手指骤然收紧。杜漫霏刚从浴室出来，就看到萧泊舟手臂上暴起来的青筋。

“怎么了？”她走上前，从背后抱住他的腰。

“没事。”他淡漠地起身，不着痕迹地避开她，“你早点休息，我出去抽支烟。”

说完，拎着打火机就去了阳台。他拿着手机，屏幕亮了又暗，暗了又亮，反复五六次，还是没想到，要如何回复陆浅……

过了好一会儿，他才滑开短信对话框，打字：“浅浅，对不起，我知道我们分手这件事，让你受到了打击，但你作为女孩子，还是要自尊自爱。不要因为我，而彻底放弃你自己。”

陆浅忍不住一声冷笑。

分手见人品，这话说得真是一点没错。要不是和他分了手，陆浅绝对不会相信，这种话会从萧泊舟的嘴里说出来。

说他是“直男癌”，都对不起直男这个群体！他应该是“圣父病”加“自恋癌晚期”患者才对！

陆浅面带微笑，一个字一个字地回他：“对啊，没了你，我再也不想自尊自爱了。我以前的自尊自爱都是为了你，离开你，别说是放弃我自己，我甚至都不想活了。所以，要不你和杜漫霏取消婚约吧？就当为了我？你觉得呢？”

在看到这条消息时，萧泊舟有那么一瞬间有种想要取消婚约的冲动。说实话，在那天撞见陆浅和乔深之前，他从来没想过会和杜漫霏结婚，可是说出去的话就像泼出去的水，收不回了。加之双方父母已经见面商讨过这门婚事，订婚的日子都定好了，请柬也悉数寄了出去，要是现在再取消，他确实丢不起这个人。

可是订婚的日子越是临近，他就越发想念陆浅，想起曾经那些平淡却弥足珍贵的过往。

萧泊舟觉得自己大概是疯了，所以才会问她：“那如果我和杜漫霏取消婚约，你还愿意回到我身边吗？”

陆浅抱着枕头，笑到在床上打滚，好一会儿才冷静下来回道：“萧泊舟你知道吗？有些人出现在你的生命里，就是为了告诉你——”

陆浅故意留了个悬念，萧泊舟正在猜测陆浅究竟想说什么，甚至还带着一脸期待，谁知陆浅下一条信息就紧接着发了过来——“你怎么这么好骗呢？”

所以她完整的意思是——萧泊舟，我出现在你的生命里，就是为了告诉你，你真好骗！

这话犹如一盆冷水，劈头盖脸浇了萧泊舟一身，像是二月飞雪时掉进了冰窟窿，还忘了穿衣服那种透心凉……

过去那些美好的记忆，顷刻间烟消云散。他掐灭手中的烟，把手机调成静音，回了房。

陆浅盯着手机两三分钟，也没等到萧泊舟的回答，知道他是被怼得无话可说了，她这才抱着枕头躺下。

睡意渐浓，正当她安心合上眸子时，突然振动的手机又把她吓得一激灵……

她烦躁地抓过电话就开骂：“萧泊舟你没完了是吧？你……”

陆浅骂人的话还没发挥到极致，电话那头突然传来低沉又悦耳的声音——

“是我，乔深。”

陆浅脑子里飘过一串感叹号，瞌睡虫吓得跑了一大半，思维又回到了正常人的范围内，囫囵吞枣似的在嘴里嚼了一下他的名字：“乔、乔深？”

“不是乔乔深，是乔深。”也不知道为何，陆浅总叫不对他的名字，而每次他都像是有执念一样，想要纠正她。

他问：“你是不是间歇性口吃？”

此时的陆浅就像一桶炸药，萧泊舟点燃了火星子，乔深还给她泼了一桶油。她语气不善地炸开：“你吃饱了撑的？大半夜给我打骚扰电话，就想问我是不是口吃？”

“不是。”他慢条斯理地说，“我在你部队门外，你要不要出来？”

陆浅像弹簧一样从床上弹起来：“门外？”

“嗯。”他低醇的嗓音，落入陆浅耳朵里，酥酥麻麻的。

陆浅心脏一下一下的，跳得猛烈起来：“你……大半夜的，来部队干吗？”

“有东西要给你。”

他声音轻轻的，仔细听还能听到夏日的蝉鸣声。

陆浅抱着枕头，不知不觉间，想起昨夜他贴在她耳边叮嘱她注意安全的话，心头一暖，八百年前就已经埋葬的少女心，顷刻间死灰复燃。

可嘴上却干净利落地拒绝着：“我不要。”

“是你的东西。”

“我的东西？”

“嗯。”乔深不疾不徐地说，“你好好检查一下什么东西掉在我这里了。”

陆浅起身，回忆了一遍，昨天的脏衣服她都打包带回来了，没丢什么东西啊……

乔深语气闲散：“你要是不要的话，我就扔了。”

“等会儿。”陆浅一边穿鞋一边说，“在门口等我。”

去大门口的路上，陆浅还在想自己到底丢了什么东西。值班的队员看到陆浅，知道她今天轮休，打了声招呼。

陆浅故意放缓步子，还整理了一下衣服。实际上为了随时做好出警准备，她睡觉时也穿的训练服，根本没什么好整理的……

中队外面的人行道上，种满了香樟树，树冠广展，枝叶茂密。每两棵香樟树中间，立着一盏路灯。

夜色下街灯泛着昏黄的光，乔深就站在路灯前，靠着其中一棵香樟树。他跟前还放着一辆小黄车，看样子是骑车过来的。穿着白T的他，在黑夜里白得发亮。

大概是等得无聊了，他点了一支烟。被他夹在指尖的香烟冒着忽明忽暗的火星子，他正准备抽一口，就看到了匆匆赶来的陆浅。

他抬起头，冲着她微微一笑。

天上明明挂着忽闪忽闪的小星星，可是陆浅却觉得，乔深的笑容比星星还耀眼。他戴了一副金丝边的圆框眼镜，未经打理的碎发飘在额前，愣是把“斯文败类”这四个字演绎出了新的定义。

陆浅走近了才发现，那眼镜是无镜片的。

大晚上的，不近视还戴着眼镜，确定不是装 × 吗？

“我的东西呢？”陆浅朝他伸手，穿着短袖的手臂全露在了外面。

乔深盯着她的右手小臂，果然不出他所料，昨晚的伤口她压根就没处理。剐过的伤口大概十厘米左右，伤口不算深，血早就止住了。但从伤口边缘泛红的程度来看，一看就知道她肯定洗澡时泡过水。

乔深连续飞了 4 天，这才换来 48 小时的休息时间。昨晚陪了陆浅一夜，今天回到酒店睡了一整天。梦里又梦到了陆浅，这次陆浅倒是穿着衣服的，只不过浑身是血，活生生给他吓醒了。在那之后，怎么也睡不着了……

酒店里的东西吃腻了，他原本是想下楼觅食的，吃得有些撑了，就骑了一辆小黄车准备吹吹夜风。后来一阵风就把他“吹”到了这儿，来的路上，他还鬼使神差地去了一趟药店……

乔深把小黄车车头上挂着的塑料袋取下来，递给陆浅。

陆浅接过一看，里面装着生理盐水、碘伏，还有云南白药和纱布、棉签。

她迷茫地抬头看着乔深，乔深掐灭手中的烟，丢进垃圾桶，然后按着陆浅的双肩，把她压在自行车上坐下。

陆浅又弹起来：“你干吗……”

乔深拆开塑料袋，拿出生理盐水，又拉过她的手臂。

“嘶……”生理盐水倒在陆浅的伤口上，疼得她条件反射性地皱了一下眉。没注意的时候不疼，一清理伤口才发现，疼痛的感觉好像被乔深放大了。

“别动。”乔深用棉签蘸上碘伏，轻轻地擦过她的伤口。

他屈着两条大长腿蹲在地上，专心致志的模样，让陆浅情不自禁地坐上了自行车，就那么傻乎乎地望着他。这点伤，在她的受伤生涯里，可以说是最微不足道的一次。可是在他眼里，却好像重要得不行……

乔深把处理好的手臂缠上纱布：“最好是去医院打一针破伤风……”

“乔深。”陆浅突然抓住他缠纱布的那只手。

乔深抬头，漆黑的眸子盯着她。

“你知道你在做什么吗？”陆浅看着他。

乔深把陆浅的手拿开，垂下头，继续安安静静地缠着纱布。

“你……是不是有病啊？”陆浅小声问，生怕声音太大会吓着他似的。

乔深给纱布打了个漂亮的结，突然笑了，问她：“你的良心不会痛吗？”

陆浅：“……”

“大晚上的我买药来帮你包扎，你不感动也不谢我，而是怀疑我有病？”

“就是因为你这行为太诡异了，我才怀疑你有病的。你说这么晚了，你还买药来帮我包扎，不是有病，难道是想追我吗？”一想到这个可能性，陆浅就“扑哧”一声笑了。

乔深失笑，站起身，突然严肃地说：“我还没想好。”

陆浅嘴里的嗤笑一秒凝固……没想好是什么意思？没想好要不要追她？

乔深把药袋子塞到陆浅手里，看了一眼自行车。

陆浅立刻挪了屁股，把车还给他。

“尽量别沾水，记得每天擦药。如果感染了，一定要去医院。”交代完这些，他带着微笑，伸手揉了揉她柔顺的短发，骑上自行车就走了。

陆浅愣了好几秒，才回过神来，冲着他的背影大吼：“不是……你什么意思啊？”

什么叫“还没想好”？

陆浅追了两步，乔深已经骑过拐角，消失在她眼前。

她只能望着手里的塑料袋，无风凌乱……

乔深好久没骑过自行车，有些生疏了，来的路上还好，骑得慢，这会儿速度一快，车子一下就打滑了，刚拐过拐角处，他就连人带车一起摔进了绿化带。

乔深坐在地上，拍拍腿上的灰，脸上的笑容却不由得放大了几分。他也没想到，他乔深横行霸道几十年，竟也有为了躲一个女人而这么狼狈的时候……

什么叫没想好呢？大概就是……经过昨天晚上的事，他很清楚，自己对陆浅有不一样的感情，可能这就是人们常说的喜欢。但喜欢，不意味着非要在一起。

他们之间还有很多现实的问题需要考虑。比如，他的工作很忙，行程很满，时常世界各地到处飞，半个月不归家的情况也很常见。陆浅的工作性质又特殊，比起他来，有过之而无不及。一旦忙起来，两人有可能一两个月都碰不上面。

盲目地远距离恋爱，是导致分手的主要诱因之一。而且他也不确定，他对陆浅的感觉，是独一无二的，还是可以取而代之的。所以他说“还没想好”，这个答案其实是发自内心的，真实且严谨的回答。

不过，陆浅肯定不知道乔深心里是怎么想的啊！

她提着药袋子回到宿舍，还是一头雾水。她盯着包扎好的手臂，呆呆地想了十多分钟，最后依旧无果。

不过，好在她是个乐天派，实在想不明白，干脆就不想了，抱着枕头蒙头大睡，一觉醒来，又是好汉一条。

只不过那放在宿舍里的药，陆浅再也没擦过，她复原能力惊人，手臂上的伤，没两天就结痂了。

头两天晚上睡觉的时候，她还会想想乔深最后那句话是什么意思，到第三天，她就突然想明白了。其实不管乔深是什么意思，就算他真的要追求她，她也不可能答应他的。

她虽然不能第一眼就分辨出谁是适合她的人，但她至少可以清楚地分辨，哪些人是不适合她的。比如说乔深，无论是从哪方面来看，都绝对不可能是她的良人。

想明白这一点，陆浅豁然开朗。为了防止乔深无形之中撩人致命，她干脆把他的电话号码一股脑拉进了黑名单。

晚饭后，正值难得的休息时刻。

江尔易搭着陈奇的肩膀坐在室内健身房说：“发现没，陆队今儿心情不错啊！”

陈奇迟钝地问：“陆队不是一直这样吗？”

江尔易：“前两天愁眉苦脸的，你没看到吗？”

陈奇刚要说话，陆浅就过来了：“裕陈北路一别墅去摘马蜂窝，天黑了，走吧，江尔易！”

江尔易一声哀号：“陆队，我昨儿摘了一晚上的马蜂窝，瘦了整整两斤了。”

陆浅本来就是逗他的，今天这马蜂窝比较大，相比之下还是陈奇比较有经验，她拍拍陈奇的肩：“走吧，老赵开车送我们去。”

一到夏天，队里就会接到很多有关马蜂窝的警情，单这个月就接到了三十余起，学校、住宅小区、绿化带、公共场所等，有不少群众反映被蜇伤的情况。所以为排除安全隐患，中队就组织了一次为期一周的“除蜂行动”，按照报警地点，对马蜂窝集中式摘除。

江尔易昨天带着二班战士成功摘了十多个马蜂窝，走了一百多公里，手背上还被蜇了个大包。现在他一听到马蜂窝就头疼，目送陆浅和陈奇离开的时候，还站起来敬了个礼。

摘马蜂窝一般要选择出警时间，晚上最为合适。一方面，因为晚上马蜂都归巢了，有利于一举歼灭；另一方面马蜂在晚上视力比较弱，活动能力较差，攻击性相对白天要弱一些。

陆浅和陈奇出门的时候已经是傍晚了，开车的是老赵，赵擎天，外号擎天柱，特种兵退役，现在是中队的合同工，到中队开消防车都开了三年多了。

老赵平时话挺多，啥话题都能侃两句。把车开到别墅区的时候，他忍不住感叹：“哟，这别墅区，气派！还都是独栋的，你说这一栋得多少钱啊？”

陈奇笑着插嘴：“咱这辈子反正是买不起了。”

“那不一定，万一买彩票中了两个亿呢！”老赵开玩笑，“小同志还是要有点盼头，日子才过得下去啊！”

老赵明年就四十岁了，比起队里热血沸腾的消防战士来说，算是老同志了。

陈奇说：“那咱也得有时间去买彩票才行啊！”

陆浅大大咧咧地笑：“做梦吧，做梦来得快，哈哈……”

大家一路说说笑笑，车子很快就停在了一栋纯白色的欧式别墅前。黑色的栅栏拦住了消防车前行的道路，很快就有一位围着围裙的阿姨出来迎接。

“老赵原地守着，陈奇跟我一起侦察地形，石头和大鹅拿工具！”陆浅带着陈奇下车，对着阿姨一笑，“阿姨，您好，是您报的警吧？”

胖乎乎的阿姨笑容很和蔼，拉着陆浅说：“马蜂窝在三楼窗外，清洁阿姨也够不到。这天气一热，马蜂就到处飞。”

陆浅安慰阿姨：“您放心，一会儿摘了就没事了。”

她看了一下现场环境，马蜂窝差不多篮球那么大个，就在三楼空调主机下方，要不是个头太大了，估计都发现不了。

窗户高度太高，伸手够不着，居民住宅又不能用火攻，只能从高处通过安全绳慢慢将作业人员往下放，用药剂喷杀才行。

陆浅定了方案，从石头手里拿过防蜂服穿上，戴上手套，踩着胶靴问阿姨：“确定门窗都关好了吗？”

阿姨点点头。

陆浅说：“那您一会儿让家里人在家别开门。”

说完，陆浅又回头吩咐：“老陈你一会儿在前方指挥，大鹅和石头帮我拉安全绳。”

陈奇眉头一皱：“陆队，你又亲自上啊？”

“我比你轻，给石头和大鹅省点力气，一会儿还要赶下家呢！少废话，赶紧行动。”陆浅拿着编织袋和灭害灵就套上了安全绳。

陈奇只能服从命令，站在楼下当指挥。陆浅在摘马蜂窝这方面经验还是相当丰富的，套索攀窗，一气呵成。她小心翼翼接近蜂窝，近处看了一下蜂窝大小，对着通信器说：“蜂窝太大了，用药剂不行，把涂了腻子的报纸递给我。”

穿着防护服的陈奇，爬上六米拉梯，把准备好的报纸递过去。

陆浅准备充分后，一次性堵住了大型蜂窝的其他几个出口，然后用大编织袋套住了马蜂窝，接过陈奇递来的铁锹和尖刀，切断了蜂窝，刚扎紧袋口准备打结时……

“陆浅？你干什么呢！”一个熟悉的声音从别墅正门传来，严肃的嗓音里还带着些许不明所以的愤怒。

陆浅被这声音吓到，指尖一滑，手中的马蜂窝就朝着地面砸去。

大概愣了半秒，陆浅冲着拉安全绳的石头和大鹅怒吼：“快快快，快放我下去！”

石头和大鹅赶紧松安全绳，尽管陆浅朝下降落的速度已经够快了，可还是赶不及马蜂窝落地的速度。还没扎紧的编织袋露了一个口，数十只马蜂倾巢而出，狂蜂乱舞。

陆浅神速地扎好袋口，把亟待解决的马蜂窝交给陈奇。那数十只马蜂都朝着站在门口那人飞过去了，陆浅穿着防蜂服，抓起灭害灵以百米冲刺的速度朝门口那人跑去……

乔深刚从机场回来，原本打算回家洗个澡好好睡一觉，结果刚走到门口就看到一辆消防车。车上没人，他进来一看，就看到一个身形熟悉的女人挂在安全绳上，也不知在干吗，他左手搭着外套，右手拉着行李箱多站了一会儿，就听到陆浅对陈奇喊话的声音。

陆浅挂在空中摇摇晃晃的，乔深心下一着急，就叫了她一声，哪知她在取蜂窝啊……

一看数十只马蜂飞了过来，乔深反应神速地用衣服裹住头顶，刚准备蹲下，“哧哧哧”一阵灭害灵喷杀的声音响起。

乔深：……这女人怕是把他当马蜂处理了吧？

陆浅一把拉过乔深藏在自己身后，处理了胡乱飞舞的马蜂，这才回头问他：“没事吧？”

隔着防护服，乔深听不太清楚陆浅说的话，只知道脖子上火辣辣地疼。

“欸，你说你，好端端的你叫我干吗？我……”陆浅看了一眼趴在二楼窗上的石头和大鹅，深吸一口气，回到窗户下面，爬上拉梯，对着刚刚筑巢的空调主机下方一顿猛喷。

直到完成了整个作业，她才下了梯子，拉着乔深进了别墅。她一边解开防蜂服，一边问他：“蜇到没？”

乔深刚进门，阿姨就迎了上来：“少爷，你怎么回来了啊？”

“周姨……”

“哎哟，少爷，你脖子怎么了？”周姨一惊一乍的，惹得陆浅也看向乔深的脖子。

他穿着衬衣，领口解开了两颗扣子，脖子上有两个红疙瘩，疙瘩中间还有清晰可见的伤口，很显然是刚刚被马蜂蜇伤的。

“你……”陆浅来不及多说，干脆问周姨，“洗手间在哪儿？”

周姨指着二楼左手边那间卧室，陆浅拉着乔深就朝楼上跑，拖着乔深进了浴室，她一边打开水龙头，一边说：“脱衣服。”

乔深：“……”

“脱啊，愣着干什么？”陆浅对着追上来的周姨说，“家里有肥皂吗？食用醋也行。”

周姨点点头：“我去拿。”

周姨走后，乔深才慢条斯理地解扣子，扣子还没解完，陆浅手里的喷头就突然对准他脖子，冰冷的自来水喷了他一脸……

“陆浅……”

“别动。”陆浅问他，“还有其他地方蜇到没？”

乔深没说话，陆浅指着旁边的浴缸，说：“先躺下。”

乔深看出她眼里的紧张，随意地勾起嘴角，看着她时，目光掐得出水来，他笑：“不过是被蜇了两下而已……”

“胡蜂的毒素分溶血毒和神经毒两类，可引起人肝、肾等脏器的功能衰竭，特别是蜇到血管上有性命之忧，鬼知道你是不是过敏体质！”

陆浅公报私仇，拿着喷头滋了乔深一脸：“你躺不躺？”

乔深抓着她乱滋水的手腕，牵着她一起走到浴缸前面。他横着躺了进去，却没放开陆浅的手。

正好这会儿周姨进来了，陆浅见了，立刻站起身，把喷头递给周姨：“麻烦您用肥皂帮他冲洗十几分钟，有冰块的话一会儿准备点，实在痛的话可以服用一些止痛药物。要是有蔓延的趋势，那可能有过敏反应，一定要及时送医。”

说完，陆浅晃了晃自己的手腕，瞪了乔深一眼：“松手！”

乔深拽着她的手腕，吩咐周姨：“您去帮我准备点冰块吧！”

“啊？哦哦，好……”周姨把肥皂和食用醋一起塞到陆浅手里，火急火燎地跑了。

“干吗啊？”陆浅虽然在瞪他，可是用自来水帮他冲洗脖子的动作倒是没停下。

“你帮我洗。”他说，“周姨没经验，我怕处理不当。”

“那去医院吧！”陆浅认真地说，“马蜂蜇伤十万火急，你还是赶紧去医院吧！”

“你想我死吗？”乔深松开她的手，说，“那你走吧！”

他躺在浴缸里，颇有一种美人迟暮的凄凉感。那自暴自弃的态度，让陆浅真想丢下他自生自灭算了。

可是身为优秀的人民子弟兵……

陆浅拧开醋瓶子朝他脖子上倒，混着自来水一起冲着他的脖子：“真是应了那句话，遇到你就准没好事！你说我好好的执行个任务，摘的马蜂窝没有一百个也有五十了，什么时候失手过？谁让你在下面叫我的名字啊？”

“谁让你爬那么高了？”乔深突然睁开眼睛，望着陆浅，深情款款地说，“我是怕你摔下来。”

乔深躺在浴缸里，还是那副风光霁月的样子。他脱口而出的关心，倒像是家常便饭一样普通。陆浅想，他应该是属于中央空调那一类，时不时地就对姑娘说一些容易让人误会的话，或者做出一些暧昧的举动，就好比那天大半夜的来给她送药。

他可能经常这么对女孩子，所以暧昧有度，游刃有余。陆浅觉得就算自己被他吸引，也一定是因为这个原因——不是因为他的人格魅力，而是因为他经验太过丰富。

实则乔深并不像她看到的那样淡定，他也不过是外强中干的纸老虎，在她面前故作镇定罢了。刚刚一不小心说了心里话，本来想将计就计看看陆浅的态度，谁知她听完就沉默了，半天不表态……

“这水有点凉。”他随便找了个话题。

陆浅笑他：“你一大老爷们，大夏天还怕凉水？”

乔深不在意她的吐槽，看向她的手臂，问：“伤好了吗？”

“早好了，谢谢你的药啊，还是挺有用的。”陆浅笑着说。

“有用就好。”

陆浅刚想问他那天为什么要给她送药，就听他说：“一会儿你帮我抹一下肥皂，就当扯平了。”

扯平了是什么意思？既然这么计较的话，当时干吗送药给她？她随口一说：“要不这样，我把那天买药的钱也发给你？”

“那你把我微信加上。”乔深说，“我电话号码你应该有吧？”

……有倒是有，不过正在黑名单里躺着呢！陆浅那天给乔深转完果篮的钱之后，就把他的微信再次拉黑了。乔深要不是在这段时间里主动给她发过微信，应该不知道自己被拉黑这事儿。所以这段时间，他主动联系过她？

陆浅把肥皂压在他脖子上磨蹭了两下：“你把手洗干净自己揉。”

“怎么揉？”他抬眼望着她，一脸虚心求教的表情。

“你想怎么揉？当然是拿手揉了？”陆浅一边说，一边动手给他做示范，“就这么揉，会吧？”

乔深脖子一缩，语气温柔：“你轻点……”

“我就这力道！”虽然嘴上这么说着，但陆浅动作还是放柔了些，“这样呢？行了吧？”

“嗯，手法不错。”

门外，正在听墙脚的大鹅和石头：……这对话听起来怎么这么暧昧，抹完肥皂，还揉一揉之类的，真的是在处理伤口，确定不是洗澡？

老实巴交的大鹅小声问石头：“这……咱到底叫不叫陆指导啊？”

“叫什么叫！”石头撸了一把自己的寸头，贼兮兮地笑，“你看不出来陆队和他认识啊？”

石头拉着大鹅：“走走走，帮班长搞马蜂窝去，刚刚阿姨不是说后院还有个小的吗？”

“哦……”大鹅为人老实本分，除了出任务的时候，就跟只呆头鹅似的，所以才得了这个外号。这会儿一听石头说得有道理，乖乖跟着走了。

屋内，乔深突然问陆浅：“你前男友是这个月订婚吧？”

陆浅嬉笑的脸突然沉了下去，搁在乔深脖子上的手，也停了下来。过了两秒，她关了水龙头，说：“红肿明显消退了，应该没什么问题，一会儿阿姨把冰袋拿来，敷一下就没事了。不过，最好密切观察一段时间，如果有过敏反应，就去医院。”

她起身甩了一下手上的水，刚想走，就被乔深抓住了手腕。

“翻脸了？”他借劲儿从浴缸里起来，直至她身侧才顿住脚步，“我就是想问问，需不需要我陪你去参加他的订婚礼。毕竟，当时是我擅作主张帮你答应他的。”

看在对方出于好意的分上，陆浅忍住将他过肩摔的冲动，从他的掌心抽回自己的手腕，冷冷地说：“不用。”

这头乔深还想说点什么，周姨就拿着冰袋过来了。乔深接过冰袋，随手放在一边，又对周姨说：“您给我倒杯水吧。”

周姨又被支出去了，陆浅跟在周姨身后准备离开，乔深突然叫住她说：“你在外面等我一下，我换件衣服。”

他浑身湿透了，衬衣扣子也解开了大半，若隐若现的线条，是有点勾人。陆浅顺手抓过浴巾架上的毛巾丢给他，转身走了。

等乔深裹着浴巾出来的时候，只有周姨端着一杯水站在门外。

“她人呢？”乔深慢条斯理地擦着头发。

周姨左看右看，恍然大悟：“哦，你说刚刚那位小姐吗？”周姨指着后院的方向说，“那边还有一个马蜂窝，她过去了。”

“让厨房切点水果，一会儿送过去。”有了刚刚的经验，乔深没再去打扰陆浅执行任务。

等到她把后院的马蜂窝处理完了以后，乔深才让周姨端着水果过去。

“来来来，同志们都辛苦了，吃点水果解解暑吧！”周姨热情地说。

陈奇笑了笑，赶忙婉拒：“这这这……不合适。您别这么客气，陆队你看……”

陆浅笑着把周姨的果盘推回去：“不辛苦，这都是我们应该做的，组织里三大纪律，一切行动听指挥，不拿群众一针一线，一切……唔……”

陆浅大道理还没说完，乔深就把一块西瓜塞到了她嘴里。红色的西瓜汁顺着她的嘴角流下来，她抬头望着乔深，那眼神仿佛在说“你找死吗”？

乔深迎着阳光，动作自然地帮她擦了一下嘴角，又对陈奇勾唇一笑：“你们领导刚刚破了戒，为了不让你们领导为难，大家一起解解暑？”

……别说，这冰镇西瓜还挺甜的。被乔深这么摆了一道，陆浅也只能招招手说：“快吃，吃完收队。”

陈奇嘴角一咧，拿了块西瓜冲周姨说：“谢谢。”

敦厚的大鹅说：“我给老赵送一块去！”

“送个屁！”陆浅说，“刚刚让他在门口守个人都守不住！还配得上吃西瓜？”

通常来说像到这种居民住宅取马蜂窝，都会留个人在警戒线外面，严防有围观群众误入被蜇伤，结果老赵却把乔深放进来了。差点酿成大错。

见陆指导批评得是，大鹅不出声了，乖乖低头啃西瓜。

乔深见惯了陆浅吊儿郎当的样子，倒是头一回见到她这么严肃，要不是嘴角的那颗西瓜子，他可能都要被她这狐假虎威的模样吓住了。

他伸手帮她摘掉那颗西瓜子，说：“不是让你在屋里等我一会儿吗？”

陆浅的视线在乔深脸上打了个转，问：“你有事儿？”

乔深从身后拿出个袋子递给她：“看到合适就买了。”

白色黑边的礼物袋里，不知道装的什么东西。这不清不楚的礼物，陆浅没接，主要是被他这一言不合就送礼的方式惊住了。

她压低声音问：“我们很熟吗？”

乔深随意一笑：“就睡过一夜，也不算熟。”

“×！”陆浅捂住他的嘴，把人拉到一边儿，“上回不是说好这事儿翻篇了吗？”

“上回我说你把我送回去，这事儿我们就翻篇了。你怎么做的？”

想起自己上回的所作所为，陆浅一脸妥协：“那你说，要我怎么做你才肯忘了这事儿？”

乔深把袋子塞到她手里：“你收下，我就不提。”

这不扯淡吗？哪有人威胁别人收礼的？

陆浅提着袋子刚想还给他，就听乔深说：“一会儿别忘了加我微信，把上次的医药费发给我。”

陆浅收紧握着礼物袋的手指，吼了一嗓子：“收队！”

她拿了块西瓜往外走，上了车，把西瓜递给老赵：“刚刚怎么放人进来了？”

老赵挺直后背：“报告，撒尿去了，没看到！”

“撒尿不知道提前打报告？”陆浅看着老赵耳朵上的对讲机，问，“你耳朵上挂着那玩意儿干吗用的？”

“报告陆队，你是个女人，报告不方便。”

陈奇额角一抽，老赵这次多半凉凉了，竟然敢拿男女性别来说事，刚好踩到陆指导的雷区。

陆浅黑白分明的眼睛盯了老赵两眼，盯得他脊背发凉时，她才道：“中队没有性别之分，一起出任务就是并肩作战的队友，下回再有这种情况提前打报告，开车！”

又去附近摘了几个马蜂窝，一直忙到晚上十点多，陆浅才回到部队。

洗了个澡，终于有空打开那个礼物袋，她拆开礼盒一看，里面装着一支护手霜。国外某奢侈品牌，高端大气，洋甘菊的味道，浅浅的，很好闻。

陆浅从来没用过这种东西，唯一用过的护肤品，大概就是小时候爸爸给她买过的蛇油膏了。

以前和萧泊舟交往的时候，他倒是会常常给她买化妆品，不过目的是希望她能像其他女孩子一样打扮打扮自己，更有女人味一些。陆浅不喜欢，也不会弄，所以从来不用。

看到这护手霜，陆浅反而笑了。她挤出一些擦在手上，把乔深的微信从黑名单里拉出来，给他发了一百块钱过去，真心实意地说了一声：“谢谢。”

乔深正在书房画漫画，手机就放在书桌上，收到消息，他拿起手机查看。

在看到发消息的人是陆浅时，嘴角的笑容才像湖水一样，一圈一圈地漾开。

“这次别把我拉黑了，好好照顾自己，晚安。”

好好照顾自己……

陆浅突然鼻子一酸，这么多年来，这话也只有父亲跟她说过。

她躺在床上，纤细的手指在黑暗中准确地摸到墙壁上刻着的“陆卫”两个字，目光如炬……

第八章
订婚

“爸爸，别走。”六岁的小女孩拽着一个男人的衣角，眼眶红红的，白净的小脸委屈得不行。

高大威猛的男人，穿着橙黄色的消防作战服，伸手摸了摸小女孩的脑袋：“浅浅乖，听话，爸爸一会儿给你买生日蛋糕。”

男人身后是一栋五层楼高的酒店，正冒着滚滚浓烟，不时有迸溅的火光从漆黑的窗户喷涌而出。热浪夹杂着火星扑出窗口，承重墙坍塌的声音犹如爆裂的火山在喷发……

小女孩抱着男人的小腿，大哭：“爸爸别去，浅浅不要你去……”

男人漆黑的脸上全是浓烟残留下的痕迹，他狠下心来，掰开小女孩肉乎乎的小手，一头扎进了火海。

小女孩被身后的群众拽住了，“轰隆”一声巨响，烈焰中的断壁残垣轰然坍塌，小女孩被身边的人护在怀里，隔绝了一切喧嚣。再睁开眼时，五层楼高的酒店，顷刻间已被夷为平地。

男人还来不及跑进酒店，就被火海吞噬得一干二净。

小女孩痴痴地看着那片火海，半个字也说不出来，脚下仿佛生了钉子，把她钉在原地，脖子也像被人用手掐住了，越收越紧……

周围七嘴八舌的声音像是被人按下了消音键，整个世界只剩下她急促又微弱的呼吸……

“丁零零”的一声，把陆浅从梦中吓醒。她惊坐起来，抹了一把满脸的冷汗。

这样的梦境不知重复了多少次，每次都能把她从光明拖入无止境的深渊。外面吵吵嚷嚷的声音，是战士们起床出操的动静。

陆浅看了一眼时间，才知道自己又被噩梦缠了一整夜。

微信里有一条未读消息，陆浅滑开，便看到乔深的头像，是一架精致的飞机模型。

他半个小时前发来的问候——“早安，陆浅。”

这几个字，像是透进黑暗里的微光，照亮陆浅的视线，也把她从噩梦拉回现实。她收起手机，起床、穿衣、叠被、洗漱，一气呵成。

六点十分，陆浅再次站到操场上时，又是那个意气风发的消防队霸王花了。带队出操，毫不含糊。

这是一个难得清静的上午，队里没有接到任何出警任务。可是越清静，陆浅就越觉得不安。这不，刚吃了午饭，麻烦事儿就找上门来了。

陆浅接到门岗通知，说是有位姓杜的小姐找她。陆浅仔细想了一下，姓杜的小姐，除了萧泊舟的现任女友以外，她也实在想不到别人了。

杜漫霏在订婚礼前夕来见她，能有什么好事？可是人都找到门口了，陆浅能怎么办？还不是迎头应战呗！

趁着午休时间，她把杜漫霏接到办公室。

“坐吧。”陆浅用一次性纸杯接了杯水递给杜漫霏。

杜漫霏接过，礼貌地道了一句：“谢谢。”

“说吧，找我什么事儿？”

“我和舟舟下周六订婚，请柬你收到了吧？”

陆浅默然不语，示意杜漫霏继续表演。

杜漫霏握紧水杯，说：“你会出席吗？”

陆浅痞气一笑：“那你这到底是希望我出席呢，还是不希望我出席啊？”

“当然是不希望。”

“不希望？”陆浅有点意外。

杜漫霏小三上位，张扬跋扈，现在心想事成，即将和萧泊舟修成正果。按她这尿性，应该巴不得陆浅出席订婚礼，以胜利者的姿态狠狠羞辱陆浅一番才对，难道她是要反其道而行之？

杜漫霏喝了一口水，缓解自己的紧张，她放下水杯，对陆浅说：“其实，我要谢谢你。”

“谢谢我治好了你的白内障，看清了萧泊舟这个渣男的本质？”

“他不是渣男！”杜漫霏有些激动。

陆浅无所谓地耸肩，皮笑肉不笑地看她：“你开心就好。”

“其实在你被抓进公安局那天之前，泊舟他从来没跟我提起过结婚。他很舍得为我花钱，也愿意花时间陪我……”

“我前男友是个怎样的人，我不想从他的现任女友口中听到。”陆浅看了一眼腕表，“你要是没什么其他事情的话，不好意思，我要午休了。”

“你听我把话说完。”杜漫霏情急之下，抓住了陆浅的手腕。

陆浅不悦地甩开她：“有什么事儿，说。别动手动脚的。”

“我想跟你说一声——对不起。”杜漫霏垂着头说，“不管你信不信，但一开始我没想过要拆散你和泊舟的。我承认，我是拜金主义者，我一开始只是看上了他的钱。你知道的，时尚圈不好混，我没有过人的天赋，更没有拿得出手的特长，唯一能靠的，只有这副皮囊。泊舟的人脉和财力，能给我提供很好的平台。我陪他过夜，他帮我铺路，这本来是很公平的交易，我只是想走捷径而已。”

事发到现在，陆浅经历了被劈腿、分手、独自疗伤，却从来没和萧泊舟好好聊过一次，更没有像其他被劈腿的女人一样，和杜漫霏痛快地撕一场。

听完杜漫霏这番解释，陆浅嘴角勾起薄凉的笑：“公平，确实很公平。你走的的确是捷径，但终点是通往成功还是毁灭，你自己最清楚。”

陆浅冷漠又讽刺地笑，刺痛了杜漫霏最脆弱的自尊心，她脸色一变，指着陆浅问：“你有什么资格说我？你真的了解泊舟吗？你真心爱过他吗？你替他付出过多少？你扪心自问，你们分手真的是因为我的插足吗？不是的，陆浅，你心里明白，就算没有我，你和泊舟也照样会分手！错的不是我，是你自己不懂珍惜，你不懂他对你的好，就算他是渣男，也是你亲手把他变成这样的。但是我明白，我明白他有多好，所以请你从今往后，不要再出现在他面前了。不管你们曾经是怎样的感情，那都是你们的过去，而我才是泊舟的未来。”

陆浅静静地听完这段抑扬顿挫的指责和咆哮，内心却毫无波澜：“如果你真对你们的未来那么自信，又何必迫不及待地来我这里宣誓主权？我也希望你们从今往后情比金坚，但一开始就目的不纯的婚姻，多半都坚持不到最后。”

陆浅说：“我这人没别的什么优点，最突出的一个优点就是——拿得起，放得下。小时候我天天抱着睡觉的玩具熊，我都舍得扔，更何况是一年到头都见不了几次面的萧泊舟。”

她笑着说：“你放心吧，订婚礼我会去参加的。祝福的话，我留着你们订婚当天再说。”

陆浅走到办公室门口，又回头问杜漫霏：“出去的路能找到吧？要不要我找个人送你？”

杜漫霏来时气焰嚣张，去时却像被灭火器扫过一样，丢盔弃甲地走了。临走时，她满含怨念地瞪了陆浅一眼，那是她唯一的倔强了。

等目送杜漫霏离开后，陆浅像被人抽走了力气，跌回椅子上。刚刚在怼杜漫霏时有多意气风发，现在就有多垂头丧气。只有她自己清楚，杜漫霏那段质问里有几分是事实。

这订婚，陆浅是该去的，但她不能自己一个人去，怕一时控制不住情绪，会失了风度。更不可能联系乔深，再让他蹚这一摊浑水。况且此时她最想保持距离的男人，萧泊舟排第一，乔深就肯定稳居第二。

思前想后，陆浅给好兄弟靳长风打了个电话。

陆浅和靳长风从小就认识，两人几乎是一起厮混到大的，铁得跟亲兄弟似的。都说男女之间没有纯友谊，陆浅和靳长风就是个意外，他们是脱光了衣服在一起洗澡，也不会对对方有邪念的那种铁磁关系。

“喂，陆爷，你从火星考察回来了啊？居然有空主动翻我的牌子。”靳长风吊儿郎当的语气，还夹杂着敲打键盘的声音。这小子从小是个乖宝宝，听爸妈话考上了名校还选择了经管系，结果叛逆期来得有点晚，毕业了不但没去老爸的公司，还组了个职业战队玩电竞。听说在业内还小有名气，不过这些名气在他那企业家父亲的眼里，就四个字——不务正业。

陆浅说：“萧泊舟下周六订婚，你陪我一起去吧。”

这话吓得靳长风键盘都忘了敲，言语之间染上兴奋：“干吗？去砸场子啊？”

“不砸场子，就是去祝他订婚快乐。”

靳长风刚落回键盘的手，又收回来，对着手机劈头盖脸一顿骂：“陆浅，你脑子被驴踢到卷帘门上了吧？他劈你的腿，你还去祝他幸福？你怎么不祝他儿孙满堂呢你？”

陆浅太阳穴一抽，她差点忘记前段时间靳长风刚得知萧泊舟劈腿时是什么反应……这货把姥爷家里杀猪的刀都提上了，要不是她拦着，萧泊舟估计这会儿还躺在医院呢！

陆浅讲道理：“这段感情，劈腿出轨的人是他，纠缠不忘的人却是我，不公平。别的不论，再怎么说，我们也是从小一起长大的，念着这旧情，分手也该体面些。再说……”

陆浅抿了抿唇，洒脱一笑：“我去说一句祝福，是对过去的事做个了结，不是便宜了他，而是放过了我自己。”

有些事，想开了就好了。就好比有的人，注定只能陪你走一段，而不是走一生。悟出了这个道理，陆浅整个人豁达了不少。她久违地更新了一则朋友圈——爱得匆忙，散得也快。

刚发出去，就有人点赞了。点赞的人是乔深，陆浅给他改了个备注，叫“已婚妇男”，是为了时刻提醒自己，千万别中了乔渣男的毒。

乔渣男对此事毫不知情，甚至还抱着手机在认真思考，陆浅这则朋友圈究竟有何深意。

在乔深家里蹭吃蹭喝的邵然，实在看不下去了，勾着乔深的肩：“老乔，不是我说你，这都多久了，你和公务员妹妹怎么还没有进展啊？你这效率不行啊！你到底会不会追姑娘？不会的话，哥给你支几着儿！”

乔深抖开他的手臂，不客气地说：“你倒是追过姑娘。不过是基于经济基础的利诱，是来自物质和外在的吸引。知道为什么你每一段感情都不超过三个月吗？”

“因为邵总我风流倜傥，像我这样的条件，自然是要恩泽天下的，不能便宜了一个姑娘。”

乔深笑着睨了他一眼，戳着他的胸口说：“因为你谈恋爱用的是脑子，不是真心。”

邵然眉头一皱，不过片刻，又恢复吊儿郎当的散漫：“我就这二两真心，全给你了，哪有余地分给其他姑娘啊！”

乔深扭头就走人，懒得听邵然贫嘴，邵然追在他屁股后头说：“谈恋爱光用心也不行，得花时间。你飞了三四天，好不容易休息两天，再不抓紧时间，好姑娘都跟别人跑了。”

走到门边的乔深，脚步忽而一顿，邵然一头撞上去：“干啥呢？被哥说中了吧？”

邵然顺着乔深的目光看向门口，见到来人，立马收起那玩世不恭的笑，叫了一声：“舅妈……”

周云澜点点头，语气还算温和：“然然也在啊？”

邵然赶紧拿起公文包：“我顺道路过，这就走了。”

周云澜没有留客，只道了一句：“注意安全。”

邵然从小就虎，小时候跟个猴似的，在学校是出了名的小霸王，回到家里也没人制得住，唯独只怕一个人，那就是乔深的母亲——周云澜。

乔深七岁那年，父亲乔昊就去世了。在那之后，周云澜没有再改嫁，而是带着乔氏集团的股份回了周家。她生来性格要强，做事杀伐果决，在商场上不输任何男人。

邵然小时候就知道，舅妈周云澜是出了名的女强人，对乔深的教育说一不二，小时候只要乔深做错了事就要被关禁闭。邵然有轻微的幽闭恐惧症，所以特别怕周云澜。

乔深很聪明，被关了几次禁闭之后就听话了。各方面都出类拔萃，样样都稳拿第一。邵然和乔深小时候都是典型的别人家孩子，不过乔深是用来当正面教材的，他是用来做反面教材的。

周家好不容易培养出这么优秀的孩子，自然是要他继承家业的。周云澜原本已经帮乔深计划好了未来的路，该去国外哪所大学深造，什么时候回来继承公司。却怎么也没想到，乖巧了十几年的乔深，一夕叛逆，偷偷报了中飞院。他拿着高考状元的成绩，却只填了中飞院这一个志愿。

母子俩为了这事儿，一度闹得不可开交，周家上上下下不知开了多少次家庭会议。最后也不知道乔深究竟怎么做到的，总之周云澜这个一辈子没服过软的女强人，在乔深面前服软了。

乔深顺利就读中飞院，现在成了优秀的飞行员。但是这母子俩的关系，却一直没修复过来，每次邵然看到周云澜的时候，她都是话少面冷的。

邵然打心眼里怵她，自然是先跑为妙。他拍拍乔深的肩，就当精神支持了。

“您怎么来了？”乔深把周云澜迎进来，亲自给她倒了杯水。

周云澜没接，直说：“我一会儿要出差，过来是跟你说一声，我不管你有什么安排，这周六上午十点，帝格顿斯酒店 3 号会议室的股东大会，你必须得出席。”

“知道了。”

周云澜亲自过来就是为了给乔深打预防针的，说完这话，她转身就往外走，走了两步，突然想起什么似的，回头来问他：“我听你外婆说，上次相亲你没去？”

“嗯。”乔深懒得解释。

周云澜说："不去也好，你现在还年轻，要以事业为重，你外婆给你介绍的那些姑娘，都不适合你，谈婚论嫁等以后再说，不急。"

乔深沉默着没说话，周云澜的司机已经把车停在了门口，上车前，她打量了他两眼："买两身像样的衣服，你要是没空买，一会儿我让小王给你送过来。"

"不用，我自己买。"

小王帮周云澜关上车门，对这母子俩冷冰冰的对话早已见怪不怪。

乔深回头调班，把下周六和周日的时间空了出来。这些年他帮别人代班的时候占多数，倒是鲜有调班的时候，同事们都很配合。

周五下午，乔深下了飞机就打车回酒店，路上经过步行街时才想起母亲的交代。他让师傅停车，拖了行李箱准备去买两身正装。

乔深还穿着制服，一进门就吸引了多数人的视线，像他这般的颜值和气质，走到任何地方，都是亮眼的，更何况还穿着机长制服。

众人的视线像是热辣的光，刺得乔深浑身不舒服，直到他钻进一家高级成衣店，才总算轻松下来。

林姿去了一趟洗手间，回来的时候刚巧和乔深擦肩而过，看到好看的男孩子，忍不住多看了两眼，一回到女装店就拉着陆浅说："妈妈刚刚看到一个男孩子，可能是什么电影明星，小伙子长得真俊。"

陆浅今天是被林姿强拉出来选礼服的，自从听说她决定去参加萧泊舟的订婚礼，林女士就开始着手准备了，就为了输人不输阵。

陆浅三番五次强调"我又不是去示威打仗的"，可林女士依旧充耳不闻，这不，非要带着她来选一件"战斗服"。

难得听到母亲这么夸奖别人，陆浅也生出几分好奇心，跑出女装店，抻长脖子问："哪儿呢？哪儿呢？"

陆浅这颜控多半随了母亲……

林姿指着隔壁那家成衣店说："刚进去，是妈妈见过的最俊的小伙子了。绝对是这条街最靓的仔。"

"走走走，看看去！"陆浅拉着母亲就朝隔壁冲。

乔深进店买了两套新款西服，又选了一套衬衣和休闲西裤换上，他刚从试衣间出来，吊牌还没剪，一抬眸，便看到一个熟悉的身影，就站在他眼前五米处——呆若木鸡。

陆浅怎么也没想到，母亲口中帅得人神共愤的小伙子，竟然就是乔深……

乔深看到陆浅，眼前一亮，嘴角微微上扬，抬起手，刚想打个招呼，还没出声呢，就见陆浅拉着身旁的女士，边往外走边说："妈，我还是觉得隔壁那套白色的礼服比较好看，我们回去买！"

"哪套啊？"林姿一进店就追着问。

陆浅怕她起疑心，随手抓了一件就说："这件。"

陆浅盯着门边，生怕乔深追过来打招呼，心思没在礼服上。

林姿扫了一下她手里的衣服，未被岁月侵蚀的美眸染上深意："去试给妈妈看看。"

陆浅拿了礼服进去才发现，她随手选的衣服，何止是暴露。前面深 V，后面露背，好不容易长过大腿的裙摆，竟然还是透明的蕾丝设计，除了屁股完完整整地包住了，其他能露的地方差不多都露出来了。

性感是性感，可是打死她也穿不出来。

陆浅从试衣间里探出一个脑袋："妈，我突然觉得这件不怎么好看了，要不换一件？"

"衣服好不好看得穿上身才知道，你试都没试，怎么知道不好看？别废话，赶紧换上出来！"

这丫头现在学会撒谎了，骗人的时候眼睛都不眨一下，林姿这辈子吃的盐比陆浅吃的米还多，一看陆浅刚刚落荒而逃的样子就知道，她和隔壁那个帅小伙肯定认识。

果然，没一会儿，那个帅小伙就追过来了。

导购一见到乔深，热络地迎上去："先生，您想看点什么？"

"随便看看。"乔深和林姿的视线正好对上，他也没躲，落落大方地点头示意后，拉着行李箱去男装区逛了一圈。

林姿在心里给乔深打了个九十五分，九十分是外貌，五分是礼貌。

乔深拿着礼服进了陆浅对面那个试衣间。

林姿咳嗽了一声，催陆浅："快点，穿好了没有？"

"好了好了……"陆浅不耐烦，又一次体会到什么叫自作自受。

换好衣服的陆浅光着脚丫子出来了，扭扭捏捏的表情，浑身不自在。林姿把高跟鞋递给她："换上。"

"不是，妈，这风格……"

"换上！"

迫于老妈的淫威，陆浅踩上七厘米的“高跷”。

“还行，就是有点露。”林姿故意拔高音调，“没想到你喜欢这个风格？看来以前是妈妈误解你了，我家囡囡一点都不保守嘛！”

有点露？不保守？

听到这两个形容词，乔深喉结滚动了一下。

“定了，你明天就穿这身去参加婚礼，不管怎么说，气势得拿足了！”林姿说，“转一圈我看看。”

陆浅觉得自己就是来受刑的，她一边转一边泄气地说：“什么气势？我又不是去抢亲的……”

陆浅说着说着，鞋跟一歪。为了稳住身子，她惊慌失措地伸手去扶试衣间的门。

乔深按捺不住内心的好奇，想知道陆浅究竟要穿怎样的礼服去“抢亲”，索性拉开试衣间的门，准备制造一场偶遇。结果刚拉开门，他还来不及看清眼前的景象，陆浅的巴掌就从天而降……

他傻眼的同时，也伸手扶住了陆浅的腰。

真是撞了鬼了！陆浅抬眼看着被自己打了一巴掌的乔深，呼吸一滞。不，这不是撞鬼，这比撞鬼更可怕……

她像尊泥塑一样挂在乔深身上，她亲妈实在看不下去了，忙把女儿拽回来：“不好意思啊，小伙子你没事吧？”

陆浅心虚地望过去，只见他白白净净的脸，以肉眼可见的速度红起来，刚好就是一个巴掌印。

都被打成这样了，能没事儿吗？

陆浅望向他轮廓深邃的双眼皮，也不知道自己现在把脸凑过去让他打一顿，他能不能消气……

两人就这么对视了半秒。

半秒后，乔深移开目光，不冷不热地说了一句：“没事。”

“愣着干什么？”林姿拽了女儿一把，咬牙切齿地压低声音，“道歉！”

陆浅不对在先，心虚地说了一声：“对、对不起。”

她声音轻得很，仿佛风一吹就能散开，飘进乔深的耳朵里，勾得他有点痒。他淡淡地看了陆浅一眼，穿着这身剪裁性感的衣裳，倒是应了她在床上反复强调的四个字——风情万种。

她在消防队里是当仁不让的霸王花，但脱掉那一身制服，换上纱裙的陆浅，也是妩媚婀娜、风韵十足的女人。

乔深只看了一眼，便挪不开眼睛了。

直到陆浅伸手捂住胸，他才不自在地伸手挡了一下唇，道："这衣服……不适合你。"

要你说！

陆浅瞪了他一眼，跑进试衣间摔上门，动作一气呵成。

林姿还想说点什么，奈何电话响了，看了来电显示，大概是重要电话，她对乔深点点头，滑过接听键往外走："喂，廷生啊……"

"先生，衣服怎么样？合身吗？"导购问。

乔深盯着陆浅的试衣间看了半秒，又伸手摸了摸兜，没摸到烟盒，才记起这裤子是刚换上的。心尖有点躁，就像鼻子里滑过一股暖流的那种躁意。

"先生？"导购伸手在乔深跟前晃了晃。

乔深收回目光："就这套，开票吧。"

他倚在门边，给陆浅发微信："为什么躲我？"

陆浅没空理他，因为她正躲在试衣间里狂躁地挠门。刚刚摔在乔深身上的那一刹那，她感觉有一股暖流从身体里流过，直接蹿向小腹。一开始，她还以为被乔深抱一下就兽性大发了，直到……脱下礼服才发现，裙摆后面染上了一块血渍。

是的，她生理期到了！

她这从小到大准时造访的生理期，头一次不按规矩办事。该来的时候不来，不该来的时候偏要凑热闹。

陆浅这是祸不单行，也是第一次体味到痛经是什么滋味。她体质一直很好，这还是第一回经期肚子痛。可怜兮兮地趴在试衣间的门上，陆浅有气无力地叫了一声："妈……"

门外无人应答，倒是手机又振动了一下。

她摸出手机，是乔深发过来的微信："你妈妈刚刚接了个电话走了。"

"走了？"

"嗯，刚走。"

陆浅捂着隐隐作痛的小腹，倔强地给老妈打了一通电话，林女士焦急的声音从电话那头传来："你雷叔叔打球的时候被球杆砸进医院了，妈妈现在在去医院的路上呢！"

“可是，妈，我……”

“你今晚别回部队了，长风说了明天一早来家里接你。”林姿交代了两句，急匆匆地就把电话挂了，显然她心思早就已经飞到雷叔身上去了。

乔深干脆敲门：“还不出来？”

陆浅：“……”

“准备继续跟我装不熟？”

陆浅豁出去了，拉开试衣间的门，钻出个小脑袋：“你能……帮我叫一下导购吗？”

“怎么了？”乔深收起手机，嘴角勾起，轻笑起来。

他人长得好看，笑起来时，嘴角半弯，长而直的睫毛盖住了眼睑，反倒衬得一双美眸熠熠生辉，温柔又多情。

“你先帮我叫一下……”陆浅脖子一点点往回缩，心虚得很，毕竟刚刚还装陌生人扭头就跑，现在又要人家帮忙，打脸简直啪啪响。

“怎么，现在认识我了？”乔深声线干干净净的，就算是质问，听起来也悦耳得很。

陆浅拉不下脸，要让她服软求人，还不如丢脸丢到底。她干脆推开门，裹起那件礼服，拿到前台，小声说：“麻烦这件帮我包起来。”

“好的，小姐，您是要刷卡还是付现？”

“微信支付可以吗？”陆浅今天是被老妈硬拽出来的，根本就没存心买衣服，所以没带银行卡。

收银员为难地说：“不好意思，我们这里只支持付现和刷卡，不支持网上支付。”

“不是，这都什么年代了，微信、支付宝都不行啊？”陆浅出门就带了部手机和几十块的零钱，这下尴尬了……

收银员也只能提议：“要不小姐您下次带了钱再来买吧？”

一旁正在打包的导购刚好看到了礼服上的那块血渍，忙给收银员递了个眼色。收银员把衣服往台子上一搁，沉下脸来：“小姐，这衣服是您弄脏的吧？”

陆浅上翘的凤眼眨了两下，还是第一次这么局促，她说：“不好意思，我打个电话叫我朋友送钱过来吧……”

她掏出手机一看，这老古董手机，关键时刻掉链子，竟然死机了。

陆浅脸上挂不住了，红着脸说：“那个……你们座机能不能……”

“包好了吗？”换好衣服的乔深，慢条斯理从试衣间走过来。

沉着脸的导购，立刻又扬起一张灿烂的笑脸，把购物袋和银行卡一并递过去：“先生，您的衣服。”

乔深没接卡，他把新买的白衬衣拿出来，拎着两只袖子抖了抖，围在陆浅的腰上。

淡淡的木质香氛扑面而来，是乔深身上独有的味道。有那么一瞬间，陆浅的眼里只剩下乔深。

乔深帮她系好衬衣袖子，握住她垂在身侧的手，轻轻摩挲了一下她微凉的指尖，贴在她耳边轻声说：“去洗手间等我。”

陆浅在洗手间蹲了差不多二十分钟，乔深还没来。

就在她怀疑乔深故意诓她时，门口终于传来他的声音：“陆浅？”

“在呢，你等等啊……”陆浅整理了一下，走到门口。

乔深递给她一个手提袋：“不知道你平时用什么牌子，你自己选吧。顺便试试大小合不合适。我在门口等你，有事喊我。”

如果陆浅仔细看的话，还能看到乔深的耳尖泛着红晕。但是她太急了，一声谢谢都来不及说，就提着袋子进去了。

难怪等这么久，原来乔深不仅买了姨妈巾，还买了换洗内裤和一套干净衣服，是她喜欢的运动装，宽松舒适。

陆浅换上，意外的合身。

她出来时，乔深正靠在门口抽烟，烟咬在嘴里，明明灭灭的红色火星晃眼得很。

陆浅肚子不舒服，闻到烟味，轻微地皱了一下眉。注意到这个细节，乔深把刚点燃的烟摁灭：“很痛？”

他好心伸手去扶她，她却避之不及地闪开。

“谢谢。”她客气地说了一声。

乔深伸出去的手停在半空中，指尖蜷缩了一下，若无其事地收回，递了个袋子给陆浅：“礼服。”

“你买下来了？”陆浅问完才发现自己问的这问题简直愚蠢到家了，他要是没花钱把脏衣服买下来，店员怎么可能放她离开？

她说：“我手机死机了，一会儿回家再把钱转给你。”

她伸手去接袋子，没想到乔深拽住没松手，还故意扯了一把。两人只隔着半米的距离，被他这么一拉，陆浅只能扑过去，还好她刹车及时，才没有再次摔进这人怀里。

就在她把手往回缩的时候，那人动作更快，反手就握住她的手腕，稍一用力，把她往前拉了半步。

“你好像很怕我？”他半眯着的眼睛，像是深夜里的孤狼，还是那种饿了很久的狼崽子。

怕他倒说不上，陆浅只是不想招惹他罢了。多情的她招惹不起，滥情的也招惹不起，像这种树大招风的，更是招惹不起。

她换上嬉皮笑脸的面具，拍拍乔深的手背：“有话好好说，别动手动脚的，影响多不好！”

什么影响不好？这时间点，别说是人影了，连个鬼影都没见到，陆浅觉得自己胡说八道的功力又精进了许多。

乔深松开她，问：“刚刚为什么躲我？”

“我什么时候躲你了？”陆浅顿了顿，又解释了一句，“刚刚我真不是故意打你的，我那是脚滑。”

乔深视线定在她脸上数秒，然后下移，落到她掐着掌心的大拇指上。这是陆浅心虚说谎时惯有的动作，上次在公安局的时候，乔深就发现了。不过他没有拆穿她，而是轻轻地“嗯”了一声：“确实狡猾。”

陆浅捡起纸袋追上去：“怎么就不信呢？当时要不是你突然拉开门……”

“你打算穿这衣服去参加订婚礼？”乔深回头看她一眼，问了个风马牛不相及的问题。

陆浅退后半步才听懂，他指的应该是自己手里的这件露背装。

“衣服都脏成这样了，明天就要穿，你觉得来得及吗？”陆浅没心没肺地笑，“就他订个婚，我还得盛装出席？给他脸呢？”

这话像是取悦了乔深，他低头看她：“就穿身上这套吧，挺适合你。”

“我谢谢您啊！”陆浅懒得和他扯淡，捂着肚子往外走。

走了没两步，肚子突然一阵绞痛。这感觉和皮外伤是不一样的，比挨两刀还难受。这坠痛的感觉就像是肚子里装了千斤重的铁块，疼得她反胃。

她扶着墙，疼得腿软。

乔深两步上前，把她捞入怀里。

“我没事……”陆浅轻轻推了他一把，“你让我缓缓。”

陆浅抗拒的情绪很明显，乔深干脆把行李箱拖过来：“先坐下。”

陆浅被他按在行李箱上坐好，就跟上次被他按在自行车后座上一样，就连严肃的表情和霸道的语气也如出一辙。

“经常疼？”他拿出手机来，一边敲打着键盘，一边问她。

陆浅没回答，一是不太好意思说，二是觉得两人关系没那么密切。

没一会儿，周慕一的电话就被乔深拨通了。他拿着电话，走开几步，压低声音，开门见山地问：“生理痛怎么缓解？”

周慕一白天做了几台大手术，现在刚回到家躺下没多久，接到电话，困倦了两秒后稍稍支起身子，捞过床头柜上的玻璃杯，冰凉的矿泉水入喉，这才骤然清醒：“生理痛？”

她一激动，差点没从床上跌下去。

“怎么缓解？”乔深话不多，又耐着性子重复问了一遍。

“疼得厉害吗？”周慕一问。

乔深回头看了陆浅一眼，脸色惨白，鼻尖还渗出了一层轻薄的汗：“厉害。”

“暖水袋捂肚子，躺着好好休息。要是实在严重的话，就吃止痛药。”

得到想要的答案，乔深正要挂电话，周慕一抓紧时间说：“经期过了最好带她到医院检查一下，看看是什么原因引起的。”

“知道了。”乔深挂了电话。

“在这儿等我。”他回头对陆浅说。

陆浅伸手去抓他，只揪住了一片衣角：“你去哪儿啊？”

乔深嘴边的笑漾开半分，伸手揉揉她的短发：“我一会儿就回来。”

他温柔的语气，让陆浅恍神了，再凝神时，乔深的背影已经消失在转角。

肚子实在太疼了，疼得她连犯花痴的精神都没了。

陆浅抓着行李箱把手，想要站起来，哗啦啦一股热流汹涌袭来，她只能认命地坐了回去。

她软趴趴地蹲在地上，要怎么形容这种痛呢？就像肚子里放了个搅拌机似的，还是大功率的那种。她擦了一把额头的冷汗，就在她以为自己今天要痛死在这儿的时候，乔深回来了。他步伐虽快，手上却很稳，左手端着一次性纸杯，右手捏了一个药盒子。

直到他走到跟前，陆浅才看清那药盒子上写着“布洛芬缓释胶囊”这几个大字。

原来他急匆匆跑出去，就是为了帮她买止痛药。

陆浅觉得眼眶有点发烫……

“赶紧吃，水是温的。”乔深把水杯和药一起递给陆浅。

这水是他去刚刚那家男装店里讨来的，因为周慕一特地发短信来交代，生理期不能碰生冷的东西。

陆浅接过胶囊丢进嘴里，喝了一口水，胶囊壳明明没什么味道，可她却好像尝到了一丝苦涩。咽下去之后，那股子药味返上来，她紧紧地蹙起了眉。

眼眶里的水雾也跟着一起漫上来……

乔深见过陆浅受伤流血的样子，即便是皮开肉绽，她也没掉过一滴眼泪，这会儿竟然哭了，想必肯定是痛极了。

他蹲下去，单膝跪在地上，抬头看着趴在行李箱上的陆浅：“疼得这么厉害，要不去医院吧？”

“不是……”陆浅眼眶一热，胡说八道，“是药太苦了。话说你是不是买到假药了？”

乔深：“……”

“这药没过期吧？”

乔深敲了一下她的脑门：“现在不疼了是吧？”

怎么不疼，疼得都快死了！

陆浅闷声不说话，不知道是不是喝了一杯温水的原因，她后背开始冒汗。也不知道是不是心理作用，又坐了几分钟后，她感觉没那么疼了。

她扶着行李箱刚刚起身，还没想好要怎么跟乔深道别，她兜里的手机就突然响了。关键时刻掉链子的破手机，也不知道什么时候满血复活的。陆浅看到屏幕上跳跃的名字，滑过了接听键。

“陆爷，搁哪儿呢？打你电话一直打不通。”

“我在商场。”

“巧了，我也在呢！”

靳长风平日里不爱逛街，陆浅有些意外：“你在商场干什么？”

“明天不是要陪你征战沙场吗？我来挑两件像样的战袍……”靳长风放荡不羁的声音突然停下来，他问，“你是不是在星都汇？”

“嗯……”

“三楼？”

“你怎么知道？”

“我 ×，真的是你啊！”靳长风高八度的声音传来，“你身边那男的是谁啊？”

陆浅环顾四周，终于在对面长廊上看到了靳长风。这人虽然生了个糙汉子的性格，但是长了一张花美男的脸，放在人群中还是很显眼的。

乔深一直在观察陆浅，见陆浅发愣，他就顺着她的眼神望向对面。那里站着一个少年感十足的男人，蓝白条纹的 T 恤搭着泛白的牛仔裤，还顶着一头柔顺的小卷毛，光看外表就是时下最流行的小奶狗类型。

浑身上下都透着两个字——年轻。

趁着乔深和靳长风对视时，陆浅偷偷挂了电话，趁机编辑了一条微信给靳长风发过去。

“乔同志，谢谢你今天慷慨相助。”陆浅这会儿肚子没那么疼了，她对着乔深扬起灿烂的笑脸，“我男朋友来接我了，我就先走了，钱我一会儿就转给你。”

乔深没说话，视线从陆浅微启的红唇缓缓上移，最后对上那双雾蒙蒙的眼睛，眼神暗了暗：“男朋友？”

“浅浅，我总算打通你电话了！”靳长风从对面长廊走过来，满脸委屈，占有欲极强地把陆浅揽入怀里，又带着敌意瞥了一眼乔深。刚刚隔得远没看清，走近一看，靳长风脖子突然往后缩了缩，气场弱了一大截。这男人不光脸生得好看，气质也是拔尖的，站在那里不动时，就像一尊雕塑，而且是一尊气场强大的雕塑……

陆浅偷偷掐了靳长风的后腰，靳长风这才挺直腰杆，问陆浅：“浅浅，他是谁啊？”

“雪中送炭的好心人。”陆浅一双美眸笑成了月牙状。

乔深：“……”

邵然发现老乔今天心情特别不好，以他为中心，方圆两米内都笼罩着一股浓浓的怨气，活像是从十八层地狱里捞上来的厉鬼。

“不就是让你去开个股东大会，至于吗？”邵然给他支着儿，“你就往那会议室里一坐，左耳朵进右耳朵出就成了，反正也没人听你意见。”

邵然打了个哈欠，说：“我一会儿在酒店楼下吃饭，吃完就来接你。”

“吃饭？”闷了一上午的乔深，总算是开了金口。

“合作方老总今天订婚，就在你们酒店。我得先去走个过场，说两句客套话。”邵然生无可恋地叹了一声，“要我说还是你聪明，当年坚持己见选了中飞院，要不然现在照样天天应酬，烦都烦死。”

邵然虽然嘴上这么抱怨着，但下车前还是特地整理了一下领带。

“我看你倒是游刃有余。”乔深进了电梯。

邵然扬起拳头想隔空揍他一拳，电梯门在他出拳之前就关上了。他掏出手机给乔深发微信，没注意跟前有人，直接就撞了上去。

陆浅正在给靳长风打电话，冷不丁地被人踩了一脚。她眉峰一挑，对方忙说：“对不起，对不起……”

陆浅摆摆手：“算了。”

邵然仔细看了一下眼前这姑娘，黑色的短发干净利落，脸上妆容很淡，就连睫毛膏都没涂，眼睛是偏细长型的，眼尾上翘，瞪人时看起来犀利得很。还生了一双逆天大长腿，这腿吧，又白又直。邵然脑海里浮出一句话——是老乔喜欢的类型。

陆浅挂了电话发现邵然还没走，盯着他看了两眼：“干吗？想碰瓷儿？”

邵然回过神，嘴角勾起一如既往的霸道总裁式笑容，看着陆浅手里的请柬：“你也是来参加婚礼的？”

“怎么？你也是？”

“泊舟是我朋友。”其实萧泊舟充其量只能算是邵然的合作伙伴，之所以说是朋友，就是为了套近乎，他笑着问陆浅，“你是哪方亲戚啊？”

陆浅红唇一勾，冷笑：“我是他前女友，来砸场子的。”

……行吧，马屁拍到马腿上了。邵总施展个人魅力失败后，灰溜溜走了。

陆浅叹了一声，靳长风这货也太不靠谱了，刚下车就奔着洗手间去了，据说是今天早上喝了冷豆浆。这么热的天，喝点冷豆浆还能拉肚子，什么病娇体质！

她刚把请柬递给门童，正要进去，就突然被人拉住手腕：“你是陆浅吧？”

“你是？”陆浅打量着眼前人，很清瘦的男孩子，看上去最多二十出头。西装穿在他身上松松垮垮的，显然撑不起来。陆浅轻轻掰开他的手，问：“你认识我？”

那人有些局促地搓着手：“是霏霏，她跟我提过你。”

“杜漫霏？”

那人点点头，自我介绍：“我是霏霏的表弟，是她打电话让我过来的，她说不用请柬也能进去。可是……我现在也打不通她电话，他们不让我进，你有请柬，能不能麻烦你把我也带进去啊？拜托了。”

说着那人把通话记录拿给陆浅看，上面有十几条通话记录，备注的名字确实是杜漫霏。

生怕陆浅不信，那人又从相册里翻出几张合照给她看：“我真的是她表弟。”

这照片看起来挺亲密的，也不像P的。杜漫霏今天肯定忙得不可开交，不接电话也情有可原。陆浅没多想，跟门童打了声招呼，就把人一起带进去了。

“对了，你叫什么名……”

陆浅一回头，发现跟在身后的人居然不见了，取而代之的是一张熟悉的脸。

“这么巧啊，又见面了。”邵然勾起一个自以为帅的笑容，友好地递了一杯香槟过去。

陆浅冲他皮笑肉不笑地勾了一下嘴角，绕过他，走了。

还挺辣！

怕老乔太无聊，邵然给他发了条微信：“刚遇到一个妞儿，腿特长，腰特细，皮肤还特白，就是腕子上有道疤，看样子刚愈合没多久，一看就是有故事的妞儿，要不是性格太野了，我就帮你要个电话。”

根据这一系列的描述，乔深脑海里迅速浮现出一张对号入座的脸，他把手机叩在桌面上，屏幕朝下，发出“啪嗒”的声响，在空旷的会议室里显得尤为大声。

坐在主位上的周云澜眸光一侧：“怎么？你对陈董的任命有异议？”

家族企业的股东大会，说严肃点是对公司重大事项进行决策，说轻松点，在座的都是周、乔两家自己人，哪一个不是看着乔深长大的，这小子什么脾气，在座有的人比周云澜还清楚。

乔深收敛了些，轻声说：“没异议，大家继续。”

等到会议内容回归正道时，乔深抽空给邵然回了一条微信过去：“没图没真相，说个屁。”

正在喝酒的邵然收到老乔的回信，差点被酒杯磕了牙。毕竟从前这种话题，老乔都是不屑回应的。

邵然邪气一笑，今儿他就算是丢了节操，也一定要拍了那姑娘的照片给老乔发过去。

邵然这旗帜立得太早，绕场找了一圈也没找到那姑娘的下落。距离订婚礼开始还有大半个小时，邵然实在不想动了，索性坐在观众席守株待兔。

此时，四处周旋的主人公萧泊舟端着酒杯转到他面前，面带微笑地说了几句客套话，又商业互夸了几句。正要举杯同饮时，萧泊舟的助理走过来，在他耳边小声说了几句话。

萧泊舟脸色一变，道了句“失陪”，便急匆匆走了。

过了一会儿，主持人上台宣布，订婚礼要延后半个小时。

陆浅刚把靳长风接进来，就听到了这消息。

靳长风双手环胸，一脸幸灾乐祸：“我赌两包辣条，这婚事多半要黄。”

“听你这语气怎么好像胸有成竹似的？”陆浅看了他一眼，话还没说完，靳长风就捂着肚子，说：“不行，我还得去趟厕所。”

陆浅伸腿拦住他的去路，靳长风踉跄了一下才扶着墙站稳。

“尿遁是没用的，陈寿老师说得好，尽忠益时者虽仇必赏，犯法怠慢者虽亲必罚，服罪输情者虽重必释，游辞巧饰者虽轻必戮。”陆浅把靳长风拍在走廊上，“说吧，怎么回事？”

靳长风眨巴着人畜无害的大眼睛装傻：“浅浅，你说什么，我才疏学浅听不懂。”

“文过饰非，巧言掩罪的人，即使罪恶较轻，也当诛。听懂了吗？”言下之意就是，坦白从宽，抗拒从严。

靳长风这小子从小就是在陆浅的压榨下长大的，实在受不起陆爷的“诛心逼供”。他没撑多久，就如实招了：“是南教主，她让我今天把杜漫霏的前男友带进来，说是有好戏看。我刚刚不是肚子疼去厕所了吗？我一回来就看到你把杜漫霏前男友捎进来了，我还以为你知道这事儿呢！”

南教主，原名南曲，是陆浅的高中同学，虽然两人性格大相径庭，但不知道怎么的就是一拍即合，仿佛上辈子就认识。陆浅入伍以后，和其他同学联系渐少，后来慢慢地就断了关系，唯有南曲，是一直能交心的知己。

刚得知陆浅被劈腿时，靳长风的反应就是提着姥姥家的杀猪刀去剁了萧泊舟，还恨不得一天 24 小时陪在陆浅身边给她灌心灵鸡汤。南曲则恰好相反，她淡定如常，只跟陆浅说了一句“以后罩子放亮点，别什么歪瓜裂枣都往家里捡”。

南曲就这脾气，表面看起来漠不关心，实际早就憋好了大招，就等着请君入瓮。说这事儿是南曲做的，陆浅一点也不意外。

陆浅问靳长风：“杜漫霏前男友怎么了？”

“其实也没什么，就是杜漫霏在攀上萧泊舟之前，跟前男友堕了两次胎，现在没生育能力了。要我说杜漫霏这女人也够狠的，”靳长风开始认真吐槽，“你不知道，杜漫霏她前男友一直对她挺好的，就是穷了点。她刚出道当模特那会儿，资源不好，她前男友为了她的前途，把大学学费都拿来给她铺路了。她倒好，在野模圈子小有名气后，就攀上了模特大赛总导演，一边和总导演眉来眼去，一边和前男友伉俪情深。就是这期间堕了两次胎，二次清宫手术的时候出了事，她原本身体就不好，反正医生说以后不能再生育了。”

靳长风轻飘飘地补充一句：“不过这些老皇历，萧泊舟应该不知道。”

“……”

眼见陆浅周身气压低下来，靳长风微微偏下头，低声说：“也没多大事儿，你得这么想，要是萧泊舟真爱杜漫霏的话，就不会介意她的过去。换句话说，要是我真爱上哪个姑娘，甭说是她不能生孩子了，就算她屁股上长尾巴我都照爱不误。”

陆浅瞥他一眼，也不知是该夸他还是揍他。

眼看陆浅要走，靳长风拉住她：“你去哪儿？”

“还能去哪儿？人是我带进来的，我不去找他，还等着他把我供出来吗？上回杜漫霏还特地跑来队里示威，让我千万别破坏她订婚礼。这回要知道人是我带来的，结不成婚怕是要去队里给我拉横幅了。我也别想混了。”陆浅警告靳长风，“不想死就赶紧松手！”

靳长风一脸“恭送皇上”的表情送走了陆浅，赶紧又给南曲打了个求救电话，宣告任务失败。

陆浅单枪匹马上了三楼休息室，正打算一间一间找人的时候，就看到杜漫霏和一个男人站在走廊上。

陆浅仔细一瞧，那男人实在是眼熟……

第九章
尝试喜欢我

十分钟前，乔深刚结束股东大会，周云澜领着其他股东先走一步，乔深出了会议室就给邵然打了一通电话问他什么时候结束，

邵然说："我这边订婚礼延迟了，你要不顺便过来吃点东西？你们酒店大厨手艺还可以。"

乔深刚好有两天假期，反正闲着也是闲着，就答应了。岂料电梯刚停在二楼，就撞见了一个似曾相识的女人，他仔细回忆了一下才记起她是谁，名字不知道，身份倒是记得很清楚——陆浅前男友的现任女友，再准确一点就是插足陆浅爱情的第三者。

乔深用余光瞥了杜漫霏一眼，从她身上穿着的洁白纱裙推断出，邵然过来参加的订婚礼，多半就是她和萧泊舟的订婚礼了。也就是说，陆浅应该也在这里。

一想到陆浅，乔深又想起昨晚那个站在她身边的小奶狗。她说那是她的男朋友。

男朋友？唷……

乔深和杜漫霏周旋的心思都没了，他按下关门键。

杜漫霏跨了一步，堵住电梯门。

乔深被迫垂眸正眼瞧她。她应该刚哭过一场，睫毛膏和黑色的眼线粘在下眼睑上，像个进化未完全的熊猫，或者是……基因突变？

"陆浅呢？"杜漫霏带着浓浓的鼻音逼问他，"你把她藏哪儿去了？"

杜漫霏眼底透着杀气，恨不得将陆浅大卸八块那种。

乔深不想久占着电梯，遂走出来，云淡风轻地问："陆浅怎么了？"

"你别以为你把那个贱人藏起来，我就找不到了，她既然敢带人来闹我的婚礼不想我好过，那大家谁也别想好过！你就是她新找的小白脸是吧？

我找不到她，找你也是一样的！”

杜漫霏上手就去拽乔深，只不过那手还没碰到乔深的衣角，就被不知从哪儿冒出来的陆浅抓住了手指。

陆浅捏着她的食指反手一拧，眼底染上狠意：“萧泊舟就算了。这个，可不是你想碰就能碰的了！”

杜漫霏捂着手腕，盯着陆浅的眼神，恨不得从陆浅身上剜下一块肉来，像是恶狗见到了肉骨头，她红着眼就往陆浅身上扑。

乔深正欲护住陆浅，陆浅却拉着他退后两步。

“干什么？有话好好说，别动手。”陆浅把乔深拽到自己身后藏好，又说，“动手你会挨揍的。”

杜漫霏也晓得自己和陆浅的武力值差距，但实在是恨上心头，控制不住，她深吸了两口气，尽量平复下来，质问陆浅：“陆浅，你为什么要这么对我？我都说了，我不是有意要拆散你和泊舟的，是你自己撞到了我和他开房。跟他提分手的人也是你，你不是说过你拿得起放得下吗？你这个贱人，你为什么要这样算计我？”

乔深听着这不堪入耳的叫骂，眉头早已经蹙成了波浪线。但他不知道情况，若是贸然站出来，怕是会给陆浅添麻烦。

陆浅护在他身前，说：“不管你信不信，我都不是有意把你前男友带进来的。”

“不是有意的？”杜漫霏仰天长啸，“他不来找我，而是直接去找泊舟，还把我子宫切除的事情告诉泊舟。你现在告诉我，你不是有意的？他答应过我永远不会把这件事告诉别人，如果不是你从中怂恿，他那么老实的人，怎么可能出尔反尔？”

乔深现在搞清楚事情的来龙去脉了，这事儿，他还确实是不好插手。

“狗急了也会跳墙，兔子急了更是会咬人。你把老实人逼急了，还不许老实人反抗了？”陆浅说，“你是怎么对待你口中这个老实人的，你心里没点数吗？”

杜漫霏动了动嘴皮子，还没开口，陆浅又说：“再说了，他做什么了？他不过是跟萧泊舟说了几句实话，他撒谎了吗？他说的不都是事实吗？纸是包不住火的，这事儿就算他不说，时间一久，萧泊舟也会知道的。这就是埋在你生活里的一颗不定时炸弹，与其将来的每一天你都担惊受怕，还不如早点爆炸，也好早点收拾残局。如果真像你说的那样，你和萧泊舟，你俩情比金坚，那别说是你不能生孩子，就算你屁股上长尾巴，他也照样会娶你护你。

“还有，你是真的想好了要把自己的爱情和婚姻都寄托在生育能力上吗？这算什么？二十一世纪的母凭子贵？醒醒吧，杜小姐，大清都亡了。”

陆浅牵起乔深的手：“我们走。”

“你给我站住！”杜漫霏还想追上去，却被不知从哪儿冒出来的萧泊舟抱住了腰。

“别闹了，杜漫霏。”萧泊舟绕到杜漫霏面前，捧着她的脸，“你无理取闹的样子，真的不可理喻。”

停下来的杜漫霏，手足无措地抬头望他：“泊舟……”

萧泊舟松开她，靠在墙边，突然无力地说了一声：“对不起。”

杜漫霏似乎已经知道接下来会发生什么了，她捂住萧泊舟的嘴：“你别说，我不想听……”

萧泊舟掰开她的手腕，握在手里，眼神毫无焦距地盯着走廊昏暗的灯：“也许浅浅说得没错，如果我真的爱你，不管你是什么样子，我都会娶你护你。但事实上，我不在意你过去为谁堕过胎，也不在意你将来还能不能生育，因为我根本就不在意你。”

他把视线落到泪眼婆娑的杜漫霏身上：“其实你应该知道，我不爱你。”

萧泊舟的话，像是一盆混着冰块的水，从头浇下，冻得她瑟瑟发抖的同时，也把她砸清醒了许多。

成年人对爱的定义和小孩子是不同的，儿时尝到一根喜欢的冰棍，就以为那是爱了；长大后会把爱简化成喜欢，把喜欢说成欣赏。可是不管是儿时还是长大后，人们对不爱的定义都是一样的清晰，一样的肯定。

不爱就是不爱，就算不讨厌，那也不是爱。

就像萧泊舟说的，其实杜漫霏知道，他不爱她。

知道，却又自欺欺人地装作不知道。

萧泊舟说：“双方亲戚都在楼下，我们先把今天这场戏演完！等今天过后，再找机会宣布分手。你选一个对你有利的方式，我也会尽量补偿你。”

杜漫霏太了解萧泊舟了，他对早就下定决心的事，才会用肯定的语气。事已至此，她就算抛弃尊严跪下来求他，他也不会再改变主意了，他的心是铁做的。

杜漫霏看着萧泊舟的背影，问他：“那陆浅呢？你还喜欢她吗？”

“也许吧。”

也许是依恋，也许是喜欢，也许是爱，他也分不清了。

陆浅拉着乔深走了一段，才想起自己还有一件很重要的事情没有完成，她又拉着乔深往回走。刚走到电梯口，就听到了杜漫霏问萧泊舟的话。

她傻傻地站在原地，听完萧泊舟的答案后，才松开了乔深的手。

乔深视线掠过空荡荡的掌心，然后又落到陆浅的脸上，她看起来像在深思熟虑一件人生大事。

片刻后，她抬脚走向萧泊舟……

乔深的大脑还来不及发出指令，手就已经伸出去拉住了陆浅。

陆浅猝不及防地转身被他圈入怀里，呼吸跟着顿了一下：“你……干吗？”

乔深没回，低头就能看到陆浅近在咫尺的脸，她今天的妆容很淡，淡得几乎看不出来，唯有那烈焰红唇，勾人心魄，若是再凑近一点——

他可能会控制不住，吻她。

在他引以为傲的自制力即将突破临界点时，乔深咬咬牙，松开了她。

“你现在是有男朋友的人了，还是别和前男友走得太近。”

“男朋友？我哪儿来的男朋友？我……”话说到一半，陆浅的眼神突然凉下来，意识到——

好像被坑了……

气氛霎时变得异常古怪。

陆浅趁乔深放松警惕时，一溜烟儿蹿到萧泊舟跟前。

萧泊舟没料到陆浅还会打道回府，在看见她的那一瞬，眼底闪过不可名状的情绪，又不知所措地怔在那里。

“给你。”陆浅把早就准备好的红包拿出来，稳稳当当地拍在他胸上。

他看着陆浅，眼神呆滞。

陆浅不是很有耐性，抓过他的手，把红包搁在他掌心：“你的份子钱，我提前随了，正式结婚那天，就别通知我了。萧泊舟，我真心的，祝你幸福。”

是祝你幸福，而不是你们。

“浅浅！”在陆浅转身的那一刻，萧泊舟伸手抓住了她，他知道，如果现在松手，他们就再也回不去了。从今往后，他也未必再有勇气留她……

陆浅尖削的下颌绷紧，垂在身侧的拳头暴起了青筋。她一抬头，便看到了站在不远处的乔深，醉人的光线洒在他身上，仿佛给他周身镀上一层浅金色的光晕。

他无声地站在那里，呈等待的姿势，明明什么都没做，却让她格外安心。

陆浅心里咯噔一下，握紧的拳头缓缓松开，她停顿片刻，扒开萧泊舟的手："不好意思萧总，我男朋友还在等我。"

乔深不知何时走过来，自然地揽着她的肩，把她带入怀里。

"新婚快乐。"他的声音低沉而醇厚，如同陈酿的酒。陆浅被这嗓音蛊惑，任由乔深带着自己离开。

在远处沉默了好久的杜漫霏，终于提着裙摆走上来，和萧泊舟擦肩而过时，她嗤笑了一声，笑自己的执迷不悟，也笑萧泊舟的得陇望蜀。

"你笑什么？"萧泊舟手上用了力，红包被他捏出了褶皱。

杜漫霏笑着擦了擦眼泪："我笑你和我一样贪心，既想要前任死心塌地的爱，又受不了现任的吸引。和现任在一起后，又总想拿对方没有的东西去和前任做比较。就像猴子摘玉米，摘一个丢一个。到头来我们都一样，都是竹篮打水一场空。"

杜漫霏眼底的笑意一片薄凉，她是恨陆浅，恨不得剥了陆浅的皮，抽了陆浅的筋。但那也只是一瞬间的不理智罢了。她是想和萧泊舟结婚，但究竟是因为爱，还是因为其他，她其实比谁都清楚。

她和萧泊舟，其实都是明白人。什么是明白人呢？大概就是活在这世上，揣着明白装糊涂的人。

"走吧。"杜漫霏说，"订婚的吉时都已经过了。"

该演的戏，还是要演完。杜漫霏向来都是一个擅长审时度势的人，既然知道和萧泊舟回不去了，她自然要选对自己最有利的方式，配合着演完这场戏，再拿一笔丰厚的遣散费，将来大概就是天各一方，再无瓜葛。

她看着萧泊舟拆开沉甸甸的红包，拿出一沓红票子，其中还有零零碎碎的几枚硬币。

萧泊舟仔仔细细地数过，一共是 4508 块。

这数字他记忆犹新，这辈子也不会忘记。这是他大学毕业后，进公司实习拿到的第一笔工资。也是他第一次捅破窗户纸，跟陆浅告白用的道具。

他还记得那时陆浅在放探亲假，他像往常一样约她出来吃夜宵，她穿着拖鞋吊儿郎当地就出来了。两人去熟悉的小馆子吃了一顿麻辣烫。他把她送到家门口时，故意让她帮忙打开后备厢。

他买了人生中的第一束花，还买了一个酷酷的玩偶，故意放在后备厢里，还把他人生中的第一笔工资装进信封，塞到了那个小玩偶的怀里。

他现在还记得陆浅打开后备厢的那一刻，他是怎样的心情，既紧张又忐忑，还有不安的情绪从他的脚心一直蔓延到天灵盖。毕生难忘。

虽然那时陆浅没答应他，但那也是他们关系发生变质的第一天。

年少时他承诺过，要娶她为妻，要将今后他所挣的每一分钱，都像这4508块一样，全部交到她手里。

那些虚无缥缈的承诺，最后被他亲手变成了一场镜花水月的梦，一吹就散，一触即破……

从休息室到会场，并没有给萧泊舟留太多的时间。“叮”的一声，电梯门打开，杜漫霏已经挽住了他的手臂。

她补了妆，一点也看不出之前的狼狈。两人站在会场中央的追光灯下，又变成了那对人人艳羡的璧人。

萧泊舟控制不住自己的目光，在现场扫描了一圈，可还是没有看到陆浅。

也是，她份子钱都送了，又怎么会留下来呢……

实际不是陆浅不想留下来，她是被乔深拉走了。乔深直接把她拉到了大厅，把她拍在了旋转门旁边的玻璃墙上。

她和乔深也算打过几回交道了，知道这人不好忽悠，所以在他没开口之前，陆浅决定装疯卖傻保持沉默。

乔深一冲动就把陆浅带过来了，其实还没想好要怎么收拾她。

就因为她有了新男友这事，乔深从昨晚一直闷到刚才。倒也不是他轻信陆浅，而是她和那个小奶狗之间亲密的举止，确实不像是装出来的。

陆浅今天自爆了，乔深心情转好的同时，又伴随着疑惑。

“为什么骗我？”他把陆浅困在角落，高大的身躯压迫感十足。

对现在的陆浅来说，和乔深单独相处，比被大队长耳提面命更惨。她怀疑自己可能得了心脏病，具体症状表现为，一旦和乔深靠得太近，就容易呼吸困难、心率失衡。

至于为什么骗他？

她总不能说……因为我一看到你就心动，你又是个已婚妇男，所以我才拉我的男闺密来挡枪吧？

当然不能了！

陆浅戴上惯用的假面具，邪气一笑："我为什么不能骗你？我本来就是个骗子，我不久前还骗我前男友，说你是我男朋友呢！我又不是什么好人。"

"……"乔深每天面对形形色色的女人，但像陆浅这样的，还当真是头一回见。

被她噎了一下，乔深发现自己在这话题上讨不到好处，遂顺着陆浅的话题，话锋一转："我看你确实不是什么好人。"

乔深松开她，轻轻歪了下嘴角："小骗子，我都被你带坏了。"

邪气的语调，带着漫不经心的慵懒，低醇的嗓音温柔又霸道，陆浅被他勾得心尖一痒，嘴上磕磕巴巴地否认："我什、什么时候把你带坏了？别、别瞎说啊，这锅我不背！"

"我也帮你骗人了。"乔深墨色的眸子带了点狡黠，问，"为表谢意，你是不是该请我吃顿饭之类的？"

单独和他面对面已经够折磨了，还要一起吃饭？吃饭少说也是半个小时的事，陆浅很确定自己受不住这煎熬。她活了二十几年了，就没这么怯懦过，但在乔深面前，她是真的心虚。

"吃饭要不就算……"

"浅浅！"一声清脆的炸响由远及近，绕酒店找了陆浅半圈的靳长风跑过来，挡在她和乔深中间，占有欲十足地搂住她的腰，"浅浅，你去哪儿了？我到处找你！"

他睨了乔深一眼："怎么又是你啊？你怎么老缠着我女朋……"

"得了得了，别演了。"陆浅掰开靳长风的咸猪手，说，"早穿帮了。"

"啊？掉马甲了？"靳长风也不演了，收起戏精脸，最擅长审时度势的他，冲着乔深憨厚一笑，"你好，重新认识一下吧！我是陆爷的好兄弟，我叫靳长风。"

"乔深。"他一如既往的言简意赅，并且和热情的靳长风礼貌性地握了个手。

远处的邵然看见这一幕，惊得下巴都快掉在地上了。邵然在会场里等老乔，等了半天人还没到，怕他找不到路，邵然准备出来接他，结果就看到眼下这一幕……

那小卷毛他认识，电竞界的"国民老公"靳长风，那女的他也认识，刚踩了他一脚的火辣小妞，老乔就更不用说了，可是这三人凑在一起，还挺熟的样子，他就搞不懂了。

又细细地打量了陆浅一番，这小细腰，这大长腿……还和老乔走得这么近，邵然好像知道这姑娘和老乔什么关系了。

他手动合拢下巴，优哉游哉地走过去，勾着乔深的肩："老乔，这二位是？"

乔深和邵然是从小一起穿开裆裤长大的，他最清楚这只老狐狸的属性了。一看这情形就知道，老狐狸怕是早就猜出陆浅是谁了。邵然就是单纯地跑上来掺和一脚而已。

这不，老狐狸还冲着陆浅露出一脸痴汉的笑："哎呀，这么巧，美女，咱们又见面了。你好你好，我叫邵然，我是乔深的好朋友。姑娘贵姓啊？"

邵然伸出去的手被乔深强行掰回来。

陆浅实在是太感谢这二位的突然出现了，成功地化解了她和乔深单独相处的尴尬，她趁着人多，喜笑颜开地问了一句："你们都还没吃饭吧？"

邵然和靳长风默契点头。

乔深眉头一锁，料到陆浅起了什么心思。

果然，片刻后……

"走走走，今儿我做东，请大家下馆子。"她满眼喜悦地拍拍靳长风的肩，"去！给南教主打个电话，顺便把她也叫过来，算算旧账。"

陆浅这会儿一点也不拘谨了，冲着乔深露出一个灿烂的笑："乔同志，说吧，想去哪儿吃？"

"你家。"

陆浅一个踉跄，尴尬地牵起嘴角："乔同志真幽默啊！"

邵然意味深长地说："我们老乔平时从来不开玩笑，我都认识他快三十年了，这还是头一遭。"

最后吃饭的地方还是邵然选的，他选了一家大排档，惊得陆浅忍不住多瞧了他两眼。

这人看上去挺讲究的，光是他袖子上那对爱马仕的袖扣，就足以抵陆浅好几个月的工资。陆浅还以为像他这种消费观的男人，最差也要选个三星级饭店，哪知道对方如此善解人意。

陆浅看邵然的眼神温柔了几分，对这人印象还算不错。

她不想和乔深上一辆车，就先发制人地说："邵先生，要不这样，我和长风在前面引路，你开车跟上？”

她说完就把靳长风塞进车里，自然而然地爬上了他的车。

看老乔像个留守儿童一样站在原地，邵然幸灾乐祸地帮他拉开车门：“上回我出差路过一个旅游景点，山上有块石头，据说叫‘望妻石’。你还别说，和你长得挺像的。”

乔深系上安全带，等邵然启动了车子，他才慢慢悠悠地说：“上回我家狗半夜起来捉耗子，吠得太大声，把周姨吵醒了，周姨说，揍一顿就老实了。”

“……”邵然仔细分析了一下这句话的含义，“合着你这是在嫌弃我狗拿耗子多管闲事呢，还是想警告我，再说废话就揍我？”

老乔这人心眼可黑了，甭管骂人还是威胁人，保准一个脏字都不带。对方要是智商不够高，还未必听得出来。

乔深懒得理邵然，要不是这货突然出现，指不定他现在就把陆浅忽悠到餐厅去了，他连哪家餐厅都想好了。就在他把陆浅从萧泊舟身边带走的那一刻，他就冲动地想过，去餐厅开一瓶红酒，兴许喝一两口，然后借着酒劲儿告诉她——陆浅，我可能喜欢你。

但现在被靳长风和邵然这么一搅和，节奏彻底乱了。

邵然是个有眼力见儿的，见老乔都不作声了，自然不会自讨没趣。

刚到大排档，靳长风就跑出去接南曲了。

陆浅把菜单递给邵然，被乔深半路拦截：“点你喜欢的就行，邵然不挑食。”

邵然再一次体会到什么叫重色轻友，他也只能笑着点头：“对，我不挑食，你随便点。”

陆浅点了几道菜，多数是南曲和靳长风爱吃的。

“你爱吃什么？”陆浅随口问乔深，没得到答案，她回头去看他，却发现他正目光灼灼地盯着自己，澄澈的瞳孔里有她的倒影，还有喧嚣繁华的夜市，各式各样的灯光映在他的瞳孔里，组成了一个微缩的小世界，很好看。

在她愣神时，乔深握住她拿笔的那只手，在菜单上勾了两道菜。

他掌心的温度烫着她了，像四十五度的水，远远超过了她的温度。

陆浅不着痕迹地抽回手，把菜单递给了服务员。

整个过程，邵然都是眼观鼻、鼻观心，主要是老乔这撩妹手段，他闻所未闻，见所未见。偏偏还有奇效，这不，陆浅耳根子都泛起了可疑的粉红色。

“邵先生喝点什么？”为了避开乔深，陆浅刻意地在邵然身上找话题。

乔深帮邵然回了：“他一会儿要开车，喝白开水就行了。”

邵然：……

“你怎么不问我喝什么？”乔深手肘撑在桌面上，双手十指交握，侧头看着陆浅。

陆浅扯了一下嘴角：“那乔先生你要喝点什么？”

邵然抢答道：“老乔喜欢喝醋，特别是老陈醋。”

“别听他瞎说。”乔深递了一杯白开水堵住邵然的嘴，又用那种“全世界我只能看到你一个人”的眼神，对陆浅说，“你点什么，我就喝什么。”

陆浅真想拍着桌子吼一句“老板，来两斤老陈醋”，但还是忍住了。

陆浅点了凉茶，邵然一顿夸：“凉茶好，夏天喝凉茶，降火。浅妹子一看就是懂生活的人！”

邵然这人自来熟，刚认识没多久，语气就很熟稔了。陆浅叫他一声“邵先生”，他还觉得太生分，后来直接跟陆浅说：“我岁数应该比你大，你要是不介意，就喊我一声哥哥吧！”

邵然本身就是个八面玲珑之人，陆浅和他交流起来也很轻松，完全没有在乔深面前那种局促不安的心理。她本来就是个爽快人，一听邵然这么说，张嘴就要叫一声“邵哥”。

可是那个邵字才刚发出一个音节，乔深就不甚明显地皱皱眉头：“不许喊！”

他声音虽然淡，但霸气是有的。他知道陆浅叫“哥哥”时是如何的风情万种，那轻轻的尾音要多勾人有多勾人……

气氛突然尴尬起来，还好服务员及时把烤鱼送了上来，化解了这无言的时刻。

“浅妹子，你和我们老乔是怎么认识的啊？”邵然趁机问出了自己想问的问题。

乔深夹了两块鱼肉在碗里摆弄，倒是没插嘴了。

陆浅本来想说是萍水相逢，可话到了嘴边，灵光一闪，她笑着说：“那天路上堵车堵得厉害，乔同志赶去医院看望临产的太太，刚巧我骑的摩托车，所以就顺道把他送到医院了。不过，他太太好像误会我和乔同志的关系了，说来你和他太太应该认识吧？要是有机会的话，邵哥你可得帮我们解释解释。”

邵然张了张口，欲言又止地看向乔深，片刻后才倒抽一口凉气：“不是……老乔，我出差半个月不到，你咋多了个太太呢？”

乔深：“……她指的是你妹。”

“嗨。吓我一跳。”邵然呼出一口浊气，“我还以为老乔背着我找了个媳妇呢！”

邵然找到手机里存着的全家福照片，指着那个身怀六甲的女人问陆浅：“你说的是她吧？”

陆浅点点头。

邵然笑着说：“这是我妹，旁边这个戴眼镜的，是我妹夫。那天我和我妹夫出差，我妹早产，老乔刚好在附近，我就求他帮忙先去看看。你可千万别误会，我用节操发誓，我们家老乔绝对是单身。”

陆浅：“……”

乔深不紧不慢地放了个马后炮：“那天带你去医院，本来想让他妹亲自跟你说，不过不凑巧，他妹妹提前出院了。”

这误会大了……

陆浅问：“你真的没结婚？”

“还没遇到合适的人。”乔深看着她，勾唇一笑，剔鱼刺的动作，都随着他温柔的笑而优雅了几分。

这家大排档最出名的就是锡箔纸香葱烤鱼，陆浅吃了十来年了都没吃腻。张牙舞爪的半条烤鱼，在乔深有条不紊地处理下，鱼刺全被剔了出来，根根分明地摆在一旁，像是手工艺术品。

陆浅看入了神。

“浅妹子？”

“啊？”陆浅回神，咽了咽口水，眨巴眨巴的眼睛此时一点杀伤力都没有。

邵然笑着问：“你是从事什么工作的？”

乔深剔刺的手微微一顿，他把干干净净的鱼肉放进陆浅碗里，又夹了一片生姜塞进邵然的嘴里。

深知那生姜味道辛辣，陆浅同情地看了邵然一眼。

乔深云淡风轻地跟陆浅解释：“邵总不喜欢吃鱼，但偏爱配料，特别是生姜和辣椒，每回就着这些最少能吃半碗饭。”

说着又夹了两个红辣椒丢进邵然碗里。

邵然：……

门口传来一阵细微的骚动，陆浅探头一看，是靳长风领着南教主来了。

南教主，原名南曲。这个曲字，据她父母说，是出自《宋玉对楚王问》里的曲高和寡之意。旧指知音难得，现喻言论或作品不通俗。

而南曲这姑娘不负父母所望，确实生得不俗！若非要用四个字来形容她的长相，那只能是“天生尤物”！

她应该是刚从公司赶过来，身上还穿着一套白色西服。收腰的小西装把那一尺七的小蛮腰勒出了漏斗的形状，七分的紧身西裤下还踩了一双七厘米的高跟鞋。一头黑长直的秀发别在耳朵后面，特别符合她高贵冷艳的气质。

最勾人的还是要数那股谁也瞧不上的高冷劲儿，一来就吸引了多数人的目光。

邵然拿了张纸巾掩在嘴边，刚想把嘴里的生姜吐出来，一抬眼就不小心和南曲打了个照面。“嘶”的一声，邵然咬到了自己的舌头。

当年邵然和南曲就读的是同一所财经大学，不过他比南曲大两届。虽然都是学校里的风云人物，但实际上两人说的话，总的加起来都没超过十句。

南曲刚进校那会儿，轰动不小，顶着全院第一名的成绩招进来的，长得还漂亮。听说进校第一天就把蝉联了三年的校花比下去了，邵然去食堂吃个饭都能听到隔壁桌讨论南曲的八卦。

听说她长得漂亮、成绩好是事实，但是有个干爹包养也是事实。

邵然虽然对南曲的生活方式不抱有任何偏见，但也不算赞同，只知道这姑娘太能招蜂引蝶了。

同样的，南曲对邵然的印象也不算好。二世祖、花心大萝卜，就是邵然给她留下的最初印象。她不喜欢邵然这种中央空调，只觉得这人也太会拈花惹草了。

但经过几年社会洗礼后，两人都学会了量体裁衣这一套。

南曲先开口：“好久不见，邵然学长你还是和以前一样帅啊！”

“学妹倒是越变越漂亮了。”本着商业互吹的运营模式，邵然回夸了一句。

整个饭局有邵然和南曲回忆往事，吃得还算愉快。

乔深全程话不多，倒是帮陆浅剔鱼刺剔得特别用心。他每次把完整的鱼肉放进陆浅碗里的时候，靳长风都要扭头看一眼。反复五六次以后，他终于忍不住，在陆浅耳边偷偷说："这男人细心，可以加分。"

"闭嘴吧你！"陆浅顺手拿起旁边的凉茶灌了两口。

靳长风冒着被灭口的风险，提醒陆浅："陆爷，你喝到乔深的凉茶了。"

陆浅还没咽下去的凉茶，悉数喷了出来。一桌子的残羹剩菜，无一幸免。

乔深扯了纸巾帮她擦嘴，还温柔地叮嘱："慢点喝，没人跟你抢。"

这么温柔的老乔，邵然这辈子还是第一次见，真想拍个小视频发到朋友圈里，让七大姑八大姨一起看看。以后要是谁再说老乔不会撩妹子，他反手就是一个意大利炮轰过去。这像是不会撩妹的？把浅妹子撩得说话都结巴了！

"我、我去结账……"陆浅推开乔深的手，跑了。乔深说得没错，她可能确实有间歇性口吃，犯病的原因和心脏病一样，都是距离乔深太近造成的。所以要想珍惜生命，以后必须远离乔深！

一想到这儿，她结账的速度都快了许多。

乔深领着一群人出来的时候，陆浅已经付完账了。她张了张嘴，刚想说时间不早了，不如我们各回各家、各找各妈吧？

结果，邵然就心血来潮地提议："南学妹，好多年没见了，学长怎么说也得尽一下地主之谊，要不找个地方喝两杯去？"

南曲还没答应，爱凑热闹的靳长风就一口应下了："不夜城离得近，要不就去不夜城？"

"我看行。"邵然拿了手机开始订位置。

陆浅巴不得早点摆脱乔深，自然不想再蹚这摊浑水，她说："我一会儿还要回部队，就不跟你们一路了，你们玩开心点。"

"刚好，我也要回酒店。"乔深走过来，站在她身边，"我送你吧，正好顺路。"

陆浅如释重负的笑容僵在嘴角……这和搬起石头砸自己的脚有什么区别？

"不对啊，陆爷！"靳长风撸了一把凌风而乱的小卷毛，"你这两天不是轮休吗？回部队干啥？"

"哈哈哈……"陆浅爽朗地笑了两声，加重力道拍着靳长风瘦弱的肩膀，“好像是啊，你不说我都忘了。我这两天轮休来着！”

陆浅顺着杆子往下滑：“难得有空，我就舍命陪君子，陪你们喝几杯呗！”

她回头看乔深：“你要有事儿就先走，千万别勉强。”

“不勉强。”乔深拉开车门就上了车，一点不含糊。

南曲是打车来的，靳长风自然而然成了司机。

“说吧，那男的到底怎么回事？”南曲跷着二郎腿，后背靠在座椅上，红唇一掀，那质问陆浅的模样，活像在公司给员工开例会。

“哦，你说邵哥啊？他……”

“我说长得好看的那个。”南曲没给陆浅浑水摸鱼的机会。

陆浅眼瞅着躲不过了，干脆实话实说，把自己和乔深相识的故事从头到尾大致讲了一遍。

听完整个故事，南曲和靳长风默契地沉默了数秒……

最后靳长风的定力还是没有南曲好，他“扑哧”一下笑出了声：“陆爷你真的渣出天际了！提上裤子就翻脸不认人？这操作简直……要我说乔哥哥没把你弄死，很大一部分原因就是考虑到杀人犯法吧？”

“会不会说人话？”陆浅踹了一脚座椅靠背。

靳长风一边心疼他的真皮座椅，一边说：“可惜了我乔哥哥这棵上好的大白菜，就这么被猪拱了……”

“说谁白菜呢？说谁猪呢？”陆浅一巴掌呼过去，“给你一个机会重新组织一下语言。”

看在陆浅这沙包大的拳头分上，靳长风妥协了：“行行，您是白菜，您是有机农产品，您是AA级绿色产品，行了吧？”

这货说到AA级的时候，还故意戳了两下他自己的胸，以此表达陆浅平胸这个事实。

陆浅都懒得告诉他，她傲人的小胸胸有多大。她扶着额头叹气：“我觉得这事儿吧！主要原因还是在我……主要是那哥们长得太符合我的审美了。”

南曲皱着眉说：“浅浅，你会不会……太草率了？”

靳长风踩了一脚刹车，趁着等红绿灯的时间，说：“虽然大家都是成年人了，一夜情也不是什么稀奇事儿，但毕竟是陌生人，这对方万一要是有病……”

“靳长风，你积点德吧你！”陆浅抓过靠枕砸过去。

“开着车呢，大哥！”靳长风小声说，“不过，陆爷你也别太内疚了，这事儿说到底吃亏的还是你，你说你也太草率了，毕竟是第一次……”

“靳长风！”陆浅的小獠牙已经饥渴难耐了。

靳长风终于闭嘴，还在嘴边做了个上拉链的动作。

南曲甩了靳长风一记大白眼：“靳总，这大清都亡了好几百年了，你这思想还停留在 20 世纪吗？成年人你情我愿，好聚好散。合适就处，不合适就分。至于睡不睡嘛，全靠感觉，难道还得跟几百年前似的，姑娘结婚前就得守身如玉，男人结婚后还能三妻四妾啊？自己的身体自己还不能做主了？”

靳长风耸了耸肩：“教主教训得是！”

南曲话锋一转：“不过，风子说得还是有道理，最好回头还是去医院检查一下，万一有病……”

“没病没病！”陆浅把前两天去医院检查的事儿说了出来。

“没病就好。”靳长风话锋一转，“我看乔哥哥挺不错的，陆爷你要不要考虑考虑？”

“靳长风，你这个光看脸的臭毛病能不能改一改？”南曲说，“邵然我认识，家境好，为人浪。上学那会儿交往的女朋友，一周一换，保质期从来没有超过半个月的。乔深既然和他是朋友，那近朱者赤近墨者黑，难保不是一个德行。”

靳长风说：“南教主这就是你的不对了，你不能一竿子打翻一船人吧？”

“我的意思是，日久见人心，未必没有道理，浅浅你别一头扎得太深，还是要了解清楚了再下手。”

“我下什么手？”陆浅一身正气地说，“祖国培育了我，我当然要报效祖国。什么谈情说爱、儿女情长的，有人民的生命财产安全重要吗？显然没有啊！”

怕再被这二人继续盘问，一到不夜城，陆浅就先下了车。靳长风对不夜城不熟悉，南曲陪着他泊车去了。

乔深比他们先到一步，这时正站在电线杆旁抽烟，颀长的身躯倚在电线杆上，缭绕的烟雾朦胧而梦幻。

陆浅还在犹豫要不要过去，就听到身后几个小姑娘在讨论如何与乔深搭讪。乔深似暖还寒的目光正好扫过来，落到陆浅脸上。

陆浅迅速背过身去，原地跺了跺脚，假装没看见。

过了一会儿，一道黑色的影子压过来，和她的倒影重叠在一起。陆浅一回头，正好撞上乔深的视线。

“哥哥，方便加个微信吗？”一道软糯甜美的声音传来，陆浅侧眸一看，原来是刚刚那几个小姑娘，选了个代表过来找乔深要微信。小姑娘说话温温软软的，陆浅听了都心动。

乔深却语气淡淡的：“不方便。”

小姑娘不死心，又看着陆浅问：“哥哥，这是你女朋友吗？”

陆浅抢着说：“当然不是，这哥哥……单身待撩呢！”

乔深嘴角一牵，竟意外地“嗯”了一声。

小姑娘看到一点希望，乘胜追击：“那哥哥喜欢什么类型的啊？”

乔深冲陆浅扬了扬下巴：“问你呢，我喜欢什么类型的？”

陆浅无语道：“……你喜欢什么类型的，我怎么知道？”

乔深摸摸她的头：“你以后就知道了。”

陆浅脖子一僵，“心脏病”又犯了……

乔深走了两步发现陆浅没跟上，又特地停下来喊她：“愣着干吗，走了。”

“哦……”陆浅走之前，安慰了那气急败坏的小姑娘两句，“那哥哥也就皮囊好点，心眼坏着呢！千万别被他的外表迷惑了！”

这话也不知是对小姑娘说的，还是用来警告她自己的……

陆浅小碎步追上乔深。

乔深停下来：“别被我的外表迷惑？”

陆浅没想到自己说得那么小声，还是被他听到了。她大义凛然地说：“我是怕那小姑娘被你伤得太深了，随口安慰她的。喜欢你的人那么多，也不缺她这一个嘛！”

“喜欢我的人不少，多你一个也不算多。”乔深一个远投，把烟丢进垃圾桶，“要不你也尝试一下喜欢我？”

陆浅的表情一言难尽，如果对面站的是其他男人，她也许会以为对方是在告白，可对面站的人是乔深，她只想警告自己千万别中计。

她后退了半步，大大咧咧地笑：“我才懒得和那么多女人抢你！”

“你来抢啊。”乔深弯腰，贴近她耳边，用极尽温柔的语气，说，“你来抢，我让你赢。”

第十章

处对象吗，陆队？

如果说刚刚陆浅还在怀疑乔深的意图，那现在她基本可以确定了，乔深想追她！

成年人之间有很多种暗示，并不是非要说“我喜欢你”才能表明“我想和你在一起”的意图，甚至有的情侣直到分手，也未必对对方说过“我爱你”这三个字。对乔深这朵高岭之花来说，他能说出刚刚那番话，已经很直白露骨了。

虽然确定了他想追她的意图，但陆浅还是摸不清他到底是什么意思。是想以男女朋友为基础交往呢，还是纯粹玩点成年人之间的情感游戏？

但不管是哪一种，陆浅都是要拒绝的。

她张了张嘴刚要说话，邵然就领着靳长风和南曲过来了。

“我说你俩怎么还在这儿啊？不知道进去把酒点上啊？”邵然过来勾着乔深的肩。

陆浅到了嘴边的拒绝，又不得不往回咽。说不定乔深只是随口撩撩而已，她还是先不要自乱阵脚。

邵然在电梯里吹牛：“浅妹子我跟你说，这趟你算是来对了，你邵哥我这金嗓子，可是‘中国好声音’级别的，不听哥给你唱两首，绝对是你的损失。”

靳长风很捧场：“真的呀？我们家南教主也是麦霸！”

南曲并不是很想理会靳长风这卖友求荣的二货，心思细腻的她，早就发现了蔓延在陆浅和乔深之间的低气压。这二人进了包间，没有坐在一起，而是一左一右隔开两个沙发，中间好像隔着楚河汉界。

邵然名义上是想和学妹叙旧，实则还是为了老乔的终生幸福着想。但面子功夫还是得做，他让服务员开了两瓶好酒，又特地问南曲：“想唱什么歌？学长给你点上。”

南曲仔细思考了一下，最后说了一首：“《广岛之恋》。”

靳长风激动地举手：“我会，我会！”

邵然把话筒递给两人，就坐在一旁偷偷观察老乔去了。

也不知道老乔究竟在想什么，这么好的机会，他竟然选了个距离陆浅最远的位置坐下。不趁机联络感情就算了，居然还低头玩手机！真不愧是凭本事单身的！

就在邵然恨铁不成钢时，手机振动了一下，他拿出来一看，是乔深发给他的——

“你去唱歌。”

“啥？”

“去！”

迫于老乔的淫威，邵然从靳长风手里抢过话筒。

陆浅摘了一颗葡萄丢进嘴里，她想邵然刚刚既然敢夸下海口，那就算不是歌神，也该是个歌王级别的！

结果邵然一开口，陆浅就跪了……这鬼哭狼嚎的杀猪式尖叫，真的是在唱歌吗？确定不是来索命的？

差点被葡萄哽死的陆浅，拍了几下胸口。

乔深不知道什么时候摸黑坐到她身边，给陆浅递了杯水。

陆浅已经被邵然跑调的歌声洗脑了，忘了刚刚和乔深在一起有多尴尬，她接过水杯喝了一口，问他：“你这哥们是不是对‘中国好声音’有什么误解？”

“他小时候唱歌拿过一等奖。”

陆浅简直怀疑自己的耳朵：“那评审全是聋子吗？”

“不是，就他一个参赛选手。”

“……”陆浅实在受不了这魔音灌耳，她怕再多听一会儿就有耳膜穿孔的危险，于是把求救的目光投向乔深，“要不你上去唱两首？”

“我会唱的歌不多。”

陆浅坐到点歌机前面：“那你会唱哪首？我帮你点？”

“老婆。”

“嗯？”包厢太吵了，陆浅没听清，她凑近乔深耳边，“你刚刚说什么，大点声！”

“老婆。”

就在乔深开口的那一瞬，音乐突然停了，整个包厢足足安静了三秒。乔深脱口而出的两个字，平地一声雷似的炸开，还伴随阵阵回响……

直到下一首歌曲的前奏响起，靳长风才低声问南曲：“我没听错吧？乔哥刚刚……确实是叫的老婆吧？”

“老、老婆？”陆浅转过身去，手指在点歌机上乱戳，边戳边问，“确定有这首歌吗？”

众人松了口气，搞了半天，是要点歌啊！

邵然站出来活跃气氛，说：“点什么歌啊，来这儿当然是要喝酒玩游戏才有意思！”

他让服务员拿来色子，问陆浅：“会玩吧？”

南曲替她回：“我们家浅浅就只会‘斗地主’和石头剪刀布。”

“划拳也不会啊？”邵然惊讶地问，还以为像浅妹子这样的女中豪杰，肯定是麻将扑克样样精通。看样子浅妹子放荡不羁的外表下，住了一缕安分守己的灵魂啊！

邵然让服务生拿来一副牌，说：“那就斗地主！”

南曲说：“你们玩，我押注。”

“押谁啊？”邵然说，“看在同校一场的分上，要不押我吧！邵哥给你赢套大别墅！”

陆浅说：“输钱的我不来啊，我这一个月的工资还不够你们塞牙缝的！”

邵然边洗牌边问：“现在公务员工资都这么低了吗？”

“谁跟你说我是公务员了，我是消防队的。”陆浅拍拍桌子，“赌钱不好！要不这样，换个赌注？”

“消防队？”邵然拔高音调，看了乔深一眼。

乔深日防夜防，还是没防住。他在桌子底下踹了邵然一脚，用眼神警告邵然“闭嘴”。

南曲一听邵然这语气里的不敢置信，眉头一锁，夺走扑克：“消防队的怎么了？看不起消防队啊？”

“不是不是，我没这意思！”邵然赶紧否认，又问陆浅，“浅妹子，你是文职还是？”

“学长挺健谈啊！”南曲把扑克扔在桌上，那语气特别护犊子。

陆浅摸摸南曲的手，拉着她坐下："邵哥好像对我很感兴趣啊，该不是看上我了吧？"

邵然吓得身子都朝后仰了几分，暗戳戳地用余光瞥了乔深一眼，说："不敢不敢。不过话说回来，消防队是和平年代最危险的兵种了吧？浅妹子你一个姑娘，进消防队你父母没意见……嘶……"

邵然倒抽一口凉气，老乔这神经病，踩了他一脚不说，竟然还一脸黄鼠狼给鸡拜年的表情，问他："怎么了？没事吧？"

怎么没事儿？他前两天才拿到的定制款尖头小皮鞋，就这么被老乔不动声色地毁了。能没事儿吗？

"没事儿，不小心踢到桌子腿了。"邵然不敢再多问了，一边发牌一边说，"要不这样，奖惩机制，输了的要么喝酒，要么大冒险？"

乔深酒量不好，准确来说，是很菜。差不多一杯就倒，如果是啤酒，顶破天能撑过三杯。他就知道邵然这损友没安好心，刚想说换个惩罚机制，陆浅就拍板定案："行，就这么定了！"

陆浅上手就抓了四个二，一手顺子干脆利落，一个拖泥带水的都没有，还有一对大飞机。要是这把牌她当地主，绝对稳赢。

可是偏偏地主在乔深手上，而他手里还有一对鬼，是必抓牌。乔深手里除了一对鬼有用以外，其他的牌七零八落的，根本扔不出去，从底下翻来的地主牌，不但没用，还多了几个累赘。

第一局，乔深输得毫无悬念。

邵然帮他满上一杯啤酒："喝吧，老乔。"

那小人得志的样儿，不是一般的贱。

乔深端起酒杯，一饮而尽。

邵然目光里写满了：佩服，佩服！

乔深今晚运气不太好，第二轮陆浅当地主，他被邵然坑了一拨，又输了。

邵然是出了名的千杯不醉，痛痛快快地把酒喝了。

乔深脸色有点红了，却还是端起酒杯干了。

下一局是陆浅输了，她端起杯子正准备喝，乔深捏住她的手腕，递了个小杯子过去："你用这个喝。"

陆浅就是个缺心眼，不领情就算了，还说："男女平等，咱不能搞特殊，一碗水得端平了！"

于是，她连输三把，喝了三杯……

不过，乔深的好运气也就到此为止了，下一把他就输给了邵然和陆浅。

他现在已经酒精上头了，脑子有点晕乎乎的，很清楚自己要是再喝的话，就要醉了，所以他选择了大冒险。

邵然刚刚被乔深又是踢又是踩的，现在终于有机会报仇了，肯定不会手软。他狡黠一笑："浅妹子，去，一巴掌呼死他！"

其实他是开玩笑的，也就过过嘴瘾，哪敢真让老乔受这委屈啊！可他没想到，乔深听了这话，竟点点头："行。"

陆浅尴尬一笑："不不不，这……不合适吧？"

"打吧，又不是没打过。"眼神迷离的乔深，主动把脸凑了过去，绯红的嘴角挂着一丝浅笑，还越凑越近，仿佛要吃了她……

陆浅故作淡定的面部表情终于土崩瓦解，她手一扬一落，一巴掌扇在了乔深脸上，顺势把他推开了二十厘米。

"啪"的一声脆响，干净利落，惊得角落里那个闷头打游戏的少年都抬起了头。

乔深就这样被陆浅狠狠地扇到了一边，也不知他是没反应过来，还是憋着一股劲儿，总之迟迟没有回头。

邵然这回是真吓着了，自他有记忆以来，就没见过老乔挨打。老乔是天之骄子，就连他亲妈被他气急了的时候，也顶多把他关进小黑屋而已。

他担忧地拍了一下乔深的肩："老乔？"

"没事，继续。"乔深动作漂亮地开始洗牌。

陆浅看着他迅速红起来的半张脸，内疚极了。其实她本来没想打他的，怪只怪他凑得实在太近了，不知道的人还以为他要亲她呢……陆浅也是不懂，他干吗非得配合邵然凑过来，天生欠虐吗？

陆浅心里藏着事儿，打牌的时候不专心，这局输得简直不费吹灰之力。

作为赢家的乔深，晃了晃空酒瓶："酒没了，你选大冒险吧！"

"酒没了？"邵然探头看了一眼，酒瓶确实空了。他记得上一局结束的时候明明还有小半瓶……

邵然偷摸地看了一眼地面……果然，湿漉漉的……老乔这手段，简直骚得没边了！和乔深交换了一个眼神，邵然接着说："没酒了，那就大冒险呗，你邵哥愿赌服输。浅妹子你说呢？"

陆浅爽快地说："行，这局大冒险！"

“脸凑过来。”乔深对着陆浅勾勾手指头。

这边的战况实在太精彩了，把那个沉迷于游戏无法自拔的少年都吸引了。他看着正在脱外套的乔深，凑近了南曲耳边小声问：“深哥不会是要打回来吧？”

“不知道。”南曲说，“先看。”

邵然也有这样的疑虑，他深知老乔的酒量，就怕老乔这会儿喝多了神志不清，他偷偷用手肘捅了乔深一下，后者把脱下的外套丢给他，开始优雅地解袖扣。

“过来。”他冲陆浅勾勾手指头。

陆浅脑子里迅速飘过一句话——出来混，迟早要还的！

算起来，前前后后她也打了乔深两巴掌了，让他扇一巴掌，不算吃亏。而且某种程度上，还能让她心里好受点。思及此，她狠下心，把脸凑了过去。

乔深缓慢地开始捋袖子，一圈一圈地往上捋，露出肌理分明的小臂。他又握了握拳，像是拉弓一样，把手往后拉。

这架势……像是要把陆浅一巴掌扇进重症监护室。

陆浅秒变小犰狳，脖子一缩，两眼一闭……

邵然眼看那巴掌就要盖下去了，赶紧起身拽住了乔深的手：“欸，老乔！”

陆浅听到了邵然大吼的声音，脸上却迟迟没感受到痛意，她条件反射性地睁开双眼，还来不及看清眼前的情形，一张放大的俊脸就贴了过来。

昏暗的灯光里，乔深猝然逼近，左手捏着她的下颌，准确无误地吻了下来……

陆浅平时的反应能力是出了名的迅速，毫不夸张地说，食堂的苍蝇十有八九都是被她拍死的。可是这一刻，她却蒙了，只晓得瞪着眼睛，大气都不敢出……

足足过了两三秒，她才骂了一句脏话，推开乔深。

乔深没坐稳，一屁股摔到地上，正好后脑勺着地，头骨接触地面的那一刹那，发出一声沉重的闷响。

“老乔！”邵然跪在地上抱起乔深的头，“没事吧，老乔？”

他拍了拍乔深的脸，后者没什么反应。靳长风见势不对，赶紧开了灯。

乌烟瘴气的包间瞬间亮如白昼，斑驳陆离的灯光全被白光压了下去。邵然手心湿漉漉的一片，全是乔深额头渗出的冷汗。

“喂……”陆浅拿脚轻轻地踹了一下乔深，责难的话还没说出口，就看到他面色发青，看起来像中了剧毒一样。就连唇瓣都没有半点色彩，苍白得吓人。

“他没事吧？”陆浅问邵然。

“没事，老毛病又犯了……”邵然匆匆丢下一句话，把人扛上肩头，“我怕是得送他去一趟医院。”

靳长风拉开房门：“我没喝酒，我送你们。”

陆浅追过去按电梯：“什么老毛病这么严重啊？”

邵然费劲地把乔深扛进去，说：“乙醛综合征，以前也就三杯的量。”他一脸百思不得其解的表情，“可今晚这才两杯啊！”

陆浅：“……为什么不早说？不能喝酒你还让他喝？”

“上车上车！”靳长风把车开到门口，陆浅帮忙把乔深扶上车。

邵然趴在窗口问：“浅妹子你不去啊？”

“我……还有事。”陆浅随便找了个借口，拉着南曲就走了。

“我要早知道他不能喝，我就不往他杯子里兑洋酒了啊！”走了差不多两百米才停下，陆浅一巴掌拍在脑门上，南曲听了都替她疼。

“没事，邵然都说是老毛病了，问题应该不大。”南曲晃了晃车钥匙，“走吧，我送你回去。”

“我吹会儿风，你先走。”陆浅拍了拍脸，刚刚的热度还没消散，红扑扑的脸蛋滚烫滚烫的，跟发烧了一样。

有几个社会青年路过，冲她旁边的人吹了两声流氓哨，陆浅回头才发现，南曲没走，还陪她站在马路边上吹风。

“你明天一早不开会啊？”陆浅问。

“开啊，所以你配合点，我早点把你送回去，也好早点回去休息。”

“得了吧！我自己还找不到回家的路？”陆浅催她，“你走吧，不用管我。”

“还早。”南曲提议，“逛逛？”

陆浅心头乱糟糟的，干脆答应了。

“我听风子说，萧泊舟和杜漫霏的订婚礼还是如期举行了？”南曲转着手机，漫不经心地提起。

陆浅点头，显然对这个话题并不在意，她现在满脑子都在想，乙醛综合征是个什么东西，情况严重的话，到底会不会出人命？乔深既然知道自己不能喝酒，干吗非要逞强喝什么酒？还有他刚刚那个吻，是喝多了的无心之失，还是故意的？

南曲说：“杜漫霏她前男友把事情闹成这样，萧泊舟还愿意和她订婚，看样子也是真爱了。”

陆浅心不在焉地回：“大概吧。”

南曲突然快走一步，拦在陆浅前面：“我在跟你聊萧泊舟和杜漫霏！”

陆浅耸耸肩，不明所以：“聊啊！我不是听着吗？”

“你……不在意？”南曲问。

“在意什么？萧泊舟啊？”陆浅笑了一声，“有什么好在意的。”

陆浅沿着人行道慢慢悠悠地朝前走：“人这辈子，之所以不快乐，说穿了也就两个原因造成的——一个是过分贪心，一个是过分执着。做人还是要拿得起放得下，知足常乐最好。

“其实现在回头想想，我和萧泊舟之间本来就存在很多细微的问题。聚沙成塔，这些小问题累积起来，总有一天是要爆发的。杜漫霏只不过是刚好撞到枪口上。”

“你倒是拎得清，”南曲说，“拎得清最好。早知我也用不着大费周章，还请了前男友去帮他们活跃气氛。”

“怎么用不着了？”陆浅拍拍手说，“请得好！我和萧泊舟之间就算有问题，那也是我俩的事儿！她杜漫霏在明知萧泊舟有女朋友的情况下还往上贴，就是不对！还有萧泊舟，他背着我劈腿就是渣！”

南曲和陆浅的个性，其实有着天壤之别。陆浅遇事容易激动，但她顺风不浪，逆风不怂，永远怀着一颗赤子之心和满腔热血；而南曲遇事理智，为人谨慎，她不像陆浅那样直白，她更擅长婉转地抓住对方死穴，然后一击毙命，这点在商场上尤为突出。

可是两人却在学生时代就一拍即合，大概正是因为契合的三观，以及对彼此惺惺相惜的感觉。

能看到陆浅从萧泊舟的阴影里走出来，南曲其实是无比高兴的。不过，她怕就怕，陆浅才刚从萧泊舟这个坑里爬出来，一头又栽进了乔深那块沼泽地。毕竟乔深的道行看起来比萧泊舟高了不止一个档次，她怕陆浅招架不住。

南曲问陆浅：“你觉得乔深这人怎么样？”

“乔深？”突然提起乔深，陆浅的脸上划过一丝不自然。但她却装作很随意地回，“哦，乔深啊……什么怎么样？就那样呗。”

“你激动什么？”南曲挑眉看她一眼，“你了解他吗？”

陆浅口是心非地问：“我为什么要了解他？”

“陆小浅，别否认得太快，显得你很心虚的样子。”

“……我有什么好心虚的？”

“你知道乔深是干什么的吗？”南曲问。

“空少吧！”

“空少？”提起空乘行业，南曲首先想到的就是俊男美女穿着制服，提着登机箱，步伐整齐划一地在机场穿行的身影。

多数人对这个行业都有着一定的误解，南曲倒是没有偏见，只说：“那他工作应该很忙吧？”

“好像是。”

其实陆浅和乔深并没有聊过这个话题，不过从乔深平时跟她聊微信的时间差来看，他应该是飞国际航线的，确实比较忙。

“那你还是别考虑他了。”南曲说，“你一年 365 天恨不得 366 天都在部队，他又忙着到处飞，脚不沾地。你俩在一起，不合适。”

“谁要跟他在一起了？！”陆浅否认的时候，声音愣是拔高了两个调。

南曲刚想拆穿心虚的陆浅，一抬头就看到了前方的建筑物。

“太晚了，我们回去吧！”

南曲掰过陆浅的肩，想把她往回拉。可是已经来不及了，陆浅已经看到了前方的庞然大物。

那是一栋废弃的大楼，黑黢黢地挺立在繁华的街道上，和周围五光十色的灯幕形成鲜明对比，就像潜伏在黑暗里的怪兽。

路边的汽车远光灯照过来，才勉勉强强照亮大楼的本体。这栋被焚毁的建筑，足足五层楼高，被大火肆虐过的大楼，如今只剩一个空架子，孤零零地立在这里。

不知不觉的，竟然绕到了这儿。陆浅睫毛轻轻地颤了两下，就像是蝴蝶扑棱的翅膀。她吸了一口凉风：“陪我坐会儿？”

南曲知道，陆浅她亲爹当年就是在这儿身故的，也不知道该说些什么，索性陪着她在一旁的石墩子上坐下。

“你说这酒店老板到底怎么想的？”陆浅分开双腿，像个爷们儿似的坐在石墩子上，说，“21 年了，距离事发整整 21 年了，她还把这废墟留着。

这位置怎么说也是黄金地段，甭管开发个什么项目，都是稳赚不赔的买卖。你说那老板是不是有病，留着这残骸能干什么啊？”

南曲还没想好这话茬要怎么接，陆浅就突然从石墩子上弹了起来……

南曲顺着陆浅的目光望过去，看到了熟悉的一男一女。女的叫木子美，是萧泊舟的母亲；站在她身边的男人，是她二婚的丈夫苏明怀。

苏明怀今年 46 岁，比木子美小了整整 5 岁，但是光从外表上来看，两人看不出半点年龄差距。木子美还穿着宴会上那条米色收腰连衣裙，白色的珍珠配饰衬得她皮肤极好，举手投足间都带着一股雍容华贵的气质。

她笑容满面地望着陆浅：“还以为我认错了人，没想到真的是你。”

陆浅眼见躲不过去了，干脆大方地叫了一声：“伯母。”

“浅浅，泊舟他……”

“伯母您放心，我们是和平分手的。”

其实从陆浅和萧泊舟交往以来，木子美除了偶尔旁敲侧击地提醒她换工作以外，对她还挺好的。

反正在陆浅眼里，没撕破脸皮地打一架，就应该算是和平分手了。

“是我们泊舟没福分。”木子美眼底尽是遗憾，虽然她对陆浅的工作不太满意，但比起杜漫霏来说，她还是更喜欢陆浅。至少这孩子家庭条件好，又没什么心眼。不过，杜漫霏的前男友今天这么一闹，儿子已经表明态度不可能和杜漫霏结婚了。所以两人迟早还是要分手的。

想到这里，木子美对陆浅的态度又热络了许多：“浅浅，泊舟他就是年纪轻不懂事，还没定性。你一定要原谅他，伯母看得出来，这孩子心里头是有你的。”

可算了吧！年纪轻不懂事就能劈腿？劈腿之后用一句没定性就能开脱？

陆浅懒得和长辈据理力争，索性赔笑：“他开心就好。伯母，我们还有事，就先走了。”

木子美知道这件事毕竟是自家儿子理亏，她笑着点点头：“好，那你们路上注意安全。哪天有空再和伯母一起喝下午茶。”

“好。”陆浅脸上戴着微笑的假面具，一直到转身后，才恢复那张傲娇的冷脸。

下午茶？

陆浅连吐槽的力气都没了，谁不知道她这工作 24 小时待命？一日三餐都未必顾得上，还谈什么下午茶？终究是走不到一路的人……

南曲把陆浅送回了半山别墅。

别墅冷冷清清的，林姿和雷廷生都不在。回到家陆浅才想起来，昨天雷廷生去打高尔夫的时候，脑袋不小心被人用球杆开了个瓢，现在还在医院。林女士不放心护工，亲自去医院陪护了。

陆浅给雷廷生打了一通电话，关心他的实况。

雷廷生在那头生龙活虎地说："没事，就是点小毛病，缝了几针，医生说有点轻微脑震荡，要观察一下。本来可以不用住院的，你妈她非要我住两天。"

"您就放心住吧！就我妈那脾气您又不是不知道，就算您着急忙慌地回来，她也非得要把您念回医院里去的。"陆浅说，"那您好好休息，我明天再去医院看您。"

雷廷生听了，心里头雀跃起来。

"好好好。"雷霆生把声音压低了些，"闺女，酒窖……"

"您就别想了，我可没那个贼胆，我要给您带酒去，林女士她能撕了我，您信不？"陆浅笑着说，"您还是早点休息吧，明儿见。"

挂断电话后，陆浅去洗了个澡，出来的时候已经差不多十一点了。手机安安静静的，一条消息也没有。

靳长风这人也太不靠谱了，都没想到给她回个信。

陆浅盘腿坐在床上，想起邵然说的"乙醛综合征"，去手机浏览器里搜索了一下。

相关词条立刻跳出来——少数饮酒后面色发青的人在乙醇吸收5～10分钟内，面部感到灼热，同时面部乃至全身皮肤出现潮红、呼吸困难、出汗、昏厥和神志紊乱等症状，医学上叫作"乙醛综合征"。这是乙醇氧化代谢引起显著的血乙醛水平升高之故。如果不及时治疗，会导致过敏、间隙休克……

休克？

陆浅眼睑一压，还没有看完，就退出界面，拨通靳长风的电话。

"喂？陆爷。"

"你还在医院吗？"

"没，我马上到家了。"靳长风一副感恩戴德的语气，"真是没想到，我靳长风有生之年还能得到陆爷您的关怀，我真是祖上积德，三生有幸……”

“好好说话！”陆浅问，“乔深怎么样了？”

“深哥啊？我也不知道啊，刚把他们送到医院，老爷子就打电话让我赶紧回来一趟。”靳长风说，“要不你直接给绍哥打电话？我把邵哥号码发给你？”

“我有。”刚刚吃饭的时候，陆浅和邵然就交换了电话号码。

靳长风揶揄地笑：“既然这么担心，刚刚干吗不直接上车？人家深哥怎么说也是为了你才进医院的……”

靳长风素来最擅长说废话，陆浅懒得听他鬼扯。

她找到邵然的号码，刚想拨出去，又犹豫了——拨通了怎么说？直接问乔深的情况吗？那岂不是显得她很关心乔深的样子？

不行不行！

陆浅打开微信，给邵然发了一条微信好友申请。

邵然的手机仿佛就在手上握着，他很快就通过了好友申请，还回了一句：“浅妹子？”

陆浅装作不经意地问他：“你们到家了吗？”

邵然无声地哼笑了一下，浅妹子这问题问得也太婉转了！他拍了一张老乔的照片给陆浅发过去。

陆浅点开照片，看到了安安静静躺在病床上的乔深，他盖着蓝白条纹的被子，双眸紧闭。左手臂放在被子外面，手背上还扎着针头。

“他还没醒？”

邵然懒得这一来一回地打字，直接打了电话过去：“医生说老乔今晚还得住院观察，我这公司出了点事，一会儿还要出差，正愁没人照顾……”

他说着说着，突然一愣：“对了浅妹子，我听靳兄弟说你明天好像休假是吧？”

“不是！”

“哦……”邵然的声音忽远忽近，还夹杂着医生和护士的声音。他遗憾地说，“那没办法了，我得赶紧给老乔找个护工去，就不跟你聊了啊！”

手机里传来忙音，电话被邵然挂断了。

陆浅裹进被子里，关了灯，强迫自己睡觉。可是心里装了事儿，翻来覆去怎么也睡不着。平日里沾床就睡的人，辗转反侧了半个多小时，依旧清醒无比。

她烦躁地怪叫了一声，踢开被子，叫了辆车就往外走。

四十分钟后，她从护士台打听到乔深的病房号。

乔深住的是单人间，陆浅偷偷摸摸到了门口，就跟做贼似的，趴在门口看了一眼，只看到床上被子隆起，没看到乔深的脸。倒是他的病床边上，围了个小护士，二十出头的年纪，长得水灵灵的。

小护士撅着屁股，从这个角度，陆浅也看不清她究竟在干吗？

她抻长了脖子往里面探，重心不稳，一头栽了进去。

小护士吓得怪叫一声："你、你谁啊？"

小护士憋红了一张满是胶原蛋白的脸，紧张地揪着护士服，一脸做了坏事被抓包的表情。

看到小护士用力抿紧的嘴，陆浅心下了然，这小护士……该不会想乘人之危吧？不管乔深长得多妖孽，那毕竟是个病人啊！

陆浅走过去，用身高优势压住了小护士："你想干吗？"

陆浅长相本来就偏英气，眉头这么一挑，那上翘的眼尾杀气十足。冷冷的目光就像冰刀子似的，一刀一刀地往小护士身上戳。

小护士心虚了，连带着耳根子都是红的，解释不清楚，索性拔腿就跑了。

陆浅看着小护士的背影，"啧啧"了两声，坐在床边，拍拍乔深的脸："得亏你陆姐今天来了，我要是不来，你的清白都毁了，知道吗？"

她捏着乔深的脸，这人看上去精瘦得很，手感却出乎意料的好。她又爱不释手地戳了戳："等你醒了，可别忘了好好报答我！"

陆浅正贪婪地戳着乔深弹性十足的脸蛋，手腕就突然被人握住了。乔深使劲儿一拽，翻身就把她压在了身下……

"报答？"乔深黑色的瞳孔流转着冰冷的邪气，"你想我怎么报答？"

陆浅的两只手腕都被乔深擒住，举过头顶。这姿势对于强势了二十几年的陆浅来说，就是个耻辱。但她这会儿被吓着了，第一反应不是生气，只喃喃地问了一句："你醒着？"

乔深扣着她的手腕："你怎么来了？"

他唇色苍白如纸，却气势逼人。

陆浅抬腿顶了一下他的胯："你先放开我……"

"放？"乔深苍白的嘴角一扯，"我要是放开你，你又溜了怎么办？"

“瞧你这话说得，我又不是泥鳅，哪能说溜就溜啊！”陆浅扬了扬下巴，示意他看门口，“公共场合，这压来压去的，影响多不好。”

“陆浅，”他懒得回头，直勾勾地盯着她的眼睛，突然说了一句，“我酒劲儿还没过。”

“啊？”陆浅正颔首思忖这话该作何解释，头顶的光线就暗了下来。

乔深亲了她，不过是浅尝辄止，与其说是接吻，不如说是嘴唇和嘴唇之间的轻轻触碰。陆浅连反应都来不及做，他就撤走了。

“有感觉吗？”他问。

“什么？”僵在原地的陆浅，眼底浮现出一丝迷茫。

乔深卷着酒气的唇舌，又一次印了下来，这次他没有抑制，舌尖卷上她的上颚，温软又缠绵。

陆浅整个身子都麻了，比曾经给牙齿做根管治疗时打过的麻药还要够劲，整个人都失去了自控能力，只能任由他搓圆捏扁。混乱中，唯独觉得心脏还是自己的，还在不规律地跳动着。

她就像搁浅的鱼，经过太阳的曝晒，每一寸皮肤都是火热的。快要窒息的时候，她才颤抖着强行抽出手来，硬把乔深推开。

乔深被她推翻在床上，空气像是凝固了一般安静，只剩彼此越发清晰的喘息声。

陆浅慌乱地翻身下床，半步还来不及迈开，便被乔深拽住了手。他缓慢地坐起来，拉着她问：“感觉怎么样？”

背对着他的陆浅，强忍着情绪，才发出较为正常的声调：“什么怎么样？”

声调是正常了，不过那颤抖的尾音，还是被乔深听出来了。他食指轻挠着陆浅掌心的茧子，把她拽回怀里，圈着她的腰，贴近她耳边轻声问：“处对象吗，陆队？”

乔深上扬的语调染着几分笑意，漫不经心之中又夹杂着毋庸置疑的正经，听得陆浅起了一身的鸡皮疙瘩。就在这一瞬，陆浅经历了真正的心动，那是她和萧泊舟在一起二十几年都未曾有过的感觉，就像四肢百骸的血液不约而同地涌向心脏，多年来兢兢业业的小心脏，突然漏跳了一拍。

这时候，远处走廊上护士的脚步声和交谈声隐约传来——

“是之前32床的病人家属吗？”

“嗯，还不是想用跳楼来要挟医院，怎么劝都劝不住，现在还在天台。”

“报警了吗？”

“报了，警察还没到。”

陆浅敏感地抓住几个关键词——天台，跳楼。

她甩开乔深的手，堵住路过的两个小护士：“你好，我是特勤中队的消防员，你们刚说的跳楼怎么回事？”

“哦，是32床的病人家属……”

“边走边说。”陆浅催着小护士往天台跑。

乔深刚想追出去，电话就响了……

小护士边走边说明情况：“半个月前，32床收了一名腹腔肿瘤患者，动手术后没撑得过去，关腹后两天就死了。患者家属在医院门口拉了一个多星期的横幅了，要院方负责。院长一直没出面，哪知道他今天就去天台跳楼要挟了。”

说到底就是医闹。特勤中队每年接到的医闹事故不在少数，但激烈到跳楼威胁这种程度的，不多。

到了天台，自报身份后，陆浅又从其他医生口中得知了患者家属的一些具体情况——陈建明，今年58岁，临市人，家庭条件不怎么好，但他很爱他老婆，因为他老婆不能生育，所以结婚后一直没有子嗣。这次动手术全是找亲戚朋友凑的钱。

陆浅能做的，就是在队友来之前，尽量先稳住这大爷。

可大爷情绪很激动，站在天台边，扯开破锣嗓子大吼：“我要见李长宁，你们把李长宁给我叫过来！”

院长在陆浅耳边说：“李长宁是给他老婆做手术的主刀医生。”

“人呢？”陆浅问。

“今天李医生不上班，在宿舍，马上就过来了，最多两分钟。”

院长话音刚落，一个穿着大裤衩的男人就被两个穿着白大褂的医生架过来了。来人正是李长宁，因为来得太匆忙，他也来不及整理发型，稍长的头发乱七八糟的，跟鸡窝没什么两样。嘴边是青黑色的胡楂，不修边幅的形象，实在和医生挂不上钩。

大爷见到李长宁，情绪立马激动起来：“是你害死了我老伴！你把我老伴还给我！”

李长宁打了个哈欠，满眼的血丝，脸上是掩不住的倦意：“陈大爷，你冷静点，你老伴得的是癌症，动手术前我们就通知过你，手术知情同意书也是你亲手签的。手术中有可能存在的风险，同意书上也写得清清楚楚的……”

“胡说八道，你、你们都是胡说八道！是你们说、说我老伴动完手术最少还能活个一年半载的，是你们医生骗我们动手术的！我老伴进手术室之前还能走能跳的，肯定是你们动错了位置！你们院方就是想推卸责任！”大爷颤颤巍巍地抹了一把脸，老泪纵横的男人，脸上的每一道皱纹都镌刻着他前半生经历的风霜。

陆浅拉了李长宁一把，示意他不要继续激怒对方。

可李长宁根本听不进去，这段时间他因为这起医闹事故，被院方停职了不说，女朋友还趁着七夕节给他戴了一顶绿帽。他昨晚喝了一夜的闷酒，一肚子的火气正愁找不到地方发泄，此时说出来的话自然不好听。

“任何手术都有风险，动手术之前就说过了，你老婆得的是腹腔肿瘤，开腹后发现胰头癌伴多发性转移病灶，医生是救死扶伤的，又不是大罗神仙转世。更何况你老婆得的是癌症，又不是阑尾炎！”

“你、你……”大爷气急了，反而一句完整的话都说不出来。

陆浅赶紧让院长把李长宁拉下去，又试探性地朝大爷迈近：“大爷，您先下来，有什么矛盾我们和医院协商解决，没有什么过不去的坎儿……”

“过不去了啊……”大爷哆哆嗦嗦地拍了一把自己的腿，抹着泪仰天长叹，“老伴哪，是我没用，我还不起三哥的钱，也不能替你讨回个公道。这黑心的医院，吃人不吐骨头哪！你等着，我这就下来找你、我来找你……”

大爷说着说着，转过身去，纵身一跃。

那一瞬，陆浅仿佛飞人附体，在所有人都还没反应过来时，以百米竞赛的速度冲了过去。就在大爷一跃而起的那一秒，她挂在天台栏杆上，抱住了大爷的手臂。

在生死交锋的那个刹那，大爷好像灵魂终于归位了，终于意识到，从这十三楼跳下去，是会死的！而对于死亡的恐惧，让大爷瞪大了浑浊的双目，他反手拽住陆浅的袖子，眼底充满了对生的渴望。

可是那袖子终究承受不住大爷的重量，哪怕陆浅训练有素，也撑不住。大爷的手臂在她的手中一寸寸向下滑落，最后画面就定格在大爷张嘴那一瞬间……

陆浅清晰地听到，那大爷颤着声音说——救我。

大爷从十三楼坠了下去，那下落的速度快到陆浅根本来不及反应，只听到“砰”的一声闷响，正好砸在刚赶来的消防车上。

失去力道的陆浅，腿一软，一屁股朝后面坐去，却跌入一个温暖又熟悉的怀抱……

“陆浅。”乔深虚扶一把她的肩，又很快放开。因为陆浅很快就坐稳了，黑白分明的眸子里写满了抗拒。

楼下消防警铃的声音一浪高过一浪，陆浅躲开乔深停在半空中的手，朝楼道口走去，院长和医生们自动让开一条道来。和李长宁擦肩而过时，陆浅望了他一眼。李长宁大概也没料到大爷会真的从这儿跳下去，和陆浅对视的时候，腿都是抖的。

乔深探头看了一眼楼下，消防队的人已经把大爷抬进了医院。没一会儿，院长就接到电话，说是大爷已经无力回天。

乔深匆忙追下楼时，陆浅正在和一个拿着对讲机的消防员说话。那人长了一张瓜子脸，五官清秀，小麦色的皮肤看上去很有血性。乔深一眼就认出那人，是陆浅的队友，叫江尔易。

陆浅把刚刚的情况跟江尔易说了一遍，逻辑清晰，表情严肃，唯有讲述过程的时候，睫毛不受控制地轻颤了好几下。

“你跟罗队说一声，我明天才归队。”陆浅交代了一句，就走了。

江尔易想说点什么，但到了嘴边的话，又咽下去了。他一扭头就被大鹅拉住：“班副，车咋整？”

大爷纵身一跃，从十三楼跳下来了，好巧不巧的，正好摔在消防车上。这几百万的云梯车，就这么砸出一个大窟窿。江尔易不放心地看了几眼陆浅消失的方向，不得不继续处理现场。

陆浅也不知道去哪儿，迷迷糊糊地回了医院，爬了两层楼，随便寻了个阶梯坐下。

楼道口开了扇窗，清幽的月光从外头洒下来，铺在地上，影影绰绰的。大爷那双浑浊的双目，就像映在这地上，恐惧之中还夹杂着满满的求生欲。

陆浅吸了吸鼻子，从小林女士就说她眼窝深，不爱哭鼻子。走路撞在树上，脑袋撞了个大包，不急着哭，反倒关心大树有没有掉叶子。可其实她哭起来一点也不含糊，就是特别能忍罢了。

她硬生生把眼眶里的泪憋了回去，憋红了那双明眸善睐的丹凤眼。一想到大爷枯苗望雨的目光，她耳边似乎就响起老大爷临终前说的那两个字——救我。

这双手不争气，最后也没能把人救起来……

乔深来的时候，就看到陆浅坐在地上，摊开掌心，呆呆地望着那双布满茧子的手，一遍又一遍地搓。

他站在陆浅身后，脱了外套，裹住她的手。

陆浅错愕地抬头，空旷的楼道口不知何时多出一道黑影，被清冷的月光拉得老长。

那人在她身旁坐下："缉毒武警、边防军人、反恐特种兵，还有消防，据说这四类是和平年代最危险的兵种，每天都和死神擦肩而过，有时肩上扛的是希望，有时肩上扛的是尸体。"

借着月光，陆浅抬眼看他，好似听不懂他这话想表达的意思。

身侧传来一道低沉的声音："消防队出警到现场，顶多五分钟，你们在楼顶僵持的时间不长。"

下一秒，乔深伸手，遮住她的眼睛："人没救回来，不是你的错。"

那声音轻柔得像是羽毛拂过，却让陆浅心里生出一股奇异的安定感。他的手掌覆盖在她的眼窝上，舒适的温度熨帖着眼睑，像是37度的水，舒坦又安宁。

陆浅记得刚进消防队的时候，指导员就拎着新兵蛋子们说过——一旦进了这红门，就注定比常人面对更多的生死，但终生不悔入红门，不管多困难的经历，也总有过去的时候。

那时年纪轻，还不懂这话的含义，等她真正懂得的时候，才发现有些伤是过不去的，只能埋在心里。埋久了就成了疤，不碰的时候不疼，一刮风下雨，就惹了旧疾，那些陈芝麻烂谷子的伤心事儿，都被乔深一道勾了出来。

陆浅就是恨自己不中用，现在救不了大爷，当年也没能救下她爹。当时她要是再强硬一点，抱住她爹的腿，可能他就不会再次冲进火场，也不会……

陆浅把乔深的衣服还给他，站起身，一言不发往上走。

乔深拉住她的手："我送你。"

"我不知道去哪儿……"不想回部队，也不想回家，陆浅第一次发现自己无处可去。

乔深牵着她的手往外走，把她带到了急诊室。急诊室的医生和周慕一是同学，和乔深也认了个脸熟。他开了张单子让陆浅去拍片子，乔深又陪着她去了CT室。

照片结果出来了——骨折。

乔深把陆浅拽到医生跟前，陆浅皱着眉号了一句："轻点，疼啊！"

"现在知道疼了？"也不知道刚刚吊着残臂四处晃悠的人是谁，乔深就见不得她糟蹋自己身体的模样，神色也冷了许多。

医生给陆浅上了石膏，开了一个月的口服药："药按时吃，手臂不能用力。一个星期后到医院拍片复查，注意休息，尽量少吃辛辣的东西。"

"要吊一个月啊？"陆浅情绪缓和过来，一双眼睛瞪得老大，"医生，要不你给我把石膏拆了吧？"

乔深瞪她一眼，和医生颔首打了个招呼，拽着她就走了。

这是陆浅第二次来乔深家里了，这次那个周姨不在，偌大的别墅也没个用人，冷冷清清的。

家里没准备女人的拖鞋，乔深从鞋柜里找了一双42码的男士拖鞋给她。陆浅37码的脚塞在里面，白皙莹润的脚指头有种无处安放的局促感。

"有水吗？"陆浅晃晃手里的药，"医生说早晚都要吃。"

"等着。"乔深指着沙发让她坐下。

陆浅在沙发上等了十来分钟，一两分钟朝厨房探一次脑袋，也不知道乔深究竟在干吗，竟然半天没动静。

过了一会儿，在陆浅第七次探头的时候，乔深出来了。他手里还端了一锅泡面。

他把小锅放在茶几上："太晚了，叫不了外卖，我就会这个，凑合着吃吧！吃了再吃药，对胃好。"

搞了半天，他是偷偷摸摸去厨房煮泡面了。陆浅打量了一眼，卖相还不错，还有绿油油的生菜和鸡蛋，看上去色香味十足。折腾了大半夜，陆浅是真饿了，她接过乔深的筷子开始卷面条。

可惜陆浅不是个左撇子，用左手吃面，这操作她实在没学过。卷了半天，就卷了两根面条……

乔深像是早料到了，拿了个汤匙，用筷子把卷好的面条放进汤匙里，递到她嘴边："张嘴。"

"我还是自己……"

"让你自己吃，你吃到天亮也吃不完。"乔深用眼神攻势示意她少废话，又问，“是不是不喜欢我用勺子喂你？那要不我用嘴……”

“刺溜”一声，陆浅就把那勺子里的面吸进嘴里了，一张一合的小嘴含混不清地说：“你说你挺正经一人，就没点洁癖什么的？”

“对你，应该没有。”乔深又夹了一筷子青菜过去。

陆浅吃进嘴里：“谢谢。”

乔深没理她，喂食的时候很专注。

陆浅觉得自己就像他喂的小狗，乖乖地张嘴，等待投食。两人之间的距离隔得很近，随着他的沉默，周遭安静下来，也许是自己心术不正，也许是两小时前乔深刚问过她要不要处对象，总之陆浅觉得就连空气里都流转着一股暧昧的气氛。

她真是脑袋被驴踢过，才会答应和乔深一起回家。这下孤男寡女，搞得她连呼吸都不敢太用力。

还好这顿饭算是撑过去了，趁着乔深把碗放进洗碗机的时候，陆浅把药吃了。就在短短的几分钟内，她做出了决定：“那个……我看我还是回部队吧，你一个人住，我在这儿你也不方便。”

“回部队？”乔深从厨房探出头来，“你不就是看中了我一个人住，所以才跟我回家的吗？”

陆浅：……啥？

第十一章
直到遇见你

陆浅被他这问题问得呆若木鸡，什么叫“看中了他一个人住才跟他回家的”，搞得她好像有计划要对他图谋不轨似的……

“你……”

“行了，逗你的。”乔深似笑非笑，顺手揉揉她的短发，“太晚了不好打车，明天一早送你回部队，早点休息。”

他指着二楼左手边第二间卧室：“要我抱你上去吗？”

“不用。”她伤的是手臂，又不是腿。

陆浅早趁乔深收碗的时候，就用打车软件发了个消息出去，可半天了也没人接单。事实证明这寸土寸金的地段，出租车都不愿意来。

“欸……”陆浅趴在沙发椅背上，好奇地问，“你不会开车吗？”

“会开车也不送你。”乔深打了个哈欠，“累。”

陆浅撇嘴，也没想让他送，只是好奇而已。这么大栋别墅搁这儿，乔深的家庭条件怎么看也不会太差，可是他为人却很低调，出门基本打车，偶尔还会蹭她的摩托车……

就这闹中取静的别墅区，是市内出了名的富人区，仅看这别墅装潢，就门口摆着的那两个大花瓶，一个就能抵她两年工资，实在不像没车的人。

乔深去厨房端了两杯清水出来，像是猜到了陆浅的心思，他把杯子推到她跟前：“房子不是我的。”

“哦。差点以为你家有矿呢！”陆浅端起水杯喝了一口。

“这房子是包养我的女人买来送给我的。”

“噗……”陆浅一口水喷出去，呛得直咳嗽。

乔深优雅地递了一张纸巾给她：“这么惊讶？我在你心里的人设不是一直都这样吗？渣男？小白脸？”

陆浅连着咳了好几声，总算找回自己的声音，她扶着沙发扶手，脸都憋红了：“对不起啊，之前那样误会你。”

“一句对不起就算了？”乔深拿着纸巾，坐过去帮她擦嘴角，“我看起来像那么容易打发的人吗？”

距离隔得近了，乔深说话的时候，呼吸都能喷到陆浅脸上。面前的男人穿着白衬衫，身上的正装经过医院的洗礼，那价值不菲的领带早就不翼而飞，松松垮垮的领口解开了两颗扣子，露出瘦瘦的锁骨。打理得细碎的黑发下，一双眼睛就像狼崽子似的散发着笑意。

陆浅抽走他掌心里的纸巾，屁股往旁边挪了又挪：“那要不……我再跟你说声对不起？”

乔深舔了一下唇，笑了：“你请我吃饭吧！就今晚那家大排档，味道挺好。”

陆浅悬着的心落下去，一拍大腿：“好说好说，烤鱼、麻小，一定管饱。”

就在陆浅瞎扯的时候，她手机响了，陆浅拿起来一看，是江尔易。

乔深抬手做了一个“你随意”的姿势，陆浅按下接听键：“医院的事儿处理好了吗？”

“嗯，刚回部队。”江尔易那头闹哄哄的，像是在食堂，刚说了没两句，那头就安静下来，江尔易的声音越发清晰，“陆队，今晚的事儿，我都听说了，你也别放在心上……”

“我没事儿。”

“你那手……”

“包上了。”陆浅胡扯了几句，说，“该熄灯了吧？少废话，赶紧睡。”

陆浅挂了电话，乔深去厨房端了一杯热牛奶出来，递给她：“你同事倒是挺关心你。”

“那是，都是过命的兄弟。”陆浅抗拒地看了两眼温牛奶，“给我的？”

“有助睡眠。”

陆浅摇摇头，清亮的眸子里写满了拒绝：“我打小就不爱喝牛奶……”

“那你怎么这么白？”乔深的目光落在那双笔直修长的腿上。

陆浅没在意，只想着“喝牛奶和皮肤白有毛线关系”，她敷衍地笑：“我妈说她从小就给我喝漂白剂。”

“我现在去洗衣房给你找两瓶过来？”

“不用不用！”陆浅赶紧揪住乔深的袖子，“你说你这人，开个玩笑，这么正经干吗？”

乔深回头，和陆浅四目相对，两人将对方的微表情都收入眼底，最后不约而同地笑了起来。笑过之后，偌大的别墅突然陷入一片死寂。

月光透过落地窗，洒了一室的清辉，将两人并排的影子拉得很长。那一高一矮的两个影子，唯美又般配。朦胧的氛围像是早就安排好的催化剂，鬼使神差的，乔深低下头，缓缓弯腰靠近陆浅……

不知打哪儿飞来的一只夏蝉，钻进了窗帘里，呜呜地叫个不停，打破了这宁静又美好的画面。

陆浅元神归位，匆忙说了一声“晚安”，便十万火急地冲向二楼。

乔深哑然失笑，把那只傻乎乎的夏蝉从窗帘里揪出来，用玻璃瓶盖住，孩子气地弹了一下瓶身：“坏我好事儿！”

陆浅上楼关门，一气呵成。她靠在门板上，咽了咽口水，刚刚乔深弯腰的那一刹，她第一反应不是推开他，而是闭眼睛。

闭眼睛……陆浅在心里给了自己两个大嘴巴子，赶紧钻进浴室洗了把脸，果然清醒多了。

——咚咚咚。

乔深敲门的声音很有节奏感，陆浅拉开房门，探了个脑袋出去：“有事儿？”

“换洗衣物。”乔深把T恤挂在她脖子上，弯腰温柔一笑，“需要帮忙就叫我。”

“欸，等等！”陆浅叫住乔深。

乔深回头，眉峰一挑，像在问她“还有事儿”？

陆浅喉头一紧，摇摇头：“没什么，就……晚安。”

乔深进了隔壁屋。

陆浅拍着脑门叹气，其实她原本想跟乔深说的是——你以后能不能别对着我这么笑！

鬼晓得两个小时前，她就是被他这个充满安全感的温柔笑容骗来这儿的。

陆浅一头钻进浴室，冲了个凉水澡，凉悠悠的水，从头冲到脚，果然让她冷静了不少。

她刚套上T恤，敲门声又响了。拉开门，只见乔深斜倚在门口，活像个拗造型的国际男模。

陆浅脑袋上裹了一条雪白的毛巾，因为右手不方便，所以毛巾松松垮垮的，遮住了半张脸。她索性一把扯下来，边擦脸边说：“还好短头发省事儿。”

她抽空瞄了他一眼：“找我有事儿吗？”

乔深那句“要我帮你吹头发吗”，生生地卡在喉咙，他把藏在身后的电吹风又攥紧了几分，生怕露出马脚，只笑着摇摇头，说：“忘了回你一句，晚安。”

陆浅关上门，一脸狐疑：“有病？”

她呈大字形躺在床上，虽是陌生的床，但多年来的部队生活，已经让她养成了不认床的好习惯。她趴在床上两眼一闭，就睡着了。

陆浅做了个梦，梦见自己站在一块摇摇欲坠的石头上面，那石头就在悬崖边上，稍有不慎，就会粉身碎骨。身后是父亲熟悉的声音——浅浅乖，听话，爸爸一会儿给你买生日蛋糕。

突然，她的手臂被人抓住了，大半个身子探出了悬崖。那抓住她手臂的大爷，老态龙钟，唯有那双浑浊的眸子里，写满了求生欲，他抓着她的手，一声又一声地说——救我……救我……

大爷的手渐渐滑落，坠入山谷时，还用指甲剜走了陆浅手臂上的肉，可她感觉不到一丝疼痛。

陆浅挣扎着从梦中醒来时，耳边还残留着老大爷求救的声音。她伸手擦去额头上的冷汗，摸黑打开了床头灯。也不知道是不是吃了那药的原因，嗓子干渴得厉害。

陆浅窸窸窣窣摸下床，想去楼下厨房倒杯水喝。

楼下客厅竟然还亮着一盏暖橘色的落地灯，灯罩下，乔深正盯着电脑屏幕出神。

陆浅脚步声已经够轻了，没想到乔深警觉性竟然这么强，他在转身的同时，“啪”的一声盖上了电脑。

那画面闪得实在太快了，陆浅只看到屏幕上一片肉色……

她瞳孔一缩，秒懂，连忙摆着手说：“不好意思打扰了，你继续你继续，我什么都没看到……”

乔深：……

陆浅一溜烟蹿进厨房，轻车熟路地拉开冰箱门，拎了一瓶矿泉水出来，夹在臂弯准备自力更生地拧开。

乔深抽走她的矿泉水，拧开瓶盖递给她。

陆浅眼前仿佛还残留着电脑屏幕上的肉色画面，她下意识地瞥了一眼乔深的裤裆，脸不知不觉地开始蹿红。

乔深不经意间回头："发烧了？脸怎么这么红？"

说着，他伸手去探陆浅的额头。

陆浅后退了一步迅速躲过，抓着他的手腕说："别、别碰我！"

乔深愣了片刻，几不可察地皱了一下眉心，但还是被敏感的陆浅捕捉到了。她连忙松开他的手，解释："你手刚刚……碰什么了？"

乔深听不懂这意思，慢慢扭转视线扫了一眼电脑，他刚刚就坐在电脑前，除了碰电脑，还能碰什么？

乔深颇为意外，一般来说，干消防这个行业的，不可能有洁癖，但他还是问了一句："你有洁癖？"

"这和洁癖没关系吧？"陆浅放下矿泉水瓶，拉着乔深的手放到水龙头下面，边冲边说，"我觉得做这种事之前还是要注意一下个人卫生，当然事后也要特别注意，来来，这儿有洗手液，你自己抹点。"

联想到陆浅爆红的脸，以及自己刚刚正在创作的画面，乔深好像懂了。他刚刚好不容易来了灵感，正在画漫画，也就是两个主角脱光了准备泡温泉而已，陆浅是不是……

"你看到了？"乔深试探性地开口。

没想到他会把话挑明，陆浅尴尬又短暂地笑了一声："没事没事，成年人嘛，我懂的，我懂的。"

陆浅脸上每一个微表情好像都在说着"没事儿没事，不就是大半夜看个小黄片嘛，我绝对不会拆穿你的"，她还故作豪迈地拍拍乔深的肩："你继续，我就不打扰你了。"

她脚底抹油似的往外溜……

"等等。"乔深叫住陆浅。

没出息的陆浅双脚像被钉子定在原地了似的，僵住。就为了这么点小事儿，乔深不会恼羞成怒吧？就在陆浅脑子里塞满了这些乱七八糟的想法时，只见乔深淡定地走过来，把那瓶拧开的矿泉水塞到她手里："不是口渴吗？"

"哦……谢……"她一句道谢还没说完，乔深就率先迈开步子走了。

陆浅慢悠悠跟在后头，没想到他心理素质还挺好！其实陆浅不是第一次遇到这种事了，以前她和罗中队一起带新兵的时候，半夜查房，就查到一寝室的新兵蛋子偷藏手机，聚众博览小黄片。那会儿的陆浅也才初出茅庐不久，还挺不好意思的，不过那群被抓现行的新兵蛋子比她更胆小，一个个七尺男儿，脸都绿了。而乔深居然还能如此坦然，果然是成年人！

前方那个成年人走了几步，突然停下来，扭头冲她说："我房间里有安神香薰，你要是睡眠不好，可以点上。我还有公司表格要填，你有事儿可以叫我。"

"表格？"陆浅腹诽，信了你的邪，哪家公司的表格会是肉色的？小样儿，骗人的手段还挺老到。不过人在屋檐下，不得不低头，她还是不拆穿他好了。

陆浅笑了笑："那你也早点休息。"

乔深去卧室把香薰拿出来，给陆浅点上，又把房间的灯光调暗了些许。

"睡吧。"字正腔圆的两个字，用他低沉的嗓音说出来，别有味道，仿佛一双温暖的大手，托着她摇摇欲坠的身子，那种温暖的安全感，和阴冷的噩梦形成鲜明反差，让人贪恋。

"乔深！"

在他转身时，陆浅忍不住叫了一声。

他又回过头来，熟稔而自然地帮她掖了掖被角："做噩梦了？"

陆浅张张嘴想问"你怎么知道"，话到嘴边又憋住了。她在乔深面前向来是铁骨铮铮的模样，突然承认自己是因为做了噩梦而叫住他，肯定显得矫情又做作。那点傲娇的自尊心，让她攥紧了被子里的小拳头。

殊不知，她藏在倔强外表下，那柔软又脆弱的一面，早被乔深瞧了个透彻。

和陆浅接触得多了，乔深才发现，她并不像表面看起来那样强悍。在面对人命关天的事情时，她绝不含糊，工作起来比任何人都拼命。但在面对感情时，她看起来果断潇洒，实则固执又念旧，还特别容易自责。别看她平日里伶牙俐齿、古灵精怪的，实际上就像一只小犰狳，全身都裹着厚厚的一层角质骨板，遇到问题的时候就缩成一个圆球，坚硬的铠甲虽然保护了自己，却也杜绝了所有人的接近。

别人只要稍微靠近她一步，她就自动反弹三米。

所以想要接近她，缓不得，也急不得。太慢了，她会因为看不到你的真心而主动退缩；可是进度也不能太快，如果太快了，她会因为没有真实感而拒绝。就像刚刚在医院那次试探性的告白，如果不是突发的跳楼事件，他几乎已经能预见，陆浅要拒绝他了。

所以最好的方式，就是抛出橄榄枝，让她自己伸出手来接。

“我倒是经常做噩梦。”乔深原本想顺势坐在床边，但怕那动作太暧昧会吓得她缩回蜗牛壳里，便顺着床沿坐在地毯上。

大概是这样的距离和相处方式让陆浅感觉很舒适，所以她顺口接了一句：“是吗？”

“梦里的场景也大多相同。”乔深双手放在膝盖上，声音淡淡的。月华如水，照在他身上，仿佛加了一层温柔的滤镜。

陆浅被他的话勾起了兴趣，又联想到自己反复梦到的那些场景。她侧身，单手枕着脑袋，顺着问他：“都是什么场景？”

“你想知道？”乔深回头，脸上带着痞坏的笑，朦胧中好像刀削斧凿的侧脸，愣是把他身上的邪气增强了许多。

陆浅不上当，了无兴致地咂咂嘴：“不说算了。”

见她又要躺回去了，乔深才说：“火，熊熊大火，怎么燃也燃不尽的那种。”

“火”这个字对陆浅来说太熟悉了，就像吃饭睡觉一样日常。她抿了抿唇，没说话，觉得乔深这个答案很刻意。只是没料到他接下来说的话，更刻意……

“之前我一直在想，我为什么老是梦到火，直到遇见你……”

“得得得。”陆浅打断他，微妙的表情变成了一脸嫌弃，“您老下次骗人的时候，能不能选个不那么容易被拆穿的？一听就是假的好吗！”

“是吗？那我再想想。”乔深痞笑一声，浓浓的夜色掩盖了他的神情，把眼底的认真也一并抹去了。

陆浅倒是被他这几句胡说八道的话给逗笑了，连带着觉得这冷清的夜色都美了许多。她枕着手臂说：“我给你讲个故事吧？”

乔深侧眸一笑，做出洗耳恭听的姿势。

“从前有个渣男……”

“……这故事和我有关？”天天被陆浅误会为渣男，现在一听到陆浅嘴里说出“渣男”这两个字的时候，乔深都有种条件反射了。

陆浅瞥他一眼："你又不是渣男，你怕什么？"

乔深突然觉得喉咙一甜，像是喝了蜜，嘴上的笑容也灿烂了几分："那你继续。"

"这个故事还真和你有关系。"陆浅一开口就说道，"那个渣男就是……"

"不听了。"乔渣男脸上的笑容慢慢僵住，撑着床沿作势要走。

陆浅抓着他的手腕："不开玩笑了，我不是说你，我说萧泊舟呢！"

乔深又坐下来，不过坐下的同时，转了个方向，面朝着陆浅，他反手握住陆浅的手，很自然的一个动作，就连陆浅都没反应过来。

她还在傻乎乎地继续说："几个月前，队里接到一家酒店报的火警，那会儿队友们正在吃饭，刚扒了没两口，全都扔下筷子集合。穿了防火服就往酒店冲，那天中队长轮休，我带着兄弟们去现场疏散群众。好巧不巧的，就撞到他了。他和杜漫霏裹在湿被子里，赤裸裸地看着我。"

"……"乔深想到了陆浅的捉奸经过应该不怎么美妙，却没想到如此戏剧化。

陆浅讥讽地笑："我正扛着水枪保卫人民的生命财产安全呢，他却抱着小美人在酒店给我戴绿帽子。你不知道，我当时恨不得用水枪滋死他俩算了，或者留着他俩被火烧死也好！"

"但是我不能呀！"陆浅咬咬牙说，"我还是扛着杜漫霏出去了……"

"真是祖国培养出来的好同志。"乔深用陆浅曾说过的话来逗她。

陆浅终于发现自己的手被他握了好一阵，她抽回手来，瞪他两眼，不好听的话还没说出口，她就看到乔深缓缓地站了起来。

他单手撑在床边，微凉的指尖轻轻抚过她的脸，把她细碎的发丝绾到耳后，弯下腰，在她额角轻轻地落下一个吻，他说："陆浅，你要相信，将来总有一天，当你奋不顾身地保卫人民时，有个人会一直开着灯，等你回家。"

陆浅的睡眠质量向来很好，但生物钟让她习惯了早上六点准时起床。她快速洗漱完毕，去摸手机的时候才发现，昨天和江尔易通完电话之后，手机就自动关机了。

这刚一开机，十几通未接来电和短信就像雨后春笋一样冒了出来。多数是来自林女士和靳长风的，中间还格格不入地夹了两条南曲的问候，实属难得。看到没有部队的来电，陆浅放宽了心，这破手机确实该换了。

陆浅用打车软件约了一辆车到楼下，又找来纸和笔，给乔深留下一张字条。她以为像乔深这种小年轻，肯定不会早起，所以偷偷摸摸地拉开房门，放轻了步子往楼梯口走去。

路过主卧时，她忍不住偷瞄了一眼。

门口留了一丝缝隙，从这里看进去，刚好能看到主卧巨大的落地窗。乔深就站在窗前，穿着规整修身的西裤，刚扣好皮带扣。他拿起落地架上的衬衣，手臂一抻，套上了身。

熨过的衬衣，贴在他身上，遮住了遒劲的线条。那比钢琴家还好看的手指，正在扣着纽扣，从胸前再到下摆，一颗一颗……

"看够了吗？"

乔深低哑的声音夹着一丝慵懒，从主卧室的门缝里透出来，钻进陆浅的耳朵里，吓得她脑袋"咚"的一声撞上大门，硬是把门撞开了一小半。

乔深已经趁着这个时间，把衬衣衣摆收进了裤子里，正在优雅地系着领带。

既然已经被撞破了，陆浅只好大大方方地打招呼，她舔了舔唇，夸道："你们公司制服还挺好看的。"

男人侧身，嘴角浮现出一丝若有似无的浅笑："我不穿衣服更好看。"

陆浅：……对方段位太高，实在不是对手，还是撤吧！

对着乔深肩上那四条杠流连忘返了一遍，陆浅客套地说："谢谢你昨晚收留我，改天请你吃饭。"

本来这只是一句客套话，可是没想到乔深竟然叫住她，问："哪天？"

"啊？"

"记着，你欠我两顿饭了。"乔深抓过西装外套搭在臂弯，取了帽子戴在头上，拖着早就准备好的行李箱说，"走吧，送你回部队。"

"不不不……不用……"陆浅晃晃手机，说，"我约了车，马上就到了。"

她光着脚丫子，像条泥鳅似的，溜得飞快，乔深伸手一捞，只捞回一把空气。等他提着行李箱追下楼时，陆浅已经坐上那辆网约车，绝尘而去……

恰巧邵然把车停在门口，他下了车，手里还提着豆浆油条："欸，老乔，干吗呢？"

乔深收回追随的目光，眸色不悦："你怎么来了？"

邵然顶着一对堪称国宝级的熊猫眼，叹了口气："你猜呢？"

他把豆浆油条扔给乔深："你个见色忘友的玩意儿，昨天帮你骗完浅妹子之后，我打车回会所取车，找了个代驾……"

"说重点。"

"回去路上遇到老太太了。"邵然口中的老太太，指的是乔深的外婆——岳灵均。岳灵均出身名门，是那年头出了名的岳家大小姐，琴棋书画，样样精通，也是那年头为数不多留洋归国，还自立门户从商成功的人。她年轻时争强好胜，老了倒学会了享受生活，不拘礼数，性格开朗，和年轻人打成一片。唯独没改掉的那点强势，全用在帮外孙找对象这事儿上了。

说到这事儿，邵总就委屈："我被老太太拉着手聊了半个小时，最后答应了她，一定劝你今天去相亲，她才放我走的。"

邵总可怜巴巴地看着老乔，眼前一亮："不对啊，你今天不是休假吗？穿什么制服啊？"

乔深：……总不能说这大清早的为了勾引陆浅吧？

乔深嫌弃地踹踹他："你跟老太太说，我没空。"

"我不管，要说你自己说去！"邵然一边哀号一边往楼上爬，"昨晚一夜没睡好，累死了，我补个觉先。"

邵然老马识途地摸进了二楼右手边第二间次卧，一个飞扑还没扑到床上，就被乔深拉着领子一扯，踉跄着后退了好几步，最后一屁股坐在地上。

委屈的邵总一句哀号还没来得及破嗓而出，就看到床上那叠得跟豆腐块一样的被子，以及陆浅留在床头柜上的字条。趁乔深还没反应过来之前，他飞快地抓过那张字条："乔同志，谢谢你这么软……"

他还没看完，就被乔深扯过字条。

邵然心中一道焦雷劈下，瞥向乔深裤裆的同时，忍不住把内心的狂啸吼了出来："我 ×！"

乔深扯过字条细读，那上面写的明明就是——乔同志，谢谢你，这么软的床，睡了对腰不太好，建议你以后还是换成硬床。

邵然也踮着脚趴在乔深肩上看完了，尴尬之后，他拍拍乔深的胸膛："浅妹子这是不知道，软床办事儿的时候有多好。"

一看老乔脸上刻着"再多说一句你就去死"的表情，邵然缩着脖子继续说："我去楼下睡沙发，你趁热，上面说不定还有浅妹子的味道呢！"

这次乔深半点没犹豫，一脚把邵然踢了出去。

陆浅还有一天假，根本不用去部队，之所以骗乔深，完全是不想和他继续深交的意思。她买了一部新手机，又买了一些雷叔爱吃的水果和小零食，这才打车往医院走。

去医院的路上，她顺便给南曲回了个电话。靳长风就是卷筒纸，两头通风的那种。昨晚她有可能去医院找乔深这事儿，靳长风一转眼就说给了南曲听。

南曲刚接通电话，就问起了昨夜的情况。一字一句都能听得出来，南曲是把乔深和邵然当作一类人了——那种换女朋友比换剃须刀片还快的人。

陆浅忍不住替乔深证明，表示："昨晚我睡的客卧，他睡的主卧，啥都没发生，天一亮我就走了，他就是好心收留了我一夜而已。"

电话那头骤然陷入长久的沉默，搞得陆浅心里七上八下的时候，南曲突然严肃地说："陆小浅，男人如果不是对你有所企图，他就不会趁孤男寡女的时候带你回家。至于他为什么没有动你，只有两种可能，一种就是放长线钓大鱼……"

"还有一种呢？"

"他是你爸，或者他把你当亲闺女。"

陆浅："……"

"陆小浅，"南曲霸道的语气突然软下来，"我还是不放心，要不我帮你查查这人吧！"

直觉告诉南曲，就乔深昨晚亲陆浅那一下来看，他对陆浅不可能没感觉。可是乔深这人，城府深、手段烈，陆小浅要真和他过招，多半是"人为刀俎，我为鱼肉"。

陆浅却放得开，笑了笑说："他帮了我不少忙，我就是不想欠他人情，我答应请他吃顿饭，吃完就拍拍屁股走人。我虽然不能确定谁是最适合我的人，但我知道，乔深肯定是不适合我的。你放心，我和他不可能有进一步发展的。"

挂断电话之后，陆浅把乔深的微信翻出来，改了个备注，把之前那"已婚妇男"改成了"敬而远之"。

成年人之间其实用不着太直白的拒绝，大多数人都会看脸色行事。随着年纪的增长，我们不再像年少轻狂时一样勇往直前，就算面对爱情，在付出之前也会衡量权衡利弊。

像乔深那么聪明的人，只要给个信号他就懂了。大概冷他几天，他就会倦了。一旦他倦了，自己心里这团火，慢慢也会灭掉的。

这样想着，陆浅也不再有什么心理负担，高高兴兴地提着水果去了医院。结果一句问候雷叔的话都还没说出口，林姿就一脸紧张地拉着陆浅问："你这手怎么回事？"

林女士年轻时是个风光霁月的美人，如今也依旧艳压群芳，那一垂眸一皱眉的小模样，小护士看了都忍不住心疼，更何况雷叔。

陆浅忙把水果往她怀里一塞，连说了两句："没事没事，小伤，过两天就好了。"

为了转移林女士的注意力，陆浅捧着老雷的脑袋就是一阵惊呼："哎哟，雷叔，您怎么都被缠成木乃伊了啊！那给您脑袋瓜开瓢的人该不会是你情敌吧？"

"瞎说什么呢？"林女士送了她一记大白眼，也就没再追问手臂这事儿了。

陆浅胡说八道了一阵，又给林女士转述了一遍在萧泊舟婚礼上发生的趣事儿，最后在医院里赖了一下午，晚上才不得不归队。

生活又回到了正常轨道上，因为受伤的原因，早训的时候，陆浅只负责指挥，刚吃过早饭，她就被罗永旭叫住了。

"陆指导，大队长让你去趟办公室。"他擦擦额角的汗，下巴指着她打石膏的那只手臂，"没事儿吧？"

"嗨，没事儿。"陆浅凑近小声问，"知道大队长找我啥事儿吗？"

陆浅心想，我最近可乖了，也没违抗指令犯什么错啊！

罗中队摇摇头："我也不知道，指不定是好事儿呢？你快去吧！"

陆浅将信将疑地敲了大队长办公室的门："报告！"

"进来！"李国荣指指对面的凳子，命令陆浅，"坐。"

陆浅仔细回顾了一下自己这段时间的表现，十全十美不敢说，但至少是规规矩矩的。想到这儿，她腰杆挺直了些。

"手怎么样了？"

陆浅不在意地看了一眼手臂："没事儿，过两天就好了，保证不给组织添麻烦。"

"病假条不知道怎么写吗？"今天一早，李国荣就收到了陆浅的病历报告：骨折，医生建议至少打一个月的石膏。

陆浅眼皮一掀："犯不着，就是小伤，不碍事儿，不影响带兵训练。"

陆浅是李国荣亲自提进特勤队的，她什么脾性，他最清楚不过了，她就是闲不住，与其让她回家休养，还不如在特勤队带队训练。

"陆浅，"李国荣搁在办公桌上的手指头，敲了两下，"你今年28岁了吧？"

"27岁。"陆浅纠正，"还有半年才28岁呢！"

"27岁也不小了。"李国荣清了清嗓子，"是这样，组织上念你这些年表现不错，替中队的组织和建设出了不少力……"

"别别……"陆浅连忙摆手，"您别这么夸我，我闯了多少祸我心里还是有数的，您这么夸我，我心虚。"

"你也知道你闯……"李国荣声音粗了几分，眼看教训人的话快要说出口了，又硬生生憋回去，捞过一旁的中老年款专用保温杯，喝了一口枸杞茶，带着点破罐子破摔的语气，说，"总之就这么个事儿，组织上念你表现不错，防火科那边正好缺人……"

"防火科？"不等李国荣把话说完，陆浅"腾"地站起来，"不是，我在一线待得好好的，怎么……"

"让你说话了吗？"李国荣一拍桌子，不怒自威，"说话打报告！"

"报告！"

"说。"

"报告大队长，我觉得一线挺好的，我是学灭火的，又不是学防火的。您调我去防火科，不合适。"

说实话，李国荣是真心稀罕陆浅这棵好苗子，正儿八经的武警学院消防指挥系毕业的高才生，在校的时候就被排爆专家许厚鑫看重，跟着许老师学习了反恐排爆。毕业后又赴美留学巩固了排爆知识，来中队当指导员实属大材小用，要不是她这牛脾气总干些混账事儿，按正常程序走，早该升职提干了。

"有什么不合适的？用你所学的灭火知识结合灭火经验，去防火科剖析火灾发生原因，教大家在有效的时间内扑灭初级火灾，避免火情失控。组织信任你。"李国荣拍板定案，大有一副"你再顶嘴，我就用保温杯拍死你"的架势。

陆浅咂了咂嘴，脸已经憋红了，显然不服这个调令。可军人的天职就是服从命令听指挥，再不服气也只能憋着。

李国荣太了解陆浅这物极必反的个性了，也没把话说得太死，话锋一转，道：“调令还没下来，我再跟上头说说，争取把这事儿延到年底。”

听到这话，陆浅的脸色缓和了不少。

李国荣又喝了一口枸杞茶，压下火气：“到了大队把你这狗脾气给我好好改改。”

“是。”陆浅顺嘴先应下，反正每回大队长嘴里倒来倒去的都是这些话。

李国荣原本还想顺口提一句萧泊舟的事儿，到了嘴边又咽下去：“年纪也老大不小的了，转到防火科，遇到合适的就相处看看。”

“是。”

李国荣挥挥手：“行了，出去把门带上。”

陆浅敬了个礼，刚转身要往外走，又被大队长叫住：“对了，还有个事儿。”

陆浅又折回来，老老实实站着。

“下午三点，和罗中队一起到大队开会。”

出了办公室，陆浅正好遇上罗永旭。

罗永旭对陆浅挺照顾，平时工作两人配合也默契，罗永旭顺口问了两句，得知陆浅要加衔转职，还道了一句“恭喜”。

陆浅却叹了口气。

“怎么了？加衔转职是好事儿啊！怎么还唉声叹气的呢？”罗永旭对着警容镜整理了一下军帽，为一会儿的开会做准备。

陆浅说：“我还是觉得一线好。”

罗永旭犀利的单眼皮眨了眨，笑道：“咱也不能一辈子待在一线，你看我这老胳膊老腿的，也不知道还能撑几年。”

说白了要在消防队退休，比登天还难。现在大学生入伍都会先放在基层锻炼锻炼，前几年进职是比较快的，如果顺利的话第二年就能提正连了。之后大多数都调到大队工作了，走技术级，如果能一直走下去倒是可以干到退休，不过就看有没有这个真才实学了。

大多数基层消防员，都是干了一段时间就复员或者转业了。像陆浅这样的，属于有真才实学的，加衔转职是最好的选择。

其实防火科对于女孩子来说，挺好的，至少比起一线来说，危险系数没那么高。可罗永旭知道，陆浅骨子里就是充满血性的，冷不丁让她转职，她肯定接受不了。

他拍拍陆浅的肩，安慰：“说到底还是好事儿，咱做这选择，也是迟早的，走吧，时候差不多了，先去开会。”

陆浅点点头，想着反正还能坚持到年底，就先把这事儿抛之脑后了。

下午三点，大队长把陆浅和罗永旭叫到了会议室。

李国荣说：“是这样的，支队为切实提升中队与专职消防队之间的协同作战能力，决定从咱们特勤中队提一名消防骨干，到咱市机场消防队展开为期一个月的‘联勤联训’活动。”

陆浅一怔：“机场消防队？”

李国荣点点头：“组织对这个事情高度重视，千万不能出岔子。”

罗永旭说：“大队长，是我们这边派人过去？他们那边不能派几个骨干过来吗？咱中队每天出勤率这么高，整整一个月联训，陆指导又受了伤，还得派骨干过去的话……”

“这次任务主要是结合机场消防队伍实际情况和自身特点，切实提高机场消防队员的灭火救援能力和综合业务理论水平，肯定要派人过去。”李国荣对罗永旭说，“队里原定也是派你过去的，这不，陆指导又受了伤，我看她吊着个胳膊，出勤是不可能的了，不过去机场消防队带个兵还是没问题。”

一直在神游太空的陆浅，在被点名的时候才缓过神来，指着自己的鼻子问：“我？”

大队长懒得理她，只说：“要么休病假，要么滚去带兵。”

休病假就意味着卷铺盖回家，意味着林女士没日没夜地喋喋不休，甚至还有可能面临天天相亲。一想到这样的日子，陆浅就浑身发麻，她立刻站直身子敬了个礼：“报告，我选择带兵！不过您看我半残胳膊也不方便，总不能去机场消防队麻烦人家吧，要不，您让我选个人带过去？”

罗永旭建议：“你看是带班长还是班副，这俩人经验丰富些，帮得上忙。”

陆浅说：“我带二姨吧！”

罗永旭也点点头表示赞同，要说经验，班长陈奇的经验肯定要多一些，但班副江尔易的脑子转得更快，更灵活，为人处世上肯定比陈奇有优势。

“行了，这事儿就这么定了。”李国荣对陆浅说，“把手头的任务跟罗中队交接一下，下周就过去。在联勤联训期间，严格落实好一切，别给咱中队丢人。去吧！”

陆浅迅速把手头的工作整理好，和罗永旭交接了一下，这才去找江尔易。

江尔易这货在消防队被关久了，一听要出外勤，就跟放年假似的，恨不得买两捆烟花来放一放。

去机场消防队报到前，大队长给两人放了一天假。为感谢陆浅关键时刻记得自己，江尔易特地请陆浅出来吃饭，陆浅也没客气。主要是雷叔刚出院，林女士在家照料雷叔，她一个电灯泡，还是不回去为好。

陆浅知道江尔易家里有钱，可是没想到这人竟然豪到这种程度。就请她吃个饭而已，他竟然订在了帝格顿斯餐厅。

今天江尔易穿得人模狗样的，差点闪花了陆浅的眼睛。

“都说人靠衣装，果然古人诚不欺我。”陆浅拍拍江尔易的胸，毫不吝啬地夸了一句。

江尔易本身颜值不低，这高定的衬衣和西裤裹在他身上，愣是让他搭配出了一种偶像剧男主角的既视感，倒是小麦色的肌肤比那些白白嫩嫩的花美男看上去更血性，更健康。

得到来自陆浅的夸奖，江尔易颇为满意，他大大咧咧一笑，也回敬了一句：“咱陆指导脱下军装，不也是一秒变成绕指柔吗？”

陆浅低头看了看自己的穿着，再看了看餐厅里其他姑娘那姹紫嫣红的裙摆，确定自己和绕指柔真扯不上半毛钱关系后，了无生趣地拍了拍江尔易的肩：“点菜吧！”

江尔易正在认认真真点菜，时不时地询问一下陆浅的意见，平日里他和陆浅的接触都在部队，吃的都是食堂，也不知道陆浅究竟爱吃什么。

陆浅虽然从小就被雷叔和林女士富养的，但经过部队生活的洗礼和磨炼，她是一点都不挑食，能吃就行。

江尔易只好循着自己的喜好来点，把菜单还给服务员以后，他才发现陆浅正心不在焉地戳着手机。

陆浅不是个手机控，在队里按她的级别，是允许携带手机的，但平时很少看到她玩手机，这会儿见她看得入神，他好奇地问了一句：“陆队，看啥呢？”

“哦，没啥。”陆浅勾唇笑了笑，随口敷衍。

这几天乔深出乎意料的安静，除了偶尔一句晚安以外，都没主动找过她。这让陆浅既高兴，又烦躁，高兴的是不用再想要怎么拒绝乔深，烦躁的是……她也不知道自己在烦躁什么。就是时不时地总想翻开乔深的微信对话框看一看，这种不能自控的感觉，简直糟透了。

陆浅抓起水杯猛灌了两口，她正喝着水的时候，江尔易又开口说了几句话。她没听清："你刚说什么？"

"哦，我说，你最近考不考虑处对象？"

陆浅直接被呛了一口，然后才笑着说："干啥？你要给我介绍对象啊？"

"你觉得我怎么样？"江尔易大大方方地问，如果仔细观察的话，会发现因为紧张，他耳尖泛着淡红。

都是曾经一起睡过操场的交情了，神经大条的陆浅根本没往那个方面想，只当江尔易是在开玩笑，她便配合着咧嘴一笑："你挺好呀，是个好同志。"

江尔易心跳如同战鼓擂，还要尽量保持镇定，继续追问："那……你要考虑一下跟我处对象吗？"

"行啊，处呗……"

陆浅话还没说完，就看到一个熟悉又笔挺的身影立在进门处，一双深邃漆黑的眼睛，一眨不眨地盯着自己……

几日不见，陆浅怀疑乔深飞去韩国做了个微整形，他好像瘦了，本来就精雕细琢的下颌线更明显了。白衣黑裤，宽肩窄腰，一米八七的个子站在人群中，鹤立鸡群，让人想移开目光都难。外头四十几度的天气，好像对他半点影响都没有，没有汗如雨下的狼狈，仅仅是立在那里，就让人想到春和景明、暗香疏影这类的景象。

乔深朝着陆浅走过来了，好像自带了一束追光灯，整个世界都暗下来了，唯有他到过的地方，是明亮的。实在是太明亮了，差点亮瞎了陆浅的24K钛合金眼。此时的她不仅仅是心率失衡，就连神经都不自觉地绷紧了几分。

江尔易还在满怀期待地等着陆浅补完接下来的话，却发现后者说着说着就卡住了。等他顺着陆浅的目光回过头时，终于看到了长相出类拔萃的乔深。这人长了一张让人过目不忘的脸，就连江尔易这个脸盲症，也能第一时间记起来，这人就是油罐车事故发生当晚，莫名其妙冲出来抱了陆队的那个帅哥。

这会儿那个帅哥表情冷冷的，活像被人拖欠了八百万巨款没还似的，总之看起来不太高兴的样子。

乔深要是真能高兴起来，那才怪了！连飞了四天，好不容易盼来两天轮休，他像只开屏的孔雀一样，回家洗了个澡，换了一身骚气的衣服，还把几百年没用过的啫喱水拿出来塑了个发型，挑了一辆低调又有内涵的大众辉腾，准备学那些十七八岁的小年轻，杀到陆浅部队门口给她个惊喜，或者说是小惊吓。

结果刚把车开到部队对面，就看到陆浅上了一辆出租车。他一路追过来，却看到她和江尔易打情骂俏地进了餐厅。原本想着她好不容易休一次假，既然约了同事吃饭，那就不去破坏她的计划了。

善解人意的乔孔雀原本都想打道回府了，奈何听力实在太好，刚转身就听到了江尔易那句“陆队，你最近考虑处对象吗”？

陆队的表现真是一点也没让他失望，欢天喜地地回了一句“行啊，处呗”。

处？

乔深淡定地整了整衣领，迈着大长腿过去了。

陆浅神情不自在地端起水杯又放下，一会儿摸摸手机，一会儿又摆弄一下刀叉，总之浑身上下像被蚂蚁咬了似的，坐立难安。

她在脑海里想了七八种打招呼的方式，比如……

——嗨，乔同志。

——哟，这么巧啊，你怎么也在这儿？

——江尔易我给你介绍一下，这是我朋友，乔深。

……

陆浅越想越觉得自己这行为傻×透顶，她深吸一口气，决定兵来将挡，水来土掩，像是一只做好战斗的公鸡，鸡冠子都竖起来了的时候……

乔深和她擦肩而过，淡定地在他们身后那张桌子旁坐下了。他慢条斯理地开口唤了一句：“服务员。”

陆浅：……干吗？装不认识啊？那刚刚干吗用那种来捉奸的眼神看着自己，害她激起了一身的鸡皮疙瘩！

“刚刚那帅哥有点眼熟啊！”江尔易旁敲侧击地感叹了一句。

陆浅牵强地扯了扯嘴角，低头灌水，一杯柠檬水很快就见底了。

江尔易从小就心细如毛，看出陆浅异常的举止，他决定暂时不提处对象的事了。毕竟来日方长，下次还是选个正式一点的场合再说吧，免得陆浅又当他开玩笑。他把兜里准备的小礼盒攥紧了，正在犹豫要不要送出去。

服务生见缝插针地开始送餐，江尔易终于下定决心，把小礼盒拿出来。

“陆……”

“嗡”的一声，陆浅手机振动了一下。

陆浅抱歉地冲江尔易勾了勾嘴角，拿起手机查看消息。

一条来自“敬而远之”的微信：“处对象吗，陆队？”

陆浅捧着手机的手抖了一下，强忍着不回头去看乔深。

乔深淡定地看着对话框，这句话上面一共有四句“晚安”，都是他发给陆浅的。这四天他绕了大半个地球，每每下飞机的时候，都和陆浅隔着几个国度的时差，连着好几日都想给她打电话，却总对上她休息的时候，只好趁着国内半夜两三点的时候，低调地给她发一句“晚安”，也算刷了一波存在感。

陆浅没回他，一句都没回过。

服务员送来菜单，乔深没什么胃口，随便点了几样。临了又叫住服务员，低声吩咐了几句话。

江尔易一边帮陆浅布菜，一边问：“谁啊？”

陆浅这边刚想回话，手机又“嗡”了一下。

乔深又发来一句：“要我起来自我介绍一下吗？”

吓得陆浅赶紧打字：“不用！！”

那两个感叹号，充分地表达出陆浅此时此刻的心境。

“哦。”乔深回了一句，又发，“那处对象吗，陆队？”

“……”陆浅把手机丢在一边，才发现趁她发消息这会儿，江尔易已经给她夹了一小碟子菜，其中还有鱼肉，他细心地帮她剔了刺。

“你这剔鱼刺的手艺挺好啊，常练吧？”陆浅随便找了个话题打破尴尬。

江尔易眉飞色舞道：“那必须的！”

陆浅就是个爱吃鱼但不会剔鱼刺的，在家的时候，林女士和雷叔都照顾她，但凡是吃鱼，甭管水煮的还是烤的，反正鱼肚子那块没刺的，都是留给她的。

江尔易别有深意地看了陆浅一眼：“万一我媳妇将来不会剔鱼刺，我这手艺不就派上用场了吗？这可是加分项。”

陆浅还准备调侃两句，桌上的手机屏又亮了。

乔深：“我表现好吗？”

江尔易也顺着手机屏幕看过来了……

不知出于什么心理，陆浅赶紧拿起手机，给乔深回了一条：“？”

乔深：“剔鱼刺。”

“……”那天去大排档吃烤鱼的时候，乔深认认真真剔鱼刺的样子，陆浅至今记忆犹新，现在想起来还是颇有些心动。江尔易说得没错，这确实是加分项。

这手机如果不关机，恐怕这顿饭是没法好好吃了。陆浅当着乔深的面，把调成静音的手机揣进裤兜里，又笑着把那盘鱼肉推到江尔易跟前，说：“你先吃，我去趟洗手间。”

按照陆浅看漫画多年的套路，乔深这时候应该是要尾随她去洗手间的，她也想好了，趁这个时候和乔深把话说清楚。他们不合适，所以不用浪费彼此时间处对象。

可没想到乔深就是个反套路的人，陆浅在厕所门口蹲了五六分钟，腿都快蹲麻了，还是没看到那人的影子……

她寻思再三，最后给乔深发了一条微信：“我在洗手间门口，你来吗？”

乔深回消息的速度倒是快，就一个字：“不。”

陆浅隔着屏幕都感觉到了乔深那扑面而来的傲娇，她揉揉腿，拖着自己那半残的胳膊回到餐桌前，下意识望了一眼乔深刚刚坐的位置，那人已经结完账走了……

真是个神秘莫测的男人，而且还神龙见首不见尾。

身残志坚的陆浅，愣是凭着一把叉子吃完了这顿饭，全程没让江尔易喂过一口。江尔易还以为自己能趁着陆浅受伤的时候好好献一把殷勤，结果也只能重重地叹一声……霸王花果然不是盖的！

陆浅食不甘味地塞了个半饱，江尔易抢着去结账了，她懒得争，就坐在椅子上等他。

这时，服务员突然端着一道卖相漂亮的甜品走了过来，放到她跟前。

“我没点这个啊！”陆浅说。

服务员脸上扬起一个官方式笑容，说：“是一位叫乔深的先生帮您点的，这道甜品的名字叫‘绿茵红杏’。”

绿茵红杏？

绿草如茵，红杏出墙？

原谅陆浅才疏学浅，搜肠刮肚也只能想到这两个词。

去他的绿茵红杏！陆浅瞪了服务员一眼，拖着那半残胳膊走了。想来服务员也是可怜，硬生生把抹茶樱桃改成了绿茵红杏，不得不说，刚刚那位客人实打实的是个人才。

出了餐厅，江尔易坚持要送陆浅回家，陆浅一想到他那辆红色的骚包小跑车，就被吓萎了。要让林女士看到，一定能拉着她的手，就江尔易的身份刨根问底地说到后半夜。林女士迫不及待想给自己找个女婿，自然不会放过这种优质股，所以她果断地拒绝了，趁着江尔易去提车的时候，灰溜溜地跑了。

刚走出没多远，一辆黑色的大众辉腾就停在了她身边，按了两声喇叭……

“上车。”乔深手臂长，轻而易举就推开了副驾车门。

陆浅站在路边发蒙，被堵在后面的车子一辆接一辆地按着喇叭，让这里很快就成了众矢之的。眼看江尔易的豪车就要从地下车库里驶出来了，陆浅不由分说赶紧钻了进去。

她伸手去拉安全带，受伤的手臂限制了行动，显得很费劲的样子。乔深看不过去，扯了安全带帮她扣上。

往常乔深的身上有点烟草气，今天凑近了，陆浅闻到的全是木质香。这味道她很熟悉，Gucci 的罪爱不羁，上次陪南曲逛街的时候，恰巧闻过。南曲对香水很讲究，不似陆浅，她陪着南曲闻了好多家店，就记住了这款东方木质香调。前调是皮革，中调是黄金木，尾调是香草根。奢华、不羁、自由这三个关键词，倒是像极了乔深。

这味道还挺浓的，整个车厢都弥漫着，陆浅暗骂了一声，真勾人！

“刚刚为什么不来洗手间？”陆浅问。

“我又不尿急。”

“……”这答案让陆浅实在无力反驳，她掐着手指头，有点纠结到底要不要把话说开。

其实她和乔深现在这个阶段，用一个词来概括最合适，那就是暧昧。介于友谊之间，又超然于友谊之上，互相都有那么点意思，可是又因为各种乱七八糟的理由没在一起。

陆浅想干净利落地和他划清界限，以她的性格，快刀斩乱麻也就一句话的事儿。可面对乔深，她就是做不到。每回鼓起勇气翻到乔深的微信，想把话说明白的时候，总下不去手。既清楚自己和他不合适，又不忍心把话说得太死，总结一下就是……舍不得。

陆浅觉得自己现在就是既想当婊又想立牌坊，自己都忍不住鄙视自己。

不能再这样下去了，她掐着掌心，深吸一口气："乔……"

"刚刚那小伙子挺不错的，不考虑一下？"

乔深一句话，把陆浅做了好几天的心理建设，一击即溃。她像个泄了气的皮球一样，蔫了。她"呵呵"冷笑了两声："乔同志，耳朵挺灵嘛！站那么远都听得到。"

"本来想坐近一点的……"乔深转方向盘的时候，不小心扫了陆浅一眼，她一改平日的运动裤风格，今天特地穿了一条九分的黑色高腰牛仔裤，白色的低领紧身短袖T恤。风格还是以舒适为主，却把那双大长腿包裹得更逆天了。盈盈一握的纤腰，乔深搂过，知道什么手感。他再握着方向盘的时候，都觉得掌心柔软了不少。

陆浅猜不到乔深此时的心思，还在傻傻地等他接下来要说的话。好在乔深是个自控力很强的人，贪婪地看了两眼，便移开了目光，顺便把刚刚的话补充完整："但看你在相亲，我要是坐过去，不是坏你好事儿吗？我是那种没眼力见儿的朋友吗？"

你难道有眼力见儿吗？有眼力见儿就不会一直给我发微信……等等，朋友？陆浅抓住这个关键词，又不敢置信地问他："你把我当朋友？"

乔深已经差不多把陆浅看透了，要说"我不把你当朋友，我就是想追你"，那他敢保证，陆浅下一句就是"咱俩不合适，以后别联系"。

他嘴角一扯，扯出一抹勾魂夺魄的笑容来："我不把你当朋友，该把你当什么？"

陆浅脑子里一条弹幕飞快地划过去，那上头写着清清楚楚的"炮友"两个字。她觉得自己恶俗了，忒恶俗。都怪靳长风那货，一天到晚毫无节操地给她灌输诸如此类的词语，搞得她信手拈来。

陆浅在面红耳赤中认真反省，人家拿我当朋友，我却想睡他，简直是……大逆不道，太大逆不道了！

不过细细想来，乔深的行为还是前后矛盾的，要是真把她当朋友，那么那天晚上在医院，他为什么要亲她？唯一说得通的解释，就是乔深之前确实对她存了点男女之间的心思，但在试探过以后，遭到了她无声地拒绝。所以他及时发现彼此不合适，悬崖勒马，退而求其次地选择继续和她当朋友。

但陆浅知道，见第一眼就心动的人，是没办法当朋友的。不过现在不用再想那些蹩脚的借口去拒绝乔深，陆浅还是松了一口气。

“去哪儿？”乔深打开导航输地址。

“望京区。”

望京区虽然比不上乔深住的裕陈北路，但也是个寸土寸金的地段。那日乔深和她母亲打了个照面，从对方穿着气质也能看出，陆浅的家庭条件应该不错。

陆浅接收到乔深眼底透露出来的信号，笑道：“我也是有人包养的。”

乔深笑了笑，以陆浅的家庭条件，随随便便找份办公室的工作，都比在消防队日晒雨淋要好。他像朋友之间闲聊似的问了一句：“当初怎么想到去消防队？”

陆浅眼前闪过几帧画面，三十来岁的男人穿着橙色的消防服，取下头盔抱在怀里，脏兮兮的脸上，扬起一抹憨厚的笑。那画面快得像是放幻灯片，转瞬即逝。时间太久了，距离父亲过世已经整整21年了，她已经记不清父亲的长相了，却依然记得那个憨厚老实的笑容。

她突然想起江尔易刚入特勤中队的时候，罗中队也问过他这个问题，当时他是怎么回答的？

“进消防队，当然是为了当英雄。”陆浅借用了这句话，原封不动地告诉乔深。

这答案出乎意料，乔深一愣，侧头望她：“当英雄？”

罗中队当时回了江尔易一句话“在消防队当英雄，是要用命去填的”，陆浅一直记着，记了很多年。她爸确实是用命去填的，可到头来，却连国旗都没资格披。

陆浅胸口一滞：“我进消防队是为了当英雄，后来才知道，尽好本分已经不容易。”

她扯了个故作轻松的笑，问乔深：“那你呢，当初为什么想在天上飞？”

乔深说了个标准答案：“向往蓝天白云，自由自在。”

虽然这个答案十分官方，可陆浅却愿意相信这是真的。因为当他说出这句话的时候，陆浅仿佛看到了展翅高飞的雄鹰，用一双矫健的翅膀，搏击着广阔的天空。尽管只是个空乘人员，但陆浅就是在他身上看到了这样的魄力。果然，有梦想谁都了不起。

轻轻松松聊了一路，不知不觉车子就停在了望京区门口。

“谢了啊。”陆浅开玩笑，“一会儿给你转车费？”

乔深倚在车门上，审视着她说：“钱就算了，饭可以多欠一顿。”

“说起约饭，你什么时候有空？”陆浅说，“这个月我估计忙得很，怕是没时间。”

乔深也不急：“那就下个月。”

“成。”陆浅转身走了两步，没听到汽车引擎启动的声音，又回过头来看他。他靠在车门上，掏出打火机来，点了一支烟。缭绕的白雾和朦胧的车灯光芒融为一体，把夜色里的这个男人妖魔化了几分。

陆浅斟酌半天，最后还是小声叮嘱了一句：“路上小心。”

“陆浅。”

“嗯？”陆浅几乎迫不及待地又一次转身，显得很是期待的样子，这没办法控制的面部表情，把她出卖得彻底。要不是天色太暗，乔深应该能看到，她脸似滴血的红。

乔深盯着她，也不说话。这感觉就像把她放在案板上，一寸一寸剐她的皮，陆浅这暴脾气，忍不了了，张嘴：“你……”

“早点睡。”乔深朝着陆浅身后那个垃圾桶，走了两步过去掐灭手头的烟，回来时与她擦肩而过，顺手揉揉她细软的短发，“晚安。”

陆浅像是一只奓毛的猫，奶凶奶凶地推开乔深的手：“你为什么总摸我的毛？”

“瞎说什么，哪有总摸。”乔深意有所指地看了一眼她肚脐以下，大腿以上的部位，“也就摸过一次，还是被你强迫的。”

陆浅：……想骂人。

不，想打人……

算了，杀人可以吗？！

趁陆浅彻底奓毛前，乔深开着车走了。

陆浅又羞又气，觉得自己培养了二十来年的厚脸皮，全被乔深搓没了。她憋着一肚子火，雄赳赳气昂昂地刷卡开门。

流年不利，一进门就被林女士逮个正着。

“妈妈在二楼可都看到了，刚刚那小伙子，是不是上次在商场被你扇了一巴掌那个？”

陆浅：……

此次机场消防队和特勤中队的联勤联训活动，组织上高度重视，陆浅和江尔易自然也不敢怠慢，两人约好第二天一早就在机场消防队门口碰面。

因为手臂受伤，陆浅没骑她那辆拉风的摩托车，打了一辆出租车直奔目的地。

刚一下车，江尔易就迎上来，正好对上陆浅那两团乌青的黑眼圈。

“陆队，昨天晚上咱市动物园里有一只大熊猫越狱了，你听说了没？”

“没啊！啥时候的事儿？咱中队接警了？”

“没接。”江尔易强行憋住笑意，停顿了须臾，才把手握成拳头做话筒状举到陆浅面前，“陆队，你能说说你是怎么从动物园里逃出来的吗？”

“……”陆·熊猫·浅原本想飞踹他一脚，顾及这里是机场消防队大门口，又把腿收了回去。她实在不想提起，昨晚因为乔深这个来路不明的野男人，被林女士盘问到大半夜这事儿。

江尔易也就仗着还没进部队才和陆浅开玩笑放肆放肆，都说官大一级压死人，在部队，这话确实不假。服从命令听指挥，那是军人的天职。这不，陆浅一声令下让他去和机场消防队队长接洽，他半个字都不敢拒绝，立刻找到了队长王立科。老王长了一张憨厚老实的脸，囧字眉，蒜头鼻，丢在人堆里就是一张大众得不能再大众的大众脸。让人印象最深刻的就是那两颗镶金的大门牙，咧嘴一笑的时候，总觉得眼睛都要被他闪瞎了。

老王今年三十有二，曾在市支队当过13年的消防兵，陆浅曾经在火灾现场碰到过他好几回，也不是陆浅记性好，主要是这两颗大金牙太具有标志性了。听说前两年老王因为结婚生子的人生大事复员了。当时拿了一笔补助金，他爸妈好像都是做雪糕批发生意的，陆浅还以为他拿着补助金也会去做点小生意，没想到兜兜转转又回到了消防队。

陆浅和老王打了个招呼，让他召集机场消防队的领导开了个座谈会。

平时陆浅在中队里就经常组织开展会议，对于座谈会依然是信手拈来，打了一阵官腔，才把内容落到了实处。

“总的来说，为了进一步提高机场消防队正规化、规范化、精细化管理水平，打造准军事化管理的机场消防队，提升队伍战斗力，我们特勤中队将以部队条令为基准，严格要求各位实施教育与管理相结合等措施。这一个月内，我们将加大监管力度，不断强化各项制度落实和日常养成。”

王正科带头鼓掌，接下来立刻响起了一阵雷鸣般的掌声。整个特勤中队就陆浅这么一朵霸王花，早就闻名遐迩，在座的领导都知道，这霸王花是个狠角色，否则偌大一个中队，也不至于会派她过来。

陆浅结合机场消防员的详细情况，制定了一套中队一体化联训训练方案。她把方案交到王正科手里，亲切地叫了一声：“王队，接下来这一个月，要辛苦了。”

“哪里的话。”老王又客套了两句，这才带着陆浅去了宿舍。宿舍是特别为陆浅准备的单人间，比起中队那小小的铁窗，这宿舍可以说是五星级标准了，还有单独的浴室和一米五的大床。

陆浅咳嗽了两声，装腔作势地说：“王队该不是给我搞特殊了吧？”

老王赶紧摇头：“没有没有，这哪儿能啊！是这样的，这栋楼原本是航空公司给民航飞行员提供的员工宿舍，后来机场消防队搬过来了，这栋楼正好划分在消防队内部，后来飞行员条件都好了，基本都搬出去了。这栋楼因为条件比消防员宿舍好，所以用作家属院，有不少消防员家属住在这里头。”

“哦，这样啊……”

陆浅入乡随俗，接受了这个事实。毕竟通常情况下，专职消防队队员居住条件，都比现役消防中队要好。

老王点点头，又说：“江班长就住在楼下，您这手臂不方便，也好互相有个照应。”

“行。”

她把包扔下，在老王的带领下去食堂吃了个午饭，顺便参观了一下训练环境。

“王队以前在消防大队干过吧？”

江尔易突然提起这茬，老王笑着点头：“是，前年复员的。”

“怎么没转业呢？”陆浅随口问。

老王笑了笑，一脸实在：“十几年雨里来火里去的，都习惯了。再说也不是做生意的料，除了消防，也不知道干啥。”

陆浅跟着笑了笑，说起来她好像从未有过这方面的烦恼，什么复员，什么创业，她好像从来没有计划过。因为从她进了部队穿上军装那一刻起，她就确定了，确定自己这一辈子，都要和消防队死磕到底。

萧泊舟说她自私，其实也没说错。陆浅直到现在才意识到，在她未来的规划里，根本就没有萧泊舟的位置。她把工作看得比生活更重要，把使命看得比家庭更重要，把责任看得比爱情更重要。这对一心投入爱情的萧泊舟来说，是不公平的。

陆浅保持沉默的时候，江尔易和老王闲聊了两句："话说王队当初是怎么想到干消防的？"

说起此事，老王眼中闪过一抹难以言喻的神色，像是回忆起很遥远的事情："11 岁那年，我差点被火烧死。"

他指着自己那两颗大金牙："这就是当时逃命的时候，磕在楼梯上摔断的。当时要不是一位消防员同志把我捞出来，我就算没被烧死，也被踩死了。当时所有的人都匆匆忙忙往外跑，忙着逃命，就那位穿着橙色作战服的同志拼命往里头挤。他把我救出来的时候，我就想，我这辈子一定要像他一样，当个英勇无畏的消防员……"

说到这里，老王突然摆摆手："算了算了，都是些陈芝麻烂谷子的事儿了，没啥好提的。"

老王生硬地转移话题："陆队，接下来有啥安排？"

"先组织所有同志上操场开个会，认个脸熟吧。"

老王办事能力强，一声通知就把七十几号消防员全叫到了操场上集合。江尔易记性出奇的好，很快就把人认熟了。下午和陆浅一起，根据每个部门的特长，重新调整了联训计划。

晚饭过后，陆浅又组织了一场业务理论学习。

再回到宿舍的时候，已经晚上九点多钟了。她刚走到床边坐下，敲门声又响了。

江尔易站在门口，提着一个热水瓶："陆队，听说你手受伤了，要不泡个脚？"

陆浅哭笑不得，让江尔易把水放下："以后别整这些没用的，搞得好像我左手提不起热水瓶似的。"

江尔易无声地笑了笑，要不是陆浅的女性特征够明显，他是真的很难把她当女人看，这狗脾气跟个男人似的，硬邦邦的，一点都没有女人该有的柔情似水。很多时候江尔易都觉得，自己喜欢陆浅，可能是因为骨子里有潜在的同性恋基因。

他笑着附和："那是，我们陆队单手随随便便都能扛起一头两百斤的大肥猪。”

“那倒是，扛你跟玩儿似的。”

江尔易：“……”

他还想说点什么，或者做点什么，比如帮陆浅拧一下毛巾，或者帮她铺一下床之类的，可是张了张嘴，一个字还没蹦出来，就被陆浅踹出去了。

“早点休息，养精蓄锐，明天别给老子掉链子。”陆浅把热水瓶提进来，干净利落地关了门。

今天是《小甜点2》首更的日子，陆浅火急火燎掏出手机打开微博，刚翻到大K的首页，还没来得及刷新，突然一个来电就打断了她的兴致……

这一串没有备注，却无比熟悉的电话号码，是萧泊舟的。

陆浅发现，忙碌对失恋的人而言，真的有麻痹的作用。刚分手时，她脑海里时不时地还会闪过萧泊舟的脸，可是近日来，她却连这个名字都快忘了。

她静静地看着手机，从闪烁到黑屏……

然后接二连三的短信发过来——

“浅浅，我错了，原谅我好不好？”

“我和杜漫霏分手了，我知道都是我的错，浅浅，你再给我一个机会好吗？”

“你怎么惩罚我都可以，浅浅，我们复合吧？”

“浅浅，我爱你。我们结婚吧？”

“我真的知道错了，你接我电话好不好，我想听听你的声音……”

根据这短信的频率来看，陆浅基本可以确定，萧泊舟喝醉了。他喝醉了的时候，格外黏人，醉后说的话，也格外掏心。

都说女人刚失恋的时候，大多会痛哭流涕，以此来发泄心中不快，也许会消沉一段时间，但也会尽快振作起来。而男人刚失恋的时候，大多会装作若无其事，甚至沉迷于享乐和无拘无束的自在感。可时间一长，压抑在心底的失落就会越来越深，往往比女人更难以走出失恋的阴影。但这前提是，真心爱过。

她一直以为自己是个长情的人，至少对和萧泊舟这段感情来说应该是的，那毕竟是她第一个爱的人。可是长情不及辜负，只要对一个人彻底绝了念头，心就变成了一潭死水，不会再因为对方的举动而泛起半点微澜。

陆浅编辑了最后一条短信，给萧泊舟发过去后，她终于滑动手指，做了一件自己一直想做，却一直没有勇气去做的事情。她把这个号码，彻底拉进了黑名单。

登上微博，她发了一条久违的动态，正是刚刚发给萧泊舟的那句话——凡是过去，皆为序章。

这句话出自莎士比亚戏剧《暴风雨》，也是他最后一部“传奇剧”。凡是发生的事情都已经成为过去，不畏将来，不念过往，便是最好。

她这条动态刚发出去，手机屏幕上就弹出一条消息，是来自她的特别关注——大K。他也刚发了一条微博，只有四个字——来日可期。

大K的微博画风很单调，除了广告，就是漫画连载。这是他第一次，也是唯一一次发了一条与生活相关的微博，却奇迹般地符合陆浅的心境。

她在心里又默念了一遍“来日可期”。

这四个字，就像从门缝里透进来的一道微光，象征着光明和温暖，美好得让人充满期待。

她嘴角上扬的弧度又加深了少许，直到被罗永旭的来电打断。

“喂？”接到罗永旭的电话，陆浅自动坐直了身子。

“今天队里接到通知，联训结束后，要联合机场消防队展开一场大型的消防演习，具体情况到时再说，大队长让我先知会你一声儿，这次联训，必须打起十二分精神。”

“行。”陆浅插科打诨地笑，“你就让他老人家把心放肚子里吧！”

“哦，对了。”罗永旭透过办公室的窗口，往楼下又看了两眼，“你前男友搁部队门口等了一个多小时了。跟门岗问了半天你的下落，这会儿又回车上继续等着了。”

陆浅没想到萧泊舟会这么执着，竟然跑去部队堵她。

“妨碍公务了没？”陆浅不留情面地说，“要是堵着道儿了，打电话跟隔壁交管大队说一声，贴罚单还是拖车，他们说了算。”

“那倒没有。就是又哭又闹的。”罗永旭一直以为陆浅和萧泊舟是和平分手的，所以他劝了一句，“你们要是有什么误会的话，最好还是当面说清楚？”

“没什么误会。”

陆浅坚决的态度，让罗永旭也不好再插嘴，毕竟感情的事，只有当事人最清楚。

“行，那就这样，消防演习的事儿，我回头再跟你说。”

罗永旭边说边收拾东西往宿舍走，下楼的时候，不经意地瞥了一眼大门口。正好看到一个高高大大的男人，敲响了萧泊舟的车窗。

“你真把交管大队的人招来了？”罗永旭透过电话问陆浅。

陆浅蒙了一会儿：“我不是一直在跟你讲电话吗？哪有空找什么交管大队？”

“那这人是谁？”

罗永旭拍了张照片给陆浅发过去。

照片里，有一个男人站在萧泊舟的车窗前，窗户是打开的，缭绕的白雾从车厢里飘出来，像是装了一车厢的干冰。也不晓得萧泊舟究竟关着车门抽了多少支烟，才会有这样震撼的效果。

多亏了罗中队的高清摄像头，陆浅才看清萧泊舟隐匿在烟雾里的那半张脸，像是生吞了苍蝇一样难堪的表情。他正目不转睛地盯着窗外那人，像是一只随时准备进入战斗状态的公鸡，鸡冠子都竖了起来。他和窗外那人，仿佛有不共戴天之仇。

陆浅不得不把注意力放到窗外那人的背影上，她仔细一看，彻底惊着了！

乔深？

他怎么会在那儿？他和萧泊舟有什么关系？

陆浅还在分析，就听罗永旭说：“下车了，下车了！”

陆浅听着现场直播，激动得站了起来：“不是……罗永旭你走近点！听听他们都说了什么！”

陆浅很少对罗永旭直呼其名，其实按军衔，陆浅还比罗永旭高一级，不过平时她要么就叫他中队长，要么就叫他罗中队，只有急了的时候才会叫全名。

意识到这事儿可能有点严重，罗永旭往外走了两步。

“怎么样了？”陆浅追问。

“……走了，那个俊小伙蹬着自行车走了。你前男友提了一个塑料袋丢进垃圾桶，踹了一脚车轮胎，也让司机把车开走了。”

“……”陆浅挂了电话也没想明白，乔深和萧泊舟能有啥关系，以及……乔深为什么会出现在部队门口。她打开微信，盯着乔深的头像看了好一阵。这个几乎每天都要在微信上给她问安的人，今天出奇安静。

陆浅眉心皱了皱，没忍住，给乔深发了一条微信过去："睡了吗？"

没多久，也就陆浅泡个脚的工夫，乔深给她回了视频电话。

陆浅慌里慌张的，把手机都摔了。她光着脚丫子跑到镜子前照了两眼，又把乱七八糟的碎发扒拉了两把，戴了一天军帽，发型被压得惨不忍睹。她迅速接了清水，往头上抹。

动作刚完成一半，乔深以为她不方便接视频，就改成了语音电话。

"……"陆浅又坐回床边继续泡脚，顺便接通了语音聊天。

乔深问她："在干吗？"

陆浅省略了那通自作多情的折腾："在泡脚。你呢，还没睡啊？"

"没睡。"他说，"不确定梦里是不是有你，所以还没睡。"

大概是经常被他莫名其妙地乱撩，陆浅现在也有抵抗力了，就当朋友之间的正常玩笑，她笑着回："怎么？怕做噩梦啊？"

乔深轻笑了一声："这是第一次。"

"嗯？"陆浅的脚无意识地踩着水，桶里翻滚的水花发出哗啦啦的声响，颇为悦耳。

乔深说："这是第一次，你主动找我。"

陆浅踩水的动作停了，突然想挂电话。其实不管乔深和萧泊舟有什么关系，都与自己无关，一个是前男友，一个是避之不及的矛盾体。她该有多蠢，才会把自己再度往坑里送？

陆浅觉得自己是真矛盾，一边默默地警告自己离乔深远点，一边又忍不住被他吸得更近。她和乔深就像磁铁的正负极，总之隔得远点才能保持安全距离。

"今天我休假。"乔深的声音打断了陆浅的思绪。

她踩着水，轻轻地应了一声："哦。"

"我买了小龙虾去你们部队门口，"陆浅静静地听着他说，"刚好遇到你前男友。听门岗说你不在部队。"

"外派一个月，暂时不回去。"陆浅小心翼翼地问，"你俩……聊什么了？"

陆浅眼巴巴等着乔深回答，半晌后，那头传来一句："下次见面再告诉你。"

“算了，我也不是那么感兴趣。”陆浅说，“不跟你聊了，我倒洗脚水去。”

“你吊着个胳膊，倒什么洗脚水？”

陆浅把湿漉漉的脚丫子塞进拖鞋里：“我不倒等着你来倒啊？”

陆浅只是顺嘴贫一句，平时和江尔易他们胡扯说习惯了，也没谁敢真的顶她的嘴。可是遇到乔深就不一样了，在短暂的沉默之后，他突然说了一句：“发个定位给我。”

“你要干吗？”陆浅脖子夹着手机，左手提着塑料桶。

电话那头乔深笑盈盈地回答：“去帮你倒洗脚水。”

陆浅吓得一哆嗦，夹在脖子上的手机顺着肩头滑下去，掉进塑料桶里，还砸出一大片水花。

“哎呀！”

慌忙中，陆浅把手机从水里捞了出来，充电孔里的洗脚水，成股往下流，溅在陆浅的脚背上。这刚买了才一个多月的手机，就跟被拔了毛的落汤鸡一样可怜。

陆浅悲痛地扶额，心疼工资的同时，不得不感慨，智能机还是不如老年机。

乔深这个扫帚星，是真的有毒啊！

还好以前那部破手机没舍得扔，现在又到它发挥余热的时候。陆浅在包里翻翻找找好一阵，总算在背包夹层里翻了出来，插上卡，登录微信。

乔深连发了两条语音。

“怎么了？”

“手机掉水里了？”

陆浅：……这怕是开了天眼吧？

“晚安。”陆浅把这两个字发过去之后，就睡了。毕竟明天一早还要带队训练，不管这夜多美，都是她消耗不起的。

乔深也回了一句“晚安”，因为第二天还有排班。他定了四点五十分的闹钟，天还没亮，就穿上制服往机场赶。

邵然一直不理解，这不规律的生活到底有什么好的，以老乔的条件，甭管是回家继承企业，还是重新创业开个小公司，不管是哪种选择，肯定都比现在这起早贪黑的日子要好过。可当他为了公司应酬，几乎每天都泡在酒精饭局里的时候，又真心羡慕老乔。

虽说日子是奔波了些，但好歹是自己选的，不至于像个提线木偶一样，每天按部就班地活着。

邵然烦透了这种身不由己的束缚，却还是得拖着一把老骨头去出差。今天运气好，和老乔是同一个航班。九点的飞机，他特地提前三个小时到了机场，原本想趁着上机前和老乔套个近乎，最好能聊聊那些乱七八糟的琐事儿。

结果六点到的机场，却连老乔的人影都没瞧见。

他坐在VIP候机厅里，实在无聊，就给老乔打了个电话。

“你咋还没来呢？我在机场都等成雕塑了！”

“机场就差你这样的吉祥物，等成雕塑最好，搁在机场门口，一张合影十块。一年到头，能赚不少。”

邵然啧了一声：“你咋不上天呢？”

“三个小时后，带你上天。”

“……”这话他还真没法反驳，邵然无聊地瞧着窗外泛青的天空，“那你现在干吗呢？聊十块钱的呗……”

“没空。”乔深拿着飞行资料，边走边说，“在开会。”

“开什么会呢？我能过去听听不？”

“飞行计划、天气、通告、讨论行业近期发生的事故……”

“得得得，我算是听不下去了。”邵然掐断电话，继续在候机厅吹着空调。

乔深开完会，提前半个小时坐车来了机场，和邵然打了个照面，连话都说不上一句，又穿着反光背心，风风火火去做机外检查了。和他同行的，还有个穿着制服的女人。

邵然一眼就看到了，那女人一头漆黑的长发，高挑白皙，醇美娴静，扎着利落的马尾。穿着白色的飞行员制服，肩上是黑黄相间的三条杠。手里扣着一顶帽子，脖子上挂着CAAC的工作牌。提着四四方方的登机箱，那叫一个英姿飒爽，路过时，那一阵风都能把旁人刮死。

邵然站在落地窗前，看着远处那架飞机。乔深做完了机外检查，和那女人碰了个头，两人凑近了，不知在说啥。

“那是谁啊？”邵然招来VIP贵宾室的值班经理。

“邵总。”经理先是恭恭敬敬地叫了一声，又顺着他手指的方向看了一眼，立刻认出来了，“那是乔深啊，中航最帅飞行员，门面担当！”

“我能不知道吗？”邵然白他一眼，“我问的是那女的。”

“哦哦，那是我们中航最年轻漂亮的女飞！”

“我说，你不在名字前面加个中航名头，就不会做介绍了是吗？”邵然无奈地指着那女飞行员，问，“她叫什么名字？”

“祝星辞。”

经过一番打听，邵然才知道，那女人叫祝星辞，现任中航副机长，这半年基本跟着乔深飞。在中航，机长和副机长的搭配，差不多半年换一次。

邵然上网搜了一下祝星辞的资料，正儿八经飞行学院毕业的，大三那年外派美国加利福尼亚州飞行学院学习。两年后考过了私照和商照，顺利完成学业后，和中航正式签约，被调来这里，成为二副驾驶。

这履历比起老乔来说，逊色了。但比起大多数人而言，还是相当拿得出手的，可以说是优秀本秀了。再加上出色的外貌和身材，让人想不注意都难。邵然就搞不明白了，有这么优秀的人在他身边左右晃，老乔怎么会单身到现在的？

“你们这个祝星辞，有男朋友吗？”邵然难得八卦一次别人的事。

经理笑着说：“男朋友倒是没有，不过心有所属了……”

邵然眉头一挑：“属谁了？门面担当？”

经理眼前一亮，夸赞：“邵总真是火眼金睛。”

没想到自己随便一猜，还真猜准了。闲得无聊，邵然又和经理胡扯了几句，直到登机。

从中国到美国洛杉矶，足足飞了 12 个小时，邵然再没见过老乔。直到到达目的地，邵然在候机厅等了大半天，才总算等来老乔这个大忙人。正要上去打个招呼，就看到祝星辞拖着行李箱追上来。

“深哥，一副他们组织去好莱坞逛一圈，让我来问问，你要不要跟我们一起？”祝星辞的声音很甜，不符合长相的甜，听得邵然起了一身鸡皮疙瘩。

乔深不喜欢听祝星辞叫自己“深哥”，但纠正了好几次，未果。毕竟是还要在一起工作半年的同事，更何况只是个称谓而已，时间一长，乔深就懒得追究了。

他把登机箱扔给邵然，搭着邵然的肩说：“我们还有事儿，就不去了。晚饭算我头上吧！后天返航，嘱咐一下，注意安全。”

虽然有些遗憾，但祝星辞还是点点头，拖着行李箱走了。

“别呀。”邵然暧昧地撞了一下老乔的肩，“你说这么多美女作陪你不去，留在这儿跟着我浪，算什么行为？”

“关爱单身狗的行为。”

邵然：“……说得好像你不是似的。”

“很快就不是了。”乔深大刀阔斧往外走。

“有目标了？”邵然追上去，第一个反应就是，“浅妹子？”

乔深不置可否，拉开出租车车门，邵然把他拽回来，塞进另一辆专车：“兄弟好歹是有身份的人，怎么能没有专车接送呢？”

他把乔深的行李箱交给秘书，报了个酒店名字，又从秘书手里接过今日的行程，过了几眼。确认之后，他再回头，发现乔深已经靠着座椅闭上了眼睛。但这不妨碍他正在燃烧的八卦之魂，他几下就把乔深摇醒了，问：“你和浅妹子有进展了？”

乔深闭目养神，懒得回他。飞行压力大，偷得浮生半日闲，自然是要养精蓄锐的。

邵然继承了他奶奶的话痨属性，硬缠着乔深说：“你考虑清楚了吗？浅妹子那职业……”

“为了人民生命财产安全而出生入死的职业，你有什么意见？”

“不是，我不是那意思。浅妹子挺好的，真的，我觉得她忒好，哪儿都好。但你俩不合适啊！姑且不论家庭条件，就职业而言，都是神龙见首不见尾的人，谈谈恋爱倒还行，你要是认真的话……”

“认真的。”乔深眼睛撑开一条缝，扭头看着邵然说，“从未如此认真过。”

邵然嬉皮笑脸的脸僵住了，也不知在考虑什么。过了大概五六分钟，他才重重地叹一口气：“你是不是疯了？”

乔深嘴角一牵，笑：“我想谈个恋爱结个婚，怎么就疯了？”

“那你找谁不好，非要找个消防员。我不是对消防员有意见啊，我是觉得……就你妈，你妈也绝对不可能让你找个消防员成家立业的。以前老太太给你找的那些相亲对象咱就不说了，就刚那个，那什么祝星辞不好吗？明眸皓齿、秀色可餐的。职业和你也对口，还有你喜欢的大长腿……”

“老邵。”乔深打断喋喋不休的邵然，突然深情地握住他的手，“你老实说，你是不是暗恋我？”

邵然恶寒，迅速把手抽回去：“大表弟，你这么说真不怕遭雷劈啊？”

“你要是不暗恋我，那是暗恋陆浅？”

邵然吓得手都抖了：“我暗恋你，暗恋你！”

乔深吩咐司机把车停在比弗利购物中心。

“干吗去？”邵然的一声吼，随风飘散在洛杉矶街头。他目睹老乔进了一家奢侈品店，那拍拍屁股就走的姿势，活像个睡完就跑的渣男。虽然没解释太多，但邵然知道，老乔对陆浅，这是当真了。

老乔这人就是这样，没下定决心的时候，别人怎么安排都无所谓。可一旦他下定决心去做某件事，那一定是风雨无阻、百折不挠。

邵然似乎已经看到了乔家即将掀起的一场血雨腥风，他“啧啧”了两声，摇摇头，吩咐司机回酒店。他刚把老乔的行李提进套房，门铃就响了。拉开门一看，门外站了个漂亮姑娘，还挺眼熟。

“哟，这不是……祝小姐？”

祝星辞换了一条红色吊带连衣裙，邵然差点没认出来。

“这不是……深哥的房间吗？”祝星辞探头往屋内看了一眼。

邵然靠在门边，留出一条道来：“老乔出去买东西了，要不进来坐坐？”

“不用。”

邵然严重怀疑这姑娘有变脸绝技，一听老乔不在，脸色突然就冷了下来，浑身上下还有一股拒人于千里之外的冷漠。只道了一句“打扰了”，然后就踩着高跟鞋走了。

乔深回来的时候，提了个礼物袋。邵然正在他房间用餐，顺便提起这事儿：“那个祝美女，好像为了你，没去参加好莱坞一日游。结果你不在，人家又失望地回去了。”

“花椰菜都堵不住你的嘴。”乔深把礼盒放好，洗完澡换了一身衣服，靠在沙发上看电影。

邵然好奇地凑过去，看到片名《泰坦尼克号》时，差点没被花椰菜噎死。

“浪漫爱情题材？”邵然灌了一口水，把菜咽下去，看到旁边的待看目录，还有《魂断蓝桥》《罗马假日》等经典影片，要知道平日里老乔看的都是专业性质的电影。这个发现，可谓刷新了邵然的三观，他颤抖着问，“兄弟，认真的吗？”

“一起看？”

邵然摇头表示拒绝的同时，提了个建议：“要追姑娘，看这些没用，你得看看日本制的小影片才行。”

过了一两秒，邵然又喝了一口水，说：“不过针对浅妹子，可能要看欧美制的小影片了。”

乔深“啪”的一声合上电脑：“你想休假吗？不用出差，在医院躺两个月，有人伺候的那种？”

邵然对着嘴巴做了一个上拉链的动作，捧着餐盘回隔壁套房了，却是忍不住给陆浅发了个“你且珍重”的微信表情包。

陆浅看到这条消息，已经是两天后了。她只觉得这消息莫名其妙，遂发了两个问号回过去。还没等到邵然的回复，又被通知今天大队长要来视察，只能把手机塞进办公室的抽屉。

乔深刚落地，就接到周慕一的电话。说是陆浅昨天就该去医院复查了，但是今天还没去。

乔深给陆浅打了个电话，没打通，原因是陆浅还没把他从黑名单里拉出来。正皱着眉时，祝星辞追了上来：“深哥，一会儿聚餐，去吗？”

“有事。”

祝星辞拖着登机箱，随乔深走到门口：“那你去哪儿？我送你？”

据说祝星辞家庭条件还可以，十八岁的时候，她老爸就买了一辆保时捷送给她当座驾。这车她偶尔开，大部分时间都停在机场的停车场里。

祝星辞拉开车门，问：“你回裕陈北路吧？我刚好顺路。”

乔深刚想拒绝，就看到一个拉着登机箱的微胖帅哥走了过来，白白胖胖的小伙子，五官倒是很清秀，就是稍微胖了点。这是中航刚来的见习机长，叫钟夙离。普通的工薪家族，但小伙子努力又上进，挺招人喜欢的。见到他，乔深眼前一亮：“回宿舍？”

钟夙离刚点了个头，肩膀就被乔深勾住了：“太累了，去你宿舍休息一会儿，走吧。”

“啊？那祝副……”

“我送你们吧。”祝星辞知道，乔深躲自己躲得挺明显的，但她既然认定了乔深，自然不会轻易退缩，虽然有钟夙离做电灯泡，但好歹还是把人请上了车。

乔深之所以上车，那是因为钟夙离就住在机场的老宿舍，也就是机场消防队的家属院，距离机场只有三分钟的路程。

上了车，祝星辞两句话还没说完，就到了目的地。

钟夙离说：“前面进不去，祝副你就把车停在这儿吧！”

“深哥，”祝星辞叫住乔深，“我飞行时间已经有三千多个小时了，接下来可以准备考试升机长了，我不懂的地方，可以请教你吗？”

“你的情况我回头跟林教员说一声。”乔深只说了这句，就提着行李箱走了。

钟夙离追上去：“乔师兄，我答应了我妈，今天要回家的。”

钟夙离和乔深是同一所航空大学出来的，叫一声乔师兄也不为过。他把宿舍钥匙塞进乔深手里：“宿舍现在就我一个人住，床单被套我都洗过，晾在阳台上的，您随意啊！我这快赶不上机场大巴了，走了啊！”

钟夙离说走就走，风风火火的，只留下一个背影。

乔深低头看了一眼腕表，天色渐晚，就算现在带陆浅去医院，医生也该下班了。他把钥匙塞进兜里，准备回裕陈北路，却在转身的那一刹那，突然听到一道熟悉的女声……

“消防是一个对技术要求、心理要求、体能要求都很高的行业，所以训练时比较严格。消防队员必须要具备良好的体能和心理素质。在灭火、抢险和救援的过程中，团队协作也是最重要的！你们必须要信任和自己并肩作战的队友……”

乔深停下脚步，看向远方。那人站在广阔的操场上，跟前站着一群身穿作战服的消防员。她手臂虽打着石膏，缠着绷带，后背却挺得笔直，像是立在夕阳里的一棵松柏。

绚丽的霞光从天边喷薄而出，肆意地挥洒在她身上。那被夕阳染红的天空，和镶着金边的云，像是绝美的背景板，全成了那人的陪衬……

第十二章
留下来

散会后，陆浅和老王一起送走了大队长。

江尔易擦了一把额头的汗："陆队，一会儿我给你把热水提上去？"

"不用不用，回头把大队长拿来的消防演习资料仔细研究一下，明天再开个会。"陆浅挥挥手，打发了江尔易。她今天不知怎么回事，头疼得很。

江尔易陪她去食堂吃饭，机场消防队的伙食倒是不错，周一到周五，每天午餐和晚餐都是三荤两素一汤的搭配。今天的大菜是过水鱼。陆浅拿起筷子戳了一下鱼肚子，不知怎么的，突然就想起了乔深——想起他优雅地剔鱼刺的动作，想起他握着她的手，用笔勾菜单的时候，想起他伸手遮住她的眼睛，告诉她人没救回来，不是她的错。越想越远……

"陆队？"江尔易本来想帮陆浅剔鱼刺，但他知道，自己要是敢在部队这么做的话，陆浅会撕了他的。

陆浅回过神，胡乱扒了几口饭，头疼得实在没胃口。

饭后，江尔易约了人打球，陆浅一个人先回宿舍。

家属院的环境还可以，至少这栋楼是有电梯的。陆浅揉着太阳穴进了电梯，按下 9 楼的按键。

电梯门缓缓合拢，还剩一条缝隙的时候，一只手突然伸了进来，吓得陆浅赶紧按住开门键。

"谢谢。"

头顶传来一把低醇的嗓音，陆浅手一松，抬头看向眼前人："你……"

"这么巧？"在楼下等了三个小时，故意假装偶遇的某人，眉毛上扬，做出一脸惊讶的表情，"你怎么会在这儿？"

陆浅头更疼了："这话该我问你吧？这是机场消防队。"

"我们员工宿舍在这儿。"乔深还穿着制服，手里提着登机箱，看模样确实是刚从机场过来。

陆浅醍醐灌顶，这事儿好像她刚住进来的时候，老王就说过……

乔深站在一旁没动静，陆浅回头看了他一眼："你也去 9 楼？"

乔深摸出钟夙离塞给他的房门钥匙，上面写着 902。

住在 901 的陆浅，只能尴尬地笑了两声："你不回家，住宿舍？"

"累了，懒得走。"

"……"这理由未免也太充分了。

陆浅像只乌龟似的挪出了电梯，边走边提议："这附近有五星级酒店，你可以……"

"我又不和你住一起，紧张什么。"乔深打开陆浅隔壁那间房，又回头冲着她宠溺一笑，这才关上房门。

这楼怎么说也有 9 层，每层 6 家住户，怎么就能巧成这样呢？陆浅烦躁地抓了两把碎发。她以为这几天忙得像狗一样，就肯定没空想起乔深，然而事与愿违，越是控制自己不许想他，他在自己脑海里出现的频率就越高。

这下倒好，人直接住隔壁来了。

陆浅用头撞大门，无声哀号——天要亡我！

正当她"哐哐"撞门的时候，乔深突然拉开房门："对了……"

他打量了一眼维持撞门姿势的陆浅："你干吗？练铁头功？"

"呵呵……"陆浅不自然地扯了扯嘴角，"很明显吗？"

小傻子……

乔深走到她身边，扫了一眼她的手臂："还疼吗？"

"不疼，小伤。"陆浅敲敲石膏，发出清脆的声响。

乔深拽住她的手腕："别乱敲。"

"哦……"

"今天我表姐给我打电话了，你昨天就该去医院复查了，怎么没去？"乔深严肃的语气搭上毫无笑意的脸，看起来就像在教育家里的熊孩子。

陆浅平日里皮得很，上刀山下火海都不怕，被乔深这么一问，却没来由地心虚。实则也不知为何会有这种情绪，她压低了声音轻轻说："忙忘了……"

"明天别忘了。"乔深说，"明天我休假，陪你一起去。"

"不用不用……"

“我去找我表姐。”

“……”那你自己去啊，拉着我干吗？陆浅心里这么想着，却没敢这么说。只是暗自计划，明天偷偷溜，最好别再碰到他。

回到屋里，陆浅就一直在想，明天要怎么避开乔深。想了三十六计，却一个可行的办法都没有。因为明天她要在操场带队训练，而操场又是乔深出门的必经之路，总之怎么躲都躲不开。

为了想到一个靠谱的馊主意，她连最爱的漫画都忘了看，焦头烂额半个多小时，一点进展都没有。也不知是不是用脑过度，饥饿感也随之而来……

肚子里像住了一个个交响乐团似的，从《月光曲》一直表演到《命运交响曲》，还有越演越烈的架势。她现在后悔死了，早知道刚刚在食堂多吃两口。

就在陆浅满脑子都是红烧肉、小龙虾的时候，手机振了两下。

乔深发来微信：“睡了吗？开门。”

陆浅心脏怦怦乱跳，像住了一匹脱缰的野马。她把手机压在胸口，犹豫着究竟要不要假装睡着时……

乔深又发来一条：“我买了小龙虾，吃不？”

三秒后。

“这么晚了，你上哪儿买的小龙虾啊？”陆浅把门拉开一条缝，一颗脑袋探了出去。虽然这话是对着乔深说的，可是那充满渴望的大眼睛，却紧紧地盯着小龙虾，眼睛都舍不得挪开一下。

乔深敲敲门：“打算站在门口吃？”

陆浅犹豫着，饥饿的胃正在疯狂地给大脑传输开门的信息，理智又在告诉她，这大晚上的，孤男寡女影响不好，万一自己鬼迷心窍、兽性大发，又把乔深……

“想什么呢？”乔深轻轻弹了一下陆浅的脑门。

陆浅伸手去捂脑门的时候，乔深已经推开门挤了进来。

他像个主人似的，把两盒小龙虾放在那张小小的方桌上，又不拘小节地盘腿坐在地上，冲她招手：“过来一起吃。”

陆浅：“……”

古有陶渊明不为五斗米折腰，今有陆指导为了小龙虾降颜屈体。陆浅实在受不住麻小的诱惑，屁颠屁颠跑到乔深对面坐下了。

乔深已经戴上了一次性手套，正认认真真地剥着虾壳。陆浅望着这色香味俱全的小龙虾，却陷入了沉默。浴巾哥也太会做人了，明知她手不方便，竟然还买小龙虾。就她这一只手，一次性手套都戴不上啊！

陆浅拿了一只一次性手套，可怜巴巴地望着乔深："深哥，帮个忙呗？"

乔深正在剥虾的手，倏尔一顿："你叫我什么？"

都怪靳长风那个坑货，天天在她耳边"深哥深哥"地叫，害得她也学会了。乔深大概觉得，他们之间的关系还没这么熟吧？陆浅犹豫着叫了一句："乔、同志？"

乔深扯过她的一次性手套，漆黑的眸子盯着她："再叫一声深哥来听听。"

陆浅小声叫："深哥？"

乔深把剥好的虾肉塞进她嘴里。

陆浅愣了一会儿，直到麻辣小龙虾的味道蔓延至整个口腔，她才嚼了两口，伸手去摸手套："我还是自己来……"

"别动。"乔深压着她的手，"乖乖吃，别弄得到处都是，不好做清洁。"

陆浅睫毛一颤，迅速从他的掌心下抽回自己的手，故作大大咧咧地说："那多不好意思，你这剥虾的速度，肯定比不上我吃虾的速度啊！"

"我用嘴剥虾速度快，要不试试？"乔深说着就拿起了一只小龙虾要往嘴里塞。

陆浅赶紧抓住他的手腕："乔同志，三思啊！"

乔深笑着抖开她的手，专心致志地剥虾壳。他剥好就递到陆浅嘴边，陆浅盘腿坐在他对面，围着一张小桌子，就像个嗷嗷待哺的婴儿，一双澄澈的眼睛眼巴巴地望着他。

一人喂一人吃，两人配合得倒是默契，谁也没有开口打破这份宁静。奇怪的是，安安静静地在一起什么也不说，彼此也没有谁觉得尴尬。

倒是陆浅，吃了小半盒之后，不好意思了，她推开乔深递过来的虾肉："你也吃呀！"

"胃不太舒服，有点辣。"乔深继续剥着虾。

陆浅舔舔唇，"嘶嘶"了两声，吸入几口凉气："确实……有点辣。"

乔深不说倒是没觉得，一说陆浅觉得嘴皮都辣得麻木了，她环顾四周，到处找水时，乔深又把手递了过来。

陆浅下意识地张嘴，吃到嘴里才发现，乔深喂的不是小龙虾，而是……

巧克力。

黑巧克力的外面还包裹着香气四溢的玫瑰覆盆子慕斯，丝滑的口感一下就从舌尖甜到了喉咙，火辣辣的感觉瞬间被巧克力的甜美取而代之。

陆浅就这样看着乔深，忘了反应……

乔深问："甜吗？"

陆浅点点头："甜。"

然后就看到乔深像变戏法一样，从身后变出一盒巧克力放在桌上："少吃点。"

乔深留下巧克力就走了。

陆浅单手抱着礼盒追出去，看着正在开门的乔深："欸，你的巧克力！"

闻声，乔深抬起头来，轻笑道："给你买的。"

隔壁的门关上了，只剩下空空荡荡的走廊。陆浅抱着这盒巧克力，像抱了一个巨型的烫手山芋——想敲敲门还给他，又没那个胆子；想抱着巧克力回去，又怕他误会。想来她前半生做事干净利落，就算跟相识了二十几年的男朋友分手，都不会拖泥带水，如今遇到一个乔深，竟成了藕断丝连之人。

就在她托着这盒巧克力左右为难时，手机振了。

乔深发来微信："巧克力买一送一，两盒太多，一个人吃不完，味道有点腻，你少吃点。"

买一送一？

陆浅豁然开朗，爽快地回了一句："谢谢。"

乔深再次叮嘱："别忘了明天去医院做检查。"

陆浅心头一暖，把早就想好的说辞回了过去："明天队里有要事，我后天去。谢谢乔同志关心。"

看到"乔同志"三个字时，乔深回了一句晚安，放下了手机。

看来一盒巧克力，还抵不上一盒小龙虾。小龙虾能换来一句"深哥"，巧克力只能换回一声"乔同志"。委实证明，网上那些追女孩的攻略，也不是对所有女孩有效，至少对陆浅而言，并没有什么用。

乔深正在删那些乱七八糟的追女孩攻略时，陆浅正在拆礼盒。Godiva的璀璨系列巧克力，粉蓝色的浮雕礼盒，精致又大气。盒子里面还放了一张卡片，纯白色的卡纸上，有一句花体英文——Everything is bitter in this world except you.（这世上所有的东西都是苦的，除了你。）

陆浅拿着卡片的手，微微一抖。

她找到巧克力的官网，看过了创始人的故事，甚至还看过了Godiva夫人的传说，却并没有找到类似这句英文的广告语。也就是，这话可能是乔深想要表达的……

陆浅慌了，说好的买一送一呢？这卡片究竟什么意思？

又是一个失眠的晚上……

陆浅被闹钟吵醒的时候，才刚闭上眼睛没多久。但多年从军的意志，还是让她一秒就清醒了。

她出门的时候五点四十分，黎明刚至，天还未大亮，淡青色的空中还挂着几颗闪烁的繁星。隔壁房门紧闭，乔深应该没这么早起床。往他门前路过时，陆浅下意识放轻了脚步。

江尔易已经在楼下等着她了，确认过今天的训练内容，又开始了繁忙的一天。

乔深起床的时候，正好七点。他拉开窗帘，端了一杯清水站在窗边。从这里望向远处的操场，只能看到黑压压的一群人，排着整齐的列队。

他翻到钟夙离的存粮，给自己煮了一碗泡面。刚吃了两口，就接到了母亲打来的电话。

“这两天休息怎么没回家？”

电话那头传来翻阅纸张的声音，不用想也知道，母亲肯定在批阅文件。

乔深随口敷衍：“有点私事。”

“辞职的事安排得怎样了？”周云澜半点也没有拐弯抹角，于她而言，这是和乔深早就商量好的事情，按照约定履行即可。

每当周云澜拿出这种公事公办的态度和自己说话的时候，乔深都觉得自己不像她的亲儿子，倒更像她的下属。

乔深的沉默让周云澜停下了手中的动作，合上合同递给秘书，摆摆手把人打发出去，语气放柔和了不少：“有空就回来一趟，你要是没空，妈妈帮你去和航空公司沟通。”

“不用。”乔深压低了声音，“时间到了会安排妥当的。”

“那就好。”周云澜轻笑了一声，才问，“吃饭了吗？”

这关心来得有些晚了，就像雨过天晴后，才有人给你递过来一把雨伞。

乔深靠在椅子上，语气闲散：“正在吃。”

“那不说了。”电话里传来周云澜高跟鞋的声音，“我先去开会。”

电话就这么挂了，和往常一样的相处模式，乔深倒是习惯了，只不过这粘成一坨的面条，看上去让人没什么胃口。

刚好邵然发了短信让他出去吃饭，乔深拿了手机和钥匙出门。路过操场的时候，陆浅和老王去了一趟办公室，正好和他错过。

邵然挑了一家精致的法式餐厅，发扬了一拨资本家吃人不吐骨头的优良传统，带着乔深胡吃海塞了一顿。绕来绕去，还是为了打听他和陆浅的进展。

饭后，乔深勉强陪他喝了个下午茶。外面天色渐暗，看起来暴雨将至。乔深甩了邵然，招了一辆出租车打道回府。

巨大的乌云席卷过来，遮住了明晃晃的太阳，黑沉沉的天空，像被墨汁染过，只有在闪电劈开的时候才透出一丝光亮。路边的大树被狂风吹弯了腰，地上的尘土也被狂风卷起，在空中肆意地飞扬。

乔深下车时，险些没站稳。

随着“轰隆”一声巨响，大雨就像断了线的珠子一样往下落。乔深抬腿往宿舍跑，经过操场的时候，看到了陆浅。

所有消防员都穿着训练服，唯有她，戴着军帽，穿着一件迷彩短袖，笔挺地站在那里。她手臂上缠着的白色绷带，在一片深绿色的军装里，显得尤为夺目。

她跟前有两个男人正在做俯卧撑，一个是江尔易，还有一个乔深不认识。江尔易的体力比另外一个略胜一筹。

比赛完，江尔易把那人拉起来带到陆浅面前，那人比陆浅足足高出一个脑袋。

“服不服？”陆浅吼了一嗓子。

那人脾气还挺倔，回了一句：“不服！”

“不服憋着！”

陆浅瞪了他一眼，丝毫不在意这狂风暴雨，她扯着嗓子沉声道：“我不管你是新兵蛋子还是老兵油子，也不管你是经过地级以上市公安消防机构培训的，还是经过省级公安消防机构培训出来的，总之你现在是我的兵，就必须得听从我的命令！别说今天是下暴雨，就算是下雪、下冰雹，该练的水带操还是得给我练到位！别再拿男女性别说事儿，消防队里不分男女，任务面前不辨雌雄！”

“光说不练，有本事比一场啊！”那人先嘀咕了一句，见陆浅没反驳，又加大音量，“您可别拿江班长来堵我口，我不服的又不是江班长。”

要江尔易说，这傻 × 就是个直男癌的脑子，陆浅来了一个多星期了，这刺头横竖跟陆浅不对付，总之就是看不起陆浅这个女兵。倒也不是不服从命令，就是吊儿郎当的，跟闹着玩似的，严重影响军心。

陆浅本来寻思着先跟老王反应一下这情况，毕竟严格说来，这算是老王的人。作为从特勤中队派来联训的陆浅而言，已经够给老王面子了。哪知道今天老王老婆刚好生孩子，请了事假，陆浅带队训练时，又恰逢暴雨。这刺头用满含讽刺的语气对着陆浅说：“陆指导员，下暴雨了，你一个女孩子挺得住吗？要不你去躲躲雨，我们男人的身体素质跟你们女人不一样，不像你们这么容易生病受伤。”

陆浅没理他，继续带队，命令所有人：“30 公斤负重爬梯，准备！”

刺头表示不服气，又说了几句刺激陆浅的话，还不知天高地厚地要和陆浅比试。江尔易忍不了，站出来说：“要想跟陆队比，也得先看看你够不够格。”

江尔易也是陆浅带出来的兵，陆浅想着压压这刺头的气焰也好，就安排两人做了俯卧撑，显然江尔易更胜一筹。

现在这傻子还是不服气，陆浅寻思着，今天要是不把他练服了，将来怕是要造反。

她脱了军帽往江尔易怀里一扔：“说吧，30 公斤负重爬梯和单手俯卧撑，选哪个？”

陆浅活动了一下脖子，捋了一把脸上的雨水：“这招呼我先给你打好了。输了！负重越野 5 公里、800 个俯卧撑、检讨书，一个都不能少！做不到就给我滚！”

不知天高地厚的刺头还在嘚瑟：“我要是赢了，中队是不是得换个男队长过来啊？”

江尔易冷笑一声，提醒刺头：“选个你擅长的吧！”

刺头选了单手俯卧撑，虽然他极度瞧不起女人，但陆浅的业务能力，他时常听老王提起。相比之下，他还是坚信，女人的体能肯定比不上男人。

“一分钟，”陆浅踹了江尔易一脚，“计时。”

江尔易把滴水的哨子含在嘴边，按下了秒表。

“嘟”的一声，哨声卷着惊雷，划破长空……

狂风卷着暴雨，就像无数条鞭子，狠狠地抽打在地上。溅起的水花不偏不倚，刚好打在陆浅的脸上，她却置若罔闻。

周围报数的消防兵一个比一个热血，尽管浑身的衣裳都粘在了皮肤上，却一点也不影响他们的沸腾。

乔深以前在航校的时候，也见过玩命的女飞行员，在体能训练这一块上，飞行员的要求不算低。但像陆浅这么拼命的女人，他平生确实是第一次见到。她背部和双腿绷成一条直线，双肩水平，支撑臂基本垂直于地面，动作标准到无可挑剔。雪白的胳膊比旁边那人还要细一半，可爆发力却十分惊人。

手臂一伸一屈时，每一块肌肉都恰到好处，绷起的青筋是油画都画不出的线条。她一连不知做了多少个俯卧撑，身上湿透了不说，就连石膏也浸透了。

乔深找了个屋檐躲雨，给钟夙离打电话："宿舍有吹风机吗？"

"没有啊……"他一个留着寸头的大老爷们，也用不上吹风机这玩意儿。

乔深没说什么，挂了电话，找楼下保安借了把伞，又出去了。

陆浅回到宿舍门口时，浑身都湿透了，特别是胳膊上吊着的石膏，被暴雨打湿后，仿佛有千斤重。不过赢了那刺头，心情还是挺舒畅的。那刺头总算是服气了，现在还在楼下做俯卧撑呢。在中队，一天断断续续做500个俯卧撑是基础训练，要做到800个也不难。不过按那刺头的体能，做一会儿休息一会儿，估计要做到后半夜了。不过那小子还算有点骨气，没有选择辞职滚。

江尔易执意要送陆浅上楼，被陆浅拒绝了。等她推开门才发现，自己好像拒绝得太早了……

说好的高级宿舍呢？说好的家属院呢？怎么还带漏水的？

这窗外是狂风暴雨，屋内就是小雨转中雨的节奏。

陆浅踩着湿漉漉的地砖往里走，滴滴答答的雨水从房顶渗进来，一滴一滴砸在床上，已经把床头打湿了一大片。还有另外几处也在漏水，走进来一看，颇有一种水帘洞的既视感。

她去厕所把桶和盆通通提出来，放在床上接水，然后又拿了手机想给江尔易打电话，让他上来帮忙把床挪一下。结果这破手机，关键时刻掉链子，又玩黑屏。

叹了一声，陆浅只能拿了钥匙往外走。

隔壁的乔深，早在陆浅回来的时候就听到了动静。

他拿上两个小时前新买的吹风机，拉开门。

“去哪儿？”正好和陆浅打了个照面，乔深主动开口问道。

陆浅目光一定，仿佛看到了救星。

乔深被这眼神盯得发虚，因为此时的陆浅看起来，就像一只看到了肉骨头的汪星人，而自己就是那根肉骨头。

“乔同志——”陆浅拖长了声音，拉着他的手说，“来得正巧，帮我个忙！”

乔深被陆浅拽进了隔壁屋，刚一进门，看到了从天而降的好几根水柱。漏水的地方连成一排，就像一个小型瀑布，和孙悟空大闹天宫之前住的水帘洞差不多，他尽量憋着笑，调侃：“大师兄，你这水帘洞风景挺别致啊，景点门票怎么卖的？”

“……”陆浅哭笑不得地乜斜了他一眼，要不是这床是实木的，一只手不好使劲儿，她也不会大晚上的去搬救兵了。她把乔深推到床前，“别闹了八戒，快帮我挪下床。”

说着，她就弯腰，抓住了大床一端，真跟个力大无穷的孙猴子似的。

乔深觉得，陆浅这两张面具差别未免也太大了。在部队训人的时候和现在一个模样，仿佛天塌下来都顶得住的女汉子；等遇到感情问题的时候，又畏缩得跟个小乌龟似的。让人严重怀疑，在她漂亮的外表下，可能住了两个截然不同的灵魂。

他拉着她的手，把她拽到一旁，接着又走到床边，一脚抵住墙面，双手一使劲儿，就把床挪开了半米。

这是陆浅第一次感受到手长脚长的好处，要换了其他人，还真没法借着墙壁的力道，一推就将床推这么远。

乔深把放在床上接水的塑料盆拿下来，放到地上，问：“有新被子吗？”

“应该没有吧，我找找。”陆浅转身去翻柜子，没找到新被子，倒是找到一个新枕头。

定做的衣柜从地面一直连接到天花板，而枕头放在靠近天花板的那一格。陆浅踮起脚去拿，手短了一截，够不着。

就在她转身准备去拿塑料凳的时候，乔深走了过来……

他把陆浅抵在他胸膛和柜子之间，只留下一个极小的空间。陆浅的鼻尖几乎贴在了他的喉结上，耳朵仿佛能听到他喉结滚动的声音。他应该刚洗过澡，身上还有沐浴露的香气，具体说不出什么味道，总之很淡，很好闻……像是被大雨冲刷过的绿茶清香，浅浅地蹿入她的鼻息。

陆浅清晰地感受到，小心脏又开始不受控制了。

她抬头，正好撞入他的眼睛，看到了他瞳孔里那个小小的人物倒影。他瞳仁清亮，像展览馆里的黑曜石，一不小心差点就被他吸了进去。陆浅躲开他的眼睛，顺着挺拔的鼻梁一路向下，最后把目光落到了他的薄唇上。他有着很自然的唇色，比樱花浓一点，又比樱桃淡一些。唇线分明，唇峰饱满，红润的色泽让她不由自主地舔了一下自己的唇……

一个大男人，凭什么长得这么精致？怎么可以长得这么精致？

作为颜控的陆浅，半条小命都差点交代在这里的时候，乔深把拿下的枕头塞进她怀里，顺势刮了一下她的鼻尖："我去隔壁看看有没有干净被子。"

直到关门声响起，陆浅才抱着枕头，拼命地深吸了几口气。

差点，差点没被自己憋死！

她捂着自己的小心脏，恨铁不成钢地骂："你就这点出息！"

正当她自怨自艾时，乔深去而复返，站在门口。他表情错愕，活像个做错事的小孩子。

陆浅一蒙："没有？"

"不是。"

"那是？"

乔深两手一摊："刚刚被你拉出来，我忘带钥匙，风把门吹关上了。"

陆浅"哦"了一声："不就是没带钥匙……不是，等会儿，没带钥匙？！"

陆浅陡然升高的音调，差不多快要突破 E 大调了。

乔深点点头，一脸"我也很意外，我也很绝望"的表情。

陆浅问："那咋办？有备用钥匙吗？"

"舍友有，不过舍友回老家了。"

陆浅想了一会儿："你们公司没有备用钥匙吗？"

乔深摇头。

陆浅无奈扶额："那能怎么办，叫开锁公司？"

"外面风大雨大的，开锁公司会来吗？况且还要提供身份证明，也不是谁家的锁都能乱开的。"乔深仔细考量了一会儿，指着床边那个吹风机对陆浅说，“你用吹风机把石膏和床单吹干，早点休息，我去附近开个房。”

乔深说走就走，陆浅都还没想好要怎么办。又是一声惊雷响起，仿佛要劈开山河，要不是房顶有避雷针，陆浅都怀疑自己今晚要被劈死在这儿。从窗户望出去，黑压压的天空仿佛蒙了一层黑色幕布，让人透不过气。

乔深穿着拖鞋短裤，连把伞都没有。这附近一家酒店都没有，怎么也得走到机场才行。虽然开车去机场只要两三分钟的时间，但消防队外面很少有出租车路过，加之今天这狂风暴雨……

陆浅根本来不及多想，拉开房门就喊：“乔……”

话还没说完，就栽进一个熟悉的怀抱，她一抬头才发现，乔深没走，就站在门外，半步都没挪过。

陆浅鼻腔里灌满了乔深的味道，吓得她像只受惊的兔子一样往后蹦了半米。她追出来原本是想挽留他的，可到了嘴边的话却变成：“你怎么还没走？”

乔深翻开两个裤兜，声音软软地说：“没带钱……”

陆浅抱着最后一丝希望问：“手机也没带？”

乔深摇摇头。

陆浅数落他：“你出个门手机钱包都没带，就拎个吹风机想干吗呢？和外面的八级狂风来一顿互吹吗？”

“路过操场看你淋了雨，怕你宿舍没备吹风机。”乔深把极具侵略性的眼神收敛起来，提醒她，“石膏不是淋湿了吗？”

陆浅蒙了：“这吹风机……是给我的？”

“嗯。”乔深眼底闪过细微的笑意。

这人本来就生得好看，偏还要用那双如墨般的眼睛盯着你，像鹿眸眨呀眨的，搞得陆浅完全不敢看他。她躲开乔深的眼神，侧了侧身：“要不……”

“要不你先借点钱给我住酒店，我改天还你。”

乔深接过陆浅的话，殊不知，陆浅想说的是——要不你今晚先住下，等明天雨停了再想办法。

听了乔深的回答，陆浅心里凉了半截。现在她可以百分百确定了，乔深对她绝对没有半点非分之想。

狂风骤雨、三更半夜、孤男寡女，这天时地利人和的条件都凑齐了，乔深要是真对她有点男女之情，怎么说也该想方设法留下来。他倒好，借钱都要离开！看来他是真把自己当朋友了。

陆浅从小人缘就好，可谓是男女通杀。男孩子喜欢她的仗义豪迈，都愿意和她称兄道弟；姑娘们羡慕她的肆意果敢，甚至有人开玩笑愿意嫁她为妻。乔深一看就是家教良好的大家庭里培养出来的孩子，被她这种爽朗的性格所吸引，一点也不足为奇。

分析完这一波，陆浅平静了。刚刚还蹦跶得一点也不讲道理的小心脏，现在静得像是一潭死水。她面无表情地进屋拿钱。

乔深静静地跟了过去。刚刚他也不过随口一提，借钱什么的，原本就不是他的初心。可是陆浅这傻子，竟然连象征性地挽留一下都不会！其实只要她挽留一句，他便顺着杆子爬了。这下可好……

早知就该硬着头皮问她愿不愿意收留自己。

就在两人都沉默的时候，窗外一个惊雷响起，劈得楼下小轿车防盗报警声此起彼伏。

陆浅已经摸到了钱包，却迟迟没有拿出来。从这里走到机场，少说也得十来分钟。就今天这天气情况，机场滞留的旅客应该不少，机场附近的酒店未必有余房。万一乔深白跑一趟……

陆浅把钱包放回去，从侧包里掏出零零散散的几十块钱递给乔深："这几天在部队太忙了，没空出去取钱，我估计这点钱也不够你开房的。要不今晚就在这儿将就一夜，明天再想办法？"

陆浅这话说得极其自然，就仿佛乔深是个同性朋友，完全没有男女有别的顾虑。她顺手把吹风机递给乔深："你把床单吹干睡床上吧。"

"那你睡哪儿？"

陆浅环顾四周，打地铺是不可能的了，就剩下旁边那把木头椅子，她一屁股坐上去："我坐会儿就行，反正也睡不了多久了，五点多还要起床训练。"

陆浅四仰八叉地坐在椅子上，没有半点姑娘该有的拘谨，倒像个大老爷们，还寻了个舒服的姿势，把腿跷在了眼前那张小方凳上。

还好屋内的插座都没进水，乔深找了个插座把吹风机插上，默默地吹干床单后，对着假寐的陆浅招招手："过来。"

"干吗？"陆浅睁开眼睛。

乔深拍拍身边的床板："过来把石膏吹干。"

陆浅定定地看着他，没动。

乔深只好扬起手里的吹风机，说：“线没这么长。”

陆浅“哦”了一声，还是朝他走去了。

“我自己来……”

“来什么来？”乔深压着她的手，“坐好，别动。”

就是这样细小的动作，陆浅觉得自己的小心脏又开始动摇了。但乔深的动作很自然，表情也很自然，他好像做每一件事情都很专注，上次帮她上药的时候是这样，这次也是这样。

陆浅也不知道怎么的，就是没忍住，鬼使神差地问了一句：“上回你给我上药的时候，我问你是不是想追我，你说你没想好，究竟是什么意思？”

乔深手指短暂地僵硬了一秒，很快又恢复了正常的动作，速度快得陆浅根本来不及捕捉。他想自己如果说了实话，估计现在陆浅就能把他赶出去，所以……

“你觉得是什么意思？”他又把问题抛回去。

陆浅不自在地别开眼睛：“还能有什么意思，肯定是看我有趣，所以想吸引我的注意力呗！”

“大概吧。”乔深模棱两可的回答，让陆浅心里犹如猫抓。

“那你这么想和我做朋友，究竟是看上了我好看的皮囊，还是相中了我有趣的灵魂？”她刻意加重了“朋友”二字，趁着乔深专心致志帮她裹纱布的时候，偷偷瞄他。

他神情并未有太大变化，相反很淡定地说一句：“都有。”

行吧！该死心了。

其实她一开始对乔深的定位就挺准确的，不适合，没未来，现在也不过是关系更明朗了而已。不过道理是这么回事儿，真要接受起来，还是觉得心头堵得慌。毕竟心动这种事，一生也未必遇得到一次。虽然不愿意承认，但在和乔深短暂相处的这段时间里，她对乔深，确实动了心。

现在唯一还能做的，就是及时止损。

陆浅抽回自己的手：“行了，谢谢。”

乔深拽住她，把她拉回床边：“你睡这儿。”

“那你？”

乔深已经松开她的手，坐上了那张木头椅子。

那椅子不高，乔深坐在上面，双腿都快叠起来了，长手长脚的人蜷缩在那里，可怜兮兮的，肯定不舒服。陆浅原本还想说点什么，可转念一想，今天自己也是失恋的人了，睡个床怎么了？于是拉过被子就躺下了。

几分钟后……

一道闪电划破长空，惊雷响起，仿佛从窗口劈了进来。只听“咔嚓”一声巨响，陆浅猛地睁开眼睛：“怎么了？遭雷劈了？”

她一边摸黑开灯，一边问：“劈哪儿了？乔深？”

随着“啪嗒”的开关声响，屋里大亮。陆浅第一时间循着乔深所在方位望过去，只见原本就破败的小木椅子，在乔深的体重压迫下，碎成了好几块，陪伴了陆浅一个多星期的小木椅子，就在这个风雨交加的夜里，彻底寿终正寝了。乔深坐在那堆残骸里，一脸“我是谁，我在哪儿”的迷茫。

短暂地对视几秒后，陆浅忍不住，拍着床板大笑：“哈哈哈，你真是个人才……”

嘚瑟的情绪还没发展到巅峰，陆浅就笑不出来了，因为乔深起来了，他沉着脸走到她身边，掀开被子就躺了进来。

陆浅的笑声卡在喉咙里，大气都不敢出。

乔深顺手关了灯，道：“睡吧。”

虽然表面装作风平浪静，可实则乔深的心里也是小鹿乱撞，生怕陆爷一个不高兴把他踢下去。可是陆浅没有踢他，也没有动。别说是说话了，她甚至连呼吸都没了……

是不是吓着了？乔深手里揪着被子一角，刚想掀开，旁边突然传来姑娘低低的声音：“你……压着我手臂了。”

乔深：“……”

怕他没听到，陆浅声音又大了点：“你压着我石膏了。”

旁边传来窸窸窣窣的声音，乔深坐起来了。陆浅把自己的石膏手往身边挪了挪，给他腾出位置。乔深坐着迟迟未动，陆浅还以为他要下床，她畏畏缩缩地伸出手指，还没碰到他的袖子，就听他说：“那……我睡你那边？”

乔深几乎一整夜没睡，倒不是因为陆浅睡相不好，相反的，她睡相很乖巧，不像清醒时这样不拘小节，睡着以后的陆浅，就像蚕宝宝，乖乖地蜷缩在一个角落里，就连翻身都是小心翼翼的。她不打呼，呼吸也很清浅，乖巧得让人几乎可以忽略她的存在。可乔深还是失眠了……

昨晚在他掀开被子躺上来的那一刻，他就已经做好了被陆浅赶出去的准备。虽然他并没有想对陆浅做点什么，他对陆浅确实有最原始的冲动，但也有最基本的尊重。

但在陆浅同意他睡下的那一刻，他还是稍微诧异了一下。

他轻轻地抬手看了一下时间，差不多五点半。

窗外的雨不知道什么时候停了，空气里带着一丝少有的凉意。

陆浅睡得很沉，落下的碎发遮住了额头。隔着朦胧的月光，陆浅的侧脸不如白天的英气，此时柔软得不可思议。

乔深轻轻拨开她额前的碎发，却没想到这动作会惊扰了她，她眉心皱了皱。

乔深做贼心虚一样刚把手收回来……

“萧泊舟！”陆浅猛地睁开眼睛。

乔深的心一揪，仿佛被人狠狠地捅了一刀，伤口溃烂时，又被人撒了一把盐。他看着陆浅的目光，不由得深沉了几分。

陆浅一睁眼就撞进这双漆黑的瞳孔里，足足用了半分钟才回忆起，自己刚刚叫了谁的名字。

当初乔深为了帮她摆脱萧泊舟，不惜假扮她的男朋友，如今却得知她在梦里都叫着萧泊舟的名字……作为她新晋的好朋友，他应该对自己失望透顶了吧？

可是她能怎么办，她也很绝望啊！总不能跟乔深说“我刚刚梦见自己把你掳回家当压寨夫人，掀开红盖头的时候，你却变成了萧泊舟，所以我惊吓过度才叫了萧泊舟的名字”吧！

那样乔深估计会把她掐死在这儿的。

所以，陆浅只能装疯卖傻地露出一个自以为倾城绝色，实则傻到无极限的假笑：“你怎么醒得这么早啊？”

乔深沉默着没说话。

陆浅姑且认为是自己不小心把他吵醒了，而他又有极大的起床气。

惹不起，惹不起！

陆浅一边掀被子，一边说：“还早，你多睡会儿，我要出操了，钥匙我就带走了，一会儿你走的时候，直接把门关上就行。”

“等等。”乔深拽住她的手腕，“答应我的事，别忘了。”

陆浅想了半天，最后信誓旦旦地拍着胸脯：“你放心，不就两顿饭吗？什么时候想吃了告诉我，我肯定不赖账。”

“我说的是今天去医院拍片。”

陆浅低声“哦”了一句，问：“那你能放开我了吗？”

“几点？”乔深的声音还带着刚刚清醒时的沙哑，“我帮你约时间。”

陆浅最多能在午休的时候请两个小时事假，如果能开个后门，自然求之不得：“十二点？”

乔深终于松开她的手，放她去卫生间洗漱了。

陆浅忙活了一阵再出来的时候，床上的被子已经被铺得平平整整，房门也被人拧开了。

陆浅追出去，看到乔深站在隔壁房门前，手里拿着半截钥匙，还有半截已经插进了钥匙孔，他手腕一扭，“咔嗒”一声，门开了……

“……”

乔深：“你……”

“你有钥匙啊？”陆浅眉心一皱，“不是，你几个意思啊？昨晚你故意的啊？”

陆浅两步走过去，推开乔深，把钥匙拔出来，问：“昨晚把钥匙藏哪儿了？”

“没……”

“乔同志，可以啊！套路很深嘛！”陆浅眼睛一眯，拍着乔深的胸，“你是不是……”

“叮”的一声，电梯开了，一个微胖的小帅哥从电梯里走出来冲着乔深说：“对了师兄，我忘记跟您说了，林教员他……”

钟夙离话还没说完，突然倒吸一口凉气，这到底是什么情况？师兄居然被一个男人袭胸了？而且看样子这个男人比师兄还矮一头，他好像终于知道为啥祝副追不上师兄了！

大概是因为……师兄不够直？

钟夙离表情有些一言难尽，主要是没想到孔武有力的师兄，居然会喜欢这种精悍矮小的小男人。

其实陆浅这一米七二的个子，还真不算矮的，可是和一米八七的乔深比起来，高下立判。

就在钟夙离三观即将震碎的时候，乔深掰开了“小男人”放在自己胸前的手，握在掌心里：“林教员说什么了？”

“说、说……说什么来着？哦，对对对，林教员说你手机没人接，他、他有事找你，让你抽空给他回个电话。”钟夙离结结巴巴地说完，快速按了好几下电梯按钮，“师兄，我货还没送完，我送货去了啊！”

钟夙离是一头撞进电梯里的，差点被门夹了脑袋。他妈妈在本地开了个雪糕批发店，每周都要送货，因为最近天气实在太热了，就把送货时间改成了早上。刚好今天钟夙离休假，他就把送货这个任务主动揽了过来。乔深昨晚用陆浅的手机给钟夙离发了个短信，让他有空就把钥匙送来。刚好今天送货要往这儿路过，钟夙离就来了一趟，实在不是有心要撞破乔深的地下恋情……

不过，那“小男人”长得还挺俊俏。钟夙离又回忆了一下陆浅的长相，皮肤白皙，五官英俊，别说，和师兄站在一起的时候，还真挺般配的。

乔深不知道，在电梯降落的这半分钟里，钟夙离已经在脑海里想象了一出大型耽美狗血浪漫言情剧。

他问陆浅：“你刚刚问我是不是什么？”

她本来想问“你是不是对我有那么一点点想法，所以才故意假装没带钥匙”，可打脸来得太快了，幸好她还没来得及没问出口。

她灵机一动，冲他吼：“你是不是男人啊？！走的时候连声招呼都不打！”

乔深：“？”

“好了好了，不跟你说了，我要迟到了。”陆浅一脸“我大人有大量，不和你一般见识”的表情，匆匆忙忙跑向电梯。

乔深好心提醒：“你不用换衣服吗？”

陆浅一个急刹车又转回来，进屋甩上门。她用了一分钟时间换好衣服的同时，还顺便把被子叠成了豆腐块。

她换了军靴冲出去的时候，乔深还在走廊上。他斜倚着栏杆，点了一支烟，裹着一件墨蓝色的真丝睡袍，和身后淡青色的天空融为一体。

微风撩动他的睡袍下摆，也吹散了他眼前的烟。借着忽明忽暗的声控灯，陆浅总算看清了他的脸。

他走过来，牵起她的手放在自己胸前，说：“刚刚不是不让你摸，只是在外面，被人看到了对你影响不好。”

他只裹了一件睡袍，领口开得很低，陆浅掌心的嫩肉直接贴到了他的皮肤上，光滑又紧实的胸肌，让陆浅浑身的毛孔都炸开了。

怎么办？她该怎么办？！推开他、骂他，还是揍他？或者……将计就计，多摸两把？

“叮”的一声，电梯门开了。

陆浅元神归位，眼睛机械地眨了好几下，然后一阵风似的刮进了电梯里，这速度比起钟夙离的，简直是有过之而无不及。

她拼命地按着关门按钮，差点戳出一个洞来。直到电梯门合上了，她才踉跄了一步靠在电梯壁上。

深哥裹着浴袍夹着烟的姿势，实在太勾人了。

她其实不喜欢男人抽烟，更不喜欢闻二手烟的味道，可当烟从乔深嘴里吐出来的时候，她却觉得性感透了，好看得完全不讲道理。

双标！太双标了！自己怎么能如此双标呢？

陆浅一边给自己洗脑这样做是不对的，一边如同幽灵一样飘到了操场。

“陆队，你用手捂着嘴干吗？”江尔易问。

陆浅看看自己摸过乔深胸肌的这只手捂着嘴……她隐约觉得，自己可能有点变态。

“陆队，你脸上这两坨高原红是怎么回事儿？过敏？”江尔易又问。

陆浅摸摸自己滚烫的脸，终于把心思从乔深身上收回来，清了清嗓子，问：“那小子的 800 个俯卧撑做完了吗？”

“咬着牙干完了！”

“有点骨气。”陆浅强行转移话题，“对了，你手机借我用一下。”

陆浅给大队长打电话，请了两个小时事假。

第十三章

众生皆苦，唯有你甜

乔深发现，陆浅对医院很抗拒。一个每天出生入死，见多了生离死别的女人，却偏偏怕进医院，这多多少少让乔深有点好奇。

他让周慕一提前和骨科医生打了声招呼，陪着陆浅去拍了片。医生左右看了一下，脸上露出平静的微笑："不错，恢复得挺好的，照这情况，下周就能拆石膏了。"

陆浅问："现在不能拆吗？都大半个月了，也不怎么疼了。"

一般来说陆浅这个情况，至少得用石膏固定三到四周，现在才两周半，不过陆浅坚持，又加上她的愈合情况出人意料的好，医生就答应了。

拆了石膏，陆浅有种重获新生的感觉，走起路来都欢快了不少。

乔深跟在她身后，温柔地笑："有这么开心吗？"

"知足常乐。"陆浅回眸毫无戒备地一笑，"你是不知道这玩意儿戴着有多难受！"

"欸，对了。"陆浅停下来问他，"你不是说你来医院有事儿吗？你有啥事儿你先去忙吧！我先回部队了，今天谢谢你啊！"

陆浅挥一挥衣袖，不带走一片云彩地往前走。她刚走了两步，又被乔深扯着衣领提溜回来。

陆浅回头："怎么了？"

"刚好今天有空，你去查一下。"乔深神情不太自在。

陆浅一抬头，看到门牌上大剌剌地写着四个字——妇科门诊。

毫无戒备的脸上立刻浮现出充满戒备的神情，她道："查什么？都说了上次是骗你的，你怎么还不信啊？你上次在商场不是还……"

公共场合，陆浅压低了声音："上次在商场你不是还给我买姨妈巾了吗？我真没怀孕！就是逗你的。"

等陆浅激动解释完了以后，乔深才平静地说了一句："不是查这个。"

"那是查哪个？"

"你进去，我姐跟你说。"乔深干脆把人推进了办公室。

还没轮到陆浅抗议，门就被乔深关上了。

周慕一穿着白大褂，正在饮水机旁接水，一看到陆浅，脸上就浮现出一抹笑来。

这笑容像什么呢？就像黄鼠狼看见了鸡，白狐狸看见了肉……

陆浅尴尬地扯出一个微笑，一口整齐的大白牙露出了一大半。

"坐吧。"周慕一笑起来甜甜的，还有两个可爱的小梨窝。

陆浅打心眼里喜欢这种长相，所以对周慕一印象还挺好。

"痛经啊？"周慕一打开电脑问陆浅，"经期规律吗？"

"……"原来乔深是带她来检查这个的，陆浅从凳子上弹起来，"没事没事，以前本来不痛的，也就这两个月才开始痛，不过吃颗止痛药就好了，没啥大问题……"

"坐下。"

梨窝美女严肃起来怪吓人的，就像小学班主任，吼得陆浅一屁股就坐下了。

"上次生理期是什么时候？"周慕一问。

"上周。"

"哪个位置痛？"周慕一拉开一张帘子，示意陆浅躺到床上去。

陆浅一边走一边说："真没什么大毛病，我听说很多姑娘都痛……"

周慕一："躺。"

别看周慕一个子不高，冷着脸的时候，陆浅还真有点怵她。大概是因为她就怕医生，周慕一一声令下，陆浅就躺了个规规矩矩。

"哪儿疼，指给我看看。"

陆浅指着肚脐以下的位置。

周慕一按了两下，问过基本情况，坐回办公桌前，语重心长地说："不要觉得痛经是个小事，痛经分为原发性和继发性两类——原发性指的是器官无器质性病变的痛经；继发性指的是由盆腔器质性疾病，如子宫内膜异位症、子宫腺肌病等引起的痛经。你这个情况，最好是检查一下有没有器官病变。"

陆浅性子大大咧咧的，本来没觉得这是个大事儿，经过周慕一这么一解释，冷汗都快冒出来了。

周慕一说："我给你开几张单子检查一下，先看看有没有器官病变。"

陆浅点头如捣蒜，心想着，反正来都来了，查一下，图个安心。

周慕一掀了掀眼皮："有性生活吗？"

"啊？"陆浅慢了半拍，小声问，"这个也要问吗？"

周慕一把刚打印出来的单子递到陆浅手里："要去做个彩超，如果有性生活的话，超声探头可以从前面进；如果没有的话，就只能从后面进了。"

周慕一从医五年了，早就练就了一副泰山崩于前而色不变的本领，解释得清清楚楚、明明白白，没有半点扭捏。

陆浅一下就听懂了，一双剑眉挑成了新月状："后面？"她脖子一缩，声音细弱蚊蝇地问，"菊花吗？"

周慕一僵了一下，终于绷不住抬头看了陆浅一眼，又故作镇定道："小姑娘还挺直接。"

陆浅老脸一红，此时无比庆幸自己和乔深有过一夜……

她害羞地垂着头说："还是从前面吧！"

本来周慕一心理素质挺好的，愣是被陆浅搞得神情都不自在了。她把耳边的碎发捋到耳后，咳嗽了一声，拿着单子出去了。

她把单子递给乔深："先去缴费，我先带她去把其他常规检查做了，一会儿缴完费把单子送到超声科。"

"哦。"乔深捏着单子就走了，笔挺的背影和自然的举动，活像是陪着老婆来做产检的 24 孝好老公。

陆浅本来不想麻烦乔深的，可周医生行动能力太强了，拖着她就往检验科走去。

从小到大基本没怎么来过医院的陆浅，在周医生的强势支配下，进行了血液检测和尿检等一系列检查，然后就被周医生拉到了超声科。

超声科的同事是周慕一的多年好友，还没仔细打量陆浅，就开起了玩笑："周主任又换男朋友了？"

周慕一穿了一双平底鞋，站在陆浅身边，比陆浅矮了一头。陆浅又留着一头利落的短发，穿着黑色 T 恤和迷彩长裤，不仔细看，真看不出来是个姑娘，还以为是个长相清秀的小伙子。结果那医生定睛一看，才看到陆浅的胸，她不好意思地挠挠头："是我眼拙。"

周慕一让陆浅脱了裤子躺在床上，刚好乔深缴完费回来，她从外面拿来单子，交到同事手里。

陆浅还是第一次做这种检查，犹犹豫豫的，不好意思脱裤子。也是怪了，在部队里从来没觉得自己是个女人，现在面对两个女人，反而害羞起来了。

周慕一觉得陆浅这副脸红的模样，还真是……怪可爱的。她善解人意地背过身去："你脱吧，她给你做彩超，我不看。"

反正伸头也是一刀，缩头也是一刀，陆浅豁出去了，脱裤子、躺床上，一气呵成。

半分钟后……

"周医生，你这判断有误啊！"同事对着周慕一使了个脸色，又道，"得从后面进去。"

陆浅惊得，赶紧把双腿合拢："……什么意思？"

周慕一也尴尬了，压低声音问陆浅："你不是说你有性生活吗？"

陆浅点点头："确、确实有啊……"

虽然只有一次！她和萧泊舟在一起两年，也不是没尝试过，可就是差点缘分，总是不成功。要么就是突然接到电话打断了，要么就是保姆开门进来打断了，要么就是陆浅临时接到任务要出去，要么就是陆浅太紧张，突然反悔，总之没成功过。但乔深那次，是正儿八经过了一夜的！第二天浑身都是恩爱过的痕迹，这总归骗不了人吧！

可周慕一却说："那你……膜还在啊！"

"？"陆浅脸红得都快滴血了，叉开腿说，"要不你再仔细检查一下？"

"咳咳咳……"周慕一差点没被自己的口水呛死，她从医五年，也淡定了五年，今天算是彻底败在陆浅手里了，只能尴尬地红着脸解释，"这个它本来就是一层膜，有的女性这层膜是伞状的，可能要在多次或者比较疯狂的情况下才会破裂，还有一种情况是男方的问题，呃……"

见周医生难得脸红，同事贴心地接上："要么太短，要么太软。"

周慕一："……"

在陆浅求知若渴的表情下，周慕一终于说不下去了："总之……"

她拍拍同事的肩："从后面吧！"

陆浅顿时菊花一紧："……不是，医生，您等会儿……你，我……"

陆浅是被周慕一扶着出来的，两个女人的脸都红得像是丢进染缸里染过一样。乔深不能理解，只是做个彩超，怎么出来会是这副神情？

乔深从周慕一手里接过陆浅："没事吧？"

陆浅没回，她现在满脑子都是周慕一同事说的那句"要么太短，要么太软"，眼神不受控制地瞥向乔深的腿，又不敢太过明目张胆，只瞄了一眼，就迅速收回来。

乔深被她看得莫名其妙，只好问周慕一："结果怎么样？"

"你先带她去办公室吧，我去拿其他结果。"

乔深把陆浅扶到办公室，掩上房门："到底做什么检查了？"

"彩、彩超啊！"陆浅眼神游离。

乔深浓眉轻锁："那你怎么这副表情？"

陆浅摸自己的脸："我什么表情？"

乔深看着陆浅的坐姿，本来想说"痔疮疼"的表情，可意识到这话太过直白，且具有挑逗意义，遂摇头："没什么。"

空气突然安静，房间里的中央空调呼呼往外冒着冷气。陆浅偷瞄了乔深数次，张了张嘴，又强迫自己闭上。

"想说什么就说。"乔深起身接了一杯水，递给陆浅。

房间冷气足，水是温热的，陆浅捧在手心里，很舒服。

"我就是想问问，你那个、那个……你……算了，没什么。"陆浅鼓足了勇气，却还是在临门一脚时，心虚了。

乔深单手撑在桌面上，低头问她："你到底想问什么？"

陆浅"咕咚咕咚"灌了两口水，一个劲儿摇头："没什么。"

"陆浅……"

"真没什么！我就是想谢谢你！"陆浅语速像连珠炮似的说，"谢谢你陪我来医院，谢谢你帮我预约周主任的门诊，谢谢你刚刚去帮我缴费，还在这里陪我等结果。"

始料未及的感谢，倒是让乔深有些意外了，他怔了片刻，正在考虑要如何回应这话题。

陆浅又说："有你这种朋友，简直太靠谱了！"

乔朋友：……不想说话。

陆浅心虚，不敢再看乔深，一双黑曜石似的眼珠子，到处瞎转悠，不经意间瞥到墙上的挂钟……

"×！"陆浅放下水杯，站起来，动作太猛，牵动了屁股，只能龇牙咧嘴地说，"我时间不够了，要回部队了！"

乔深瞥了陆浅一眼："你刚刚说什么？"

"我时间不够了，得回部队了，一会儿我自己联系周医生吧！"

陆浅随手抓了一张周慕一的名片，转身去开门，刚摸到门把手，乔深走到她背后，伸手按住了门板。

陆浅被他困在怀里，只能无辜又迷茫地抬头看他，语气真诚："深哥，我时间真的不够了。"

乔深被那句"深哥"叫得心头一颤，好不容易才稳住，继而表情严肃地警告："以后不许说脏话。"

"……"乔深真不愧是周主任的表弟，这姐弟俩都是师范大学毕业的吧，板起脸来教育人的时候，一个像小学老师，一个像教导主任……

陆浅蒙了半秒，连续点头敷衍："好好好，不说不说。"

"还有，手不能使劲，下个星期再过来拍片，记住了吗？"

陆浅点点头，只是这语气，怎么这么像在哄闺女啊……

乔深帮她拉开房门，顺手揉揉她的短发："楼下有车等着，车牌尾号05F，快去吧。"

他理解陆浅的工作性质，自然不希望她因为迟到受处分。所以楼下那辆车，早就安排好了。

陆浅问："那你呢？"

"帮你拿了结果就走。"

陆浅看着乔深，突然说不出话来，饶是她再没心没肺，还是被乔深的细心体贴感动了。她实在想不明白，老天爷为什么要这么公平，给了他常人无法企及的美貌，又非要给他安排一个生理缺陷。他这么好，这么体贴，怎么就又短又软呢？难道说，他是知道自己有生理缺陷，才想在其他地方弥补，所以变得如此温柔体贴？他这前半生，过得该有多心酸哪？

陆浅嘴一抿，同情的眼泪都快溢出眼眶了。她紧紧地抱住乔深，像慈爱的老母亲一样轻拍着他的后背："深哥，你辛苦了。"

这个突如其来的拥抱，让乔深措手不及，双手僵在半空中，不知要不要回抱她。

"只是安排了一次检查，一通电话的事，也……没有太辛苦。"乔深说。

陆浅松开他，深吸了一口气："深哥，以后有什么需要我帮忙的地方，尽管提，有什么心事也可以跟我分享，什么都可以，多隐私的都可以，我一定会替你保密的！"

乔深心想，这傻丫头莫不是要开窍了？终于知道了他的心意？

正在他犹豫要不要借机表明真心时，这傻丫头却拍拍他的肩，走了……

陆浅坐上乔深特地为她安排的那辆出租车，满门心思地想着，乔深要是找不到女朋友该怎么办？其实，自己还挺喜欢他的，要不然……相处着试试看，或者陪他去看看医生？要是医不好的话，万一将来和他结婚了，那……

陆浅掏出从江尔易那里借来的手机，在搜索引擎里快速输入了六个大字……

周慕一拿着报告结果回来时，乔深正站在门口发呆。

“浅妹子呢？”常听邵然在微信群里叫陆浅“浅妹子”，周慕一也记住了。

“有事先走了。”乔深瞥一眼检查单，“结果怎么样？”

“没有器官性病变。但不排除是宫寒的原因，住在寒凉处、贪食寒凉食品等都有可能引发宫寒。这个比较麻烦，你有空的话，最好带她去看看中医。”

乔深点点头：“那你帮我开两盒止痛药。”

周慕一提醒：“长期吃止痛药不好。”

“有备无患。”乔深太了解陆浅那性子了，死犟，在带她去看中医前，备着总是好的。

周慕一一边开单子，一边说：“浅妹子这事儿，你打算什么时候告诉你妈？”

“不急。”

“你倒是不急，你外婆都快急死了，昨天让我过去挑照片，说要帮你挑个琴棋书画样样精通的大家闺秀，让你明天去相亲。”什么大家闺秀是开玩笑的，但挑照片是真的。

乔深说：“我一会儿就要飞巴黎，你让外婆别忙活了。”

乔深取了药就回了宿舍，路过操场时，操场空荡荡的，并没有陆浅的身影。他回宿舍换上制服，敲了隔壁的门，没人应。

他低头看看自己手里的袋子，只好再去操场碰碰运气，本来想趁着起飞之前再多看她一眼，可她没在操场。

腕表上的时间指向五点二十分，乔深必须出发去机场了。他拎着袋子朝门岗走去：“麻烦您一会儿把这袋子交给……”

乔深话还没说完，江尔易领着一群消防官兵到操场集合了。帅气的小伙子今天没穿训练服，而是难得地穿了一身军装。挺拔的身姿像是一棵扎根在地里的小白杨，一举一动都洋溢着青春的活力。虽然皮肤被晒得黑了点，但那身段、那脸蛋，还是相当拿得出手的。这是陆浅每天朝夕相处的战友，是上次在餐厅里跟陆浅告白的小狼狗。陆浅是个颜控，这事儿乔深第一天认识她就知道了，所以江尔易……

乔深眸色一沉，拎着袋子朝江尔易走去。

“小同志，你是浅浅的同事吧？”

江小同志：“你是……”

其实江尔易第一眼就认出这人了，可就是不想搭理他，大概是因为眼前这人长得太具有攻击性了，往他身边一站，自己就彻底被他比下去了。而且，他还抱过陆队！所以不知不觉中，江尔易已经把这人列为最大威胁的假想敌了。

乔深没有自我介绍，而是把手中的袋子交给他：“这是浅浅的东西，麻烦你一会儿交给她，我有急事要走，就不等她了。”

乔深冲着江尔易洒脱一笑：“谢了。”

江尔易皱眉看着怀里的袋子：“谁要帮你……”

他话还没说完，乔深就拖着行李箱走了……

陆浅一回部队，就被老王请到办公室商量月底消防演习的事儿去了，一直到饭点了才被放出来。饿了大半天，她现在闻着食堂里小炒肉的味道，都能联想到鲍鱼、燕窝、大闸蟹。

她打了饭走到江尔易跟前坐下，塞了一口饭在嘴里，用手肘捅了捅他：“怎么了呀二姨，这脸黑得跟个苦瓜老姨似的，不就让你带了一下午兵吗？委屈你了？”

江尔易把乔深交给他的袋子扔到桌面上：“一个男人让我给你的！”

“男人？”陆浅问，“哪个男人？”

“不认识！”江尔易埋头继续吃饭了，装作毫不在意，实际上眼神都快黏在那袋子上了。

陆浅从袋子里掏出一个粉蓝粉蓝的盒子，晃了晃：“什么玩意儿？不会装着炸弹吧？”

陆浅实在是想太多了，盒子里并没有什么炸弹，不过是一部普通手机而已。银色外壳的手机安静地躺着，只有绿色的信号灯正在闪烁。

江尔易看到陆浅滑开手机界面，点出了一条短信，可他还没看清短信里有什么内容，手机就被陆浅关机了。

江尔易这心里跟猫抓了似的难受，他胡乱地扒了两口饭："今天那送手机的同志……长得还挺帅的。"

陆浅不自然地磕了一下牙："哦，那是我朋友，女人缘挺好的。"

江尔易心头一酸，故作八卦地问："什么朋友？男朋友？"

"胡说八道什么！就……普通朋友。"

她急切地回答，反而像在欲盖弥彰。说着说着，倒是自己先没了底气，她烦躁地皱了皱眉，拿出一贯不正经的笑容望向江尔易："我说二姨，你怎么这么关心我的朋友啊？你是不是……"

"我不是！"江尔易否认的话脱口而出，因为太着急，还从嘴里喷出了两颗饭粒。

陆浅不解地盯着他："你不是什么？"

"没、没什么。"江尔易站起来，敬了个礼，"陆队，我吃饱了，你慢慢吃。"

江尔易慌慌张张地跑了，和刚进门的老王撞了个正着。

老王揉着被江尔易撞疼的胳膊，问陆浅："江班长这是怎么了？"

陆浅双手一摊："不知道什么毛病。"

老王走到陆浅身边坐下："刚开会的时候忘记跟你说了，你那宿舍我今天让人过去收拾了一下，应该不会漏水了。"

陆浅回到宿舍检查，房顶那些开口的缝隙全被水泥重新糊了一遍，确实修缮得很仔细。大概是怕她的手臂不能用力，同志们还帮她把床移回了原地，顺便收走了昨晚被乔深坐坏的那把破木椅子。乔深存在过的痕迹，一夕之间被抹得干干净净。

陆浅微怔了片刻，安慰自己，这样也好……

她翻出钱包，去敲响隔壁的门。

路过的阿姨问她："你找那个很帅的小伙子吧？"

陆浅点点头。

阿姨又说："那小伙子下午提着行李箱走了，还没回来。"

"哦。"陆浅道了声谢，回到屋里。

靳长风以前喜欢过一个空乘妹子，听他说，空乘人员通常都很忙。每次登机前要提前好几个小时做准备，登机后还得展开例行检查。起飞后还得为乘客忙前忙后，连吃饭的时间也没有，在所有的事情忙完之前，就算再饿也只能喝水。飞长线的话飞十几个小时才能休息 1 个多小时，他们每个月的飞行时间在 50—70 小时之间。飞短线是没有休息时间的，在飞机到达后停留一个小时又得返回。飞长线最多也就休息两天，其中还有一些烦琐的会议得开，因为时差关系，在机上基本上是无法入睡。下了飞机还要回家写飞行报告、温习功课等，最烦人的事就是休假期间也必须待命，随时等候调遣。

乔深是空乘，那他的工作常态也应该差不多。想到他走的时候连句再见都来不及说，陆浅就不忍心再打电话给他，遂在微信里把钱给他转了过去，顺便说了一句“谢谢”。

乔深再看到这条消息时，已经是 15 个小时以后了。刚落地巴黎，他第一时间就给陆浅回了微信。

陆浅是在吃午饭的时候收到乔深回信的，他没点开她的微信转账，而是说：“下次给我。”

陆浅没理由拒绝，就发了一只小兔子乖乖点头的表情包。

她还以为乔深又要等到十几个小时以后才会回自己，谁知对方很快就发来一张照片，是矗立在法国战神广场上的埃菲尔铁塔。它纹丝不动地屹立在塞纳河南岸，头顶是湛蓝的天空，薄云遮日，锋利的塔尖仿佛要刺破云端。最让人惊艳的，要数那道完整的圆弧形彩虹，它从铁塔中间贯穿过去，像是给巨人铁塔穿上了一件柔软又漂亮的七彩圣衣。

陆浅只在书上看过这铁塔，可书上的铁塔没有彩虹。

她问：“你在巴黎？”

乔深发了个定位过来。

陆浅盯着这图片和定位，莫名其妙的心潮澎湃，仿佛自己此时也跟乔深在一起，漫步在巴黎铁塔下，看着美丽的彩虹和塞纳河畔。有一种明明距离很远，可是心却贴得很近的错觉。

他说：“你知道埃菲尔周围为什么没有高的建筑物吗？”

“为什么？”陆浅猜，“为了让大家在巴黎的任何地方都能看到它？”

大概乔深没想到她会这么聪明，一猜就猜中了，所以他半天没有回复。

陆浅心情好，嘴角也跟着扬了起来。她刚想把手机收起来，就看到对方正在输入。

他写了又删，删了又写，最后发过来一句："无论何时，无论何地，假若你愿意回头，就会发现我一直守在你身后。"

守在你身后……

身后……

"陆队！"江尔易在身后冲着陆浅大吼了一声，吓得她猛地一哆嗦。

"干吗？！"她把手机藏在兜里，脸上还蔓延着来不及被风吹散的红晕。

"陆队，你是不是发烧了？"江尔易端着餐盘在她身边坐下，"王队让我提醒你，明天下午要制订消防演习计划，大队和支队的领导都要过来。"

"知道了。"

"陆队……"江尔易瞥向她的衣兜，"你刚刚拿手机在看什么呢？"

陆浅斜睨了他一眼。

江尔易捂着嘴小声问："你不会又在查什么柏拉图式爱情吧？"

陆浅："……你偷看我搜索记录了？"

江尔易冤枉："陆队，你是用我手机搜的，我看我手机里的搜索记录，不算偷看吧？"他挨近了点，"不过，陆队，你搜这玩意儿做什么？"

"闲得慌呗！"陆浅吃完扔了筷子，"还不赶紧吃，还有两分钟到操场集合了！"

江尔易果然努力扒饭去了。

陆浅又摸出手机看了两眼，努力在心里暗示自己，乔深最后那句话不是说给自己听的，他指的是铁塔，是铁塔！

趁着还有两分钟空余时间，陆浅顺便刷了下微博，想看大K连载的漫画有没有更新。

更新是没有的，但大K一分钟前刚发了一条微博。

——众生皆苦，唯有你甜。

陆浅脑海里突然蹦出那句藏在巧克力礼盒里的英文情话——Everything is bitter in this world except you. 不就是"众生皆苦，唯有你甜"的意思吗？

那盒巧克力陆浅只吃了一颗，其他的全被雨水淋湿了，陆浅昨晚就扔了。可那张卡片，却被她鬼使神差地留了下来，就放在小桌子上，还拿了她最爱的《小甜点》漫画书压着。

晚上回去的时候，那卡片已经风干了。

陆浅舍不得扔，就把卡片夹进了漫画书里。

她和乔深的对话记录还停留在那句有关埃菲尔铁塔的情话上，陆浅看都不敢多看一眼，就怕多看一眼自己又要芳心乱动，所以干脆不回了。

睡觉前，她在脑海里把“又短又软”这四个字像催眠曲一样重复了无数遍，这才总算心如止水地闭上了双眼。

好在给她胡思乱想的时间不多，大队长李国荣第二天一大早就赶到了机场消防队，与他同行的还有支队长萧蓬生。

萧蓬生穿着一身合体的军装，魁梧挺拔，一双眼睛炯炯有神，虽已是年过半百，可结实的身材就像一棵独立于山间的苍松。他虽然比李国荣还年长几岁，可是看起来却比对方年轻得多。

李国荣生了一张四四方方的国字脸，深得好像沟渠的法令纹让他不怒自威。而萧蓬生生了一双笑眼，看起来亲和力十足。

尽管如此，陆浅还是宁愿被李国荣耳提面命地教训，也不愿和萧蓬生笑着聊上两句——因为萧蓬生是萧泊舟的……亲爹。

前男友的亲爹是自己的顶头上司，这种感觉实在是美好不起来。

其实萧蓬生对陆浅一直挺好的，大概是因为他们都在同一个行业的关系，萧蓬生很理解陆浅，所以在陆浅和萧泊舟闹矛盾的时候，他也总向着陆浅。

正因为这个，陆浅在和萧泊舟分手时，才格外觉得对不起萧蓬生的厚爱。

其实陆浅很敬佩萧蓬生，因为他把自己大半辈子，都投进了消防事业里。他年轻的时候是消防队里的楷模，现在的特勤中队荣誉室里，还存着他年轻时得过的锦旗和勋章。

但这个事业成功的男人，婚姻却并不幸福。

他的老婆木子美，也就是萧泊舟的母亲，在萧泊舟四岁那年出轨了，和一个比她小五岁的书法家好上了。那个书法家也就是萧泊舟现在的继父——苏明怀。

萧蓬生离婚后没有再娶，也就只有萧泊舟这么一个儿子。可萧泊舟是木子美带大的，从小接受木子美的精神灌溉，所以对萧蓬生这个亲爹没什么感情。

萧蓬生很想讨好自己唯一的儿子，但即便在这样的情况下，他还是会护着陆浅。

陆浅很感动，也很感谢他。

可是她和萧泊舟的缘分只能到这里了，所以和萧蓬生的缘分也只能止步于此。

“陆浅，发什么呆呢？”李国荣敲敲桌子，“我刚刚说什么了？”

陆浅：“……”

江尔易在一旁小声提醒：“配合机场消防队。”

陆浅机械重复：“配合机场消防队！”

李国荣恨铁不成钢地呼出一口浊气。

萧蓬生沉稳地接着说：“这次联合消防演练的规模是空前的，除了我们特勤中队和机场消防队以外，还有大队、支队、总队都会派人参与演习。警察总局和治安总局以及民航局等单位也会紧密地配合此次行动。”

陆浅认真起来：“演练模拟内容确定了吗？”

李国荣把资料放到陆浅面前：“总队刚刚下达的指令，为了切实做好应急救援工作，进一步检验和提升机场应急救援能力，演练内容模拟一架飞临本场的 A320 客机，电气设备失灵，导致起落架无法展开，采取由 05 跑道进入迫降，在滑行过程中机翼断裂附带流淌火，机上载有 8—9 类危险品，机上伤员 5 名。在救援过程中，另一个机坪一架正在检查维修的波音 737 客机发动机内部起火，本场消防救援力量要在有限的人员、车辆、装备下，快速做出反应部署。”

陆浅听得脑仁疼，也意识到上头对这次任务的看重，以及此次任务的不容易。

就在陆浅一筹莫展时，李国荣说：“这次救援主力还是机场消防队，所以经组织安排，在联勤联训期间，为进一步提高机场工作人员的业务能力，顺利完成此次演练，机场会特别安排两名飞行员配合此次的专项训练。”

第十四章

乔大机长！

中航飞行部三分部办公室。

乔深刚下飞机就被经理叫了过来，经理全名林石峰，今年已经52岁了。他除了是三分部的经理外，也是飞行部骨干级机长教员。

乔深去年刚转进中航的时候，就被分到了三分部，和林石峰关系算是最亲近的。两人彼此欣赏，林石峰对乔深也格外照顾。

他把早就泡好的毛尖递了一杯给乔深："下个星期的飞行任务，你上内网看了没？"

乔深摇摇头："刚落地就被您抓壮丁似的抓过来了，跟女朋友回个微信的时间都没有。"

林石峰古铜色的皮肤把那口大白牙衬得格外突出："你可算了吧！全中航谁不知道你是个单身狗。"

乔深挑眉一笑："林教员您要这么说的话，我可就走了。"

乔深作势要走，又被林石峰叫住："别皮，找你来是跟你说正事。"

林石峰表情严肃起来："小乔，你今年过完年就奔三了吧？"

"……有事说事，好好的提年龄做什么？"

"你就打算继续这么干下去？"

"您有什么高见？"乔深靠在椅子上，神情慵懒。

林石峰习惯了他这模样，继续说："以你的资历，是不是应该考虑一下先升个机长教员？"

乔深慵懒的神情稍稍一顿。

林石峰也料不准乔深此时此刻正在想什么，只知道这小子向来心思深沉。

"现在民航教员紧缺，像你这样的尖子生，被抓壮丁也不奇怪。让你当教员带带副驾驶，对你来说也是好事。”林石峰苦口婆心地劝了两句。

乔深却说：“不考虑，就这么飞着，挺好的。”

林石峰舌尖顶着上颚，神情看起来还挺纠结。

乔深笑着说：“您想问什么就直接问吧，别憋着了。”

“你小子是不是学过心理学？”

“略知一二。”

“……”林石峰也料到乔深不会答应做机长教员这事儿，只好把领导的意思传达给乔深，“你要实在不想升的话，公司给你安排了一个好活儿……”

没等林石峰说出那“好活儿”是什么，乔深就双手环胸，说了一句：“不去！”

“那不行。”林石峰板着脸说，“公司给你安排升职你有意见，安排你做任务你还不同意，便宜不都让你小子占尽了？”

林石峰说：“这任务你必须得接。”他没给乔深再次拒绝的时间，紧接着说，“这个月月底，机场消防队要搞一次规模空前的大型消防演习。除了消防总队大队长和参谋长以外，咱民航局的刘副局也会到场进行观摩指导……”

他话还没说完，乔深就突然开口：“我去。”

林石峰怀疑自己耳鸣了，正要掏耳朵的时候，乔深问：“要我做什么？”

这次消防演习既然要惊动这么多大领导，肯定有其特别之处。

林石峰说：“是这样的，前段时间咱科研院刚研究出一架‘不怕火’的波音737，也是全国第一架用于消防实训的仿真机。”

乔深心下了然，他前段时间刚看了这个新闻，那架“不怕火”的波音737客机，还有一个专业名称——航空器消防救援真火实训系统。

林石峰接着说：“你的主要任务就是带领机场消防队的队员，充分了解波音737和A320客机，以确保此次的消防演习顺利进行。同时消防演习当天，你要安排轮休的机组人员参与此次演习。没问题吧？”

林石峰也不过是例行公事地问一句，实则他比谁都相信乔深的实力。

距离月底还有一个星期，乔深点头，谦虚道：“我尽力。”

林石峰说：“我已经跟钟夙离打过招呼了，你最近就住在宿舍方便出勤。如果需要使用模拟训练设备或者参观真机，提前跟我联系。”

乔深点点头，人虽然还在办公室坐着，可是心早就飞得老远。

林石峰说："那就这样吧，你今天先好好休息，明天我再带你去消防队认个脸熟。"

好好休息那是不可能的！他差不多一个星期没见陆浅了，现在满脑子都是她。不知道是不是所有异地恋的情侣都是这样，总之他现在恨不得长出一双翅膀，立刻飞到她身边。虽然他几乎每天都会跟陆浅问好，陆浅也会偶尔回他一句晚安，但这感觉就像隔靴搔痒。

大概是他这前三十年过得太清心寡欲了，所以老天爷才派了陆浅这么个磨人精来收拾他吧！

乔深含笑给陆浅发了个微信，问她在哪儿。

意外的是，陆浅这次回答得特别迅速："在距离你 28335 公里的土地上。"

这是巴黎距离本市的最远距离。

乔深把行李放进后备厢，懒得打字，干脆发了一条语音过去。

正从特勤中队出来的陆浅把手机贴近耳边。

"你怎么知道得这么清楚，特地查过吗？"乔深问这话的语气特别暧昧，说得好像陆浅对他思念成疾，所以才查了这段距离似的。

陆浅发语音怼他："我不光查了本市和巴黎的距离，我还查了两地的时差，我这里中午 12 点的时候，巴黎才凌晨 5 点，你上哪儿拍的巴黎铁塔和彩虹啊？你这个骗子！用网上下载的假照片来糊弄我！"亏她当时还视若珍宝地把那张图片存了下来。

陆浅这充满抱怨的语气莫名可爱，乔深心里最柔软的地方塌陷了一块："你在消防队吗？"

"我在中队，请了两个小时事假，回来拿东西。"陆浅和门岗打了个招呼。

乔深问："吃饭了吗？"

正在门口等车的陆浅低头看了一眼腕表，已经傍晚六点多了。

她随口回了一句"没吃"，又问："你今儿怎么这么闲？"

乔深说："在中队门口等我。"

陆浅招车的手顿了一下，把乔深刚刚发过来的语音又放了一遍，最后确定乔深说的的确是"在中队门口等我"这几个字。

陆浅问："你回来了？"

"嗯，等我十分钟。"

短短的几个字，再平常不过了，可是陆浅的心却因为这几个字，猛地翻涌起来，一种不知名的情绪一下就涌到了嗓子眼。

看到陆浅手势才停下来的出租车司机问陆浅："美女，你究竟走不走啊？"

陆浅用力摇头："不走了。"

"神经病！"司机的谩骂声越飘越远，最后消失在空旷的街道，取而代之的，是一辆以漂移的姿势停在自己跟前的大众辉腾。

陆浅一眼就认出了这辆车，尽管车身已经积满了厚厚的一层灰，只有挡风玻璃和后视镜勉强能见人。

车窗落下来，陆浅弯腰，探了半颗脑袋问乔深："不是说十分钟吗？怎么这么快就到了？"

乔深省略这一路上的归心似箭："上车。"

陆浅拉过安全带系上，问他："去哪儿吃？我只有一个半小时了。"

乔深在附近找了一家中餐厅，生意不错，也不是特别拥挤。吃饭的时候还好，周围人多，没觉得尴尬，等饭后两人再回到车上的时候，周围一安静，陆浅反而有些手足无措了。

车内空间本来挺大的，可窗户蒙了灰，车厢就像一个封闭起来的空间，导致两人的呼吸声格外清楚。

刚好路过一家银行，陆浅仿佛见到救星："能靠边停下不？"

乔深不明就里地把车停在路边。

陆浅安全带都没解，就拉开了车门，毫不意外的，又被弹了回来。再回头的时候，乔深已经帮她解开了安全带。

陆浅匆匆跑出去，心道自己估计有两副面孔，面对其他人的时候是一副，面对乔深的时候又是另外一副。最惨的是，明明紧张得手脚都不知往哪儿放，还偏要装出一副称兄道弟的傻样，前半辈子的演技全用在乔深身上了。

陆浅心不在焉地进银行取钱，取了一沓人民币准备还给乔深。她不喜欢欠别人的人情，尤其是乔深。

她拿着钱包刚出了银行大门，突然一个二十来岁的小伙子就撞了过来，一阵风似的从她身边刮过，正好撞到了她曾经骨折的那条手臂。等陆浅回过神来的时候，手上的钱包已经被那小贼顺走了。

"我去！"陆浅大吼一嗓子，"你个小毛贼给我站住！"

开口的同时，陆浅已经拔腿追了上去。

乔深刚刚挂断邵然的电话，就听到陆浅一声怒吼，当即开着车追了过去。

小毛贼还挺聪明，直接蹿进了一条小巷子。乔深不得不把车停在路边，拔了钥匙追过去。

陆浅的体能不是盖的，那大长腿迈起来就跟风火轮似的。

小毛贼拿出吃奶的劲儿，一口气冲了一千多米，还以为早就把陆浅甩开了，谁知一回头，却发现陆浅就在他身后不到两米的位置追着他，而且看样子脸不红气不喘，根本就没有用尽全力。

小毛贼内心崩溃的同时，又拼命加速。

乔深追进小巷子的时候，看到的就是这样的画面——小毛贼拿出中学运动会决赛的速度，正拼命地摆动着双臂，试图甩开陆浅。

而陆浅却淡定地和小毛贼肩并肩跑着，还抽空教育着对方："小兄弟，抢劫是犯法的，你别跑了，天网恢恢疏而不漏，你跑不掉的。"

内心崩溃的小毛贼，一脸欲哭无泪地继续加速。

陆浅提速追上去，跑到小毛贼前面，堵住他的去路："别跑了，你先把钱包还给我，咱有话好好说。"

……谁要跟你有话好好说？小毛贼转身就想溜，可是来时的路已经被一个长相帅气的男人堵死了。

乔深看着小毛贼手里的钱包，冲着他勾了两下手指头。

小毛贼从业多年，经验丰富，在这条街上还从来没失过手，他就不信今天会栽在一个小丫头片子手里。

他就不信这个邪！

小毛贼眼神凛冽了几分，把钱包揣进兜里的同时，掏出了一把匕首，在空中划了两下："别过来！"

陆浅双手环胸，皱着眉："同志，你这就没意思了，抢钱就抢钱，怎么还动刀动枪的呢？"

陆浅迈着大步朝小毛贼走去，好像根本没把那刀子放在眼里。

小毛贼也从刚刚的跑步竞赛中意识到，陆浅绝非善茬，权衡利弊之下，显然身后那个高高瘦瘦的男人看上去战斗力更弱。

那一瞬间，小毛贼根本来不及多想，一个凌波微步就跨到乔深身边，挟持了乔深。

陆浅怎么也没料到事情会是这样的发展，霎时只能和乔深面面相觑。

“退后！”小毛贼从背后掐着乔深的脖子，用匕首指着陆浅。

小毛贼有贼胆也有经验，就是没什么实力。以他现在的姿势，乔深只要抓住他持刀的手臂一拧，就可以挣脱他的要挟了。

就在乔深抬起胳膊准备动手时……

“别伤害他。”陆浅停下手里的动作，做出投降状，“钱你拿走，你把人放了。”

陆浅谨小慎微的样子，是乔深从未见过的，他拧眉看着陆浅，却从她眼里读到了满满的在乎。因为害怕他受伤，而收起身上所有倒刺的陆浅，柔软得像是一团棉花，把乔深的心塞得满满的。

小毛贼拿刀抵着乔深的脖子，冲陆浅大吼：“你、你转过去，跳进垃圾桶。”

陆浅身旁并排放着三个垃圾桶，里面装着生活垃圾，天气炎热，垃圾桶里散发着恶臭。苍蝇在周围盘旋着，“嗡嗡嗡”的声音让人心烦意乱。桶盖上还残留着蛋液，陆浅刚掀开垃圾盖，就觉得一阵恶心反胃。

这小毛贼还挺损！

“快进去！”小毛贼催促的时候，抵在乔深脖子上的匕首又压紧了几分。因为太紧张，他手腕抖得跟筛糠一样。陆浅也看出来了，这小毛贼只想谋财，没想害命。

眼看乔深脖子都划出一道血痕，陆浅踹了一脚垃圾桶：“你倒是别抖啊！他要是破皮了……”

“你进不进！”小毛贼边说边回头朝巷子口看，眼神飘忽不定。

陆浅举手投降：“行行行，我进，我进！你当心点，手别抖……”

“陆浅。”

就在陆浅一条腿已经探入垃圾桶的时候，乔深突然开口叫住了她，语气淡定得一点也不像被挟持的人。

“你喜欢我吗？”乔深抿着嘴角，金黄的余晖映在他深黑色的瞳孔里。

他很平静，也很认真，陆浅觉得他应该是那种泰山崩于前也色不变的人，所以在面临生死关头，还能如此镇定。

陆浅被他问蒙了，喜欢吗？答案是肯定的。

可是要说出口吗？说不出口。

他们合适吗？答案是不合适……

纠结又烦躁的情绪越来越浓烈，陆浅此时恨不得撬开乔深的脑袋看一看，这人脑子里究竟装着哪种镇静剂，刀都抵到脖子上了，还非要问她这种风花雪月的问题！

就在此时，巷子口响起摩托车引擎的声音，是小毛贼的同伙骑着摩托车来接应他了。

小毛贼趁着二人发呆时，把乔深往陆浅怀里狠狠一推，转身就往巷子口冲。

陆浅稳稳地抱住乔深，后腰撞上垃圾桶。

“没事吧？”她抬起乔深的下巴检查他的脖子，确认只是被刀子划破了皮肤，这才松了一口气，冲着那小毛贼的背影大吼，“给我站住你个小王八蛋！”

陆浅撸起袖子就要去追那小毛贼，却被乔深拦腰抱回来。

怒发冲冠的陆浅就像一头小狮子，乔深费了好大的劲才把人稳住。只见他操起地上的半截砖头，朝小毛贼砸过去，好巧不巧的，正好砸到小毛贼膝盖弯。

小毛贼在距离巷口三步远的地方应声倒下，跌了个狗啃屎的姿势。

陆浅望向乔深的目光带上了一丝佩服，这厮副业该不会是掷铁饼的吧？

陆浅冲上去，抓着小毛贼的手臂反手一拧：“老实点！”

小毛贼还在做最后的挣扎，掏出了折叠匕首去刺陆浅。

乔深一把抓住他的腕子，目光凌厉如刀锋。

小毛贼脖子一缩，被这眼神看得后脊背发凉。亏他刚刚还认为这个肤白貌美的男人战斗力比较弱，看样子是彻底看走眼了。

他乖乖地束手就擒，任由乔深扯下领带把自己的双手绑在身后。

巷子口接头的同伙一看架势不对，油门一轰，赶紧溜了。陆浅嗤了一声：“现在的犯罪团伙啊，真是一点合作精神都没有！”

陆浅仔细打量着小毛贼，二十出头的年纪，皮肤黝黑，左脸还有一道深红色的疤，应该刚愈合不久。一双眼睛黑得发亮，倒不像是少年该有的神色。他见同伴跑了，好像反倒松了一口气，立刻语气虔诚道：“你们送我去公安局吧！”

陆浅低头一看时间，来不及了。

乔深会意，把车钥匙丢给陆浅：“你先回去，我送他去公安局。”

陆浅尴尬地咬了一下嘴唇："我不会开车……"

这倒是乔深意料之外的，他嘴角一勾，说："以后教你。"

陆浅：……跟着你学车，怕是一辈子都学不会了。

她招了一辆出租车，趁着车子启动前，一颗脑袋突然探出车窗："你脖子……记得处理一下。"

乔深抑制不住自己的手，轻轻揉了一下她的脑袋："注意安全。"

司机一边开车一边感慨："你男朋友对你真好。"

"他不是我男朋友。"陆浅小声否认，实则嘴角不自觉地开始上扬……

乔深把小毛贼送到公安局才知道，这小子是惯犯，派出所的人已经把他认熟了，每次都是因为抢夺他人财物被送进来的。但因为抢夺数额不大，又没有构成实际的人身伤害，钱财最后都物归原主，对方也懒得追究，所以每次都是被行政拘留几日就放出去了。

警察说："这小子好像特别喜欢公安局，三天两头就进来，都是常客了。"

乔深瞥了一眼坐在椅子上乖乖配合的小毛贼，也说不出哪里不对劲，只能交给警察，让他们处理，录完口供刚要离开……

"同志，这是你的钱包吧？"警察追出来，把一个钱包塞进乔深手里，那是陆浅的钱包，深蓝色的荔枝纹，低调大气。

乔深道了谢，回到宿舍的时候已经七点多了。

他刚一进门，钟夙离就提着一个塑料袋冲过来："师兄，这是隔壁队长送来的，让我一定要亲自交给您。"

一说起隔壁队长的时候，钟夙离眼睛都亮了，今天他终于看清楚了，隔壁那个帅气的队长，原来是个女人，货真价实的、有胸有屁股的女人！

乔深打开袋子一看，消毒水、绷带、创可贴，一应俱全……

他嘴角一勾，笑了。

见师兄笑得这么骚，钟夙离实在不好打扰，拎着换洗衣物就进浴室了。出来的时候，师兄已经把脖子上的伤口处理好了，贴了一块特别骚包的 Hello Kitty 创可贴，差点闪花了钟夙离的钛合金眼。

"好看吗？"乔深一本正经地问。

钟夙离硬着头皮点头，心道，恋爱中的男人，真吓人！

"对了，师兄，"钟夙离一边擦头发一边说，"您被选到消防队配合消防演习这事儿，公司已经传开了。"

乔深敷衍地“哦”了一声，又把剩下的那几个创可贴小心翼翼地收起来。

钟夙离继续道：“大家背后都说，你是靠走后门才被选上的。”

乔深淡然一笑：“你也这么认为的？”

钟小胖子连连摆手：“虽然我不知道师兄您的履历，但我知道师兄您绝对是个牛人。反正大家在背地里把话说得挺难听的，我是跟您提一声儿，您别生气。今天吴教还说明天要去找林经理求个公道，总之您明天晚点去公司吧，免得和他碰上。”

职场的明争暗斗，任何一家公司都有。只是有的是良性竞争，有的是恶性竞争，乔深对此不想发表任何意见。

谁都知道这次任务是个香饽饽，因为副局会到现场参观指导。除此之外，这次消防演习还是第一次投用“不怕火”的模拟机，噱头十足，到时新闻肯定大肆报道。谁的机组被选上，都是与有荣焉的事情。

乔深进中航一年不到，在众人眼中看来，自然比不上在职多年的吴教员。吴教员毕业就签进了中航，如今二十多年的飞龄了，安全带队飞行一万五千多个小时，正值三分部提升副经理的时候，这回他要是被选上带队演练，表现稍微好点，副经理的位置就稳了。结果被乔深横插一脚，不满意那是自然的。

不过乔深没想太多，第二天一早还是准时去了公司。

刚到门口，就听到吴教中气十足的声音：“林经理，说实话对这安排，我确实不服气！乔深他才进中航多久啊？论资履、阅历，怎么也轮不到他头上。更何况他年纪尚轻，去授课实在不合适。”

“老吴啊……”林石峰递了一杯茶给吴教，“消消火气。”

“您别拿这一壶毛尖来堵我的嘴啊，我可都听说了！”吴教压低了声音，“那小子是走后门进来的吧？一来跟着您培训了几天就直接上机当机长，同事们明面上不说，意见都大得很呢！除了听说他是中飞院毕业的，也没听说过有什么过人的履历！”

林石峰将杯子一搁，杯底和桌面摩擦的声音大得刺耳：“谁跟你说小乔是中飞院毕业的？人家正儿八经空二飞行学院毕业的。”

“空二院？”

空二院全名空军第二飞行学院，曾经有一个霸气的名字——空军第二轰炸学校，该校的轰炸、空中领航专业，招生对象都是空军航空大学大二学生，和中飞院半点关系都没有。中飞院是为民航运输输送人才的，空二院是为空军培养飞行领航指挥干部的。

吴教一直听说乔深是从中飞院毕业的，而且这小子很有背景，现在怎么又和空二院扯上关系了？

他撸了一把下颌，对着林石峰说："你少诓我，空二院的怎么会转到民航来？！"

空二院战机飞行员的淘汰率很高，差不多达到80%~90%。从初教机、高教机、训练基地这一路下来，能真正留下来的，已经是凤毛麟角。国家花了财力物力，好不容易才培养出来的飞行指挥人才，又这么年轻，正是为国家发光发热的时候，不可能往民航送。

综上考量，反正吴教不相信林石峰的话。

林石峰"嘿"了一声："总之这事儿你就甭打听了，乔深他虽然年纪不大，但授课这事儿是上头领导直接下的指令，依他这履历，担得起。"

林石峰起身，拍拍吴教的肩："老吴，你也别想太多了，安心准备下个月的升职考试吧！"

林石峰就这么几句堵住了吴教的嘴，把人送走了。再打道回府时，就看到乔深靠在走廊上抽烟。

这小子烟瘾还挺大的，林石峰现在正在戒烟期，一闻到这味儿就受不了，像是馋虫被勾了魂，咳嗽了两声瞪着他："把烟掐了，年纪轻轻的，也不怕熏你一口大黄牙！"

乔深乖乖把烟掐了，随林石峰上了车。

车上。

林石峰轻声问："刚刚说的都听到了吧？"

乔深倚着窗看风景，漫不经心地"嗯"了一声。

"其实我也挺好奇，"林石峰问，"你是怎么转到民航来的？"

怎么转到民航的？

乔深笑了笑，说："您放心，正常手续转过来的。"

林石峰想问的自然不是这个，他是想问："为什么会转过来？"

"身高太高被退回来的。"乔深不正经地扯了一下嘴角。

乔深现在净身高185厘米，穿上鞋也才187厘米。2006年的时候空军招兵条件就放宽了，将男生身高上限从178厘米放宽到185厘米了。民航对飞行员身高倒是没什么太大要求，但要说乔深是因为这个原因被退回来的，林石峰打死都不信。

他白了乔深一眼：“瞎扯淡！”

林石峰不是个八卦的人，纯粹好奇，不过一看乔深那无所谓的样子就知道，即便问了他也未必会说。

林石峰皱着眉转移话题：“你脖子上贴的什么玩意儿？”

乔深今天穿得很正式，一套机长制服西装笔挺，领带也系得规规矩矩，还按照要求特地戴了帽子。但抵不住他脖子长，哪怕衬衣扣子都扣到第一颗了，还是有大半截脖子露在外面。正因为如此，那粉红色的Hello Kitty创可贴，就显得尤为突出，和深色的制服比起来，违和感十足，有种雌雄同体的别扭感。

但当事人毫无所察，甚至还扬起一抹极具荷尔蒙的微笑：“怎么样，可爱吗？”

可爱个屁！要不是车子已经停在了机场消防队门口，林石峰真想跟上头申请换个人过来授课。

车门打开，老王迎上来和林石峰握手：“林经理。”

林石峰和老王之前接触过，两人熟稔地聊了几句，随后就把乔深介绍给老王：“这就是我之前跟你说过的，我们中航的优秀飞行员——乔深。”

老王偷偷打量了乔深两眼，听说中航这次派来的授课机长是中流砥柱型的技术骨干，可这小子看起来更像去巴黎时装周走秀的顶级男模，除了那身制服看起来一身正气，怎么看也不像技术骨干的样子，但他憋住了没说，只道：“特勤中队的指导员和我们的战士还在操场训练，要不先到我们陈总办公室坐会儿，我通知指导员他们……”

“不用了。”林石峰说，“王队，你带乔深去操场吧，我去找你们陈总。”

陈总是机场消防队的负责人，林石峰和陈总还有细节要沟通，他回头准备和乔深打个招呼，后者正在整理袖口。

他就奇怪了，这小子今天什么毛病，像多动症患者似的，不是整领带就是扯衣摆，生怕自己形象不够好似的。

林石峰压低了声音问他：“你是不是身体不舒服？”

乔深收起动作，一秒恢复高冷脸：“没事。”

“……”

老王带着乔深路过走廊，莫名有一种保镖跟随偶像明星出街的错觉。主要是身旁这小子自带光芒，所到之处，就连清洁大妈都忍不住多看他两眼。他的外表已经让人忽略了他的才华，老王现在对这小子的专业技能抱着百分百的怀疑态度。

尽管如此，他还是把乔深领到了操场。

操场上，陆浅和江尔易刚给战士们示范了一遍水带操，军绿色的T恤湿了个透，她不顾形象地抬起手臂擦掉额头的汗："接下来……"

话还没说完，她就看到了迎面走来的乔深。

他脖子上还贴着她昨晚送去的创可贴，那玩意儿是林女士非要塞进她背包里的，林女士总是热衷于在方方面面提醒陆浅，她是个女人的事实。但其实陆浅从未用过，因为在她眼里，只要是用创可贴能解决的伤，都不算伤。其实她还给乔深准备了纱布，可是没想到他在纱布和创可贴之间，竟然选择了Hello Kitty……

乔深五官生得很精致，但不属于女孩子那种漂亮，是儒雅又贵气那一挂的，所以本来贴在男孩子身上有些娘里娘气的东西，贴在他脖子上，反而有点……反差萌。

不过，现在这不是重点，重点是……他怎么会在这儿？

"陆指导。"老王领着乔深上前，"给大家介绍一下，这位是中航特派的飞行员，也是此次给咱们授课的客机机长——乔深。"

"机长？"陆浅瞠目结舌地望着乔深，一时语塞。她以为他是空少，一直这么以为，直到这一刻，她才记起来，好像乔深从来没说过自己从事什么职业，也从来没有做过相关的自我介绍。

乔深将陆浅的神情尽收眼底，主动伸手："陆指导你好。我是中航飞行员乔深，乔装打扮的乔，深入浅出的深。"

"……"陆浅不想说话，更不想和他握手。

她伸出指尖和乔深碰了一下，做足了面子功夫，之后就再也没理他。

整整一个下午，乔深召集所有消防员，认认真真地上了一堂理论课。陆浅就乖乖坐在最后一排，规规矩矩当他的好学生。她目不转睛地盯着乔深准备的PPT，漂亮的排版像是出自办公室文秘之手。幻灯片里是波音737和空客A320的一些相关资料，明明很枯燥的数据，从他嘴里说出来，却生动了许多。

午后的阳光打在他的侧脸上，每一帧画面都像定点拍摄的宣传图。

林石峰和陈总正好路过，前者掏出手机偷拍了两张照片。

陈总笑着说："你们这飞行员同志颜值不得了啊！还好我们队里没有

女同志，不然就要乱套咯！”

此话传进陆浅的耳朵里，犹如针扎。她头一次想站出来大吼“我就是女同志”！

林石峰骄傲地说：“等明年咱中航招兵买马的时候，我就把这照片报上去，当宣传片用。”

陆浅心道……还是别了吧！就知道祸害人家小姑娘！

讲台上，正在偷看陆浅的乔深，把陆浅眼底的嫌弃和鄙夷一览无遗……

下课后，乔深收起笔记本电脑去追陆浅，却被门口的陈总和林石峰拦住了。陈总是个热情的人，非要请乔深吃饭。

乔深抬头看了一眼，陆浅和江尔易已经有说有笑地并肩前往食堂。

他眸色一沉，道：“陈总要是不介意的话，一会儿我就和大家一起吃食堂，也顺便交流一下。”

这说辞陈总没法拒绝，只能欣然接受。

食堂里。

江尔易时不时地抬头看一眼陆浅，一脸欲言又止。

陆浅瞄了他一眼：“盯着我干吗？”

“乔机长……是你朋友吧？”江尔易解释，“他就是那天让我帮忙送东西给你的人。”

江尔易又问：“你怎么不跟他打招呼啊？”

“打什么招呼？”陆浅往嘴里塞了一口白米饭，恶狠狠地说，“我和他已经在友尽的边缘疯狂徘徊了。”

“那挺好的！”江尔易心情雀跃起来，笑得像个二傻子。

陆浅语气不善：“什么挺好的？”

江尔易傻笑道：“……伙食！伙食挺好的！今晚的爆炒土豆丝，你尝尝，味道特别好！”

陆浅用筷子挑了一下土豆丝：“你是不是味觉出现问题了？”

这半生不熟、半软半硬的土豆丝，哪里好了？

陆浅懒得理他，收拾了碗筷说：“我出去散散步。”

她刚走到食堂门口，就被一股力道扯过去。

“我去！谁……”

“是我。”乔深捂住陆浅的嘴，深情似海的眸子微微一沉，“你是不是答应过我，不说粗话？”

“我说什么了？”陆浅推开他的手臂，故意高喊一声，“乔大机长！”

乔深的眼神渐渐清明，好像终于明白了陆浅为什么一下午不理他了。

他弯腰，单手抵在墙上，迷死人不偿命地笑了起来。

这距离太近了，陆浅受不了，就抬手推了他一下，摸到他结实的胸膛，又不自在地把手缩回去，声若蚊蝇地说：“凑这么近干什么？”

乔深痞气一笑，抓住陆浅的手，修长的大拇指轻抚着她的手背，好似恋人呢喃一般，凑近她耳边轻声问：“生气了？”

陆浅的手不似那些娇生惯养的姑娘一样白净，什么肤如凝脂、洁白无瑕，和她的手都没有半毛钱关系。因为常年的危险作业，她掌心布满了大大小小的茧子，指关节比普通女孩子要粗一些。她手背上肤色不匀，还有粗细不一的伤痕，有的是被铁丝剐伤的，有的是被玻璃划伤的，最为突出的，还是虎口处那块烧伤。皮肤皱巴巴地连在一起，就算愈合多年，看起来依旧触目惊心。

现在乔深的拇指就正好反复地摩挲着这块皮肤，磨得陆浅心头一热。同时她也突然意识到，自己这些年过得究竟有多粗糙。她手指甲光秃秃的，别说是涂指甲油了，就连洗都没洗干净，下午练完水带操，现在仔细一看，甲沟还是黑黢黢的。

也是委屈乔深了，这么糙的手他也摸得下去……

陆浅把手抽回来，别开脸：“我生什么气？我一个宰相肚里能撑船的人，犯得着跟你生气吗？”

乔深也不拆穿：“真的不气？”

“不气不气！”陆浅推开他，一个人往操场走。

乔深跟在她身边，和她并肩散着步：“我小时候书读得早，16 岁那年高中毕业。毕业前，我瞒着父母，报名参加了空军航空大学的初检，高考结束后，经空军招飞局审定预选考生资格后，被通知到北京复查。复查合格后，我收到了录取通知书……”

乔深说得正是认真的时候，陆浅突然转身捂住了他的嘴：“我真的没生气，你没必要解释得这么详细。甭管你是空少还是飞行员，不都是为了民航运输事业做贡献吗？在我看来没多大区别。”

其实陆浅真的没有生乔深的气，她只是……不想和乔深走得太近。而乔深被派过来授课，显然和她的意愿背道而驰了。

她在花坛石阶上坐下，口不对心地说："你放心，我陆浅交朋友，从来不看对方的背景。"

听到"朋友"两个字，乔深眉头轻拧了一下，他提了一下裤子，蹲在陆浅面前。

陆浅不习惯他直勾勾的眼神，侧着身子去拔花坛里的杂草。

乔深拇指扣着她的下巴，把那颗倔强的脑袋掰回来："真不生气？"

这动作过于霸道，也过于亲密，陆浅嘴唇抿成一条线，好一会儿才想到应对的方法。她一巴掌呼在乔深的手背上："乔机长，你说话就说话，别动手动脚的！"

"还说没生气。"乔深轻笑了一声，"你看看，眉毛都竖起来了。"

"我……"

"好了好了，别生气了。"他低哑的尾音轻轻勾了一下，又用那双美眸望着她，"为了赶着来见你，我午饭都没吃呢！你要是不生气的话，再陪我进去吃点？"

"都快七点了还没吃午饭，你怎么不饿死？"陆浅说，"食堂准点供饭，你现在回去也没得吃了。自己去外面吃吧，你们开飞机的应该没有门禁吧？"

说是没生气，一口一个乔机长、开飞机的，叫得倒是挺顺口。

乔深望一眼门口："一起？"

"我们有门禁。"陆浅起身，大度地说，"走吧，我送你到门口。"

"这附近不好打车。"她问，"你车停在哪儿？"

"在家。"

"为什么不把车开过来，有辆车多方便啊！"

乔深笑："开飞机的一般很少开车。"

陆浅来了兴趣，倒退着边走边问："为什么？"

"老是以为油门在右手；减速的时候老想用减速板；遇到红灯时的第一个念头就是想转一圈；老想骑着黄实线开车；每次加油都不想给钱，只想签个字就走人；总觉得安全带少了一条；下坡时，还总往前推方向盘；一有雾就想开雷达。"

陆浅哈哈大笑，饶有兴致地问："还有吗？"

乔深一边帮她看着身后的障碍物，一边说："有啊，总觉得汽车的按钮开关没飞机多，一直把里程表当高度表；不习惯自己倒车，老想着有拖车把我推出来；还总想着有人送咖啡。最重要的是……”

“是什么？”

“右座没有人就觉得不对劲。”

陆浅现在总算知道为什么乔深家里停着豪车却不开了，她笑着总结：“你个马路杀手。”

陆浅身后有个小墩子，乔深怕她撞上，就拉了她一把。陆浅没防备，当下撞进他怀里。

男人身上带着一股淡淡的清香，像是薄荷夹杂着绿茶，在炎热的早秋，沁入鼻息，清爽又干净，是陆浅很喜欢的味道。

“陆浅。”乔深低头，望向她的眼睛，灼灼的视线停留在她的唇上。

天色渐暗，周围的路灯都亮了起来，乔深颀长的身影完完全全遮住了陆浅，地上看起来仿佛只有一个人的影子。他的手不知道什么时候落到她的腰上，掌心的温度透过薄薄的 T 恤传到了她身上。

陆浅一时僵住，兴许是夜色太美，她竟忘了推开他。

乔深缓缓低头，一张脸在她眼前慢慢放大。

陆浅虽然已经意识到接下来有可能会发生什么，但整个人就像被冻住了一样，不知道该怎么回应。

就在乔深离她的唇还有 0.01 厘米的时候……

“陆浅！”

一道熟悉的声音，平地一声雷似的炸起。

像是一只偷腥被抓的猫，陆浅瞳孔瞪大，一巴掌呼到乔深的脸上，随即推开了他。

马路对面，萧泊舟手里提着一个盒子，怒发冲冠地走了过来。

他勇闯红灯，径直走向陆浅，像个披荆斩棘勇往直前的战士，扰乱了公共秩序，惹得过路的车辆喇叭声此起彼伏，还有个别脾气不好的车主摇下车窗破口大骂。

“智障，有病啊？”

“要死别处死去！”

“……”

陆浅胆战心惊地看着萧泊舟闯过红灯来到自己面前，也忍不住吼了一句：“你是不是嫌命长？”

萧泊舟没有因为陆浅的生气而摆脸色，甚至还有些高兴，他把怀里的蛋糕递给陆浅："浅浅，我好想你。"

陆浅下意识回头去看乔深。

乔深靠在电线杆上，灯光把影子拉得老长。他点了一支烟，没打算过来，绅士地等在那里，仔细看的话，还能看到他侧脸上的巴掌印。

陆浅在心里认真反省，自己这一受到惊吓就打人的毛病，确实不是什么好习惯……

"你怎么来了？"陆浅抱着蛋糕盒看向萧泊舟。

他瘦了。

原本就清瘦的面容，此时看上去更加消瘦了。面颊凹陷得厉害，深陷的双眸看上去比曾经更深沉了。原来挺合身的西装穿在他身上松松垮垮的，就算他刻意刮过胡子，依然掩饰不住一脸狼狈。

他说："我跟我爸打听了，听他说你在这儿。"

他深情的双眼仿佛要把陆浅的灵魂都吸进去。

陆浅愣了愣，她知道萧泊舟一直埋怨萧蓬生年轻时没有尽一个父亲该尽的义务，所以父子俩关系一直不好。萧蓬生想尽最大努力弥补自己唯一的儿子，可萧泊舟向来爱搭不理。可想而知，如今萧泊舟为了得到自己的下落去求萧蓬生会是怎样的场景，他必定放下了自己所有的骄傲。

陆浅心底是有些触动的，可是却一点也不感动了。

她语气平静地问他："找我有事吗？"

"我和杜漫霏分手了。"萧泊舟深邃的眼睛看着她，一副饱受摧残的样子。

再见到萧泊舟，陆浅已经很平静了。不管他是狼狈落魄，还是光彩照人，陆浅始终心如止水，她说："萧泊舟，你忘了吗？我们也分手了。"

"我后悔了……"激动时，萧泊舟抓起了陆浅的手，一字一句地说，"我后悔了，浅浅，我们重新开始吧！"

不远处，乔深掐了烟，背靠着电线杆，眉梢一挑："说完了吗？"

陆浅刚回过头，乔深就拽着她的手，把她往怀里轻轻一带。拉着她走了两步不到，乔深突然弯腰，捧起陆浅的脸，当着萧泊舟的面就亲了下去……

那一瞬间，萧泊舟想了很多。他想冲上去把拥吻的两人拉开，更想狠狠地给乔深一拳。

可是陆浅的话言犹在耳，是的，他和陆浅分手了，因为他的犹豫不决，更因为他的背叛。他没有资格冲上去，也没有那个立场。

萧泊舟的双腿像是陷进了地里，怎么拔也拔不出来。

远处，陆浅受到惊吓，蛋糕盒子掉在了地上，她双手抵在乔深胸前，试图推开乔深。对方却紧紧地捧着她的脸，拇指压着她的唇，轻声说："你前男友还在看。"

这个角度很刁钻，从萧泊舟所站的位置看来，她和乔深肯定亲上了。可其实并没有，乔深亲的是他自己的大拇指，离她的唇还有一段距离。

可是两人隔得太近了，这种暧昧的距离比真正的亲吻还要难熬。

陆浅大气都不敢出，生怕呼吸会喷到他的脸上。她双颊涨得通红，迅速上升的温度已经传到了乔深的掌心。

萧泊舟已经魂不守舍地离开了，乔深却舍不得放手。当理智被嫉妒侵占的那一刻，他是真的差点低头吻了陆浅，可是当他真低头亲下来的时候，理智又占了上风。

他对陆浅是情难自禁，可尽管如此，这种亲密的事，也不该是一场表演。

乔深依依不舍地松开陆浅，喉结动了动，说："走了。"

陆浅如梦初醒，呆头鹅似的点点头："哦……"

"下次拒绝别人的时候，直接点。"

刚好操场上响起训练的哨声，陆浅没听清："什么？"

乔深把地上精致的蛋糕盒捡起来，问她："还吃吗？"

"不然呢？"陆浅说着就要接过蛋糕。

乔深把蛋糕往身后一藏，指着远处的江尔易："你队友在叫你集合。"

陆浅不放心："那蛋糕……"

"我帮你吃。"

"……"没想到看起来铁骨铮铮的乔机长，竟然偏爱甜食，一个摔碎了的蛋糕都要和她抢，陆浅点点头，心里想着，改天有空一定给他订个颜值高点的蛋糕，就当谢谢他三番五次替自己解围了。

不过他这解围的方式，陆浅真心不敢苟同。就怕他再这么多搞几次，自己迟早有一天要心肌梗死！

"陆队，你跟乔机长聊什么呢？"江尔易的目光偷偷追随着乔深的背影。

陆浅侧眸看了江尔易一眼，道：“别看了，乔机长不喜欢男的。”

江尔易：“……”

乔深回宿舍把蛋糕随手扔在茶几上，正在啃书的钟夙离看了，眼前一亮：“师兄，您人真好。”

乔深看了一眼桌面上的泡面桶，问他：“还有吗？”

钟夙离拿出一桶藤椒牛肉面递给乔深。

乔深泡面去了，钟夙离搓搓小手，期待地打开蛋糕盒，一看：“……师兄，这蛋糕是被您当沙包踢过的吗？”

“肉烂了还在锅里，将就着吃，吃不下就拿出去扔了，别扔在楼道垃圾桶，要扔扔到家属区外面的垃圾站。”

“……”钟夙离往嘴里塞了两口，“对了师兄，祝副说下星期她回来请大家吃饭，想问您有没有时间？”

“她最近不是忙着考见习机长？”

“就是想趁考试前从您这儿淘经验吧。”钟夙离虽然表达得很含蓄，可是明眼人都看得出来，祝副对师兄存的什么心思。他现在作为见习副驾驶，谁都不能得罪，只好两边打太极。

还好乔师兄态度明确，直接说了一句“不去”，也没有让他太为难。

乔深第二天就换下了那个 Hello Kitty 的创可贴，因为昨天陆浅一直盯着他的脖子，那眼神盯得他太不自在了，以至于昨晚做了一夜的春梦，梦里反反复复都是陆浅的脸。

今天再看到陆浅，他心头有点烦躁，闷闷的，像是今天的天气，太阳躲在薄云后面不出来，却热得树上的知了咿咿呀呀地乱叫。

一连几天乔深都不太敢直视陆浅，陆浅在课上倒是光明正大地盯着乔深，一下了课就跟被狗撵了似的，跑得无影无踪。

乔深原以为近水楼台先得月，这下倒好，陆浅这小犰狳见到他恨不得绕道而行。

这中间最高兴的要数江尔易了，这小子像只苍蝇一样围在陆浅身边，每天都说些关于训练战术的问题，让陆浅不得不搭理他。

南方的天气素来任性，昨天还热得汗流浃背，一夜狂风怒号，第二天晚上温度就降了十来度。

乔深提前看了天气预报，得知今晚有雨，下午抽空出去了一趟。晚上正坐在桌边整理明日行程的时候，豆大的雨点噼里啪啦地打在了玻璃窗上。

天气预报难得这么准，乔深拿上下午出去买的东西，趿拉着拖鞋敲响了隔壁的门。

乔深提着东西，整理了一下浴袍的衣摆，做出一个正经又撩人的姿势，靠在门边。

房门拉开……

“你房子还漏雨……”乔深没说完的话突然堵在喉咙里。

江尔易一脸看着情敌的表情，眼睛里还藏了一点小得意：“乔机长？这大晚上的，你怎么来了？”

乔深收起撩人的站姿，拎着东西的手顺势往身后一藏：“陆指导不在？”

“在啊！她在浴室。”江尔易笑起来，露出一口漂亮的大白牙，“要不你待会儿再过来？”

江尔易堵在门口，像是一尊门神，摆明了不欢迎他。

乔深说：“我是来提醒陆指导，明天的真机培训尽量提前，不要迟到。”

交代完，乔深冲着江尔易笑了笑，就这么转身回去了。

江尔易一直把乔深当作高段位情敌，自从乔深过来授课，他就密切地观察着乔深的一举一动。从他的观察来看，乔深对陆队是绝对有意思的，可是乔深今晚这反应不对啊！一个异性大晚上出现在心上人房间，乔深这反应是不是太淡定了点？

江尔易这蓄足了力气的一拳像是打在棉花上，攻击无效，反而堵心。

“谁啊？”陆浅看着傻站在门口的江尔易，嘴里还叼着牙刷。

江尔易老实回：“乔机长过来提醒你，明天带队别迟到。”

“瞎操心。”陆浅吐槽了一句，又踹江尔易，“还不走，准备留这儿过夜是吧？”

江尔易傻笑了两声：“走走走，这就走，陆队你……晚上门窗一定要锁好啊！”

陆浅一脚踹上房门，也不枉费她平日里对江尔易照顾有加，这小子还算有点良心，下雨了还知道跑来她宿舍关心有没有漏水。

老王办的这事儿还是挺靠谱的，至少现在宿舍不像水帘洞了。一想起水帘洞，陆浅又想起了乔深，居然还特地跑过来提醒自己不要迟到？自己在他眼里就是这么没有敬业精神的人？

陆浅狠狠地戳着手机屏幕给乔深发微信："乔大机长您放心，明天下午一点半，绝对准时出发。"

乔深很快回过来："江班长走了？"

陆浅心中警铃大作，不免想起自己看过的那些耽美漫画，又联想到乔深的生理情况，思绪不知不觉飞到了九霄云外。

这时，乔深又发了一条消息过来："他还没走？"

人走没走已经不是重点了，重点是乔深为什么对江尔易这么感兴趣？

陆浅变化莫测的神情持续了数秒，然后乔深的房门响了。

乔深没开灯，摸黑前来开门的时候一脚踢到了桌脚，运气不太好，光溜溜的小腿正好剐在翘起来的铁皮上。伸手一抹，黏糊糊的液体散发着一股刺鼻的血腥味。

听着屋里传来噼里啪啦的声音，陆浅把耳朵贴在门板上，心想乔深不会又把木椅子坐散架了吧？

"你没事吧？"陆浅低声唤了一句。

这是一栋老式居民楼，隔音效果不好，乔深听清了陆浅的声音，顾不得腿上的伤，一手开灯，一手开门。

陆浅正垂着头，率先看到的便是乔深皮开肉绽的小腿。

"怎么了这是？"

乔深本来想说"没事"，可是一看到陆浅皱着眉关心着急的样子，他心下一动，转了话锋："不小心剐了一下。"

他"嘶"了一声，扶着门框皱起眉："还挺疼。"

"你这伤口剐得挺深哪！"陆浅蹲在乔深面前，用棉签擦拭伤口边缘的血迹，"要不去医院看看？"

"没事，用纱布缠一下就行。"乔深拿起了医用酒精。

陆浅抓住他的手腕："什么没事？那铁皮都生锈了，万一破伤风怎么办？"

陆浅看着剐伤乔深的那张置物桌，桌角翘起来的那块铁皮锈迹斑斑的，不知道带着多少细菌。

"你自己打车去医院处理一下，顺便打支破伤风针。"

陆浅伸手去拽乔深，后者屹立不动，反而把她往回带了一下，目光紧锁着她："陆浅……"

又是这严肃的语气，陆浅虎躯一震，赶紧打断他："我能不能跟你商量个事儿？你以后……能不能别叫我全名？”

每回这人要说出一些让她无法回答的问题之前，总要严肃地叫她的全名，搞得她现在只要从他口中听到“陆浅”这两个字，心里就七上八下的，比大队长点名的威力还大。

乔深嘴角挂着淡淡的笑：“你想我叫你什么？”

陆浅刚想说“要不你就叫我陆指导吧”，乔深就回了一句：“浅浅？”

磁性的声音柔软又清晰，上扬的尾音钻进陆浅耳朵里，听起来特别像是情人间的呢喃细语，陆浅呼吸一窒：“算了，你还是叫我陆浅吧！”

“怎么了？”乔深眼角微挑，“浅浅不好听吗？”

“好听是好听，就是容易让我想起前男友。”陆浅随便找了个理由搪塞过去，知道他今晚不可能去医院了，认命地拿起医用酒精帮他清理伤口。

她抓了个枕头丢给乔深：“忍着点。”

乔深抱在怀里，高浓度的酒精倒在伤口上，他眉头都没皱一下，反倒是陆浅，眉心拢成了“川”字。

“萧泊舟，”乔深突然开口，沉吟片刻，才接着问，“你还打算跟他复合吗？”

陆浅拿着纱布在他小腿上绕了几圈：“你看我像脑子有坑吗？”

“不像。”

陆浅抬头，正好看到他脸上的笑意。

他生了一双笑眼，笑起来眼尾向下，眼角还有细细的纹路，没有鱼尾纹那么深，只是岁月沉淀下来的痕迹。真是不公平，凭什么有的人，连细纹都那么好看。

陆浅被他感染了，也跟着笑起来。

时候不早了，陆浅提起医药箱：“你记得明天还是去医院看一下。”

乔深送她到门口，递了个盒子给她。

陆浅拆开一看，是个精致漂亮的纸杯蛋糕，歪七扭八的奶油尖上，缀着一颗水当当的小樱桃，看上去很有食欲。

这人还真是讲究，吃了她的蛋糕还记得还礼，陆浅笑着收下：“谢啦。”

“嗯。”

关门前，乔深冲着陆浅的背影说了一声：“晚安，小浅。”

正在开门的陆浅，钥匙已经对准了钥匙孔，可最终还是插偏了。

小浅……

这称呼，二十几年来，也只有一个人这么叫过。

是夜，陆浅就梦到了那人。

他穿着笔挺的军装，站在掉了漆的防盗门外，伸手揉揉她细软的头发，温柔地说："小浅要乖乖听妈妈的话，等下个月你过生日的时候，爸爸就过来接你。"

那是陆浅 6 岁的生日，也是她最后一次听到父亲叫她小浅……

从梦中惊醒时，天已经快亮了。

那些在现实生活中已经模糊的记忆，在梦里却历久弥新。

陆浅眼神放空了几秒，长舒一口气，也不知道乔深今天会不会乖乖去医院打针。虽是关心，但陆浅还是忍住了，没给乔深发信息，反正下午迟早是要和他碰面的。

下午一点半，陆浅和老王带着战士们从消防队出发，领着一行人坐上摆渡车，浩浩荡荡前往停机坪。

远远地，她就看到乔深站在一架飞机前，穿着橙黄色的反光背心。高高的鼻梁上架着一副蛤蟆镜，手里还拿着一本资料。他身边站着一位身穿浅蓝色空姐制服的女人，戴着黑色贝雷帽，美貌与气质兼具，看了一眼就让人挪不开目光。

女人和乔深靠得很近，说话时有意无意往乔深靠拢，那大红唇都快贴近乔深的耳垂了。

"哎哟。"陆浅捂着胳膊。

江尔易第一个看过来："怎么了，怎么了？"

他拉下陆浅的胳膊："我说陆队你也是，这石膏拆了才几天啊，你就不能换只手拉把手吗？"

陆浅再一抬头，乔深和那女人已经隔开了两三步的距离。

江尔易伸手去扶陆浅，却被她一个眼神盯了回去。

"这就是波音 737？"江尔易下车时感叹了一句，"近距离一看，果然霸气！"

平时乘飞机都是来去匆匆，根本没有闲情逸致参观飞机，今天走近了一看，才发现比航站楼里看到的飞机，要大好几个型号。

不过，现场也只有江尔易在那儿正儿八经地评论飞机，其他同志都把目光落到了那位美女身上。

乔深指着那女人向大家介绍："这是 737 的乘务长艾琳。"

艾琳冲大家露出一个标准微笑，红唇白牙，闭月羞花。陆浅觉得自己就算回家咬十年的筷子，也未必能练出人家这么迷人的微笑。

乔深带着大家绕场走了一圈，又把授课时说过的资料给大家巩固了一遍，这才带着大家进入机舱内部。

“737-800 的机身长度是 39.5 米，客舱的宽度是 3.53 米。两舱布局的座位数是 164 座，弹舱布局的座位数是 189 座。动力装置是两台 CFM56-7B 涡扇发动机……”乔深说的数据，都是消防员在面临飞机失事时需掌握的数据。

虽然飞行事故发生的概率远不如车祸，但战士们依旧听得很是认真，甚至还时不时地丢出一个问题。

乔深作答时，态度严谨。这样认真的乔深是陆浅从未见过的，她也是才知道，原来一个人可以把工作和生活分得这么清楚。

平时，他是随意且散漫的；而站在这里时，他沉稳、老练，不仅有高度负责的精神，还有强烈的安全意识以及精细的工作作风。

当那些精准的数据从他嘴里说出来的时候，陆浅仿佛透过乔深的皮囊看到了另外一个人……

“好了，今天就差不多到这儿了。空客 320 今天没在，只能改天再安排时间。”乔深说。

老王点点头，领着战士们往外走。

乔深叫住陆浅：“等一下，林教让我把参与演习的机组名单给你。”

“那陆队，我们就不等你了。”老王拉着江尔易走在前面。

乘务长临走前来找乔深，声音柔柔地说：“乔机长，答应我的事情千万别忘了哟，我等你好消息。”

这小细嗓子就跟灌了蜜一样，甜得发腻，陆浅作为女人，听了这声音都腿软，何况乔深。

可乔深只是淡淡地点头，并没有多余表情。

江尔易一步三回头，强势地引起了陆浅的注意力。

“颈椎出毛病了？”陆浅问。

江尔易摇摇头，立刻被老王拽走了。

乔深拉住陆浅：“名单在这儿。”

他把陆浅带到驾驶舱，这地方陆浅刚刚跟着大部队一起来过。刚刚人多的时候，她都没觉得空气稀薄，现在反而呼吸困难了。

她问：“名单呢？”

乔深没给她，反倒是在驾驶座上坐了下来，问：“我刚刚讲得怎么样？”

“还行吧。”陆浅指着旁边的副驾驶座，好奇地问，“我能坐吗？”

“这儿不能。”乔深拍拍自己的腿，“不过，你可以坐这儿。”

陆浅二话没说，一脚踹过去：“名单给我！”

“嘶……”乔深抱着腿，倒吸一口凉气。

陆浅猛地想起他小腿剐伤这事儿，赶紧蹲下身子：“没事吧？”

她说着就撩起乔深的裤腿，看到熟悉的纱布，她神情一冷：“不是让你上午有空去医院看看吗？”

陆浅低头看着被血染红的纱布：“为什么不去？”

“为什么这么担心我？”乔深低头，对上陆浅的视线。

陆浅想说“朋友之间互相关心不是很正常吗”，可是这理由能骗过乔深，却骗不过自己。

她低头错开乔深的视线，也认真思考起要如何回答乔深提出的问题。

“看哪儿呢？”乔深弹弹陆浅的脑门，“好看吗？”

他双腿本来就是分开的，这话说完，又往外打开了两分。陆浅就跪在他跟前，一低头，目光自然落在了不该看的地方。可是她刚刚在思考问题，眼神根本没聚焦，被他这么一提醒……

陆浅舔舔唇，坦然道：“又不是没看过，害什么羞啊！”

“这台词一般是男人说的。”

陆浅窘迫了半秒，红着脸说：“你不就是把我当男人吗？”

她扶着乔深的膝盖意图站起身来，乔深却突然压着她的肩，把她摁回原处。

陆浅没蹲稳，一屁股坐在地上，下巴正好磕上他的腿。

轻轻柔柔的声音从门口传来：“深哥，我听他们说……”

祝星辞还没说完的话，就像棉花一样堵在喉咙，又干又涩，发不出半点声音……

从她这个角度看过去，陆浅正埋在乔深两腿之间，做着不可描述的活动。

第十五章
低头吻她

“这是陆浅，特勤中队指导员。

“这是祝星辞，一副机长。”

陆浅暗自佩服，乔机长这心理素质还真不是一般的好，经历过刚刚那场乱七八糟的误会，他竟然还能面不改色地做介绍。他身边的女人也是，一个赛一个的漂亮，特别是这位祝星辞小姐，尤其出众。

陆浅以前刷微博的时候看到过一档综艺节目，有一期的专题是“空中那些事儿”，主持人代表广大网友问了嘉宾一个问题——空姐和机长的关系。

问这问题的时候，主持人挤眉弄眼，带着成年人都懂的暧昧语气。

嘉宾严肃地说：“其实机长和空姐结婚比率真的不高，因为工作性质都是一样的，太忙了，没时间顾家。而且每个航班，空姐和机长的搭配都不是固定的，一年到头也未必轮得到一起。在我们机组啊，机长和副机长才是真爱。”

这么说来，乔深和祝星辞也是真爱了？

陆浅和祝星辞握了个手，清楚地感受到来自对方的力道。祝小姐看起来柔柔弱弱的，这手劲儿还真不小。要不是两人这是头一次见面，陆浅都要怀疑自己以前在哪儿得罪过她了。可怜了陆浅这只胳膊旧伤未愈，就在她尴尬又不失礼貌地冲着祝星辞假笑时……

乔深把陆浅的手从祝星辞的魔爪下救了回来，他抬着她的手肘轻柔地对祝星辞说：“陆指导前不久手臂受了伤，不能用力。”

祝星辞抿嘴笑了一下：“不好意思。”

陆浅连忙摆摆手：“没事没事。”

这祝小姐长得可真漂亮啊！

杏眼明眸，唇红齿白，不说话的时候高贵冷艳，一开口的时候温婉可人，瞪着你的时候英气逼人，垂眸时又风情万种。这就是陆浅理想中的女神模样啊！

陆浅不由得多看了祝星辞几眼，这小模样长得，和乔深真配！

祝星辞被陆浅的眼神盯得不自在了，她望向乔深和陆浅交缠的手臂："我听林教说你今天在这儿授课，刚好有点事情想跟你商量。深哥，方便借一步说话吗？"

这句深哥叫得，陆浅一个女人听了都腿软。

乔深却神情冷淡地说："现在不方便，有什么事回头再……"

"方便方便！"陆浅扒开乔深，懂事地说，"你们聊。"

陆浅出去，好心帮二人带上舱门。这手才刚碰到舱门，就听乔深拔高音量吼她："不许关！"

陆浅吓得一哆嗦，把手收了回去。

祝星辞嗔怪地看了乔深一眼："深哥，你那么大声做什么，看把我们陆指导吓得。"

祝星辞笑着把门带上了。

陆浅："……"

总觉得祝小姐看自己的眼神怪怪的，就像……看情敌似的。

陆浅眼神一亮，这机长和副机长，不会真的有一腿吧？

也是，听老王说乔深都快奔三的人了，有几段恋情应该是合情合理的事情。就连自己这个不开窍的，好歹还有个前男友呢！像乔深这样的香饽饽，就算某些方面不行，但靠脸也应该是吸粉无数的呀！毕竟自己就是他的颜粉之一。

陆浅现在特想贴在舱门上偷听一下他俩在说啥，可是这门隔音效果忒好，她还是决定不犯这个傻了。她找了个位置刚坐下没两分钟，舱门就开了。

乔深手上拿着个文件夹，朝陆浅走来。

祝星辞跟在他身后，扭扭捏捏的表情，仿佛两人在驾驶舱做了什么见不得人的事情一样。

她轻声细语地说了一句："深哥，你再考虑一下吧，想好了再回我。"

她冲陆浅快速地点了下头，走了。

陆浅很好奇他俩在里面究竟干了啥，却又强忍住好奇心，走出客舱，站在了登机梯上。

刚好一阵热风吹过来，风沙迷住了她的眼睛，她一边揉眼睛，一边装作不在意地调侃：“深哥不错哦，女人缘很好嘛！”

“笨蛋。”乔深轻笑了一声，抓住她的手，把文件袋塞给她，然后弯下腰，温柔地帮她吹眼睛。

陆浅喜欢口气清新的男人，也不知这人用的什么清新剂，有股淡淡的绿茶香气。

陆浅小声说：“一会儿是空姐，一会儿是学妹，一会儿是副机长，这女人缘还不好啊？”

沙子随着眼泪一起夺眶而出，乔深用大拇指帮她擦去那滴眼泪，又附在她耳边说：“陆指导男人缘也不错。”

陆浅还没明白这话什么意思，乔深就放开她，朝航站楼走去，顺便和门边的江尔易打了个招呼。

陆浅跑过去，惊讶地问江尔易：“你怎么又回来了？”

江尔易死盯着陆浅红通通的眼眶，一言不发。

陆浅伸手在他跟前晃了晃：“中邪了？”

“没有！”江尔易大吼一声，吓得陆浅抖了两下。

她抚着脆弱的小心脏：“什么毛病？！”

“他跟你说什么了？”

陆浅听得没头没脑的：“哪个他？”

“你是不是喜欢他？”

“谁啊？乔深吗？”

江尔易点点头：“你喜欢他吗？”

陆浅“扑哧”一声笑了，拍拍他的肩膀说：“二姨，你是不是吃错药了？”

江尔易又重复了一遍：“你是不是喜欢他？！”

“毛病！”陆浅对着江尔易的小腿踹了一脚，“江尔易你可以啊！擅自脱队，还跟领导大吼！跟我回部队！回去再收拾你！”

陆浅拎着文件袋往前走了两步，发现江尔易没跟上来，又转身。

“我下个月就要复员了。”江尔易平静的声音顺着风飘过来。

陆浅怀疑自己耳背听错了，眉头一皱：“你下个月要干吗？”

“我已经向部队申请复员了，下个月就走。”江尔易走到陆浅身边，把话说清楚了。

“下个月就走？”陆浅惊着了，“这事儿谁批的？怎么没人通知我呢？”

作为中队指导员，除了出任务的时候要指挥带兵，平日里对战士们的思想生活也要倍加关注。江尔易服役五年了，从一个初出茅庐的刺头到现在，这一路走来，陆浅都是看着他成长的，这感觉就像看着自己的孩子，从蹒跚学步到高中毕业。没理由江尔易要复员这种大事，中队长会不告诉她。

江尔易说：“是我不想让你知道。”

陆浅不解：“为什么？”

江尔易再度沉默，手指揪着裤缝，似乎在做一个无比困难的抉择。

陆浅以为他有难处，可是江尔易家里条件很好，父母都是做生意的，家里只有他这么一个独子，父母年轻，身强力壮，实在想不到他有什么难处可言。

但陆浅还是说：“你要是有什么困难，你可以找我商量，我是中队的指导员，你们每一位战士的心理健康……”

“我不想做你的战士了！”江尔易沉了一口气，趁着陆浅骂人的话说出口之前，大声地冲着她说，“因为我喜欢你！陆浅，我喜欢你！”

呼呼的热风直往陆浅耳朵里灌，吹得陆浅脑子里嗡嗡一片，一个字都听不清。

四年了，江尔易终于把这几个字说出口了，他如释重负。怕陆浅听不清，他甚至加大音量，抬手做喇叭状，大吼：“陆浅，我江尔易，喜欢你！”

刚好有一辆摆渡车停下，陆陆续续下车的乘客，刚好见证这一刻。

一个身穿迷彩训练服的帅气小伙子，正挺直了脊梁站在一个女军人面前，大声表白。

人群中也不知哪个吃瓜群众带了头，突然响起整齐划一的起哄声——

“答应他！”

“答应他！”

……

陆浅前半生还从来没经历过这种场面，一时之间蒙圈了。

江尔易走过来，深情款款地看着她：“陆队，你愿意……”

江尔易话还没有说完，陆浅突然转身，走了……

江尔易也蒙了，他已经做好了被接受或者被拒绝的准备，可是万万没想到，对方会直接尥蹶子走人。

他三两步追上去："陆浅，你听我说……"

"你闭嘴！"陆浅加快脚步，跑了起来。

江尔易追过去："你跑什么呀？"

"那你追什么呀？"陆浅说着，跑得更快了。

江尔易只能加快速度追她："你不跑，我就不追了！"

"你不追了，我就不跑。"

"……好。"江尔易被迫停下。

可是陆浅食言了，这女人脚下像是安了两个风火轮，跑起来健步如飞。

江尔易崩溃地拔腿继续追："陆队，你怎么说话不算话啊？"

他只是想认认真真地告个白，怎么也没想到最后会演变成一场马拉松长跑比赛。偏偏陆浅这体能还好到变态，一口气直接从机场跑回了消防队。

江尔易一路追到宿舍门口，还是落后她五十余米。

直到陆浅最后停在电梯口，江尔易才终于有机会喘口气："我说陆队，我就是……就是告个白，你答应就答应……不答应还可以拒绝啊！你跑、跑什么啊？"

江尔易抬起袖子擦汗，口干舌燥。

陆浅也好不到哪儿去，一直喘着粗气："你复员就复员……干什么要拿告白来吓我啊？虽然……咱俩也是一起上过刀山下过火海的革命友谊了，但是你这么搞……很伤感情啊！"

江尔易突然笑了，她明知自己是真心的，却故意装傻，这是她惯用的伎俩了。可是这次，江尔易不想再任由她蒙混过关了。

他撩起衣摆擦了一把汗，迈着沉稳的步子朝陆浅走去。

直觉告诉陆浅，这个充满荷尔蒙的举动并不是什么好征兆，她急切地回头去看电梯楼层显示屏。

5 楼……

4 楼……

3 楼……

"陆浅，我真的喜欢你，从新兵训练结束的那天，你带着我们一起念誓词的那一刻起，我就知道我喜欢你了。"江尔易走到陆浅面前，最终以身高优势把她抵在墙壁上。

他霸道又强势，不再像新兵营里那个刺头，也不像中队里那个唯命是从的战士了，五年了，这是陆浅第一次意识到，江尔易长大了，从18岁到23岁，他已经从那个青涩的少年，成长为一名可以独当一面的军人了。

他低头看着她说：“你和萧泊舟在一起快三年了，我喜欢你却不止三年。我以为他能带给你幸福，可是他不懂得珍惜你。陆浅，我珍惜你，我会用我余生好好珍惜你，你能不能……”

“叮”的一声，电梯门开了。陆浅趁着江尔易愣神的时候从他的胳膊底下钻出去，一头扎进了电梯里。

“陆浅，你别跑！”江尔易无奈地叹了一口气，伸手抵住电梯门，“你到底愿不愿意做我女朋……”

一句在心里憋了五年的话，他终于有勇气说出来了。可是这话还没来得及补充完整，江尔易就被电梯里的画面怔住了。

电梯里，一个高大的男人将他喜欢的女人压在了墙上，那人左手揽着陆浅的腰，右手撑在了电梯壁上。从江尔易这角度看过去，正好看到那人低头，吻住了陆浅的唇……

江尔易僵住了，直到电梯门合拢都没回过神来，眼前那一幕的冲击性实在是太大了。

电梯里，乔深意犹未尽地咬了下陆浅的下嘴唇，说不出有多缠绵，反倒像是惩罚性质的撕咬。

趁陆浅动手前，乔深把人松开了。

陆浅还在神游，她和乔深接吻了，乔深主动吻的她。他嘴唇很热很软，是自己熟悉的香气。他比江尔易还强势，好像早知道门外站着的人是她，把她拉进去就抵在了墙上，半秒反应的时间都没给她，就弯腰覆上来了。

她想伸出手背擦擦自己的嘴唇，又怕这动作会让乔深误会自己嫌弃他。其实……他吻技不太好，陆浅确实有点嫌弃。可是心脏的跳动告诉陆浅，就算他吻技再烂，他还是赢得了她的心，前半生匆匆忙忙近三十年，陆浅的小心脏就没这么活跃过。

“这、这么巧啊？”电梯里太闷了，陆浅觉得自己应该说点什么来缓和气氛。说出口又后悔了，这话题实在太傻了！

乔深站在前面，背对着陆浅，头也没回地说：“我下楼来接你的。”

这言下之意是，不巧，我故意的。

陆浅透过反光的电梯门偷瞧乔深的脸，一时之间不知该说什么：“刚刚……”

“我没有坏你的好事吧？”乔深回头，居高临下地望着陆浅。

“没。”陆浅又偷看他一眼，“你都看到了？”

“陆浅，我江尔易，喜欢你！”乔深学着江尔易的语气，重复了一遍他在机场的告白。

陆浅：“……”好吧，他都看到了。

乔深问：“会拒绝吗？”

陆浅挠了挠头：“会、会的吧！”

只是还没想好要怎么拒绝才能不伤害他，毕竟是一起出生入死这么多年的兄弟了。

正当陆浅头疼时，乔深说：“拒绝的时候干脆点，就是对他最好的尊重。”

陆浅震惊地看着眼前人，这人怕是有读心术。

电梯门开了，江尔易已经站在了门口。他是从楼梯跑上来的，这会儿还喘着粗气，汗水顺着睫毛往下淌，一双眼睛猩红地盯着乔深，深刻地诠释了什么叫作“仇人见面分外眼红”。

他把乔深从电梯里拽出去，揪着乔深的衣领。忽然，一只手强势地扯开他的手臂……

陆浅抓住江尔易：“我有话跟你说。”

江尔易被陆浅拉进了屋。

乔深摸出钥匙把门打开，一阵烦躁倏地涌上心头。“哐当”一声，门又被他摔上了。摸出烟盒点了一支烟，乔深就斜倚在走廊栏杆上，一双眼睛直勾勾地盯着陆浅的房门。

没盯多久，江尔易出来了，一双眼睛红通通的，倒不像是哭过，不过乔深敢肯定的是，江尔易被拒绝了。

虽然这么想有点不太仁义，但说实话乔深挺爽。他冲着江尔易笑了笑，换来对方一记冷眼。这小白眼翻得，乔深都有些心疼了。毕竟这小子才23岁，还没经过社会的洗礼，倒是在爱情里栽了个大跟头。

乔深的眼神越是温和，江尔易就越是火大。陆浅拒绝的话言犹在耳，她说：“二姨，咱们俩不合适，你比我小了快五岁，这些都是客观条件。但主观上来说，我实在不喜欢年纪比我小的。”

江尔易想过很多被陆浅拒绝的理由，比如“你家条件太好了，咱俩不合适”，那他可以说“复员后我可以白手起家，靠自己的能力养你”；再比如更直接的“我不喜欢你”，那他可以说“你喜欢什么样的，我改”。可是万万没想到，她竟然拿年纪来说事儿，出生年月日这种事情，是生来就注定的，他也无力回天啊！

偏偏乔深这个年纪比陆浅大那么一丁点的人，还用那种同情的眼神看着自己。江尔易强忍住揍他的冲动，走了。电梯半天不来，身后的眼神如芒在背，江尔易回头瞪了他一眼，从安全楼道口走了。

陆浅出来时，乔深就在门外站着，手里那支烟，燃了一大半。

终归是尴尬的，陆浅不太敢看他：“还没进屋呢？”她又笑着说，“天气好像转凉了。”

对陌生人而言，突然聊到天气会是很好的切入口；可是对熟悉的人而言，突然说起天气，只会让人觉得更尴尬。

乔深把目光从楼下铺满一地的银杏叶上收回来，挑眉看着陆浅：“你就没什么想问我的？”

有的。

陆浅想问他“刚刚为什么要亲我”，可是话到了嘴边，又不想说了。答案无外乎两个，一是因为喜欢，情难自禁；二是因为他人好心善，像上次在萧泊舟面前一样，在帮自己解围。唯一的区别就是，上次是借位，这次是真亲。

陆浅觉得第二种可能性更大一点。

她脸上扬起灿烂的笑：“刚刚谢谢你啊！”

这声道谢并没有换来乔深的好脸色，他的神情甚至更阴冷了。

陆浅和他并肩而立，一起趴在栏杆上：“谢谢你刚刚帮我解围，每次都要麻烦你，真不好意思。”

“解围？”乔深觉得自己刚刚喝下去的一瓶老陈醋，发酵了，整个胃都是酸的，嘴里的烟也越来越苦，干脆不抽了。

“不是吗？”陆浅底气不足，小声问了一句，看着他夹在指尖的烟，笑得大方又豪爽，“哎呀，你放心啦，我绝对不会误会的！上次是萧泊舟隔得远，借位也看不出来，这次主要是江尔易靠得太近了，借位容易穿帮，所以你才真亲的。你放心，我懂的。”

“你懂个屁！”乔深心道，算了算了，就陆浅这犰狳劲儿，只要他没有亲口说出“我爱你”三个字，她就算领悟到他是什么意思，也会一路装傻到底的。

江尔易的事她都还没理清楚，乔深暂时不想再刺激她。没什么可说的，掐了烟，他转身回屋了。

被晾在阳台上的陆浅愣了好几秒，心道乔机长这心思是越来越难猜了，好端端的，说着说着就生气了。难道她说得不对吗？乔深如果不是帮自己解围，难道是吃醋？

陆浅“扑哧”一声笑了，觉得自己实在是想得太多了。今天祝小姐看乔深的时候，那充满爱意的目光都快腻死人了。在祝星辞和她之间，讲道理，但凡没毛病的人，应该都会选择祝星辞。

倒不是陆浅妄自菲薄，而是结合她的职业和性格而言，祝星辞很显然是更好的选择。

可是爱情这种事，岂有道理可言？

就像江尔易，陆浅明明已经把话说得很清楚了，做战友可以，做朋友可以，做姐弟也可以，唯独不可能做情侣。可是江尔易左耳朵进，右耳朵出，接下来几天，反而对陆浅更好了，一会儿嬉皮笑脸，一会儿嘘寒问暖的，就连老王都亲自过来问陆浅：“你和江班长是不是好上了？”

正在吃饭的陆浅，吓得饭粒都快喷出来了：“战友一家亲嘛！我和二姨是革命友谊，不是你想的那样。”

“哦。”老王老神在在地点点头，“我就说嘛，你不是在和乔机长约会吗，怎么可能和江班长在一起？”

陆浅这次是真的把饭粒喷出来了，喷了老王一脸。

老王一脸“发生了什么”的表情，无辜地看着陆浅。

陆浅扯了纸巾递给老王，咳了两声，才问：“你听谁说的？”

老王边擦脸边说：“你就别瞒我了，全队都知道了。”

“知道什么了？”

事情是这样的，昨天乔深上完了最后一堂课，老王去拿资料的时候发现，乔深证件上的生日就在明天。他去找陈总商量了一下，打算明天请乔深和林教吃个饭，也好体现一下酒桌礼仪，以表感谢。

老王把这事儿告诉乔深，乔深却说：“不好意思我明天有其他打算，咱们还是改天吧！”

乔深都把话说到这分上了，老王也不好追着问。结果乔深主动问他：“陆指导明天请假的话，不会影响工作吧？”

老王太震惊了，顺口就问了一句："你明天要约我们陆指导啊？"

老王嗓门大，这一声吼得，半个操场的人都听到了。事件发酵了半天，总之全队都知道了，明天乔机长要约陆指导。

老王把这事儿跟陆浅交代了一下，又八卦地问："陆指导，你打算啥时候去批假条啊？"

批假条是不可能的，绝对不可能的！陆浅在心里暗自发誓，就算他约自己，自己也绝对不会出去的！绝对不！

"老雷，你快过来看看，今天太阳是不是从西边出来的。"林姿拢了拢肩上的薄纱披肩，趴在陆浅的门边往房里看。

今天陆浅休假，联勤联训任务完成了，大队长特意给她安排了两天假期，后天回中队报到，再参加大型消防演习。老雷同志正准备让秘书重新调整行程，趁着中秋佳节，一家三口出去泡个温泉放松放松，结果一大早就被老婆从床上薅起来了。

他打着哈欠，陪林姿一起扒门缝："怎么了？"

屋内，陆浅从衣柜里挑了七八套衣服扔在床上，正处于眉头紧锁的状态。

这房间的装修风格是林姿把关的，为了培养陆浅的少女心，整个卧室都装成了粉蓝色的色调，像是公主城堡。反正陆浅平时不怎么回家，也就由着林女士了。现在一堆深色的运动装丢在床上，和鲜艳的色调形成鲜明对比，怎么看怎么刺眼。

她拎起一套军绿色的卫衣在镜子前比了比，不满意，随手扔在沙发上。

又抓起一件深蓝色的牛仔衬衣，比了比，丑。

最后拿起黑色的T恤和铅笔裤，看了看，还是不满意地丢在了沙发上。

老雷小声问："咱闺女在干啥呢这是？"

林姿双手一摊，计上心头，踩着小碎步跑了，没一会儿就从隔壁衣帽间拎了一条连衣裙出来，丢给老雷："你去拿给闺女，就说你买的。"

"啊？"

"去啊！"林姿帮老雷敲了门，又把人推进去。

老雷尴尬地挠了挠头，还是按照老婆的交代，老实说："闺女，我前两天和你妈出去逛街，给你买了条裙子。"

陆浅迷茫地盯着老雷。

老雷怕她不高兴，忙说：“你穿不穿不要紧，留着看也行。”

陆浅笑着接过来：“谢谢雷叔。”

“欸，好、好……”老雷忙不迭地走了。

林姿一把将他拽回卧室，喜上心头：“老雷，咱闺女肯定有情况了！”

老雷皱着眉，说：“老婆，你是不是想多了？闺女她说不定……”

林姿的手机振动了一下，陆浅给她发了条微信：“妈，过来帮我拉下拉链呗！”

虽然林姿十分嫌弃闺女的性格，但陆浅的身材确实没得挑。白色的连衣裙，后背镂空，刚好露出漂亮的蝴蝶骨。收腰的设计，把小蛮腰勒得盈盈一握。

林姿看了，满意得不得了。她把陆浅推到镜子前：“咱闺女真是天生丽质，随了我。”

陆浅：“……”您要是不加后面那三个字，我就勉强承认了。

林姿说：“今天就穿着这身出门吧，好看！”

陆浅立刻回头：“谁说我今天要出门了？”

林姿看着沙发上那乱七八糟的一堆衣服，用眼神问她“你不出门折腾什么”？

陆浅强词夺理：“这不是……换季了吗，我收拾一下衣柜。”

整个衣柜里一共都没超过十套衣服，全是卫衣、T恤、牛仔裤，有什么好收拾的？不过林女士没有拆穿她，而是笑眯眯地说：“那你接着收拾。”

目送林女士出去后，陆浅站在镜子前发呆。她抬头看了一眼壁钟，不知不觉已经九点过了。手机安静如鸡，乔深从昨天到现在，别说是短信电话了，就连微信都没给她发一条。

陆浅现在开始怀疑老王的情报出了错，乔深其实今天根本就没想过要约她，可能昨天也只是顺口提到她而已。

而她现在在干吗？她竟然在等乔深的邀约电话？！

“靠！”

陆浅一巴掌拍到额头上，她这一大早起床都干吗了？洗头、洗澡、挑衣服，就差涂脂抹粉了。

她看了一眼镜子里的自己，疯了吗这是？居然还穿裙子！

陆浅如梦初醒，拧着胳膊去拉裙子拉链，仿佛穿在身上的不是连衣裙，而是八爪鱼。

手机铃声突然响起，陆浅的胳膊以一种诡异的瑜伽姿势僵在后背。手机在一堆衣服里发着光，一首《义勇军进行曲》响彻云霄。

“浅浅，怎么不接电话啊？”林女士优雅的声音自门外传来。

陆浅以迅雷不及掩耳之势，一脚踹上房门，把手机从衣服堆里薅出来，看来电显示。

“……喂，南教主。”

“这无精打采的语气……怎么，听到是我很失望？”南曲语调上扬，“你在等谁的电话？”

“没谁。”陆浅心虚地岔开话题，“找我有事儿？”

“没事儿就不能找你？”南曲不喜欢绕弯子，直说，“出来，我请你吃饭。”

“你休假啊？”一个把事业当成男朋友的女强人，居然舍得休假。

南曲说：“特地为你休的，我过去接你。”

“嗯，等你。”陆浅把衣服一件件地挂回柜子里，尽量不去想乔深。

刚把屋子收拾干净，南曲就到了。

“来得刚好，帮我拉一下拉链。”陆浅这手臂毕竟是骨折，伤筋动骨一百天，还没完全长好。

南曲被陆浅这身惊艳了，站在门边没动：“换什么，挺好看的，就穿这身吧！”

“不行，露背的。”陆浅转了一圈，展示给南曲看。

南曲倒是干脆，脱了自己的风衣就披在陆浅肩上：“我车里还有备用外套，少啰唆，走了。”

南曲和长辈打了个招呼，拉着陆浅就下楼了。

南教主一如既往的霸气，开着红色的超跑，踩着七厘米的高跟鞋，走路带风。

陆浅以为只是随便聚个餐，结果南曲竟然把她带到了星城大酒店。

陆浅贫嘴：“教主仙福永享、寿与天齐。今日为了爷掏空腰包，莫不是做了什么对不起爷的事情？”

南曲那小白眼翻得，从头到脚都写满了对陆浅的嫌弃。

“刚搞定一个大项目，本来准备叫你和靳总一起出来聚一下。靳总今晚有个比赛要打，放我鸽子了。”南曲话锋一转，“你刚刚在等谁的电话？”

陆浅："……"

教主果然是教主，一猜一个准。陆浅最佩服南曲的就是这一点了，比如三年前，她准备接受萧泊舟的时候，南曲就说过"萧泊舟虽然爱你，但他更爱他自己，你和他在一起，未必会有好结局"。三年后，陆浅才知道，她说得对。

又比如说，去年南曲在见过江尔易之后，说"虽然你拿这小子当兄弟，但是一看这小子的眼神就知道，他喜欢你"，陆浅之前没放在心上，现在却不得不佩服。

而不久前，她还跟自己说过"乔深双商皆高，要追你的话，比泡面还容易。你要是管不住自己的心，多半是'他为刀俎，你为鱼肉'"。

要不是和南曲认识多年，陆浅都要怀疑她是从未来穿越过来的，简直是料事如神。

陆浅对南曲也没什么好瞒着的，她问："教主，你有理想型吗？就是那种长相各方面都戳中你喜欢的点……"

南曲："我不是颜控。"

"……你听我说完！"陆浅继续，"除了长相，还有他的言行举止。就是那种三观和你莫名契合，不管他做什么，你都觉得很喜欢。和他隔远了你会想他，靠近了又心跳加速不敢看他。但你就是喜欢和他在一起，因为在他面前你可以做你自己。就是那种……人明明隔得很远，却总觉得心靠得很近……"

没等陆浅说完，南曲就打断她："乔深吧？"

陆浅一脸"你怎么知道"的表情，活像生吞了一个土鸡蛋。

南曲端起冰水喝了一口："自打第一眼见到乔深的时候，老娘就知道，陆小浅你要栽！"

"……"陆浅一副怀疑人生的模样，"为什么？"

"因为……"南曲电话响了，她做了个暂停的手势，"等会儿，我接个电话。"

南曲一看到来电显示，表情有些犹豫。陆浅很少看到教主脸上出现这种神情，忙问："谁啊？"

南曲当着陆浅的面接了电话，聊天内容全被陆浅听了去。邵然问南曲晚上要不要出来K歌，南曲用眼神征求陆浅的意见。陆浅心想反正闲着也是闲着，还不如出去放松一下，也免得满脑子都是乔深，遂点头答应。

挂了电话，陆浅摆出一副八卦的嘴脸："邵然在追你啊？"

"都是同一所大学毕业的，要追早追了。"

陆浅挑眉："那不一定，缘分这种事情很难说。当时没看对眼，不代表以后也没有发展的可能性。"

南曲没有强辩，只是解释："最近两家公司有合作，见面的机会比较多，今天晚上应该是合作商聚会，不然他应该不会通知我。"

陆浅没别的想法，主要是为了打发时间。

下午五点，两人准时到了约定的会所。

邵然提前候在会所门口，见到陆浅，眼前一亮："浅妹子，每次和你见面，都能刷新我对漂亮的定义。"

南曲轻嗤一声："我们家浅浅不吃你这套。"

邵然瞥到陆浅手里提着的礼品袋，顺口问："浅妹子提的什么呀这是？"

"哦，没什么。"陆浅漫不经心地说，"只是一点小玩意儿。"

南曲腹诽，确实只是一点小玩意儿，只不过这点小玩意儿花了陆浅一下午的时间而已。

南曲问邵然："都有哪些人？"

邵然神秘兮兮地说："到了就知道了。"

陆浅突然有种不好的预感……而这种预感很快就随着推开的大门应验了。

陆浅等了一天的男人，就坐在沙发正中央，他低头摆弄着手机，对周遭发生的事情毫不在意。他身边坐着祝星辞，就是那个漂亮大方的副机长。

祝星辞今天特意打扮过，米色的蕾丝长裙很符合她优雅知性的气质。陆浅望过去的时候，她正好把那颗剥了皮的葡萄很自然地递到乔深嘴边，像是演练过无数次的动作。

陆浅突然就笑了，原来自己等了一天的男人，早就约了别的女人。

乔深约了祝星辞，嗯，情理之中，郎才女貌。可是为什么，这心里就这么不好受呢？像是小心脏被人拿刀戳了个口子，凉风飕飕地往里灌。这感觉陆浅并不陌生，在刚刚得知萧泊舟劈腿的时候，她"有幸"经历过一次……

她转身把袋子塞到南曲怀里，低声耳语："帮我拿着。"

这声音很轻，语气很软，听得南曲心头一颤，望着乔深的目光不由得狠了几分。好在乔深挡开了祝星辞递过来的葡萄，他头也不抬地说：“不用，谢谢。”

乔深不知在处理什么国家大事，一直盯着手机没有抬头。

邵然故意提高音量：“来来来，我给大家介绍一下。”

他关掉吵吵嚷嚷的伴奏，打开照明灯。陆浅这才发现，屋内不止乔深和祝星辞，还有乔深的领导林石峰，以及和陆浅有过几面之缘的钟夙离。

邵然冲着祝星辞说：“这位是我学妹，南曲。这位是她的好闺密，陆浅！”

听到熟悉的名字，乔深倏然抬眸。他眼底闪过一瞬的惊讶，似乎不敢相信自己心心念念的人儿真的站在眼前。她穿着风衣和长裙，踩着一双朴素的帆布鞋。那鞋虽然有些旧了，却白得发亮。

相比初见时，陆浅的头发长长了许多，此时堪堪盖过耳垂。大概是嫌弃这头发碍事，陆浅将其全部撩到了耳后。她一只手抄在风衣口袋里，气势逼人，像刚从时装周回来的超模。

她和南曲都很漂亮，只不过南曲的漂亮是明艳高贵、符合大众审美的；而陆浅的漂亮，是拒人于千里之外，让人觉得冷艳而清贵的。

不过乔深知道，陆浅这副冷艳的皮囊下，藏着一颗多么炽热又纯粹的灵魂。

乔深的目光火辣辣的，盯得陆浅无所适从。

南曲看到陆浅额头渗出来的一层薄汗，轻声说：“热的话就把衣服脱了。”

陆浅嘴角一勾，脱了衣服丢在沙发上，冲着林石峰扬起一张灿烂的笑脸：“林经理，这么巧啊！”

林石峰脸上带着笑：“托了乔深的福，今天他过生，我们都是来白吃白喝的。其他人都走了，我喝多了，等代驾呢！陆队，你来得正好，邵总和小钟这酒量实在是太好了，怎么都灌不醉！”

“真的假的？”陆浅拉了张椅子在桌子边坐下，冲着南曲眉头一扬，“教主，开酒！”

乔深被无视了，陆浅连个招呼都没跟他打，就和林石峰聊上了。她性格外向，和谁都能打成一片，即便是和相差近三十岁的林石峰，也有聊不完的话题。两杯酒一下肚，陆浅就和林石峰以兄弟相称了。

林石峰说："后天的这个消防演习啊，我们局长也是相当重视的……"

邵然插嘴："林哥，这就是你的不对了，不是说好不聊工作吗？"

陆浅又给林石峰倒了杯酒："就是，林哥，不聊工作。"

"好好好，不聊工作。"林石峰和陆浅碰了瓶子，把打量的目光放在邵然和南曲身上，低声问陆浅，"他俩在处对象呢？"

陆浅摆摆手："没有的事儿，都是老同学了，太熟，不好下手。"

林石峰哈哈大笑："大妹子说话还挺逗。"

林石峰是东北人，在南方生活了三十几年，平日里口音已经南化了，今儿喝多了，一股大碴子味又回来了。他问陆浅："大妹子你多大岁数了？"

陆浅比了个 27 的手势。

林石峰问道："有对象了不？"

邵然忙说："林哥，你可是有老婆的人啊！"

"你这一天到晚扬了二正的想些啥玩意儿呢？你哥能这么霍活儿大妹子吗？"林石峰一巴掌拍在邵然的肩膀上，冲着陆浅笑，"大妹子你看看，这小伙子咋样啊？"

喝多了的林石峰，打算乱点鸳鸯谱了。陆浅还没开口呢，邵然自个儿吓着了，偷摸瞧了一眼面色阴沉的老乔，忙说："我不行，我太花心了，配不上浅妹子。"

乔深暗忖，算你还有点自知之明。

哪知邵然话锋一转，勾着钟夙离的肩头，说："不过，小钟这孩子不错，踏实肯干，将来迟早是个有出息的。浅妹子，你要不考虑考虑？"

邵然就算不回头，也感受到了老乔炙热的视线。他心虚地点了支烟准备压压惊。

可是烟刚点上，陆浅就被呛着了，连着咳了好几声。

一直稳如泰山坐在沙发上的乔深，突然长腿一伸，踹了邵然一脚："滚出去抽！"

这一脚蓄了足够的力气，把邵然从凳子上踹到了地上。

平日里威风八面的邵总，自知做了亏心事，拍拍屁股，夹着烟走了。临走前，他还一副媒婆的架势，冲着陆浅挤眉弄眼："浅妹子，考虑考虑，我们小钟很不错的。"

南曲从进门时就发现了，这位叫钟夙离的小伙子，长得白白净净的，本来不胖，就是生了一张娃娃脸，看起来有点婴儿肥。他是个老实人，大家喝酒他就跟着喝，别人说话他就乖乖地听，只是偶尔会偷瞄陆浅几眼。

陆浅就坐在钟夙离身边，她拿着酒瓶子就和他碰了一下。

“这么优秀的小伙子，怎么还没对象呢？”

钟夙离大概是没被人调侃过，脸嗖地就红了，他“咕咚咕咚”灌了两口酒，又老老实实回：“没、没遇到合适的。”

“什么才叫合适的？”陆浅冲着钟夙离眨了眨眼，开着玩笑，“你看我合适吗？”

手里的酒瓶子空了，陆浅又重新拿了一瓶新的，找了半天没找到开瓶器，索性就把瓶口往嘴里塞。牙齿还没碰到瓶盖，手里的瓶子就被人从身后抽走了。

乔深不知何时起身走到陆浅身后，拎着风衣披在她肩头，又夺走她手里的酒。他掌心压着她头顶柔软的发丝，俯身在她耳边说：“乖，他不适合你。”

陆浅后背僵直，她没办法忽略乔深的靠近，特别是他的唇还贴在自己耳边，这感觉就像千万只蚂蚁爬过，奇痒难耐。

为什么？陆浅不明白，她分明已经很识趣地没有去打扰他和祝星辞了，为什么他还偏要过来招惹自己？

她拎过南曲的酒瓶，借着这个姿势不着痕迹地躲开了和乔深的肢体接触。她转身看着乔深，脸上挂着大大方方的笑：“深哥，你说话要讲道理啊！我觉得我和小钟还挺合适的。”

乔深神情冷下来，整个包厢里的温度都下降了。

陆浅冲着钟夙离灿烂一笑：“一看就知道我们小钟是个老实善良的居家型好男人，肯定不会在外招蜂引蝶、拈花惹草。”

钟夙离嘴角扯出一个配合的笑容，实则笑得比哭还难看，在座的其他人不知道师兄和陆浅的关系，他可是亲自撞见过陆浅把手放在师兄胸膛上啊！他才进公司不久，以后还要仰仗师兄呢，不过现在看师兄阴沉的表情，他觉得自己怕是要提前告老还乡回家批发雪糕了……

陆浅拎着酒瓶子，仰头就要灌酒。乔深刚刚抬手想要阻止她，祝星辞却快他一步，拦住了陆浅：“陆小姐吃点东西再喝吧！空腹喝酒伤身体。”

祝星辞教养很好，说话温温柔柔的，也没有夹枪带棒，好像是真的在关心陆浅的身体健康。这感觉就像给了陆浅一闷棍，她疼得难受，却叫不出声，甚至还要强颜欢笑地说：“没事儿，我酒量好着呢！”

“酒量好也要适量。”南曲拉了陆浅一把，把酒瓶子夺走，“上回深哥陪你喝酒差点闹出了人命，这么快就忘了？”

纵使是祝星辞这种喜怒不形于色的女人，听到这话，也难免眼皮跳了两下。原来早在联勤联训前，乔深和陆浅就熟识了。认识乔深的人都知道，他酒精过敏，一般情况下从不碰酒，可是却为了陆浅差点喝进医院……

祝星辞嘴角轻扯，扭头对着林石峰笑了笑，说：“林教，您以后可千万别乱点鸳鸯谱了，现在的年轻人都喜欢自由恋爱。要不这样，陆小姐你和小钟加个微信，有缘就多联系嘛！”

南曲多看了祝星辞两眼，这女人落落大方，处理事情游刃有余，既有教养，又有手段。倒是让她想起了一个历史人物——孝仪纯皇后，也就是《还珠格格》里的令妃娘娘。这人若是生在古代，那也是个人才。

陆浅不如南曲这般深谋远虑，她心思浅，在看到一个人的阴暗面之前，总是先看到别人阳光的那一面。就好比此时，她想着祝星辞既然开口了，总不好损了祝星辞的面子，更何况刚刚夸奖小钟的人是自己，反正多加个微信也无妨，以后联不联系都是后话，所以她干净利落地掏出手机，问小钟：“我扫你？”

钟夙离把手揣进裤兜里，已经摸到手机了。可是又被乔深威胁性十足的眼神吓到了，手一滑，手机掉了……

乔师兄太吓人了！

在陆浅和小命之间，钟夙离决定保全自己的小命。他灵机一动，说：“不好意思陆姐，其实我、我不喜欢女人！”

刚吸完最后一口烟进屋的邵然，被嘴里那口烟呛得连咳了好几声。他撑着门框看向钟夙离，仿佛在问“一支烟的工夫，你怎么性取向都变了”？

这下尴尬了，陆浅举在半空中的手机，就跟个烫手山芋似的，拿也不是，丢也不是……

关键时刻，还是亲闺密靠谱，南曲把陆浅的手按下去：“要不要我陪你去洗手间醒醒酒？”

陆浅如蒙大赦：“不用不用，你们接着喝，我去洗把脸。”

陆浅抓过南曲身边的纸袋子，从邵然的胳膊下钻了出去。

整个包厢沉默了数秒后，乔深拔腿朝门外走去。在他转身的那一刹，祝星辞抓住他的衣袖：“深哥……”

乔深抽回袖子，对邵然说：“陪我出去抽支烟。”

邵然觍着脸冲众人灿烂一笑：“你们先嗨，我们抽支烟就进来。”

邵然把门带上。

而那个说要陪他抽烟的人，早就丢下他朝洗手间的方向走了。

邵然追上去：“老乔，去哪儿抽烟呢？来来来，哥给你把烟点上。”

乔深回头瞪了他一眼：“一会儿再找你算账！”

“算什么账！”邵然脸上带着无比正经的笑，“我帮你把浅妹子约过来，你不谢我就算了，还要找我算账？我说老乔你到底会不会做人啊？”

“跟你？”乔深说，“不会。”

邵然邪笑：“是是是，你跟我在一起的时候不会做人，只有跟浅妹子在一起的时候才会做人。那你们倒是做一个出来给我们看看啊！生米煮成熟饭，能省不少事儿呢！”

邵然跑到乔深前面去，倒退着边走边说：“我听慕一姐说，你和浅妹子这么长时间了还只是拉拉小手！我说老乔你到底行不行……”

“看到这是什么了吗？”乔深随手一指。

邵然顺着他的目光看过去：“垃圾桶？”

“不，是你未来的归宿。”

邵然：“……”默默地伸手捂住自己的嘴，乖乖地给老乔让路。

南曲出来的时候，邵然就站在垃圾桶对面，一脸幽怨地和垃圾桶面面相觑，那样子特别像是精神病院跑出来的病人……

南曲从他身边走过，被他一把拉住：“去哪儿？”

“找陆浅。”

“别去。”邵然说，“老乔已经过去了。”

南曲甩开他的手，懒得理他，继续往前走。

邵然说：“你现在过去，可能会看到很尴尬的场面。陆浅是成年人，你要相信她有能力处理好自己的感情。老乔的人品你放心，跟我不一样。”

南曲嘴角一勾：“你倒是挺有自知之明。”

南曲改道，顺着台阶下楼。

中秋，月色极美。都说十五的月亮十六圆，南曲抬头望天，灿烂的星河漫天，月亮独树一帜，美不胜收。

月华如水，秋意渐浓。南曲下车忘记穿衣服，凉风袭来，吹得她倒吸一口凉气。

一件宽大的西服外套搭在她肩上，她回头，看到了邵然，他也跟着下来了。

南曲扯了衣服要还给他，他却压着她的肩膀说："放心，没病。"

"那不一定，你上一次做全身检查是什么时候？"

邵然心中又好气又好笑，他抬起眼，从她狭长的眉眼扫到轮廓分明的唇："我说我就睡过你一个女人，你信不？"

南曲嘴角轻撇，她和邵然之间，确实发生过一段不为人知的故事。不过，那都是很多年前的事情了。那时邵然大学毕业，他做东，请了几个要好的朋友在星城大酒店办了一场毕业派对。那年南曲读大二，她所在的辩论队拿了那次辩论赛一等奖，社长组织庆功会。两拨人碰上了，最后就一起嗨了。南曲那时酒量不好，喝多了，第二天再醒来的时候，是在邵然的怀里。

该发生的，不该发生的，统统发生了。

南曲是个很冷静的人，事后解决方法简单粗暴，她和邵然握了个手，约好这事儿就当没发生过，从此天各一方，谁也别说认识谁。

这段过往狗血又老套，确实不值一提。

总之在那之后，两人的第一次见面，就是上次的饭局。上次见邵然行为举止如此自然，她还以为他早就把当年的事情忘了呢！

南曲问他："有烟吗？"

邵然从兜里摸了一根棒棒糖递给南曲："都多少年了，你这烟怎么还没戒掉？"

一个大男人，随身揣根棒棒糖？这爱好还真够独特的。

南曲叼着棒棒糖，问邵然："那祝星辞到底怎么回事？"

"老乔的同事，喜欢老乔挺长时间了。"

"今晚谁组的局？"

"祝星辞撺掇林石峰组的呗！老乔那是给林石峰面子才来的，他原本是要约浅妹子的。"邵然说。

南曲嚼碎了棒棒糖，含混不清地说："祝星辞……这名字有点耳熟。"

"祝正刚的女儿，我也是上个星期才知道的。"

祝正刚，当地出了名的暴发户，小时候家庭条件不好，考上大学了没钱念，后来买彩票中了奖，买了几块地皮开始炒房。那人商业头脑不错，后来生意越做越大，如今已经是首屈一指的地产大亨了。

他老婆长得很漂亮，还特别有气质，就连名字都取得很文艺，叫洛心译。她年轻时就是著名的京剧表演艺术家。祝星辞这样貌和气质，完全随了她母亲。

南曲开玩笑："不错啊，地产大亨的独女。你们老乔要是娶了她，也能少奋斗七十年了。要不你回头劝劝他，和祝星辞好好发展一下，也放我们浅浅一条生路。"

"我们老乔啊，是个狠人。看他这样子，自己都没打算从这段感情里全身而退，谈何给别人留一条生路？浅妹子要是真被他看上了，我看她也只能自求多福喽。"

自求多福的本尊陆浅，此时正在洗手间里照镜子，一个人嫉妒的嘴脸，可真丑啊！镜像世界里的自己，简直丑得连她自己都认不出来。

她掬起一捧水，拍在脸上。

虽然万般不愿承认，但其实她这心里就跟明镜儿似的。她知道自己今晚的所有反常行为，都源于对乔深的占有欲，以及对祝星辞的嫉妒。她嫉妒祝星辞坐在乔深旁边，也嫉妒乔深今天约了祝星辞。

陆浅知道乔深一直把她当朋友，而生日这么重要的日子，当然要和喜欢的人一起过才有意义。作为朋友，她应该替乔深高兴的，毕竟他约的是祝星辞这样的女神，毕竟他们看起来如此登对。

"朋友"这两个字，就像一根刺，卡在陆浅的喉咙里，吐不出来，也咽不下去。

其实她早就知道，见第一眼就心动的人，是没办法当朋友的。可她还是走进了"朋友"这个暧昧的怪圈里，还泥足深陷，无法自拔。

她扯了纸巾胡乱擦脸，深吸一口气，走出洗手间。一出来，就被门口的人吓了一跳。

"酒醒了吗？"乔深好似幽灵一般靠在门边，观察着陆浅脸上细微的变化。

陆浅勉强调整好心态，大大咧咧地笑道："没事儿！你以为谁都跟你似的一杯倒啊！你快回去陪祝小姐吧，你放心，我海量着呢！"

与他擦肩而过那一瞬，陆浅听到乔深开口解释："我和祝星辞只是同事。"

陆浅步伐僵了一下，又笑着装傻："哎呀，不用解释，我都知道。"

“你知道什么？”

我知道你喜欢祝星辞。

明明很简单的九个字，可陆浅就是说不出口。这感觉就像脖子上贴着的创可贴，你明知道创可贴下面是伤口，可是只要不揭开，你就可以骗别人，那只是吻痕。

乔深纹丝不动地站在那里，却将陆浅眼底所有的纠结都读懂了。他心中闷笑，把人拉进怀里，软着声音说：“我不喜欢祝星辞。”

第十六章
陆浅，我喜欢你

在短短的几秒钟里，陆浅想了很多种答案来回应乔深的话，但只有一种是她想问却又说不出口的——

你不喜欢祝星辞，那你可以喜欢我吗？

这句话从陆浅脑海里一闪而过时，她惊住了，因为只有她自己才知道，这是她内心深处最真实的想法。

她喜欢乔深！

陆浅一直以为，喜欢一个人是与日俱增的，只要不是相互讨厌的人，在一起相处久了，自然而然就会相互喜欢。可现在她才突然想明白，原来不是这样的。

喜欢一个人，是一瞬间的事。就是在某个特别的时刻，你会忽然发现，你喜欢他，没有任何征兆，就像六月的暴雨，二月的雪……

她喜欢乔深，不是花痴对颜控的那种欣赏，也不是迷妹对偶像的那种爱慕，而是实实在在的，一个女人对一个男人的心动。

或许从他在 KTV 里亲她那次，她就已经意识到了，只是没勇气承认而已。

如果她不喜欢他，就不会大半夜跑去医院看望他。

如果她不喜欢他，就不会放心依赖他，甚至跟着他回家。

如果她不喜欢他，就不会嫉妒祝星辞和他亲近。

可是她能喜欢他吗？

不能！

一个是常年待在部队，还要随时面临伤亡的消防员；一个是早出晚归，忙起来十天半个月见不到一面的飞行员。本质上来说，两人就不适合谈恋爱。

相比之下，还不如祝星辞，至少她和乔深还能朝夕相处。

就像陆浅之前跟南曲说的话一样，乔深和祝星辞就算现在没看对眼，也不意味着以后没有发展的可能性。毕竟感情这东西虚无缥缈，时间和距离都是爱情路上最大的阻碍。

陆浅使劲儿抠着掌心里的嫩肉，一鼓作气推开乔深。尽管心里滴着血，脸上却摆出一贯开朗的假笑，捶了一下乔深的肩膀："人家祝小姐又漂亮又有才，你还不喜欢，你这人这么挑，真是凭实力单身的。你说你是不是瞎！"

乔深垂眸注视着陆浅拽住裙摆的手，她拽住的那一小块布料，因她用力过度而起了褶皱。视线回到她的脸上，他看到了陆浅没心没肺的笑，就像本色出演，看不出半点破绽。

这小骗子不去当演员，真是可惜了。

"我眼光很好。"乔深垂着漆黑的双眸，平静地看着她，"我喜欢的丫头，有才有貌、坚强善良，还有一颗笨拙而热烈的心。明明一无所有，却又对这社会倾其所有。她是这世上最好的，也值得这世上最好的。"

被他这样注视着，陆浅的内心又激荡起来，他就是生了这么一双深情的眼睛，明明不是跟她说的话，却被他说得好像告白的情话一样动听。

陆浅心头有点酸，也不知哪个丫头命这么好，能让他褪去一身骄傲，把所有的情话都念成了诗。

她实在是一句违心的话都不想说了。

陆浅冲着乔深牵强附会地笑了笑："我们回去吧！"

"今天是我生日。"乔深温柔的声音自身后传来。

陆浅背对着他，把眼底翻涌的情绪努力压下去，回头对着他灿烂一笑："生日快乐啊！"

他问："没有生日礼物吗？"

"没有。"陆浅面不改色地撒谎，"先前不知道你生日，下次给你补上。"

"那这是什么？"乔深拿了个东西在陆浅眼前一晃。

陆浅仔细一看，正是她五分钟前丢进走廊垃圾桶里的香水，是她花了一下午时间，在南曲的帮助下亲手调制出来的木质香调。佛手柑和琥珀的香气在空气中挥发，陆浅一时说不出话来。她在礼盒里写了卡片，虽然只有简单的一句"乔深生日快乐"，但落款是陆浅。乔深既然捡到了香水，肯定也看到了那张卡片。

陆浅伸手去抢他手里的香水，他抬高左臂，右手顺势揽住她的腰，把她压在墙上：“为什么要扔？”

为什么要扔？因为嫉妒你和祝星辞走得太近，所以不开心，不开心就扔了呗！还能为什么？

“因为觉得这玩意儿拿不出手，准备买个更好的送给你。”陆浅在心里唾弃自己，也就这点出息了！

“我很喜欢。”乔深低头望着她的眉眼，认真地说，“很喜欢你……”

“深哥！”

祝星辞的声音在走廊里突兀地响起，把乔深没说完的话打断了。陆浅吓得浑身一颤，伸手推开乔深。这次乔深没有如她的愿，而是紧紧地扣住了她的腰身。

祝星辞的脚步声越来越近，陆浅抠着乔深的手指：“你别闹，赶紧松开！”

“不松。”他软软的声音大有几分耍赖的意思。

陆浅拿他没办法，皱着眉说：“你有本事一直别松，一会儿祝星辞看到了，我看你怎么解释！”

“就说你是我女朋友呗！”乔深突然轻松地笑了起来，下巴搁在她肩上，“我帮你那么多次，你也帮我一次好不好？”

就冲这颜值、这声音，陆浅也拒绝不了。作为一条“颜狗”，此时是没有尊严可言的。

她认真地问：“你是真的不喜欢祝小姐吗？你要不要再考虑一下，要是拒绝了就没法后悔……”

“不喜欢。”

祝星辞刚来就听到这三个字，她以为这话是对着陆浅说的，可是乔深正以一种极度暧昧的姿势抱着陆浅的腰。

她脸上露出不忿的表情，又把情绪深深地压下去，温柔地唤了一声：“深哥，你们这是……”

“你是不是喜欢她！”陆浅一巴掌打在乔深肩上，满眼委屈地看着乔深，“你放开我，我不想听你解释！”

乔深：“……”这戏精又上线了。

乔深也只能配合，用力抱住她，说：“我们不要吵了行不行，反正又不可能分手。”

陆浅假装这时才看见祝星辞，她推搡了乔深两下，乔深松开她，她就双手环胸，背对乔深，噘起嘴生闷气。

陆浅觉得自己这个表演很走心了，如果不当消防兵，说不定可以朝演艺圈发展一下。

乔深虽然松开了她，可是却依旧揽着她的腰，像是生怕她跑了似的。他回头冲着祝星辞抱歉地笑："不好意思让你看笑话了，小丫头跟我闹脾气呢！"

祝星辞蒙了，饶是她这般喜怒不形于色的人，也没能控制住自己的面部表情。她从来没见过这么温柔的乔深，甚至从来没有想过，有朝一日会在乔深的脸上看到这般宠溺的神情。而他的深情，全给了他怀里的那个女人——一个蓄着短发，素面朝天的女人……

别说是祝星辞招架不住这样的乔深，就连陆浅也快阵亡了。再这么下去，这戏就没法演了，她迟早要溺死在他怀里。

陆浅不想纠缠，只想尽早逃离，既然答应了要帮乔深摆脱祝星辞，自然不能食言。她灵机一动，豁出去了！

"祝小姐不好意思，我和他还有账没算完呢！"趁着乔深不注意时，陆浅一把揪起他的耳朵，"乔深，你给我过来！"

祝星辞将这戏剧化的一幕全都印在了眼底，直到陆浅揪起乔深的耳朵与她擦肩而过时，她才总算看清了现实，一把拉住乔深："深哥，你们……"

"她是我女朋友，下次再介绍给大家认识。"乔深掰开祝星辞的手，脑袋尽量往陆浅身边凑，这丫头下手倒是不轻，也不知道对他积了多久的怨气，这回是全发泄出来了。

霎时，祝星辞失去了所有行动能力，"她是我女朋友"这句话就像紧箍咒般，重复地在她耳边响起。

"谁是你女朋友！"陆浅松开乔深的耳朵，揪着他的胳膊边走边吼，"我问你，昨天半夜给你发短信的女人究竟是谁？"

乔深渐行渐远的声音传进祝星辞的耳朵里，他说："是我妈，你未来婆婆。"

过了转角处，陆浅被乔深的答案逗笑了。她松开乔深，说："我是不是演得太过了，会不会伤了祝小姐的心？"

"感情里的过度仁慈，实际就是二次伤害。"两人并肩而行，乔深揉了揉耳朵，"不过揪我耳朵，这应该算是直接伤害了。"

“剧情需要，剧情需要。”陆浅一下子心虚起来，抠着自己的小拇指说，“我也是为了避免长时间纠缠，祝小姐又不傻，这时间久了，肯定能看出来咱俩是演的。”

“那就别演了。”乔深突然停下脚步，一双深邃幽黑的眼睛专注地凝视着她。

陆浅侧头看他，还没听懂他是什么意思，突然被他揽入怀中，撞进他坚硬温暖的胸膛。

她听见他紊乱的心跳，也听见他说：“那就别演了，当真吧！陆浅，我喜欢你。”

“按道理说，我这么喜欢你，真该放长线钓大鱼，步步引你上钩，让你上瘾直到离不开我。可是我等不及，也不想再和你互生猜忌。”

乔深的鼻尖碰上陆浅烧红的耳朵，酥麻的感觉让陆浅脊梁蹿起一阵暖意，她伸手抵住乔深的胸膛往后退了一步，刚好撞开身后的包厢大门。

这个包厢里没人，黑漆漆的，伸手不见五指。

乔深搂着陆浅转了半圈，左手护住她的脑袋，将她压在了门板上。

“你、你今晚是不是碰酒了？”陆浅也不知道自己怎么了，紧张得一句完整的话都说不出来。

乔深完全没意识到自己刚刚的那番话在陆浅心里掀起了怎样的惊涛骇浪，他捧着她的脸，说：“我要是喝酒了，那也是酒后吐真言。”

他的前额抵着她的额头，无奈地轻笑：“陆浅，我没追过女孩子。在遇到你之前，我也没嫉妒过谁。但当你做梦叫萧泊舟名字的时候，我嫉妒；当江尔易光明正大向你表白的时候，我也嫉妒；我不是个善妒的人，却唯独不愿意把你拱手让人，甚至没有问过你同不同意，就一腔热血地投入了所有感情。我也自私地希望这段感情能得到一星半点的回应，所以接下来三秒钟你没有拒绝我的话，我就当你是答应我了。”

“三……”

陆浅心乱得毫无章法可言。

“二……”

陆浅张了张嘴，明知该拒绝，可就是说不出口。

“一……”

陆浅稳住急促的呼吸：“乔深，我觉得我们不合……唔……”

乔深温热的唇突然覆上来，堵住了她的嘴，鼻尖抵着她的脸颊，灼烫的呼吸全拍在她的脸颊上。

陆浅的感官全被他挑起的情欲淹没了，甚至情不自禁地轻颤。不是没接过吻，却生涩得像个初尝禁果的孩子。在感受他唇瓣的温度后，只会傻乎乎地伸手去推他的手臂。他手臂上的皮肤烫得灼人……

乔深反扣住她的手腕，手指滑入她的掌心，与她十指紧扣。

突如其来的亲吻就像暴风雨一样，陆浅试过反抗，可最终还是溺毙在他温暖的怀抱里。后来也分不清究竟是谁主动，更分不清是谁撬开了谁的牙关，得寸进尺……

绵长又深情的一个吻，消耗了乔深所有的自制力，也夺走了陆浅自我站立的能力，最后她整个人几乎挂在了乔深身上。

他顺着她的脸颊吻过去，薄薄的唇附在她耳畔："你刚刚想跟我说什么？"

他问："是不是想拒绝我？"

本来是的，可现在被他搞得，陆浅一个拒绝的字也说不出口了。不是因为别的，就只是……舍不得。

舍不得拒绝，更舍不得错过，好像她的前半生，从未做过如此艰难的抉择。

乔深说："我给了你三秒。"

陆浅据理力争，伸手抵住他的唇："最后一秒明明是你犯规了！"

"陆浅，确认要不要拒绝一个人，并不需要这多余的三秒。如果你不喜欢我，早在我说出我喜欢你的那一刻，你就已经想好要怎么拒绝我了。"

乔深总是这么胸有成竹，直中要害。他捅破了陆浅极力维护的那层窗户纸，也让陆浅明白，喜欢这玩意儿是藏不住的，她所有的挣扎，其实都是徒劳无功的自欺欺人。

陆浅还以为自己足够成熟，在明知自己和乔深不合适的情况下，一定不会泥足深陷。可是在爱情里，所有人都是小孩，一边摔跤，一边成长，一边学会勇敢地做选择。

陆浅觉得自己之前的心态，就像顾城写过的那首诗——

你不愿意种花

你说，我不愿看见它一点点凋落

是的

为了避免结束

你避免了一切开始

她因为害怕和乔深在一起没有结果，所以就连开始都避免了。还没有得到，就已经害怕失去，这一点也不像自己。

黑暗中，乔深耐心地等着她的回应，他扣着她的手，始终没有放开，像以往那样，如视珍宝地轻轻摩挲着，一下又一下。

乔深送的手霜，陆浅一直都有坚持用。可她还是觉得自己活得实在太糙了，就像个糙老爷们儿。女人该有的风情万种她没有，就连温柔娴静也做不到。

常听别人说女人如花。陆浅觉得，如果非要用花来比喻自己的话，大概只有仙人球能让她对号入座了。养得好的话，三到五年开一次花；养得不好的话，二三十年都未必会绽放一次。而且这玩意儿花期短，就算开了花，也不过是——今日傍晚花开，翌日清晨凋零。

她曾以为自己会为了萧泊舟而盛放，她拼了命地从萧泊舟身上寻求温暖，想要早日盛放，可是努力了这么久，也不过是只长出了一个小花苞，后来还没盛开就凋零了。

直到这一刻她才明白，原来花开除了需要适宜的温度以外，还需要合适的水分、养料和阳光。

而乔深就像她生命里的一道光，在她坠下高楼的时候，拉她一把；在她烂醉的时候，背她回家；他会在雨中陪她一整夜，只为了跟她说一句“注意安全”；他会在大半夜骑车过来，给她送药水和绷带；他会在她自责痛哭的时候，告诉她“人没救回来，不是你的错”……

他说得很少，却做得很多。

可是做过的每一件事，陆浅都清清楚楚地记得。

像是终于下定了决心，陆浅放肆地盯着乔深的眼睛，嘴角不自觉地扬了起来：“乔深，我脾气不好。”

乔深笑了笑，摸着她的短发：“没关系，我脾气好。”

“我被别人劈过腿……”

“他瞎。”

“我没有过人的才华和美貌。”

“你有。”

“我没有风情万种，也不是小家碧玉。”

“我知道。”

“我……”

乔深用食指堵住她喋喋不休的小嘴：“我不要你的十全十美，我只要你喜欢我。”

喜欢本该是件很简单的事情，无关过去和将来，只看当下便好。对，珍惜当下！无论结果如何，她也应该勇敢一次，因为他值得！

陆浅不知说什么，只是迫切地想要回应他，索性揪住乔深的衬衫衣领，踮起脚去吻他。

乔深只觉得衬衫领口一紧，随后就……被陆浅一把推了出去……

陆浅瞪大了眼睛：“我没站稳，我……”

她一句话还没说完，就突然意识到，不是她没站稳，而是整个房间都在剧烈晃动。她诧异地望向乔深，只见乔深刚扶着墙站起来，“哗啦”一声巨响，屋内的水晶吊灯就砸在了地上。

在陆浅意识到有可能是地震的时候，外面已是一片喧哗。乔深抓住陆浅的手，一脚踹开虚掩的大门，拉着她就往外跑。

一时间，所有客人都从包间里冲了出来，有的手里还拿着话筒，有的还在提裤子。每个人脸上都写满了惊慌与恐惧，都在不顾一切地往电梯口冲。求生意识占据了上风，甚至没有人考虑到，地震时乘坐电梯是一件多么危险的事情。

乔深是理智的，他拉着陆浅的手就往安全楼道口冲。刚走了没几步，所有的灯光突然熄灭了，只剩下应急通道的绿色反光灯。

陆浅反应了半秒，突然回过神来，趁着乔深不注意时，她掰开他的手，把他往楼道口推了一把：“你先走！”

求生是每个人的本能，可作为一名消防兵，作为一名军人，陆浅的使命让她回头冲向了电梯。

“陆浅！”乔深的吼声很快就被淹没在人海里。

他伸手去抓陆浅，却被混乱的人群生生挤开……

地震持续了一分多钟就停止了，可谁都不知道还会不会有余震，刚刚的地动山摇把所有人都吓坏了，逃生通道被堵死，黑漆漆的大楼里，只有绿色的应急灯还在闪烁。

尖叫声、哭闹声、呼救声，此起彼伏交织成一片。

好在刚刚挤进电梯里的人实在太多了，所以电梯还没有来得及下行。此时停电了，没有人被困在电梯里。

陆浅打开手机电筒，跳上了消防箱，站在高处，冲着电梯口的人群大吼：“所有人听我指挥，双手抱头，压低身子，跟着绿色的消防通道指示灯，有序地撤离！电梯不能用！所有人到楼下找到空旷的地方集合……都顺着最近的安全通道撤离！”

陆浅话音刚落，大楼突然又摇晃起来。墙壁不停有瓷砖脱落，吓得众人又是一波惊叫，紧接着又陷入一阵慌乱。

陆浅扶住墙壁，将手电筒照向最近的逃生通道：“都往这边走！”

终于有人在黑暗中点亮了一盏灯，所有人都看到了这束象征着生命与希望的灯光。混乱的人群稍微稳定下来，大家都循着灯光的方向拥。

还好这是成人会所，并没有老人和孩子，成年男女趁着余震再次来临前，听着陆浅的指挥，依次往楼下冲去。

陆浅跳下消防箱，冲着空旷的走廊大吼了一声：“还有没有人？”

碎石和玻璃灯砸了一地，陆浅举着手机照了一圈，只见一个五十来岁的女人正趴在不远处的地上，她右腿受了伤，鲜血已经染红了那套清洁工制服。

她正冲着陆浅伸手：“救命……救我啊……”

大妈呼救的声音在空旷的走廊显得格外清晰，陆浅三步并作两步冲上前，拉着大妈的胳膊把她扛在肩上就朝楼下冲去。

乔深被陆浅推开之后，就随着人群被挤到了二楼。他艰难地转身，扒开周围拥挤的人群，拼命往三楼挤。应急灯的灯光很微弱，所有人都拼了命往下跑，逆行的乔深就显得尤为突出了。祝星辞一眼就看到了乔深，她抓住对方的手臂：“深哥，你干什么？”

“陆浅还在里面。”乔深扒开祝星辞的手，问，“邵然呢？”

祝星辞摇头，还想跟乔深多说一句，就被人群生生地挤开了。她被迫顺着人流往楼下走，再回头时，乔深毅然决然的背影已经消失在视线里。

那一刻，在祝星辞的眼里，周围所有的事物都变成了苍白的颜色……

陆浅扛着大妈跑到二楼时，她听到了熟悉又慌乱的声音……

“陆浅！”

只见乔深凭借着自己高大的身躯，不顾一切地从人群中挤了出来，他逆流而上，一边往楼上冲，一边大声叫着她的名字。

“我在这儿！”陆浅应了一声，乔深已经冲到她眼前。他还来不及拥抱她，就被她吼了一句，“我不是让你走吗？”

“一起走。”乔深悬着的心终于放下，这才注意到陆浅还扛着一位大妈，大妈起码一百五十斤的体重，就扛在陆浅看起来很纤弱的肩头上，而陆浅眉头都没皱一下。

乔深直接从陆浅肩上接过大妈背在身上，还腾出一只手来抓住陆浅。顾不得陆浅没说完的话，他拽着陆浅就朝楼下跑去。

好在修建这栋大楼时，老板没有偷工减料。虽然大楼内部已是一片狼藉，但好在建筑没塌。就是建筑外层还在不断地脱落石块，为保障大家安全，陆浅开始组织疏散人群。

会所前面有一个人民广场，广场上有一群正在跳广场舞的大妈，那蓄电的音响里还放着《最炫民族风》，陆浅冲过去借了大妈的音响设备，有条不紊地将人群往广场上疏散。

乔深正在联系医院，可是不知是哪一段的通信设施被损坏了，电话怎么都拨不出去。

陆浅把人群集中到广场后，这才扯着乔深问：“有没有看到邵然和南曲？”

正当乔深摇头时，一个穿着高跟鞋的女人突然朝着陆浅的方向扑了过来。

南曲死死地抱住陆浅：“吓死我了……”

认识南曲近十年，陆浅从未见过教主如此惊慌失措。她拍着南曲的后背，安慰：“没受伤吧？其他人呢？”

南曲倒是没受伤，地震发生的第一时间，她和邵然正在三楼的小花园，当时邵然也不知怎么想的，直接打横抱着她就冲下了楼，他们到楼下的时候，还有好多人没反应过来。

邵然也跟过来了，拍着乔深的肩膀说：“我们没事，我刚刚看到祝星辞和其他人也都出来了。”

陆浅拿出手机准备联系部队，乔深说：“基本通信设施应该被损坏了，所有电话都打不通。”

陆浅环顾四周，大家都在焦急地打电话联系家人，可是没有人拨通电话。

劫后余生，有的人正紧紧地相拥在一起，也有的人正在破口大骂。周围不少建筑物都有轻微损坏，但还好问题不大，并没有大楼坍塌，所以父母那边应该也没事。

陆浅说：“我得回部队一趟。”

乔深立马道：“我送你。”

陆浅指着公路：“全都堵死了，你送我也没用。部队距离广场不远，我从这儿跑过去最多五分钟，那边还有十几个伤员，一会儿你负责带人把他们送到医院。那个穿紫色衣服的姑娘被人踩伤了，有可能是肋骨骨折，医生没来之前别搬她，免得造成二次伤害。”

风风火火的陆浅一番紧急交代后，转身就朝部队的方向跑。

乔深眉头拧在一起，他想留住她，却不能阻止她。

陆浅跑了两步，突然一个急刹车，转过身来看着乔深。

乔深像是知道她在想什么似的，朝着她张开了双臂。

陆浅跑回来，一头扎进他怀里，她踩着他的鞋，踮起脚尖，狠狠地亲了一下他的唇，捧着他的脸说：“生日快乐！”

乔深一个字也不想回她，低头咬住她的唇，攻城略地地撬开她的牙关，扫过她的唇齿，又惩罚性地咬了她一口。

陆浅不服输地咬了下他的唇瓣，胸膛剧烈起伏着，说：“乔深，等我回来。”

“好。”乔深终于松手，放任她离开。

她像一只漂亮的鸟，很多人都想将她关在鸟笼里收藏，妥善安放，细心保存。而乔深知道，她是张开翅膀的苍鹰，有着卓越的生存能力和拼搏精神，他不能、亦不想剪断她的翅膀。

邵然已经被眼前这一幕惊着了，他问乔深：“你告白了？”

乔深懒得理他，径直走向伤员。

邵然追上去，一边照顾伤员，一边追问乔深：“所以浅妹子答应了？”

乔深：“……”告白是告白了，可是也不能说陆浅已经答应了。毕竟她还没来得及表态，意外就发生了。他找谁说理去？

乔深说：“有一句话说得好，你永远不知道明天和意外哪一个先来，所以，珍惜眼前人。”

邵然：“……”这话说了和没说有什么区别？

等了半个多小时，乔深终于按照陆浅的交代，把所有伤员都送往了医院。

听说星城不是震源中心，秩序也很快就恢复了。除了会所附近的几幢大厦情况稍微严重一点，其他地方并没有太大的问题，电路也很快就恢复了。

乔深刚把伤员处理妥善，就看到医院的电视正在直播：“欢迎收看新闻，来自国家地震局的最新消息，今天晚上 20 点 45 分，德北县发生 7.4 级地震，具体位置在星城西北 55 公里。我们刚刚从各种渠道得到的消息，星城、纬县、桥市等多地均有明显震感……总参谋部已经命令有关部队迅速展开抗震救灾工作，接到救援命令的星城公安消防支队迅速集结官兵，星城特勤中队队长罗永旭以及中队指导员陆浅临危受命，奉命带队首批出发，已在第一时间前往灾区……”

主持人还在继续说着，可乔深却一个字也听不清了……

第十七章
负重前行

地震发生后，星城公安消防总队第一时间启动地震跨区域应急救援预案，迅即调集附近 9 个支队全部进入灾区开展救援。

罗永旭和陆浅带领的特勤中队是首批前往灾区的消防救援队，也是目前为止距离灾区最近的消防队。7 辆车，55 名官兵，此时每一位官兵的表情都无比严肃。

指挥车上，罗永旭刚接到总队通知——灾情就是命令，一定要不惜一切代价前往灾区进行救援。

“罗队，陆指导，前方路段山体滑坡，所有通往灾区的道路都堵死了。”一班班长陈奇从前面跑了过来，皱着眉报告。

陆浅拉开车门下车，举着手电筒往前走。她借着微弱的灯光，看清了前面的路况。因为山体滑坡，道路已经完全损毁了，不计其数的石头挡在路中央，就算把石头挪开，车子也开不进去。

陆浅和赶来的罗永旭交换了一个眼神，当下有了决定，她语气坚定地对着陈奇说：“组织部队，放弃车辆，继续向德北县城前进，就是爬也要给我爬过去！”

罗永旭点头：“陈班长，你通知下去，让三班班长带领一部分人看好车辆装备，剩下的人带上破拆工具、灭火器、探测仪，总之所有能用于救援的东西都带上。即刻启程，徒步前进！”

陈奇迅速通知下去。

江尔易得到命令，带上二班人员上前集合。他和陆浅对视了一眼，无声地点头，眼底翻涌着浓烈的情绪。他率先爬上石堆，随即对着陆浅伸出手。

陆浅看了他一眼，没有把手递给他，而是命令：“你带小分队先去探探路。”

军令如山，江尔易咬咬牙，只能举着手电筒，带上石头组织小分队在前面打头阵。

伴随着地震而来的，还有狂风暴雨。不知走了几个小时，天上突然一道惊雷响起，随即天幕就像被劈开了一个口子，瓢泼大雨犹如银河倾泻。战士们纷纷穿上黑色的雨衣，在黑暗中摸索前行。

很快，去前方探路的江尔易带着小分队回来。

“报告，前方公路被暴雨冲毁，地势情况不利，实在看不清路。”

罗永旭低头看了一下时间，战士们从出发走到现在，滴水未进，于是对着陆浅道：“通知下去，让大家原地休息十五分钟，抓紧时间吃点干粮再继续出发。让陈奇重新组织小分队去前方探路。”

陆浅吩咐下去，找了个相对安全的空旷地势组织战士们坐下。

江尔易把仅剩的一块压缩饼干递给陆浅：“多吃点。”

陆浅给他退回去，冷着脸低声说：“到了灾区，要救人，更要保护好自己，别把心思分在我身上。听懂没？”

江尔易笑了，露出一口整齐的大白牙：“那不行，你是我的底线。”

“江尔易，我现在把你遣回去你信不信！”陆浅一把揪住江尔易的领子。

江尔易立刻乖乖点头：“我一定不辜负祖国的信任，不辜负自己的使命，不辜负领导的栽培！”

陆浅还想骂他，江尔易却看向远处的大鹅，小声说：“我记得大鹅的老家是在德北县附近吧？”

大鹅正盘腿坐在远处的湿土地上，手背不停地擦眼睛。天太黑了，分不清他脸上的液体究竟是雨水还是泪水。

大鹅原名张和泰，因为平时老实巴交得像只呆头鹅似的，所以战士们都叫他“大鹅”。

江尔易、陈奇、大鹅和石头，当初都是陆浅带出来的新兵，所以他们几个的家庭情况，陆浅最清楚不过了。

大鹅家里挺穷的，父亲早年因病去世了，母亲含辛茹苦把他养大，当初送他来当兵，也是为了让他能够出人头地。现在德北县几乎与外界完全断绝了联系，没有人知道县城的具体情况，大鹅唯一的亲人还在德北县里，他此时的心情，不言而喻。

大鹅手里捏着一个破旧的信封，也分不清信纸是黄色还是白色的，就连边角都磨烂了。暴雨打湿了信封，他却紧紧地攥着，仿佛抓住了最后一根救命稻草。

那是他写的遗书，出任务前都会放在作战服里。写遗书，常人看来有些不吉利的事情，在消防队却是一个不成文的规定了。每位战士或多或少都写过几封遗书，怕的就是哪天出任务以后，再也回不来。而这次出发前，大队长让每个人都写了一封遗书。陆浅也写了……

江尔易说："我看到你遗书里写了乔深的名字。"

陆浅怒道："……你偷看你还有理了？"

"我听老王说他今天约了你。"江尔易问，"他跟你告白了吧？"

江尔易这人，其实很沉稳，就连喜欢陆浅这种事情，他一憋都能憋这么多年，可是今天却问得这么冲动。

他问陆浅："你答应他了吗？"

陆浅摇头："还没，能回去的话，就答应。"

这话听来很不吉利，但战士们都知道，每次出警意味着什么。

江尔易的心，比脸上的雨还要冷。感情这种事，比数学题还要难！两情相悦的概率，渺小得就像是空气里的一粒尘埃。

陆浅叹了一声："我倒是后悔今天没拒绝他。"

人要是没有牵挂就好了……

陆浅拍拍膝盖，走到大鹅身边蹲下。

大鹅一看身边蹲下的人是陆浅，声音哽咽起来："陆队……"

陆浅心里五味杂陈，却只得扯着嗓子吼他："哭什么！现在县里的情况谁都不清楚，给我振作起来！"

大鹅吸了吸鼻子："陆队，这是我给我妈写的第七封信了，我跟他说，儿子将来出息了，就开车回来接她，给她买大房子。这封信永远寄不出去了……"

陆浅心里难受，像是有人拿着烙铁烫过一样疼，旁边有人小声跟她说："我们刚刚路过的那段路，就是大鹅母亲住的小村子，地震引起山洪暴发，整个村子都被冲走了。"

大鹅抓着信封，无声地抽泣着。那手指把信封戳出好大一个洞来，让战士们的心也紧跟着痛了起来……

直到这一刻，战士们似乎才意识到，这是真正的天灾人祸，在大自然面前，大家都显得如此微不足道。

又是一轮余震，地动山摇。

陈奇带着侦察队回来，罗永旭拍拍大鹅的肩：“所有战士，继续前进！”

陆浅把大鹅从地上捞起来：“我们是你的亲人，所有的灾区人民都是你的亲人。他们都在等待着我们的救援，不能垮！大鹅，不能垮！”

重振士气后，大家继续徒步前进，等大家赶到德北县时，天已经亮了。

江尔易举着五星红旗走在前面，率先看到了重灾区。几乎所有的房屋都倒塌了，只剩下断壁残垣。水泥体里的钢筋，被大雨洗刷过，还在不停地往下滴着水珠。

幸存者们站在空旷的废墟里，浑身都是泥土和黑褐色的血迹，他们和灰色的背景融为一体，脸上看不到一丝劫后余生的喜悦。还有人正三五成群，跪在废墟里死命地刨着。

他们活着，却像行尸走肉一样。

直到看到一面鲜红的旗帜突然出现，人群中不知谁高呼了一声：“解放军来了！救援队来了！消防……是消防队！”

突如其来的叫喊声，在空旷的废墟里响起，所有人都转身，看向了这支橙黄色的队伍。一个三十来岁的女人率先反应过来，冲过来抓住陆浅的手就跪了下去：“同志，救救我女儿，我求求你救救我女儿……”

石头迅速过来扶住家属，陆浅哽咽了一声，镇定下来：“救人！”

罗永旭从居民口中得知，这地方原来是一所中学，事故发生的时候，孩子们还在上晚自习，逃出来的那一部分已经被老师带走了，剩下的还有一部分被压在里面。他们是第一支到达学校的救援队伍，在此之前，家长们组织起来，已经奋战了一整夜了。

陆浅夺过罗永旭手里的通信设备，立刻跟总队汇报情况，现场比新闻报道上严重得多。他们带来的人实在是太少了……

罗永旭命令：“一班带人去附近的医院，能抢多少救援物资就尽量多抢一些。四班带人去附近的机关、居民楼，尽量与当地政府联系。陆浅，撤离群众！”

周围所有的声音都凝聚着一个信念——救人！

战士们不停地从废墟中把人挖出来，一个个都是年轻的面孔，都是祖国未来的希望。救援的欲望已经打败了饥寒交迫，持续救援了两个小时后，其他救援队才赶到。也是此时陆浅才知道，受灾最严重的还不是这所伤亡惨重的学校，而地震也远远不止 7.4 级。

因为学校所在的位置天气原因复杂，空军部队的飞机达不到落地条件，只能在上空盘旋，最后是总队一声令下，战士们才跳伞下来进行增援。

德北县三面环山，一面通水。随着地震而来的，还有泥石流和山体滑坡，以及山洪，每一项都在给救援增加难度。救援人员进不来，所有救援物资也迟迟送不进来。

因为灾情重大，地震发生的当天晚上，陆浅刚刚率领部队离开，首都军区某机械化步兵师参加救灾的一万名军人，就已经接到命令立即前往。但由于德北县机场跑道被毁，飞机没办法直接降落在德北县，只能先飞往星城。为弥补空军运力，总参谋部协调民航部门，调用民航飞机输送救灾部队。

当天晚上乔深就接到命令，组织机组飞往其他城市接应救灾部队。

第二天中午十二点，乔深和机组总算把一万余名救援军人接到星城。

此时很多记者已经进入当地灾区，电视上相关报道层出不穷，邵然一边刷新闻，一边去机场接乔深。

乔深正站在中航二分部的办公室里，今天林石峰的酒醒了，想起昨晚的经历还有一种捡了一条命的错觉。

“乔深，你要请假可以，但你要考虑清楚，你现在请假是要去灾区！”林石峰语重心长地说，“灾区余震不断，你现在请命去灾区，说好听了是英勇，说现实点就是蠢！哪怕是在战场上，飞行员都是不能杀的！你要知道国家培养出一个像你这样优秀的飞行员有多不容易！”

“我只知道，养兵千日用兵一时，我是飞行员，但我首先是个军人。现在不管是军用食品、救灾物资还是医疗药品，都紧缺得很。特别是运输机飞行员，紧急抽调根本来不及。反正我已经和旅长取得联系，一个小时后就出发，准不准假，您一句话！”

林石峰气急了，拿了个笔筒朝乔深砸去：“你个兔崽子！”

邵然把车开到机场，接到乔深，他把刚取的现金递过去：“你要现金干吗？”

乔深一边打电话，一边说：“灾区不能刷卡。”

“哦。”邵然点点头，两秒后才猛地反应过来，“你要去灾区？！你疯了吧？！”

从地震发生到现在，已经过去34个小时了。大雨一直未曾停歇过片刻，战士们连夜搜救，持续作战，已经疲惫不堪。还好道路经过抢修，已经送来了一部分起重机和透墙雷达等专业救援器材，也送来了海军医疗队的战士。

战士们迅速加入救援，但很快就传来消息，伤员实在太多，医疗药品紧缺，血袋远远不够用，其他的救援物资还来不及运送过来。

陆浅和医疗队队长沟通后，扯下手套，一边挽袖子，一边叫江尔易：“组织战士们献血。”

江尔易拉住她鲜血淋漓的手臂，情急之下叫了她的全名：“陆浅，你不能再献血了！”

“顾好你自己。”

江尔易严肃地说：“你才要顾好你自己，别以为自己的身体是铁打的！你要是有个三长两短，我该怎么办？”

陆浅抽回手臂，冷着声音道，“立刻组织战士们献血，这是命令！”

江尔易咬着牙，腮帮子鼓成一条线，最终还是不得不转身组织战士们献血。他是军人，军令如山！

陆浅第一个抽完血，撸下袖子转身对罗永旭说：“中队长，战士们持续作战这么长时间滴水未进，再没有食物补给的话……”

她话音未落，就看到一名眼熟的幸存者一瘸一拐走来，她身后跟着七八个人，他们手里端着馒头和热水，热情地把食物塞到战士们手里。

在这里，他们有的失去了亲人，有的亲人还被埋在废墟底下。但此刻大家都拧成了一股绳，坚强地与死神做斗争。

战士们连忙摆手拒绝他们的好意，毕竟军有军规，作为一名军人，规矩就是不拿群众一针一线。可是战士们累极了，也困极了，看到食物时，喉头生理性地滚动了几下。

陆浅回头看了一下罗永旭的表情，最终才下令：“所有战士原地休息五分钟，吃点东西。”

本来就只有短短的五分钟休息时间，可是战士们硬是压缩成两分钟、一分钟，馒头就着热水吞下去，狼吞虎咽，食之无味。

江尔易塞了两个馒头给陆浅，怕她发火，趁她开口前，就拿着生命探测仪跑了。

卫星通信机里传来指挥台断断续续的声音，陆浅只听清了一句“有可能发生 6 级余震”，她喝了两口热水，塞了半个馒头，又牵着搜救犬投入救援工作了。

她手里牵着的搜救犬叫“黑背”，是中队的镇队之宝。黑背突然冲着前方跑去，然后在一幢摇摇欲坠的教学大楼前停了下来。

“有人吗？”陆浅叫了一声，立刻冲着江尔易的方向大吼，“将蛇眼探测仪拿过来！”

江尔易迅速奔过来，将东西递给陆浅。

黑背不停地刨着同一个坑，陆浅把黑背拉开，将探测头从瓦砾中放进去。很快，江尔易就收到反馈，惊喜地冲着远处正在搜寻的大部队招手：“起重机，起重机！”

起重机过来，把压在瓦砾上的大石头挪开。安全员迅速隔离了现场群众，大鹅拿着液压剪和小气垫冲过来询问情况。

江尔易说：“下头埋得很深。水呢？”

地震救援常识第一条，发现生命先送水。因为肢体被挤压超过 24 小时后开始出现肌肉坏死，一旦移开重压，坏死肌肉会释放大量的肌红素、蛋白、钾等电解质，迅速引起心肾衰竭，所以液体至关重要。

大鹅把别在腰间的一瓶水递过去，然后弯腰和战士们一起搬石头。陆浅徒手刨开瓦砾，这才看清下面纵横交错的钢筋。钢筋完全挡住了求生通道，但通过钢筋之间的缝隙，陆浅终于看到了一个黑乎乎的脑袋。

“孩子，听得到吗？！孩子，醒醒！”

“救……救我……”微弱的声音从废墟下传来，遥远得仿佛来自另外一个世界。

这细若蚊蝇的一声，却点燃了战士们心头的热血。

还活着，还活着！

“孩子，再坚持一下，我们一定会救你出来的。一定会的！”陆浅不停地和被压着的小姑娘说话，让她尽量保持清醒。

江尔易问现场勘察员：“能不能把上面的楼板吊起来？”

勘察员摇摇头：“恐怕不行。”

江尔易又问：“拿小气垫撑出一个空间呢？”

勘察员依旧摇着头：“关键是吊起过程中一旦二次坍塌，钢筋扎下去，人就保不住了。”

罗永旭听了，皱着眉，立刻下达指令：“让陆军突击队上，先想办法移除钢筋。”

罗永旭话音刚落，正要去通知陆军队员，大地突然又震动起来。地上的小石子像干锅里的小米粒一样跳动着，随之而来的还有轰隆隆的声响。

余震！

罗永旭立刻吹响哨子："撤离！快，全队撤离现场！"

来不及了，强烈的余震已经影响陆浅头顶那栋摇摇欲坠的建筑物。

"轰隆"一声巨响，断壁残垣在余震中崩裂，巨大的石块突然朝着陆浅砸了下来。

就在千钧一发那一刻，江尔易飞身而上，趁着所有人都没注意的时候，拼了命地将陆浅推开……

陆浅重重地摔出去两米，在她应声落地的那一刻，背后传来天崩地裂般的闷响。

那一刻，眼前发生的一切仿佛都变成了电影里的慢镜头，陆浅耳朵里嗡嗡作响，明知道听到了什么，却又像什么都没听到一样。

即便在暴雨中，坍塌的大楼也扬起了漫天尘土。

耳边的哨子声、尖叫声、倒塌声越来越远，直到陆浅再度睁开眼睛，周围的喧嚣才由远及近，渐渐清晰……

"不……不不不……"陆浅转身，只见那些断壁残垣早就夷为平地。

"江尔易！江尔易！"陆浅爬过去，伸手扒着那堆瓦砾，"江尔易！"

"陆队……"大鹅上来抱住陆浅，把她往身后拖。

陆浅不停地推着那块预制板，拼命地推着："江尔易没在下面吧？江尔易呢？他人呢？"

陆浅眼眶里缠满了血丝，仿佛要渗出血来。大鹅哭着抓住陆浅的手腕，她戴着的白色手套，已经被鲜血完全染红了。可是她好像感觉不到一丁点痛楚，就是拼命地刨着。

"江尔易呢？"她像一摊软泥一样瘫在地上，无助的目光看向大鹅。大鹅最老实了，从来不会骗人。

大鹅哭了，眼泪一滴一滴砸在陆浅的手臂上。

陆浅摇头，又转身去推那块预制板："江尔易！你出来……"

罗永旭两条眉毛都皱到了一起，哽咽着一把将陆浅拽起来："陆浅，你清醒点，你是军人！"

你是军人！

这四个字，突然点到了陆浅的穴位，她僵硬地站在雨里，大雨从她的头顶冲刷下来，顺着睫毛一滴一滴往下砸，砸入土里，渗入废墟……

她咬住嘴唇，渗出了血……

这里的每一个灾民，或多或少都失去了一些亲人。这地方满目疮痍，他们却用充满希望的眼神看着她。她失去了最亲爱的战友，可依旧是一名军人。她要完成她的职责，也要把江尔易救出来。

不知道过了多久，她终于缓慢地行动了，揪起袖子擦了一把脸，冲着大鹅说："救人！"

经过九个小时的救援，战士们终于将那个小姑娘从地底下挖了出来。医护人员第一时间给她输液，虽然孩子的呼吸还很微弱，但因为二次坍塌反而给她创造了救援空间，被抬上担架的时候，孩子的意识还算清醒。她用唯一能动的那只手，抓住了陆浅的胳膊。

孩子呢喃的声音，和蝴蝶扇动翅膀的声音一样小，但陆浅还是从她的口型里辨别出来，她拼命想说的那两个字是——谢谢。

和孩子一起被抬出来的，还有江尔易的遗体……

战士们排成一条长龙，担架从战士们的手中经过，最后终于停在了陆浅面前。

天已经黑了，只剩下两盏月球灯照亮废墟。战士们的影子投在担架上，挡住了他满是泥土的脸。陆浅拿着手电筒，一束清冷的光照在他的脸上。

灰泥和鲜血糊在他的脸上，遮住了他原本的五官。

他那么爱漂亮的一个人啊……

陆浅捧着他的脸，大拇指一遍又一遍地擦去他脸上的尘土。大雨不停地冲刷下来，成股的雨水终于把英俊的面容还给江尔易了。

陆浅看着这张脸，仿佛又看到了那个生龙活虎的新兵蛋子，穿着鲜艳的作战服，站在宽阔的操场上。他说过的那些话，像是电影片段一样在陆浅脑海里重现。

——我进消防队，当然是为了当英雄！

——陆指导，这次考核，我又是第一名，你夸我一下呗！

——我下个月就要复员了。

——我不想做你的战士了！因为我喜欢你！

——我会用我余生好好珍惜你。

——你是我的底线。

——我一定不辜负祖国的信任，不辜负自己的使命，不辜负领导的栽培！

——你要是有个三长两短，我该怎么办？

是啊，我该怎么办？

陆浅“扑通”一声跪在地上，无声地嘶吼着江尔易的名字，她狠狠地揪住自己的胸口，脖子上青筋暴起。她仰头望着苍天，刺骨的雨水砸在她的脸上，一滴又一滴……

脖子红了，指甲也陷进了掌心的嫩肉里。

陈奇从医生手中接过白布，颤抖着双手，盖在江尔易的脸上。

罗永旭把软成一摊泥的陆浅从地上捞了起来。

“江尔易，对不起，对不起，对不起……对不起……”她不断地重复着这三个字，哪怕最后声音已经被淹没在雨声里。

陆浅最后颤抖着双手，取下军帽，放在他胸前。

这一瞬，所有战士都受到了感染，纷纷脱下了军帽向江尔易致敬。

一时间万籁俱寂，唯有手电筒的光芒还在阵阵闪烁，像是永不熄灭的生命之光。

半分钟后，陆浅擦了一把脸，拭去脸上的血和泪，从另一名战士手中接过了担架。大鹅、石头和陈奇也走过来，和陆浅一起抬起了担架，往远处走去。

她一个人，像小丑一样演完了整出默剧，眼泪往外流的时候，痛苦全埋在了心里。

江尔易的离去，抽走了陆浅所有的人性，这一夜，她再也没有掉过一滴眼泪。

好多战士都扛不住了，在队长的安排下开始轮流休息。可陆浅却像是注入了鸡血一样，不停地搜救，她恨不得将每一块瓦砾都翻开看看，更恨不得掘地三尺。

陈奇和罗永旭轮流劝过她，可陆浅就像机器人一样，按下了和外界完全隔离的开关，什么也听不进去，只知道埋头救人。

陈奇担心地说：“照这样干下去，陆指导肯定扛不住的。”

罗永旭深深地叹了一口气：“让她去吧，看着她，余震的时候把人拽着点。扛不住了也好，反而才能真的休息。”

陈奇拉了陆浅一把：“陆队，休息一会儿吧？”

陆浅目光空洞地伸出一根手指：“一个……你让我再救一个……”

仿佛只要再多救一个人，就能得到多一份的救赎，就能弥补江尔易的逝去。

陈奇拉不住她，只能看她踉跄着朝前走。

四十几个小时不眠不休，还一直进行这种极其损耗体力的运动，就算是铁人也熬不住了，更何况是陆浅。她走了几步，脚下虚浮，膝盖一软，就朝前跌去。

陈奇跨步上前，还来不及抓住她，就看到陆浅栽进了另一个男人的怀里。

那人穿着深蓝色的空军飞行员制服，抱着她蹲在了地上："小浅……"

迷茫中，陆浅抬起头，清晨的微光好似浮光掠影，照亮了这光怪陆离的世界。透过一层薄薄的雨幕，她终于看清了那张熟悉的脸……

那憋了一整夜的眼泪，哗的一声，夺眶而出……

陆浅再醒来的时候，是半夜，在一个临时搭建的军用帐篷里，枕着硬纸板，盖着一床不知哪儿弄来的破棉被。

外面雨还在淅淅沥沥地下，天空像是被人戳了个窟窿，永无停歇之日。她觉得自己就像一条被养在水族箱里的鱼，沉入水底，无法呼吸。

起重机震耳欲聋的声音把她从窒息的环境中解救出来，反应了数秒，她才想起自己身在何处。这帐篷是医疗队临时搭建的救助点，篷内还有一些生理盐水。

帐篷的帘子被人拉开，海军医疗队队长看到缩在角落里的陆浅，语气惊喜："你醒啦？"

陆浅十指紧紧地揪着被子，就像溺水的人抓住了最后一根救命稻草。她面如土色，咬紧了牙，目光空洞地盯着一处，像被人抽了灵魂。

队长不敢继续说话，生怕吓着她，拿了注射液，快速离开。

外面兵荒马乱，战士们还在和死神交战。陆浅知道，自己不能像个缩头乌龟一样躲在这里，她是军人，她该站起来，和大家并肩作战。

她要站起来！

她扶着帐篷，走到出口处。距离外面的世界，只剩下一张帘子的阻碍。可是伸出去的手，却僵在原处，迟迟没有动弹。

她颤抖的手攥成了拳，泛白的指关节不带一点血色。

外面的灯光扫过帐篷，把路过的人影放大数倍，挖掘机的影子投射在帐篷上，像是一头巨大的怪兽，仿佛要吞了这帐篷。

陆浅缩回角落，死死地攥着那床破被子，仿佛又回到了21年前的那个雨夜……

黑漆漆的屋子里，父亲的遗照就摆在灵堂里，孤孤单单的照片，前面只有一束白菊和一套橙黄色的消防作战服。那灵堂很清静，只有她一个人。

母亲去送宾客了，听说那些宾客是来送父亲最后一程的。可是他们都笑得好开心，不像是来参加一场葬礼。

她穿着白色的孝服跪在地上，一滴眼泪也没流。清扫灵堂的阿姨拿着扫帚路过，碎碎念："这孩子真没良心，死了爹也不哭。"

陆浅咬着牙，一口牙都快被咬碎了。她不哭，因为爸爸说，英雄的女儿不能随便掉眼泪。

可是所有人都说，她爸爸不是英雄，是纵火犯。

也不知跪了多久，林女士终于回来了。和她一起回来的，还有一位身姿挺拔的男人，那人长了一张和善的脸，亲昵地叫她"浅浅"。

林女士说，那是她二婚的老公，叫雷廷生。以后雷叔会对她很好，视如己出。

那天，陆浅搬进了雷家。

那天之后，再也没有人提起过她的父亲……

她的父亲好像被人遗忘了，他的战友忘了他，他的妻子也把他忘了，就好像英年早逝的他，从来没有来过这世界。没有人知道他躺在阴冷的地下有多孤独，也没有人关心，他究竟是不是真的纵火犯。

只有陆浅知道，父亲不是纵火犯。那天父亲是为了给她过生日才请假出来的，如果不是为了她，父亲就不会葬身火海。如果不是为了她，江尔易就不会被活埋……

陆浅扯过被子捂住头，使劲儿地揪住头发，仿佛又回到那个灵堂，想哭却又哭不出来……

乔深从医疗队长口中得知陆浅醒了，抽身回到帐篷，只见她在角落缩成一团，把自己紧紧地捂在被子里。

他席地而坐，轻轻扯了一下被子。

陆浅吓坏了，掀开被子，战战兢兢地看着他，像是受惊的小麋鹿。纤长的睫毛盖住了瞳孔，眼底流露出惊恐和无处安放的忧伤。

她本不是脆弱的人，却把脆弱的一面全展现在他眼前，无处躲藏。

乔深看着她的目光怔住片刻，心脏像被人划了一刀，疼得一抽一抽的。比起她脆弱的样子，他倒更爱她的张扬。

他从兜里拿出一盒牛奶，若无其事地递给她："林队说你上午献血量太大，先吃点东西。"

不知不觉又想起江尔易上午塞给她的那两个馒头，陆浅喉咙哽得厉害。

她红着眼睛，摇摇头："喝不下。"

乔深也不勉强她，只是坐近了些，朝她张开双臂。

陆浅抬眸，迷茫地看着他，不知他为什么会出现在这里。除了志愿者，她实在想不到更好的理由。

晕过去的前一秒，她好像看到了他，原来不是幻觉，原来他真的坐在自己眼前。

"为什么要来？"她怒不可遏地吼叫着，眼睛红得快要渗血，却一滴眼泪也流不出来。

"不知道这里危险吗？"她推他，"你走！"

乔深站了起来，陆浅以为他要离开，闭上眼睛不敢送他。

片刻后，后背突然靠入温暖的怀抱中。

乔深走到她身后，将她拥入怀中。他遒劲的手臂圈着她，温柔地亲吻着她的短发。

"对不起，我来晚了。"磁性的嗓音宛若带了电流，乔深低头，嘴唇擦过她莹润的耳垂，轻声说，"我们回家。"

一滴晶莹剔透的眼泪顺着陆浅的脸颊流下，然后那泪就像断了线的珠子一样，一滴一滴地砸在乔深的手背上。

只听她轻轻说："乔深，二姨走了……"

她说："是我害死了他！"

乔深平静的目光起了波澜，在陆浅昏迷时，他听陈奇说过事故经过。他扳过陆浅的脸，坚定地说："你没有。是他救了你，但不是你害死了他。"

"一样的。"

"不一样。"乔深捧着陆浅的脸，擦去她脸上的泪痕，肯定地告诉她，"陆浅，这不一样。"

他说："如果你想回家，我随时可以带你回家。但那不是我认识的陆浅，我认识的陆浅，是那个可以在暴雨里一分钟做 64 个俯卧撑的女人。

她热爱她的工作，珍惜每一条生命。哪怕手臂骨折，也不会放开求生者的手。我认识的陆浅，她有女人的智慧和善良，也有军人的气节和信念！”

乔深口中的这个女人啊，既熟悉，又陌生。陆浅险些不敢相信，他是在描述自己。

乔深捧着陆浅的脸，告诉她：“江尔易没有死，只要你还记得他，他就没有死。你是这世上唯一能替他活着的人！陆浅，不要被绝望吞噬，它会蚕食你所有的生活。”

乔深站起身，朝陆浅伸出手：“所以你是要继续躲在这里，还是和我一起出去？”

乔深挺拔的身躯在帐篷帘子上投下高大的剪影，和陆浅记忆中的英雄形象重叠在一起。她抬头对上他的眼睛，那眸子里是对她无条件的信任和支持。他耐心地等着她伸出手，一直保持着同样的姿势。

或许那伸出来的不是手，而是一个灵魂对另一个灵魂的救赎，也是唯一把她救出深渊的降落伞……

陆浅贪心地想要抓住这把“伞”。

她把自己的手交给了他。

他握紧了，把她从地上拉起来。

在乔深鼓励的眼神下，陆浅深深地吸了一口气，终于掀开那道帘子，和他一起走了出去。

就近的战友停下手头的工作，纷纷朝陆浅的方向看来。

雨不知何时停了下来，黎明的曙光从地平线升起，被大雨洗过的天空蓝得比海还深沉。

陆浅接过乔深递来的牛奶，狼吞虎咽全灌进肚子里，捏瘪了牛奶盒，她冲着战士们说：“轮流休息，持续搜救。在寻找幸存者的希望完全消失之前，谁都不许停！”

乔深看着陆浅离去的背影，嘴角几不可见地勾了一下。

这就是他所爱之人，会像孩子一样跌倒受伤，也会坚强地站起来，替这世界继续负重前行。

……

The real death is that no one in the world remembers you.（真正的死亡，是这世上再也没有一个人记得你。）——《寻梦环游记》

第十八章
乖，睡吧

陆浅嘴上说着轮流休息，可在场的战士们哪个不是咬着牙坚持到最后一刻。

尽管 72 小时黄金救援时间早就已经过去了，可没有人停下搜索的脚步。直到其他的抗震救灾部队相继赶到，陆浅所在的中队才收到撤离消息。

特勤中队毕竟是临时抽调过来的救灾部队，没有专业的抗震救灾器材，所以大部分靠的是人力救援，这一点和武警、特警还是有一定区别。现在经过长时间的高强度救援，很多战士们的身体已经透支，甚至两三个人因为脱水被抬到了医疗点。

他们是第一批到达德北实验三中的救援部队，也是和灾民们最熟悉的消防官兵。因为不想扰民，所以陆浅和罗永旭决定把撤离时间定在第二天凌晨。

当天晚上，陆浅就和战士们一起把临时搭建的帐篷拆了。

凌晨四点刚过，罗永旭组织部队在德北实验三中后面的那块空地上集合。地里竖立了很多砖头，每一块砖头上，都写着遇难者的名字。有的是战士们刻下的，有的是遇难者的亲人亲手刻下的。

罗永旭把鲜艳的五星红旗插在那片土地上："敬礼！"

战士们脱帽纷纷为遇难者默哀，望着这片废墟，一个个神情严肃。

军人流血不流泪，这是他们共有的默契。所以哪怕眼泪在眼眶绕了好几圈，他们也只是咬紧牙关，腮帮子鼓成一团。

临走时，陆浅突然捡起一块砖头，用钢筋在砖头上一笔一画地刻下了"江尔易"三个字。她跪在地上，小心翼翼的动作，近乎虔诚。

兴许是想起了自己唯一的母亲，大鹅终究没能忍住，一边哭，一边捡起砖头，把母亲的名字刻在上面。他有样学样，跟着陆浅一起把砖头插进松软的土地里……

这独特的告别仪式，最终还是牵动了战士们的情绪。

罗永旭把陆浅扶起来："老赵和车子都到村口了，你带队，我扫尾，该出发了。"

村口距离中学还有两千米左右的距离，车子开不过来了。陆浅整理好情绪，带队走在前面。陈奇和石头抬着江尔易的遗体，跟在她身后，罗永旭走在队伍最后面。一行人拿着手电筒，浩浩荡荡地出发了。

为了避免惊扰村民，他们尽量放轻了脚步声。

可是刚走了五百米不到，前方的道路突然亮了起来，只见镇上的村民们站在道路两旁，有的人手里拿着手电筒，有的人手里举着横幅。原来他们头天晚上看到陆浅收帐篷，就猜到他们大概要回撤了。大伙儿一夜没睡，生怕错过时间，原本商量着凌晨五点在村口集合，但许多人三点多就过来等着了。这其中有的人是幸存者，有的人是战士们前几天从废墟底下挖出来的。

他们眼眶里都含着热泪，一声声地道谢。

队伍缓慢地往前行进着，直到一位六十来岁的老太太突然冲出人群。她双膝一软，跪在了陆浅跟前，抓着陆浅的裤腿反复说着："谢谢，谢谢你，谢谢你们哪……解放军同志啊，要不是你们，我孙女就挖不出来了……"

陆浅记得这位老太太，她的孙女就是江尔易拼了命才救回来的那个小丫头。二次坍塌的时候，是江尔易挡在前面，帮小姑娘抵住了预制板……

陆浅想哭，却又哭不出声来，只是眼睁睁地看着老人家跪在自己面前，像是被人绑住了手脚。最后还是罗永旭走上来，他把老人家扶起来，说了一句："这都是我们该做的。"

是啊，都是我们该做的。在最危难的地方，人们总能看到一丛丛绿，那是灾民们的希望。那群身穿绿色军装的人，是这世上最可爱的人。然而这一丛丛绿，染遍了江山，最终染成了红色，那红色象征着希望，也夹杂着烈士们的鲜血。有多少人宛如新生，又有多少人在这里终结了一生，这从来就不是一个数字可以统计的。

正在陆浅发呆时，突然有人拽了一下她的手。

陆浅低头，看到一个脸蛋脏兮兮的小丫头，扎着两个羊角辫。她手里拿着一簇粉色的小花，应该是从山上摘来的。她怯生生地望着陆浅，把那簇花塞进陆浅的掌心里，一个字一个字地说："谢谢你……救我妈妈。"

孩子的声音脆生生的，像指甲轻轻敲击着红酒杯，清脆悦耳。

上了车陆浅才知道，那粉色的小花，是格桑花，又称格桑梅朵，它被当地的人们视为象征着爱与吉祥的圣洁之花。

“村民们送的？”和陆浅搭话的人，叫邱伯华，是一名陆航团的军官，五十来岁了。他不仅是四种气象飞行指挥员，还是副师职特级飞行员。这次抗震救灾，他接到任务驾驶直升机，运送伤员。4天内，他总共飞行了15架次。就在昨天下午，他飞过来的时候，看到救援部队人手不足，上前帮忙抬伤者。遇到余震，战士们失手，连人带担架一起压在了邱伯华手臂上，一不小心给他压骨折了。

没办法继续执行任务，他索性留下来，给其他重大伤者让了个撤离的位置，所以今天才随着陆浅他们一起回城。

陆浅看着手中的格桑花，冲他点点头。

“陆指导看上去很年轻啊！”邱伯华语气很友好。

陆浅笑了笑，并未搭话。

邱伯华笑着继续道：“陆指导和乔深……关系很好？”

听到熟悉的名字，沉默的陆浅终于抬起头来，多打量了邱伯华几眼。前天晚上乔深就像昙花一现似的，把她从泥沼里拉起来以后，很快就不见了。陆浅问了医疗队队长才知道，乔深有急事走了，只给她留下一张字条。

那字条还在陆浅兜里，就四个字“活着回来”。

陆浅没回这个问题，而是反问邱伯华：“您和乔深认识？”

说起乔深，邱伯华还有些激动：“见过两次，以前我哥经常跟我夸他。”

“您哥也是民航人？”陆浅问。

“不是，我哥是空军师的。”邱伯华并没有提起他哥哥的职位，但从他自豪的语气来看，他哥在空军的职位应该不低，他说，“乔深这小子不知怎么想的，确实可惜了。”

邱伯华提起乔深时，言辞之间都带着一种对人才的惋惜。陆浅觉得当民航机长也挺好的，实在不知道有什么可惋惜的。

邱伯华说：“你有空也劝劝他，第三批预备航天员的选拔工作目前已经正式启动了，以他的综合素质和能力……”

“您等会儿……”陆浅叫住邱伯华，“您说的乔深，是我认识的那个乔深吗？”

“是啊，昨天才看到你俩在一起。”

“是中航开飞机的那个乔深吗？”陆浅再三确定。

邱伯华被她逗笑了：“怎么不是？战斗机开得好好的，非要转去开运输机，后来退伍转业，拿了推荐书才去的民航，推荐书是我哥亲自批的，我还能不知道吗？”

陆浅疑惑道：“为什么啊？他脑子有泡吗？”

都说人往高处走，水往低处流，乔深这反其道而行之，陆浅实在想不到合适的理由。

邱伯华一脸“你问我，我问谁”的表情，说：“这事儿我也不清楚，就是觉得这么个人才，实在不该被埋没了。”

邱伯华最常听他哥提起的一句话，就是“现在的新兵蛋子素质越来越低了，比起乔深那小子差远了”，都是爱才惜才之人，邱伯华也是正巧碰到，才多说了几句。

车子开出德北县，陆浅的手机终于有信号了。未接来电和短信，一条接一条地蹦出来，占据了她手机全部屏幕。她给父母报了个平安，第一时间给乔深去了一通电话。

可电话一直无法接通，直到第五通电话的时候，老赵说了一声：“到了。”

车子停在了殡仪馆门口。得知江尔易离世的消息后，部队就联系了他的父母及亲属，就江尔易的身后事宜进行了商讨。

江尔易已被官方确定为烈士，只是文件正待公布。

陆浅离开这座城市不过短短几日，却生出一种山中才数日，世上已千年的距离感。

殡仪馆门口等了十几个人，陆浅一眼就认出为首的一男一女。那是江尔易的父母，之前江尔易进消防队之前，陆浅和罗永旭曾到他家做过政访。

印象中，江爸爸挺着小啤酒肚，西装马甲三件套，是个谈吐很文雅的商人。江妈妈也是个很有气质的女人。可是此时，眼前站着的这对夫妻，却憔悴得仿佛一夕之间苍老了二十岁。

当江尔易的遗体被抬下车时，江妈妈当场就软了下去……

后来发生的一切，陆浅都看不清了，眼泪模糊了视线，她被罗永旭拉到一旁：“大队长让你回中队。”

陆浅回到中队，揉揉眼睛，敲响大队长办公室的大门。

“回来了？”李国荣指指凳子，“坐。”

“队里和江尔易的父母商量过了，烈士追悼会后天在殡仪馆举行。”李国荣情绪沉重。

陆浅轻轻“嗯”了一声。

“机场消防演习延期到下个月举行，演习内容不变。有问题吗？”李国荣打开茶杯盖子，喝了一口，一直观察着陆浅的表情。

陆浅知道他指的是自己的情绪问题，她点头：“没问题。”

“陆浅。”李国荣严肃地叫了她一声。

陆浅抬起头，和李国荣对视。

“逆火而行，是我们消防战士的使命与重责。既然当初你义无反顾地选择了这条路，就必须至死守护、终生不悔。当我们穿上这身军装起，就意味着会有流血、会有牺牲。我们可以难过，但绝不能一蹶不振。你要知道，我们是消防兵，我们面临的每一分钟，都意味着生命。”

陆浅倔强地挺直后背：“是！”

“好了，队里给你批了三天假，调整好心态，三天后再归队。”

临走前，李国荣从抽屉里拿出一封信，递给陆浅：“这是在江尔易的作战服里找到的。”

陆浅接过来，信封上写着——To 陆浅。

回到家，母亲的嘴巴就像打开的闸门，关心的话像洪水一样不停地往外泄。

陆浅一个字也没说，用力地抱住了林姿。

林姿被这个突如其来的拥抱吓蒙了，女儿从小到大都很独立，像个男孩子，这还是她成年以来，第一次这样抱自己……

林女士不敢说话了，生怕一句话不对，又影响了她的情绪。陆浅上楼搜了两件换洗衣物，又拿着摩托车钥匙下了楼。

林姿紧张地问：“浅浅，去哪儿啊？妈妈送你好不好？”

陆浅摇摇头：“我去找南曲。”

“那不骑车去行吗？”林姿小心翼翼地问。

陆浅读出了林姿眼里的紧张与关心，她把车钥匙留下，出门打车。

“姑娘，上哪儿？”司机问。

陆浅手里捏着江尔易留下的遗书，恍若未闻。

司机又问了一声：“姑娘，去哪儿？”

陆浅不想留在家里继续影响父母的情绪，更不想接受南曲温暖的关心。天大地大，一时间，她好像无处可去。

沉默了不知多久，陆浅才缓缓开口：“师傅，去裕陈北路吧。”

乔洲集团大厦，是星城中央商务区的标志性建筑物。据说在星城主城区的任何一个角落，都能看到大厦的塔尖。这幢高耸入云的大厦，象征的不仅是权力和金钱，还有乔深并不完整的童年。

乔深上次来这里的时候，是13年前，为了高考志愿来和母亲谈判。

他没想到13年后的今天，他来到这里依然是为了同一个目的。

32楼办公室里。

周云澜正伏案在整理文件。大门突然被人从外面推开，她不悦地抬起头，刚要发火，就看到灰头土脸的儿子朝着自己径直走来。他身后跟着助理小王，正委屈地道歉：“对不起，董事长，我……”

周云澜摆手，取下黑框眼镜扔在桌上，吩咐小王：“去给乔先生泡杯咖啡。”

“为什么不经过我的同意擅自去公司帮我辞职？”乔深双手撑在桌面上，目光直视周云澜。

周云澜靠在老板椅上，平静地问他：“你去灾区抗震救灾，经过我的同意吗？”

“我是成年人，有权利……”

“OK。”周云澜抬眸打断乔深，“那你16岁那年报名参加空军航空大学初检的时候，经过我的同意吗？”

周云澜敲着桌子：“乔深，我希望你明白，你已经29岁了，不是19岁，任性也是有个度的。”

“在您眼中，只要不是言听计从，都算任性吧？如果是这样的话，那您需要的不是一个儿子，而是一个让您称心如意的员工，或者是一个任您摆布的牵线木偶。”

“言听计从！”周云澜一拍桌子，“你跟我对着干的时候还少吗？当初你骗我说你报了中飞院，我花钱走关系，到处想办法联系中飞院招生办，为了不让他们发你的这份通知书，我浪费了多少时间？结果呢？中飞院从头到尾就是个幌子，你趁着我忙得焦头烂额的时候，优哉游哉地跑到北京去参加了空军航空大学的复检，还顺利拿到了通知书。这事儿你对我言听计从了吗？”

周云澜冷着脸，一桩一桩地数："你为了顺利就读航空大学，跑来我办公室跟我发誓，说只要大学一毕业，立马进修MBA，绝对不去民航开飞机。我倒是被你忽悠了，军校毕业的当然不会去民航开飞机了！"

乔深抿着嘴，尽量不笑出声来。

周云澜一肚子气："你倒好，争气！航空大学刚读了两年，你就给我转到了空军第二飞行学院开轰炸机去了。这就是你说的言听计从？"

后来周云澜气得心脏病住进了医院，乔深才终于松口，母子二人各退一步，周云澜托关系帮乔深拿到空军转民航的推荐函，经过培训和改装训练后，乔深转到了民航执飞。

在这之前，乔深也答应过周云澜，30岁以后一定辞职回家学习管理公司。

现在距离约定的期限还有一年，周云澜去公司帮乔深辞职，确实是她违约在先，但乔深这份工作做得实在是太不让她省心了。

"要不是在电视上看到，我还不知道你一声不吭地就去了灾区。灾区余震频发，我就你这么一个儿子，你要是有个三长两短……"

"那您也不该不经过我的同意私自帮我辞职。"乔深摸出一张银行卡递给周云澜，"这是您帮我交给公司的违约金。"

"乔深，你给我站住。"周云澜语气相对平静，她拿着银行卡走到他面前，毫不犹豫地将那张卡掰成两半，扔进垃圾桶，"我问你，你去灾区搞成这副鬼样子回来，究竟救了几条人命？"

乔深的脸色很不好，不知是因为长时间没有休息，还是因为母亲口中提到人命时那冷漠的语气。

周云澜并不在意乔深的神情，她长长地吁了一口气，换成语重心长的口气："就算你不眠不休七十二小时在灾区救援，你也救不出几条人命。就像你一年三百六十五天执飞，赚的钱也抵不过我半个小时。对于灾区来说，最重要的救援是灾后重建，如果你想为此出一份力，大可以用公司或者你个人的名义捐款。你拿一个亿出来支援灾后重建，救下的人不比你从废墟里刨出来的多吗？"

"在您的眼里，人命和金钱就是一道等量代换题是吗？"乔深笑了笑，转身离开。

或许从商人的角度出发，周云澜的想法是对的。但从军人的角度出发，人命和金钱的关系，从来就不是对等的。

乔深的手机之前没电，自动关机了，他放在前台充了一会儿，出去的时候顺便拔了充电线。

刚一开机，二十几通未接来电就蹦了出来，他一眼就看到了陆浅的名字。他一边回拨陆浅的电话，一边伸手拦下一辆出租车。

车内广播正在报道："……星城特勤中队作为第一批从灾区回撤的队伍，已于今天下午五点到达消防队，也给我们带来了灾区的第一手消息，接下来让我们来连线特勤中队中队长罗永旭……"

乔深的电话没拨通，陆浅手机关机了。不过，听到她已经归队的消息，心头那块大石头也总算落下了。

"先生，去哪儿？"司机问。

"特勤中队。"乔深下意识报了个名字，可是低头一看时间，已经快晚上十点了，陆浅经过那么长时间的战斗，肯定累极了，这时间点应该已经睡了。

他话锋一转，说："算了，师傅，去裕陈北路别墅区！"

别墅门前的走廊上，留了一盏昏黄的小夜灯。穿过庭院，乔深看到了夜灯下的一团黑影。距离隔得远，他还以为是周姨又把垃圾袋忘在了门口。

走近一看才发现，那竟然是陆浅……

她穿着黑色的T恤和长裤，蜷缩在门口，大概是天气有些冷，空气里弥漫着雾气，所以她抱着双膝，靠着栏杆缩成了一团，像只可怜的流浪猫。

深秋，院子里的树叶落了一地，一阵风吹来，吹起一片枯叶，好巧不巧地落到陆浅的脸上。脸很痒，她却只是伸手胡乱地抓了一下，然后继续抱着膝盖打瞌睡。长睫毛一颤一颤的，看样子睡得很不安稳。

乔深绷了一晚的脸色，突然柔和起来。

他输入密码开了门，单膝跪在陆浅跟前，手臂穿过她的膝盖弯，小心翼翼地将人打横抱起。

突然的天旋地转，让陆浅不安地睁开双眼。

"乖，睡吧。"熟悉的声音就像陆浅小时候听过的摇篮曲，给了她久违的安全感。她眼睛虚开一条缝，好像看到了熟悉的人，三分真实，七分梦境。她伸手勾着他的脖子，又迷迷糊糊地睡了过去。

乔深把她抱上二楼，温柔地放在床上。她穿着一双白色的帆布鞋，脱了鞋那小脚和他的手掌一般大。乔深实在想不出什么词语可以夸赞这双脚，因为被水泡过的脚，已经皱成了波浪纹，肿得雪白。

宽大的裤腿往上缩了半截，小腿上是随处可见的瘀青。

乔深眉头紧紧地皱在了一起，目光落到她放在胸前的手上。那手背上深深浅浅的全是伤，瘀青和红肿混在一起，甚至还有被钝器剐出来的红痕。

这傻女人，看到他被铁片剐伤的时候，三令五申地催他去医院。自己遍体鳞伤的时候，却连药都懒得上。她不是没把自己当女人，她是彻底没把自己当人看！

乔深爱恨交加地盯着陆浅看了片刻，起身拿来医药箱。他把棉签蘸上酒精，轻轻拉过陆浅的手。

冰凉的棉签擦过伤口，疼得陆浅在睡梦中皱了一下眉头。这疼痛感实在太真实了，一点也不像在做梦。终于，陆浅挣扎着睁开了双眸。

入眼处，乔深正低着头，拉着她的手，一边温柔地帮她上药，一边轻轻地吹着伤口……

“醒了？”乔深顺手递了一条毛巾过去，“擦擦脸。”

陆浅乖乖接过毛巾擦脸，一张小脸擦得白白净净，终于露出那双黑漆漆的眸子。

“下午在灾区，手机没电了，刚回来。”

他的解释让人听得很安心，可是一听到他去了灾区，陆浅的心又吊了起来：“这几天你一直在灾区吗？”

乔深抬眸看了她一眼，随即扬起唇，笑了。陆浅一开始就是被他这皮囊诱惑的，自然受不了他这样温暖的笑容。就像十二月的天气里，升起了一轮温暖的太阳，照得她浑身暖洋洋的，也有可能……是这被子太暖和了。

深灰色的床单，很眼熟，房间的布局和上次陆浅住过的次卧不一样。这是乔深的房间，她睡在他睡过的床上。床单被罩应该是新换的，只有洗衣液的香气扑鼻，可是这房间里的每一处，都有他独特的气息。

“我自己来吧。”乔深帮她上药的动作很轻柔，酥酥痒痒的，像蚂蚁在爬，陆浅不太习惯。

乔深按住她跃跃欲试的手：“别动。”

“我一会儿还要洗澡的。”陆浅小声说，“擦药浪费了。”

乔深手上的动作停下来，一眨不眨地望着她。血丝缠上他的眼球，像复杂的蛛网。

“不是……我的意思是，我一会儿还要回家洗澡。”她越解释越凌乱，急得坐了起来。

“好了。”乔深合上医药箱，语气很稳地说，“既然来了就别走了，我去洗个澡。”

乔深打开衣柜，拎了一件睡袍去浴室。

陆浅坐在床上，走也不是，留也不是。

浴室传来的水声越来越清晰，玻璃门上晕染了一层热气，浴室里的景致若隐若现，隐隐约约还能看清乔深的体形轮廓。

陆浅脸上热气腾腾，体温也逐渐升高。

她也不知自己怎么想的，鬼使神差就来到了这儿。她前前后后一共来过两次，一次是坐着消防车，一次是和乔深一起。可门卫把她认熟了，寒暄了两句就把她放了进来。

她在别墅门口站了很久，一直没有敲门。

她不知道见到乔深的时候该说什么……

是投进他的怀抱大声地说“我也喜欢你”，还是告诉他“对不起，我觉得我们不合适”。

陆浅的心态变了，从前的她总想躲着乔深，因为害怕自己会爱上他。现在的她想推开乔深，是因为害怕失去他。

这样的情绪，在江尔易的意外发生后更甚，而这在萧泊舟身上却是从未有过的，所以她惶恐不安，甚至连门都不敢敲。

后来发现别墅里没开灯，她就蹲在地上睡着了。

说来奇怪，他这后现代的装修风格，看起来明明阴冷得很，可她就是觉得温暖，像他的被子，更像他的体温。她依赖乔深带给自己的安全感，就是水滴渗透棉花一样，越陷越深。

乔深出来了，洗了澡，刮了胡子。蜕去颓废的外壳，看上去年轻了好几岁。他出来的时候，陆浅已经走到门边了，看样子打算不告而别。

他一条浴巾扔过去，刚好盖住陆浅的脑袋。哪晓得这丫头这么傻，明明被遮住了视线还硬要往前走，一脑袋撞在门框上，“哐当”一声响。

陆浅捂住头，“哎哟”了一声，扯下浴巾。

乔深正好捧住她的脑袋，问：“没事吧？”

“你说呢？”陆浅拍着门板，“实木的吧？”

“知道实木的还往上撞，碰瓷吗？”乔深笑着撩起她额前的碎发，检查她的伤势。

距离一下子就被他拉近了，近得陆浅一抬头甚至都能看清他的睫毛。

陆浅想，如果乔深不做飞行员，去娱乐圈凭颜值应该也能打下一片天地。她还不习惯和他这样近距离对视，所以逃避地转向了别处。目光所及之处，正好是几排展架，架子上摆满了各式各样的飞机模型。陆浅想，乔深应该很爱他的职业。

突然就想起邱伯华说过的话——像他这样的人才，实在不该被埋没了。

“好看吗？”乔深的声音打断陆浅越飞越远的思绪。

陆浅下意识点点头：“好看。

他问：“比我还好看？”

陆浅回过头来，就看到他线条凌厉的侧脸。

谁能有他好看呢？漂亮的小鲜肉没有他的硬朗，硬朗的男人又不像他一样，长着一张男女通杀的脸。

陆浅好奇，乔深的父母得好看成什么样，才能生出像他这样好看的孩子。可是乔深家里干干净净的，哪怕是卧室，都找不到一张全家福。

陆浅又在发呆了，发呆的同时，肚子还咕咕叫。

她饿了，一大早从灾区赶回来，去了殡仪馆，去了部队，又回了一趟家，最后像个无家可归的孩子一样蹲在他家门口，一整天下来，粒米未进。在灾区好歹还有馒头垫垫肚子呢！

陆浅五脏庙奏起的交响乐，向来声音大，乔深也不是头一回领悟了。

他从衣柜里翻出一套新的运动装丢给陆浅：“去洗澡吧，我去弄点吃的。”

陆浅抱着衣服，说：“我该走了。”

“吃了再说。”乔深强势的时候，让人无法拒绝。

陆浅是主动过来的，但把她抱进来的人是乔深。只不过他光明磊落，陆浅要是再扭扭捏捏，反而显得矫情了。

遇到乔深之前，“矫情”这两个字在陆浅的生命里从未出现过。

乔深去厨房，拿出了他仅剩的两包泡面，一看日期，过期了……

可他只会煮泡面。

乔深看着一厨房的锅碗瓢盆，好像看谁都熟，但仔细一辨，哪个是不粘锅，哪个是节能锅，他还真分不清楚。

冰箱里的菜品摆放得倒是很整齐，但一点速冻食品都没有，因为周姨的老公是个养生专家，所以速冻水饺之类的，绝对不会出现在周姨的冰箱里。

乔深拿出手机，搜了一下，最简单的菜——番茄炒鸡蛋，番茄鸡蛋汤。总之离不开番茄和鸡蛋就对了。

刚好这两样食材家里都有，乔深拿出来，按照网上的步骤，把番茄切块。

陆浅刚洗完澡下楼，就看到乔深拿着西瓜刀在切番茄，刀功不咋样，动作倒是很优美，像个舞刀弄剑的武林高手……

“你不是只会煮泡面吗？”陆浅趴在门边擦头发，不敢进去，生怕乔深手滑，番茄没切好，把她给剁了。

乔深转身，手里还拿着刀：“泡面过期了。”

“那干面呢？”

“没有。”

“你准备做什么？”

乔深抓起一个鸡蛋，不小心磕在大理石上，碎了……

他尴尬地看着破碎的蛋壳，低声说：“番茄炒鸡蛋。”

陆浅：“……哦。”

乔深放下手中的刀，说：“你进来。”

陆浅满脸抗拒，看着案板上被乔深切得参差不齐的番茄块，小声说：“我不饿了，已经饿过了。”

陆浅很少撒谎，一般情况下撒谎都会被立刻拆穿的，比如现在。她嘴上说着不饿，肚子不服气了，咕咕地叫了两声表示抗议。

乔深把陆浅拉进厨房：“你指挥。”

“我？”陆浅连忙摇头，“我不会啊！”

“你不是当兵的吗？”

陆浅哭笑不得：“深哥，我当的是消防兵，又不是炊事兵。再说了，小时候在家有人做饭，读书的时候在学校吃食堂，工作了在部队吃食堂，哪有空学做饭啊！”

陆浅一看时间，太晚了，送外卖是不可能的了，于是提议：“要不饿着吧？我挺擅长挨饿的。”

乔深扭头继续打鸡蛋去了。

陆浅拉开冰箱门一看，立刻兴奋地说：“还有生菜和胡萝卜，要不将就着吃点？”

乔深本来想妥协了，哪知陆浅突然叹了一声，说：“唉，早知道分手前就跟萧泊舟学点手艺了。”

她咬了一口胡萝卜：“那人渣归渣，厨艺还是很不错……欸，你抢我胡萝卜干吗？胡萝卜都不给吃啊？”

“你是兔子吗？”乔深把她咬了半截的胡萝卜丢进垃圾桶，塞了一部手机给她，“站远点，念给我听。”

“步骤一，番茄洗净，切成喜欢的大小。”陆浅看了看乔深切的番茄，“你喜欢的类型很多嘛！”

“不多，充其量也就你一个。”

第十九章
野蛮生长

本该浪漫抒情的时刻，却随着陆浅的一句“快倒油，锅要燃起来了”而灰飞烟灭。

乔深手忙脚乱倒油，锅里水没擦干，油一下去，就开始四处乱溅。热油飞出来时，他第一时间把陆浅拉到身后：“围裙拿给我一下。”

陆浅取了围裙回来，油已经炸得差不多了

“油好像倒多了。”她探头看了一眼锅里的油，捂着嘴笑，“深哥，番茄炸鸡蛋，了解一下？”

乔深刚把围裙套上脖子，就听陆浅咋咋呼呼地吼：“我去！冒青烟了！灭火器呢？灭火器放在哪儿了？”

她像个无头苍蝇似的到处找灭火器，乔深把人拉到身后：“帮我系围裙。”

他有条不紊地把调好的蛋液倒进锅里，拿着勺子翻炒了两下。眼看那股青烟灭了，陆浅一颗心才放下，一边给乔深系围裙，一边夸他：“没想到深哥还是有两把刷子的。”

可是乔深经不起夸啊，陆浅刚夸完，他手一抖，盐就放多了，半罐盐，足足倒了三分之一。

乔深尴尬地站着，陆浅立刻捧场：“要不……番茄鸡蛋汤吧？还能掺水。”

乔深说：“我刚刚看了食谱，番茄蛋花汤要先炒番茄。”

“没关系，那就番茄煎蛋汤。”陆浅速度快，拿起案板上的番茄块一股脑倒入锅里，夺走乔深的锅铲，像和稀泥似的，迅速挥了两铲子，“深哥，快快快，倒水，不然鸡蛋就煳了。”

乔深淡定地把火关小了，慢条斯理去接水。

水倒入锅中，陆浅把火调大，又找来锅盖盖上。

“是不是要切点葱花？”陆浅回头问乔深，乔深已经把香葱洗干净了。

陆浅扬着刀：“我来切。”

乔深提醒她：“那是砍刀。”

“你家为什么这么多刀？”她挑了一把看起来比较顺手的，手起刀落，啪啪一顿乱剁，香葱差点变成香葱酱。

锅里的水烧开了，番茄的香味飘过来，陆浅嘚瑟地说：“我觉得我在下厨这方面还是挺有天分的，是吧？”

乔深：“……能先把刀放下吗？”

陆浅尴尬地丢了刀，把葱丢进锅里，小鼻子皱了皱：“是不是还挺香的？”

乔深点头，关火，拿来汤碗，把汤盛出来往外端。陆浅像个小跟班一样，拿着碗筷屁颠屁颠追在后面。

虽然乔深不会做菜，但用电饭煲做的饭，好歹是熟了。她盛了一碗饭递给乔深，自顾自地舀了一勺汤往嘴里送。

“小心烫。”乔深提醒她。

她饿极了，压根没听，一勺子汤送进嘴里，然后表情就僵住了。

“怎么样？”乔深是真的好奇。

过了一会儿，陆浅咽下去，竖了个大拇指，开始自夸：“如果我不是消防兵，我开个馆子肯定能致富！”

陆浅热情地给乔深舀了一勺，递过去：“你试试。”

乔深脖子往后缩，一脸抗拒。但想着这是陆浅的勺子，又硬着头皮，将信将疑地尝了一口。

两秒后……

“咳咳咳！”乔深被那汤咸得，五官都皱在了一起。他抓起水杯狂灌了两口清水，一言难尽地看着陆浅。

陆浅笑得前俯后仰：“你怎么不把那罐子盐全倒下去呢？哈哈哈……”

她笑得打了个嗝：“我要是被你咸死了，你就犯了投放危险物品罪了，你知道吗？哈哈哈……”

乔深眯眼，看着她的小嘴一开一合，平静无波的心湖，开始荡了。笑得这么欠揍，真想把她按在沙发上打一顿，更想把她按在这儿亲……

陆浅笑够了，抬头看到乔深望向自己的眼神渐渐多了些暧昧的颜色，她慌乱地端起那碗白米饭，使劲儿往嘴里扒，把自己的腮帮子鼓成了像是进食的小仓鼠：“这饭还是挺不错的，你有天分。”

谁稀罕这天分！

乔深闷声把那碗白米饭吃了，每次张嘴，陆浅都觉得他在啃自己的骨头。

无声地吃完这顿饭，客厅的吊钟已经走向深夜两点。

陆浅坐在沙发上打车，乔深抽走她的手机，关了打车软件。

“澡也洗了，饭也吃了，接下来是不是该睡觉了？”他两只手撑在沙发靠背上，昏暗的灯光从头顶洒下，照得他的表情温柔极了。

在陆浅眼里看来，乔深此刻的表情像极了寓言故事《狐狸与乌鸦》里，那只想把乌鸦嘴里的肥肉骗到手的坏狐狸。

她忙说：“你别误会，我虽然在你家门口睡着了，但我不是那种人！”

乔深单手撑着，从沙发后面跳过来，在陆浅身边稳稳落座。

“哪种人？”他突然贴近她的耳朵，热气全洒在陆浅的脖颈之间。

陆浅不得不伸手，撑住他坚硬的肩膀，可是这点力道对于乔深而言微不足道，他还是压过来，把她推倒在沙发上。

“次卧在装修，睡主卧怎么样？”他双手撑在她耳侧，嘴唇几乎已经吻上她的侧脸。

陆浅半边身子都酥了，浑身软软地陷在沙发里。当乔深用低哑的语调说话时，在陆浅听来，就是在引诱她犯罪。

“你把手机还我，我看能不能打到车。”她声音小得像是蚊子在扇动翅膀。

乔深盯着她的脸，说：“太晚了，别折腾了。”

“那你先起来。”她脑子嗡嗡的，保持这个姿势根本没办法和乔深正常说话。

听出陆浅语气里的严肃，乔深终于不逗她，坐直了身子，一本正经道：“隔壁浴室漏水，正在装修，床都搬出去了。你可以睡主卧。”

“那你呢？”

“如果你不介意的话，我可以陪你睡床。”他坦荡地说，“可以盖两床被子，像在消防队的宿舍一样，你放心。”

他把话说得光明磊落，实在绅士。陆浅想的却是，你当然忍得住了，你有生理缺陷，我可没有。你忍得住，我可未必。

怕她过于抗拒，乔深又提出："如果你介意的话，我可以睡沙发。虽然沙发很软，但在灾区这几天够累，应该能睡着。"

瞧瞧，这语气说得！好像她不仅鸠占鹊巢，还得寸进尺。他在灾区辛辛苦苦这么久，好不容易回家睡个觉，还被赶到沙发上，多可怜哪！

陆浅心一软："睡觉睡觉！"

她穿着乔深的 T 恤和长裤，虽然个子不矮，但和乔深的体形比起来，还是像小孩偷了大人的衣服穿。走起路来袖子一甩一甩的，把她衬得格外娇小可爱。虽然生了一双大长腿，可是套上乔深的运动裤，裤腿还是挽了好几圈。

她急着上楼，没注意落下来的裤脚，自己绊了自己一跤。乔深来不及扶，就眼睁睁地见她扑了个狗啃式。

"小傻子。"乔深走过去，把人打横抱起来，笑着问她，"你平时在部队走路也这样？"

"放屁，我在部队……"

"嗯？放什么？"乔深故意掂了她一下。

陆浅知道自己不是一米六的娇妹妹，也不是体重八十斤的小姑娘，乔深这臂力她实在没把握，生怕他抱不稳把自己摔个屁股开花，于是赶紧勾着他的脖子，阳奉阴违："放心，我说的是放心……兄弟，你先把我放下来，我们有话好好说！"

"放下来万一你又摔了怎么办？我家瓷砖很贵的，万一被你牙齿磕碎了呢？"

陆浅咧开嘴，露出一口大白牙："哥哥，你当我这一口牙是镶金的吗？还能磕碎你家的大理石！"

"你叫我什么？"乔深抱着她站在床边，眸光炙热。

陆浅一时嘴快，本来是调侃他，此时回想起来，倒更像是调戏。挣脱他的怀抱，陆浅像个缩头乌龟似的钻进被窝里。

乔深哑然失笑，在柜子里翻了一圈，回头无辜地对着陆浅说："被子应该被周姨洗了，没有多余的。"

"要不……将就着盖？"陆浅话音刚落，乔深一阵风驰电掣，掀开被子躺进来。

盖被子关灯，一气呵成。

陆浅严重怀疑，其实乔深就是在等她这句客套话。

房间里黑漆漆的，两人保持中规中矩的姿势并列躺着，目光一致地望向天花板。

本来都已经累极了，可闭上眼就能听到彼此的呼吸，最后谁也没睡着。

保持同一个姿势时间太久，陆浅忍不住，翻了个身，背对他。虽然动作幅度很小，可屁股还是不小心擦过乔深的手臂。这感觉就像在加油站点燃了一支烟，“轰”的一声，全炸了。

陆浅像毛毛虫一样迅速往旁边挪，身后的乔深却像诈尸一样，猛地坐起。

“怎、怎么了？”陆浅心虚地出声，好像一开口，嘴里还冒出一口热气。

乔深沉着声音说：“我去睡沙发。”

“不是说沙发太软吗？”陆浅拉着他说，“要不我去吧？”

“我去。”乔深握着她的手，“是我高估了自己的自制力。”

陆浅垂着眸，突然陷入沉默。

乔深怀疑是自己把话说得太直白，吓着她了。面对感情，她本来就胆小怯懦，原本想着顺其自然，逐步渗透，到头来，还是自己先沉不住气了。

他弯下腰，借着月色看着她低垂的眸，用玩笑的语气带过这话题：“陆浅，其实我……”

唇上忽然一片温热……

陆浅抬起头朝着乔深的嘴唇吻了上去，也不管他说了什么，只是热情又笨拙地吻上了他的唇。

陆浅笨拙的吻就像蜻蜓点水，碰了一下，又很快地挪开。

面对爱情，她确实是个懦夫，却因为眼前人，第一次尝试去做个勇士。一时的情难自控，让她忍不住对乔深动了嘴，可三秒不到，她又后悔了。

她把手当作扇子，假装扇了两下，傻笑着说：“好像有点闷，我出去透透气……”

乔深哪里会让她逃走，抓住她的手臂把人拽了回来，勾着她的后颈，密密麻麻的吻铺天盖地落了下来，深深浅浅，仿佛要夺走她所有的呼吸。

陆浅紧紧抓着他的胳膊，这才惊觉，这男人一点也不像看起来那么清瘦。

她是真的想过要逃的，也想过要推开他。可是物极必反，越想逃离，越是渴望。他就像她的劫数，到头来还是躲不过去。

陆浅犹如置身汪洋大海，被乔深引导着迷失了方向，像是崩裂了，破土而出的新芽，开始在她的体内野蛮生长。

不如就这样吧……

这念头刚冒出来，乔深似乎就察觉到了，鼻尖磨着她的鼻尖，性感的声音在她耳边缓缓漾开：“浅浅，可以吗？”

陆浅觉得自己要烧着了，什么都没说，抬起手勾住了他的脖颈。趁着他没注意时，她抱着他滚了半圈，成功地反守为攻，将他压在了身下。

她坐在乔深的腰间，双手压着他的肩，低头吻了上去，完全忘了乔深该有的“生理缺陷”。

陆浅胆小归胆小，可是真正野起来的时候，乔深是招架不住的，就在她扯开乔深的睡袍带子时，乔深有了本能的生理反应。

陆浅感受着身下的那一大块，脑子里绷着的一根筋，突然就断了。一些凌乱又清楚的画面，在她脑海里就像放电影似的，一帧帧闪过……

在她人生中第一次喝醉的那个晚上，乔深把她带到了酒店。他一副正人君子的做派问她要她父母的电话号码，她却拍着自己的胸脯保证自己一定是个风情万种的女人，后来……两人不知怎么的就滚到了床上，她记得自己扯开了他的扣子，咬了他的胸，一块块地数着他的腹肌，嚷嚷着非要在他漂亮的人鱼线上文自己的名字。乔深被她闹得没办法了，抓着她的双手把她压在身下，着了魔一样，从她的鼻尖一路吻到小腹。然后抓着她的手，压在他的身下。

后来的画面，陆浅全记起来了……

她记得自己扒开了乔深的裤子，也记得自己一脚把他踹下了床，更记得自己揪着被子，边哭边喊——

“你太大了，咱俩不合适……”

“我喝多了，你不能乘人之危。”

“哥哥我骗你了，我不是什么风情万种的女人，我铁拳一砸，你会半身不遂的。”

“你要再过来的话，我就报警了！”

“像你这种尺寸的男人，是不可能找不到女朋友的，你就死了这条心吧！”

“……”

诸如此类的话，一条条从陆浅脑海里冒出来，越来越清晰。

那天晚上，她和乔深亲也亲了，摸也摸了，到了关键时刻，她却退缩了。她把乔深踹下了床不说，还抱着被子满屋跑，贞洁烈女似的打死不从。

所以他们之间还算清白，不是因为乔深有“生理缺陷”，而是因为……说到底，这应该也算“生理缺陷”吧？

陆浅走神的时间太长了，而且身子越来越僵。乔深不得不抬起头来，用鼻尖磨着她的鼻尖，温柔又缱绻地唤她：“小浅？”

“我、我还没准备好！”陆浅像摸了电门一样，把乔深推开。

乔深：“？”

“我还是睡沙发吧！”见到乔深刚鼓起来的反应源头，陆浅吓得卷起铺盖就跑，脚底抹油似的，溜得飞快。

乔深皱着眉回忆事情经过，实在没搞懂陆浅这脑回路是怎么绕的。他沉了一口气，准备去找陆浅理论时，就看到那小犰狳抱着他的笔记本电脑回来了。

她把电脑塞进他怀里，结结巴巴地说：“你看看电影，冷、冷静一下。”

她快速道了一句“晚安”，趁着他开口说话前，抓过放在床头的小背包，溜了。

这落跑的速度，简直堪称百米竞赛。

还好半途而废这种事儿，乔深也不是第一次经历了，他蒙了一两分钟，裹紧浴袍，把生理反应强压下去，然后穿上拖鞋去找陆浅。

看样子今天他非得找她把话说明白了，这胆小鬼！

乔深憋了一口气，走到沙发边上，居高临下地看着陆浅：“我觉得我们有必要谈……”

他话说到一半，僵住了。

只见刚刚还溜得飞快的女人，这会儿正可怜巴巴地蹲在地上，手里捏着一封信，目光空无一物似的发着呆。

那信上写着龙飞凤舞的几个字——To 陆浅。

落款是——江。

信是陆浅把背包丢在沙发上时，从包里掉出来的。她本来想塞回包里，可是拿到手上，就生根了。

乔深眼看着她的目光从迷茫到忧伤，最后再到无可奈何。

良久后，她把信封放回去，轻轻地抬头问：“你说什么？”

那些旖旎的心思顷刻间荡然无存，乔深抓起沙发上的被子丢给陆浅，顺势躺下：“你上楼睡吧，我睡沙发。”

陆浅最终还是把被子留给了乔深，然后才蹑手蹑脚地上了楼。

陆浅走后，乔深顺走茶几上的烟盒，去阳台上点了一支烟。自从今晚把她捡回来以后，关于江尔易的事，她只字未提。可乔深知道，江尔易的离去，在陆浅心上撕了一道口子，外人看不到，也缝不上。也许只有时间，能让那道伤口慢慢愈合结痂。而他唯一能做的，就是陪着她，给她时间。

十一月的夜风很凉，吹在脸上，疼得刺骨。一支烟很快就燃完了，乔深拎着被子上二楼时，陆浅已经睡了，她在床上缩成一团，像在母亲肚子里一样，保持着一个极度缺乏安全感的姿势。乔深轻手轻脚地帮她把被子盖上，坐在床边，静静地看着她的睡颜。

乔深太累了，趴在床边看着看着，就这么睡着了。

第二天，陆浅醒来时没有吵醒他，而是开机给南曲打了个电话。

南曲把车开到了楼下，按照陆浅的吩咐，带来了热乎乎的早餐。陆浅把早餐留给乔深，写了张字条，上了南曲的车。

车子行驶了一段路，南曲憋得很辛苦，最后还是没忍住，说："昨晚我跟你爸妈打掩护的时候，你可没说是来找乔深。"

"是个意外。"她本来只是想在他家门口蹲一夜而已。

"那你和他……"

"说清楚了。"陆浅问南曲，"你晚上有空吗？我们去喝酒吧？"

南曲将一下午的行程抛之脑后，约了靳长风来家里喝酒。靳长风带了两袋子炸鸡，刚进屋就开始吐槽："这雨没完没了下了大半个月了，啥时候是个头儿啊！"

他问："我陆爷呢？"

南曲头一偏，靳长风就看到了正在喝闷酒的陆浅。

"一个人喝有什么意思？"靳长风跑到陆浅对面盘腿坐下，"来来来，今晚不醉不归。"

靳长风和南曲陪着陆浅推杯换盏，江尔易和乔深这两个名字，就像一个禁区，两人默契得谁也没敢率先提起。

酒过三巡，陆浅才勾着靳长风的肩膀说："靳总，以后找对象，千万别找当兵的！"

"陆爷，你喝多了，要不歇会儿？"靳长风扶着她坐在沙发上。

"我没喝多。"陆浅摇摇头，扯着自己军绿色的T恤，说，"你知道吗，大队长跟我说，我穿了这身军装，就意味会有流血、会有牺牲。我知道！

我早就知道，我不怕，我从来就没怕过！我能穿上这身军装，我骄傲！我没给我爸爸丢脸……”

“是是是，骄傲。”南曲抱着陆浅，安抚她。

陆浅抱着南曲，语无伦次地哭道：“江尔易他那么好……”

“都好。”南曲温柔地抚着陆浅的脑袋。

靳长风觉得，南教主这辈子所有的母性光环，全在这一刻给了陆浅。

“嗯，都好。”陆浅吸吸鼻子，“乔深也好，好得不得了，所以我不能耽误他。不能眼睁睁地让他看着我流血、看着我牺牲……”

“不许胡说八道！”南曲把陆浅推给靳长风，“看好她。”

“啊？”

见南曲拿了车钥匙正在穿鞋，靳长风赶紧扶住陆浅，问了一句：“你去哪儿？”

南曲没答，摔上门就走了。

进了电梯，她拨通一个熟悉的电话：“邵总，有空出来吃消夜不？”

“行，约哪儿？”接到南曲的电话，邵然受宠若惊。

南曲问：“你在哪儿？”

邵然偷偷看了一眼书房，回：“我在老乔家里。”

“那要不你把他也一起叫上？”

“那估计不行。”邵然说，“老乔被他妈拎进书房仨小时了，现在还没出来。”

“仨小时？”南曲感叹，“是个狠人！”

“那可不！”邵然兴致勃勃地说，“我这辈子就服三个女人，除了我妈和你以外，最服的就是我舅妈了！”

“你舅妈？”南曲拧动车钥匙，突然停下，“你舅妈不是周云澜吗？”

“是啊！”听南曲这语气好像很惊讶，邵然问，“怎么了？”

南曲深吸一口气，冷静下来，问：“你是说，乔深是周云澜的儿子？”

邵然倒是迷糊了：“我没跟你说过乔深是我表弟吗？”

南曲沉默了一阵，才说：“我一直以为，你俩是朋友。”

“就他那狗脾气，要不是沾亲带故的，老子倒了八辈子血霉也不跟他当朋友！那小子处处压我一头，跟他当朋友不是找虐吗！”吐槽了一番，邵然问，“对了，约哪儿？”

“对不起，突然想起有点事要处理，改天吧！”南曲匆匆挂了电话打道回府。

回到家时，陆浅已经睡着了，南曲憋到嗓子眼的秘密，又不得不压住。

第二天是江尔易的追悼会，根据家属的意思，烈士追悼会安排在星城殡仪馆举行。

天气一如既往的阴沉，细雨朦胧，万物垂泪。

雪白的墙壁上，挂着黑色的挽联。江尔易的遗体安详地躺在白菊中间，低沉的哀乐在空旷的殡仪馆内响起。陆浅和战友们，也纷纷穿上了军装和消防服，冒着风雨前来送他这最后一程。

江妈妈亲手把悼念的白菊别在陆浅的袖子上，她憔悴得不成样子，在江爸爸的搀扶下才勉强站稳。手里的纸巾泪湿了一张又一张，最后只剩下干涩的眼眶，一滴眼泪也挤不出来。

没有什么比无声的悼念更让人心酸，默哀三分钟后，支队长萧蓬生上前宣读了公安部批准江尔易同志为烈士的决定。

陆浅实在听不下去了，在大队长点头的情况下，她捂着嘴逃了出去。走廊上的花圈，一个接着一个，白纸黑字的挽联，刺痛了陆浅的眼。

她紧紧地攥着兜里那封没勇气拆开的信，一口气冲到殡仪馆门口，不顾形象地蹲在地上，号啕大哭，任由瓢泼大雨打在身上。

不知哭了多久，雨突然停了。

陆浅抬起头，泪眼蒙眬中，看到了乔深。他穿着黑色西服，站在门口，默默地帮她撑了一把黑伞……

像初见她时一样，他把手臂递给她，说："借给你，擦擦汗。"

第二十章
前所未有的惊慌

陆浅以为乔深在看到她留下的那张字条以后，就再也不会和她联系了。毕竟成年人之间，很多事情不需要说得那么直白。更何况她已经表达得足够清楚，白纸黑字写着“我们还是继续做朋友”这种话。

乔深情商这么高，不可能看不懂这是拒绝。以他的条件，实在没有靦着脸再来找她的必要，除非他是想当面撕破脸皮，以后连朋友都没得做。

其实说到底，在乔深把窗户纸捅破的那一刻起，他们就只剩下了两种可能——要么情投意合，要么分道扬镳。“继续做朋友”也不过是一种委婉的拒绝罢了！

她没想到乔深还会来，既然来了，也只能迎战。

是的，在陆浅眼里，和乔深交涉，就是一场硬仗。她怕乔深太狠，更怕他太温柔。无论是哪一面的他，都是陆浅招架不住的。否则像她这么直接的人，又怎会选择写字条这种蠢方法？

想到接下来可能还有一场硬仗要打，陆浅抹了一把脸上的泪，站起来。虽然这身高还是不能和他平视，但站着总比蹲着看起来气场强大一些，至少显得不那么楚楚可怜。

“你怎么来了？”她问。

乔深说：“我一直在里面。”

本市新闻报道了江尔易的英雄事迹，今天来殡仪馆送江尔易最后一程的，除了亲属和战友以外，还有许多素未谋面的市民。江家又世代从商，商业合作伙伴送来的花圈，里三层外三层，已经从灵堂沿着走廊，一路摆到了殡仪馆门口。乔深也算江尔易半个老师，来送他这最后一程，无可厚非。只是陆浅刚刚沉浸在悲伤里无法自拔，自然没注意到站在外围的他。

“喝酒了？”隔着一米开外的距离，乔深嗅到了陆浅身上的酒气。

陆浅抬起袖子嗅了嗅，明明只闻到了洗衣液的香气：“你是哮天犬转世吗？”

“昨天一声招呼都不打就走了，就是赶着去喝酒了？”乔深问，这语气倒有点像在教训不让人省心的女朋友，严肃之间还带着点宠溺。

陆浅暂时没提字条的事，而是问他：“餐桌上的早餐你没看到吗？”

“你买的？”乔深说，“我还以为是周姨送过来的。”

他对字条的事，绝口不提。陆浅只能主动说：“我给你留了字条的。”

那么明显的字条，只要不瞎，应该都能看到，可乔深却问：“什么字条？”

陆浅盯着乔深，他浓如墨色的瞳孔里写满了迷茫，好像真的没见过她留下的字条。

陆浅低声呢喃了一句：“装瞎装得还挺像。”

“哗啦啦”的雨声盖过了陆浅的嘟囔，乔深没听清：“你说什么？”

陆浅还没回，又听他解释：“今天早上风大，可能不小心吹到地上去了，我一会儿回去再找找。”

别墅餐厅开了一扇落地窗，今早陆浅走的时候忘了关，要说是被风刮到地上去了，也不是没有这种可能性。更何况乔深的脸上找不到一丝撒谎的痕迹，陆浅有些蒙了。实在分不清他这是演技还是现实时，乔深问她：“你写什么了？”

陆浅这下相信字条是真的飞走了，因为如果乔深是来找自己撕破脸皮的，那他不可能把这话问得这么温柔，而且还把伞全部撑在她头顶。

陆浅不自在地推了一把伞柄：“你自己回家看吧！”

乔深好像对字条的内容不感兴趣，他把陆浅拉到身边：“带你去个地方。”

“我不去。”陆浅说，“我不能擅自离队。”

乔深一脸早就看穿她的表情：“你不是休假三天吗？”

陆浅吃瘪，正在想他是从哪儿打听到的消息，就听他说：“刚刚在里面听到你的大队长在跟中队长说，你要调整三天，后天才归队。”

陆浅总在乔深面前打脸，现在已经感觉不到疼了，大概是习惯了。她硬邦邦地说：“那也不去！”

就是不想跟他走，不想跟他待在同一个屋檐下，也不想和他撑同一把伞。惹不起，她还躲不起吗？

乔深用行动力告诉她，她是真的躲不起。因为邵然已经把车开到殡仪馆门口了，他正摇下车窗扯着嗓子吼：“浅妹子，赶紧上车，这地儿不让停！”

“走吧，不会卖了你的。”乔深把人拉进怀里，扣着她的肩膀往车前带。

邵然审时度势地下车帮陆浅拉开了副座车门。陆浅想着还好有邵然在，不用和乔深独处，于是就上了车。哪知邵然顺手就把车钥匙丢给乔深，说：“公司还有事儿，不送你们了，老子分分钟上千万的生意，也就你敢让我当司机！”

邵然骂骂咧咧地吼着。为了安慰他，乔深把伞留给了他。

陆浅正在系安全带，一抬头就看到乔深拿了车钥匙上车，手上的动作一僵，眼底满是惊诧：“邵哥不去吗？”

“他有事。”乔深对着窗外的邵然甩了一个笑脸。

邵总实在不想卖笑，昨晚被南曲放鸽子，今天一早又被老乔从床上薅起来当司机，半点好处没捞着，还站在雨里淋成落汤鸡，换了谁都笑不出来。

没办法啊，谁让他这兄弟这么死心眼呢！摘哪朵花不好啊，偏要来摘浅妹子这朵高岭之花。当兄弟的要是不来助攻一下，恐怕老乔就要注孤生了。邵总掏出手机给乔深发微信，恶狠狠地敲了一行：“老子淋成狗了，你还好意思笑！”

乔深阅后即焚，删了邵然的废话，拧动了车钥匙。

陆浅问：“你不是说开飞机的一般不开车吗？”

“你把安全带系上。”

“去哪儿？”陆浅惶恐不安地系上安全带，“走路去行不？”

乔深看着她，笑了：“放心，你在车上，不会乱开的。”

陆浅之前坐过乔深开的车，虽然速度不快，但至少是稳的，再联想到乔深的性格，陆浅对他有种根深蒂固的信赖。

车窗外的雨，一滴一滴打在玻璃上，砸出一朵朵小水花，陆浅细数着玻璃上的水花，还沉浸在潮湿阴冷的气氛里，不想说话。乔深也没打扰她，而是稳稳地开着车。

不知开了多久，雨势减小，陆浅一看窗外的景致才发现，乔深带她出了城。

同样一片天，主城区瓢泼大雨，郊区却只有阴雨绵绵，土地都没淋湿。毛毛细雨落在清澈的河流里，密密麻麻地荡起一片涟漪。

这条河叫星水河，是星城最大的饮用水源地。星城 85% 的城市供水，都是来源于这条河。

乔深把车停在河流附近的一片丘陵上，带她下了车。

细雨不大，两人也没撑伞，乔深带着她走到空地中央，陆浅也不知道他有何用意，只是想起了早年间看过的偶像剧。

男女主在暴雨中顶着同一件衣服狂奔，或者男主搂着女主的腰在细雨中翩翩起舞，又或者情到深处，再冒着暴雨来一个惊心动魄的吻。

无论是哪种情况，对陆浅这种缺乏浪漫细胞的人而言，都是吃饱了撑的。

乔深……应该不会这么无聊吧？

陆浅正想开口问他葫芦里卖的是什么药，就看到一个穿着雨衣的中年男人开着一辆小型拖车缓缓过来了。车子就停在他们的脚边，男人冲着陆浅笑了笑，问乔深："这就是陆小姐吧？"

乔深点点头，绕到拖车后面去，提了两个桶下来。

陆浅这才看到，拖车上横放着两棵树，一米左右的高度。

乔深搭了把手，帮中年男人把树扛了下来。他递了一支烟给那人，道了一句："谢了。"

"跟我客气什么！"男人笑着说，"老三那棵树，你有空也过来浇浇水。"

中年男人冲着陆浅挥挥手，又开着拖车潇洒地走了。

陆浅终于找到机会，一双大眼睛眼巴巴地瞅着他，问："这是干吗？"

乔深脱了外套搭在一边，解开袖扣，挽着袖口，冲陆浅懒散一笑："种树，会吗？"

陆浅从前没种过树，她对种树的概念还停留在"挖个坑、撒种子、把坑埋了"这三部曲上。

但乔深显然是老手了，他把铁锹扔给陆浅："先挖个大坑，长、宽、深 0.8 米左右，会吗？"

体力活这种事情陆浅还是很擅长的，不就是挖坑吗？这事儿以前当兵的时候做过，陆浅熟练得很，铁锹一挥，扎进土里，军靴踩在铁锹上，往土里埋深了些，一锹子土就顺利地挖出来了。

虽然不知道为什么要种树，但陆浅手上的动作却没停下，她看着乔深蹲在幼树旁，拿着剪子的动作很熟练："你在干吗？"

“修剪根系损伤。”

陆浅没听懂，又挖了一铁锹泥土出来：“这是什么树啊？”

“银杏。”幼树的树根在他手里，白瓷一样的手指拂过树根，像是他倾力打造的艺术品。他说，“银杏是第四纪冰川运动后遗留下来的裸子植物中最古老的孑遗植物，和它同纲的所有其他植物都已经灭绝了。”

陆浅对银杏的认识，还停留在遍地金黄的落叶上。只知道秋天落叶时铺满一地，是漂亮的城市景观，倒是不知道它活了几亿年。

乔深说：“它还有个名字叫‘公孙树’，因为生长慢，寿命长，所以有‘公种而孙得食’这个意思。这地方将来要建一片环保水源涵养林，下个星期志愿者就会入场植树。我们是第一批过来的。”

这树种得很有意义，陆浅的铁锹挥得更卖力了。

天边的细雨不知什么时候停了，陆浅发丝上的雨珠子就像洒落的白糖一样，乔深把修剪好的幼树抱了起来。

陆浅用袖子擦去额头的一层薄汗，看看自己挖的大坑，又看看乔深，一脸求表扬的样子。

乔深夸她：“嗯，挖得不错。”

陆浅刚想谦虚谦虚，就听乔深接着说：“不过这树不宜现挖现栽，挖塘时上、下层土要分开堆放。”

乔深扛着两棵幼树，朝空地边缘走去，陆浅走近了才看到，这儿早就挖好了一排坑……

陆浅真想一锹子拍死他！

乔深动作熟练地把幼树放进去，然后教陆浅回塘，下肥料。

陆浅虽然是第一次做，但在乔深手把手的教学下，学得特别快。第一棵树几乎是乔深在动手，第二棵树的时候，她已经可以独立完成了。

看着稳扎稳打的两棵幼树，陆浅脸上终于扬起了灿烂的微笑：“我种得对吧？”

乔深喜欢看陆浅傻笑的样子，没心没肺，却让人生出一种岁月静好的错觉来，只要她笑了，他便也忍不住扬起嘴角。陆浅应该是有两颗心脏的，一颗刀枪不入，一颗一碰即碎。乔深很庆幸，她脆弱的那颗心脏，只展现在自己面前。

他笑着夸了她一句：“厉害。”然后丢了一个塑料桶给陆浅，“去打水。”

陆浅提着桶，乖乖跟在乔深后面。打水的地方就在星水河，从丘陵到星水河，要经过一片绿林。去打水的路上，陆浅没有仔细看，提着一桶水回来的时候，才看到这边的树木都挂有标牌，除了树木的品种外，还写了寄语、认养者和编号。

乔深走到一棵树前，突然停下了。

陆浅不明白这棵树有什么特别的，就抬头去看标牌，标牌上没有寄语和标号，只有认养者的名字，上面只刻着一个“深”字。

陆浅直觉这树和乔深脱不了关系，就问他：“怎么了？”

乔深轻轻地用袖子擦干标牌上的雨水，说：“这是我种的第一棵树。”

陆浅小心谨慎地抚摸着树皮：“长得真好，种了很多年了吧？”

“我爸过世那年种下的，那年我差不多……7岁。”

虽然乔深的语气听起来很轻松，但陆浅还是低头说了一句：“对不起，我不知道……”

“没事。”乔深看着她说，“十年树木，百年树人。无论是国家、民族还是家庭，都只有做好人才的培育，才能得以繁衍和传承不是吗？树是这样，人也是这样。有人在安享晚年，就一定有人在负重前行。只有这样，我们才能继续繁衍，生生不息。所以古人有云‘江山代有后人出，一代新人换旧人’。那些离开的人，只要这世上还有人记得他们，就不算真正的离开。”

直到这一刻，陆浅才明白，乔深带她种的不是树，而是希望。

“公种而孙得食”，说的不是银杏树，而是江尔易的精神延续。

是的，江尔易走了，他的生命在几天前停止，可是他的精神没有。而她要做的，是延续他的精神，而不是一蹶不振地抱着膝盖，像个孩子一样委屈落泪。

她现在活着的每一秒，都是江尔易以生命的代价换来的，她是该怀念他，却不该只以眼泪的方式怀念。

乔深把早就准备好的标牌和笔拿出来，递给陆浅。认养者那一行上，乔深已经写下了“江尔易”三个大字。

陆浅接过笔，蹲在地上，一笔一画地写下了“希望”这两个字。乔深提着两桶水回去，挨个浇了水。

陆浅弯腰，把刚写好的标牌绑在了树干上。

看着两棵扎在土里的新苗，陆浅心里有种说不出的畅快，仿佛已经看到了一棵茁壮生长的参天大树，强壮的树干，枝繁叶茂，硕果累累……

乔深提着桶去物归原主了，给陆浅留下了时间和两棵幼树独处。陆浅蹲在新苗前，终于有勇气，抽出了一直揣在兜里的那封信。

她从泛黄的信封里抽出了一张雪白的信纸，干干净净的信纸上，也就短短的几句话，他说——

“我知道你一定哭了。别哭，虽然我不能陪你走到最后，但我知道，你一定陪我走完了我这一辈子。能亲口对你说我喜欢你，我没有任何遗憾。”

乔深回来时，陆浅又哭成了泪人儿。

这次，他把提前准备好的手帕递过去。

陆浅却突然起身，一头扎进了他的怀里。小脸埋在他的肩上，抽抽搭搭地吸着气。

乔深放在半空中的手，最后缓缓落在她的后背，像安抚婴儿一样，极尽温柔地拍着，任由她把鼻涕眼泪糊在他昂贵的衬衣上。

见过陆浅哭的人不多，算来算去，除了父母以外，也就乔深一个。哪怕当着南曲和靳长风的面，她也只有醉得不省人事才哭得出声。

可乔深却每次都能撞见，陆浅把头埋在他怀里，从一开始的抽泣，到后来的放声痛哭，可谓是撕心裂肺，天崩地裂。

一直到上了车，她还在低声抽泣。

就在乔深启动车子前，陆浅突然解开安全带：“等我！”

只见她拉开车门，一路小跑，跑到刚刚她亲手挖出的那个大坑前，把那封信埋了进去。她用手捧着土，一捧一捧地亲自埋下。

做完这一切，她才跑回来，系上安全带，说：“走吧！”

乔深抽了一张湿巾递过去：“晚上想吃什么？”

“火锅、麻辣烫，都行！”她擦擦手，说，“你想吃什么？我请！”

刚刚大哭过一场，她的眼眶和鼻尖都是红红的，配着她英气的眉毛，看起来并没有梨花带雨的美感，可是情人眼里出西施，乔深却觉得这模样好看极了。

两人选了一家火锅店，吃完饭，乔深把陆浅送到家门口。

陆浅几度张口想提字条的事，可最后一直忍到下车前才说：“你晚上回去记得找字条。”

“写什么了？很重要？”乔深问。

陆浅张了张嘴，最后还是说：“你看了就知道了。”

“好。”乔深从善如流地说，“早点休息。”

送走陆浅，乔深去附近的加油站加了一箱油，付款时，他抽出了钱包里那张字条，那是陆浅早上放在餐桌上的，那上面洋洋洒洒地写了一句——“深哥，我们不合适，以后还是继续做朋友吧”。

乔深拇指拂过“深哥”那两个字，突然笑了……

“这小伙子和上回那个是同一个吧？”雷廷生推了推鼻梁上的眼镜，问趴在阳台上的林姿。

林姿架势足，左手拿着数码相机，右手端着望远镜，她看着楼下那辆低调的大众辉腾，爱搭不理地回：“那么好看的小伙子，你还能找出第二个？”

雷廷生一听这话，有意见了：“老婆，看人不能光看脸……”

“当初就是看你脸好看才嫁给你的，不然你以为是因为你有钱吗？”

老雷：“……”这天没法聊了。

老雷苦口婆心地说：“人长得好看是优点，但要是人品有问题的话，咱就不能同意丫头和他走得太近……”

“嘘！”林姿捂住雷廷生的嘴，随手扔下望远镜，拉着他往楼下赶，“闺女回来了！”

今天林姿和雷廷生也抽空去了江尔易的追悼会，看到陆浅跑出去的时候，林姿原本就想追，后来是雷廷生把人拦下来，说是要给陆浅时间让她静一静。

后来林姿就忙着安慰江妈妈，再出来的时候，陆浅就不见了。林姿虽然平时和陆浅总是吵嘴，可是自己生的女儿，她自己最清楚，知道女儿不会做傻事，于是就拉着老雷回家等。等到天黑了，人终于回来了，却是被上回那个小伙子送回来的。

夫妻俩一口气跑到楼下，林姿端了一杯水假装品茶，老雷一屁股坐在沙发上，抓了一本财经杂志装模作样地看。

林姿冲着他眨眼：“拿反了，拿反了！”

老雷连忙把杂志正过来，推推鼻梁上的镜框，看着刚进屋的陆浅，扯出一个极为慈父的笑：“闺女回来啦？”

老雷的笑还僵在嘴边，陆浅突然朝着二老，扑通一跪。

吓得林姿一抖，手里的茶水溢出来大半。

“干什么你这……”老雷扔了杂志，去扶陆浅。

陆浅绷着脸，跪得笔直：“妈，雷叔，对不起！”

“对不起我那么任性，一意孤行要进消防队！”

陆浅话音刚落，林姿手里的茶杯就“哐当”一声砸在地上，杯子质量好，倒是没碎，不过水却洒了一地。

陆浅是个倔脾气，从她报考武警学院起，就已经做好了要去消防队的准备。而林姿一直很反对她从事消防行业，林姿宁可把陆浅养在家里，当个名副其实的啃老族，也不希望她跟她爸一样，风里来火里去，最后也没落得什么好下场……

陆浅铁了心要当消防兵，只要林姿一提到复员的事情，她立马就奓毛。所以母女俩为这件事没少吵架，也从来没有心平气和地沟通过。

林姿根本就不敢想，有一天陆浅会跪在自己面前承认错误。

一时间，林姿不知应该是先原谅陆浅，还是先扶她起来。

母女俩就这样面面相觑数秒，一起红了眼。

雷廷生扶不起陆浅，就只好搂着老婆的肩，小声说：“赶紧让丫头起来，地上凉。”

“这些天让你们担惊受怕了，是女儿不孝。”陆浅说着，硬生生磕个头。

雷廷生把人拉住：“丫头，你这……”

“让她磕！”林姿把雷廷生拉到身后，“不管是火灾还是地震，哪里有危险你就往哪里冲，你妈我在家里担心得整夜睡不着觉，做梦都梦到你爸在怪我，怪我没拦着你。这世上那么多职业，你干什么不好，你就非要学你爸！他救了一辈子火，立了那么多功，到头来捞着什么了？除了个纵火犯的罪名，屁都没捞着！”

林姿边骂边哭，老雷在旁边连忙递纸。

从前谈到这个话题，陆浅总要大声地吼一句“我爸不是纵火犯，我不许你那么说他”。就像这世上所有人都不知道真相，所以只有她一个人会替父亲辩白。

可其实陆浅知道，母亲的怒骂声中，更多的是对父亲突然离世的惋惜。

陆浅的父母在她很小的时候就离婚了，并非是因为感情的破裂，相反，林姿一直很欣赏陆卫。但就像林姿说的，陆卫是个军人，总是风里来火里去，他把国家永远放在第一位，却忽略了自己的小家。

林姿是个很要强的女人，从怀孕到生产，再到坐月子，她一个人都扛过来了。可事实上，她并没有外表看上去那样强大，她也希望在这些很艰难的时刻，能有陆卫的陪伴。

后来夫妻俩的感情逐渐变成了亲情。林姿年轻时是个很浪漫的女人，就像她的每一幅画作一样随性，她有自由的灵魂。但结婚后，她的生活变得很单一，除了照顾陆浅，就是锁在房间里创作，还要等一个长期不归家的男人。生活磨平了她所有的棱角和锐气，长时间的压抑，最后还是爆发了。

林姿和陆卫大吵了一架，她原本是想从陆卫的口中得到一些安慰，只是希望他能哄一哄自己。可陆卫一直觉得自己对不起林姿，所以最后的离婚，是他率先提出来的。

他们是和平离婚的，没有狗血淋头的出轨和小三，也没有撕破脸皮的冷暴力。

林姿最终走出了那段失败的婚姻，遇到了她的灵魂伴侣雷廷生。但这并不意味着她和陆卫之间的感情不存在了。他们只是从伴侣，变成了亲人。

所以每次林姿提起陆卫的时候，情绪总是激动的，言语总带着攻击性。而陆浅什么都知道……

她跪在地上，不卑不亢地看着林姿，说："妈，我知道我错了。但是你知道我这脾气就是一条道儿走到黑。一入红门终不悔，我既然穿了这身军装，就要对得起'消防战士'这四个字。我对不起你们，但是我对得起我自己的良心！"

"滚滚滚！"林姿哭着冲雷廷生说，"把你闺女拉走、拉走！我不想听她说话！你闺女是要气死我！"

雷廷生继续做和事佬，把陆浅送回了屋里，安慰了几句。

陆浅说："雷叔您还是安慰我妈去吧！我没事，我就是跪着跟你们磕个头。"

万一将来没机会了，也不会遗憾……

雷廷生重新泡了杯茶回到屋里递给林姿："还生气呢？"

林姿哪儿舍得真跟陆浅生气啊！

她关了门，把雷廷生拉过来："闺女之前走的时候还伤心得要死，一个下午就缓过来了，你说那小伙子对咱闺女究竟做什么了？"

林姿做贼似的把刚刚在二楼偷拍的那张照片给南曲发了过去："我得问问小曲知不知道这小伙子的背景。"

如果是两天前的话，南曲肯定毫不犹豫把乔深的背景和盘托出，可是现在……

南曲给林姿回电话，只交代了一句“这帅哥姓乔，是个飞行员，之前陆小浅把他约出来吃了顿饭，对方为人还挺不错的”。

林女士听了就放心了，南曲却立刻拨通了陆浅的电话。

陆浅手机关机了，南曲只好在微信上给她留言，让她记得给自己回电话。

陆浅是第二天一早看到消息的，给南曲回过去的时候，南曲正在开会，两人再一次错过。

南曲原本想把乔深是周云澜儿子这件事告诉陆浅，可一来二去总找不到合适的机会，再加上分公司出事，她临时被派去出差，一走就是半个月，于是这事儿这么一拖，就拖到了半个月后。

南曲回来第一时间就联系了陆浅。

陆浅却道：“教主，组织有任务，消防队和机场消防队有一场大型消防演习，最近忙死了，等演习过后我们再约！”

南曲开门见山地问：“你最近和乔深有联系吗？”

说起乔深，自从半个月前他把自己送回家之后，两人就断了联系。陆浅猜想他应该是回家看到那张字条，已经懂了她的意思。

她故作语气轻松地回：“乔深没联系，倒是萧泊舟，变成狗皮膏药了。”

萧泊舟最近不知吃错了什么药，天天跑到消防队门口上演“浪子回头金不换”的戏码，一副深情款款任劳任怨等待陆浅回心转意的模样，不知情的人见了，还以为陆浅才是那个劈腿的渣女。

他大概以为陆浅还是十年前的陆浅，用后备厢里的玫瑰花就能轻易哄回来，所以每天捧着一束花来消防中队打卡。看在他爸是支队长的分上，大队长也不好意思直接下令轰人。更何况他也没做什么特别过分的事，为了不妨碍消防队出勤，他甚至连车都没开。

陆浅一开始觉得心烦，后来就佛系了，懒得理他。时间一久，队里的战士们都知道指导员不待见萧泊舟，所以守门的时候，大家都提高了警惕。毕竟中队就这么一个女指导员，是军中红花，得护着！

这已经是萧泊舟捧着玫瑰花守在门口的第十六天了，陆浅叹了一口气，对着电话那头的南曲说：“有什么事儿，咱在电话里说也是一样的。”

“没事，等你有空再约。”南曲挂了电话，对着前来接机的靳长风说，“送我回公司。”

靳长风前几天通宵打游戏，硬是熬出了两个熊猫眼，他打了个哈欠，问：“你不打算告诉陆爷了？”

乔深是周云澜儿子这件事，对陆浅而言，可大可小，靳长风觉得陆浅是有知情权的，毕竟……当年陆浅她爸就是在周云澜的酒店里救火身亡的。

南曲说：“陆小浅和乔深半个月没联系了。”

靳长风惊得瞌睡醒了大半：“这我就不懂了，看深哥的举动，对陆爷不可能没意思啊！但对于一个追求者而言，半个月不联系？他是不是也太沉得住气了？”

南曲红唇一勾：“所以说他道行深啊！”

靳长风双眸露出神秘而热切的光芒：“那你说像深哥这种道行这么深的人，追姑娘是不是手到擒来啊？”

南曲一脸“小弟弟，你还太年轻”的表情，不屑地轻嗤了一声：“醒醒吧，你以为你深哥只有手段过人吗？”

靳长风：“……”

乔深道行深是真的，不过也仅针对陆浅而已。这半个月倒不是他刻意不联系陆浅，而是手头上要处理的事情实在太多。

他花了一周的时间申请复职，在林石峰的极力推荐下，好不容易才回到岗位。照理说机长和副机长的搭配是半年换一次，但因为祝星辞要升机长，所以公司又给他安排了新搭档。

刚和新搭档磨合了一个星期，周云澜一个电话打到林石峰那里，又强制让领导给他排了两天假。

乔深刚从机场出来，周云澜的车就已经停在车库，张扬的保时捷在一串出租车里显得尤为突出。

司机小王下车帮乔深拉开车门，接过他手头的行李箱，毕恭毕敬地叫了一声：“少爷。”

乔深冷着脸上了车，一句问候的话还没说出口，周云澜一个文件夹就扔进他怀里。里头是十几张高清照片，男主角是他，而女主角……是陆浅。

照理说乔深该生气的，但是他没有，甚至还笑着喊了一声：“妈，和亲儿子谈判都没忘了带筹码，您这商人属性是不是太突出了？”

周云澜指着陆浅问：“你和这女孩子什么关系？”

“您没查到吗？”乔深笑着说，“那我给您介绍介绍，她叫陆浅……”

“少跟我这儿抖机灵，乔深我告诉你，我不管你对她有什么想法，你都趁早给我打消掉！我是不可能接受这女孩子的！”周云澜语气冷淡，态度强硬。

乔深寻了个舒服的姿势靠着：“为什么，因为她是我同父异母的亲兄妹？”

“你给我闭嘴！”周云澜换上柔软的语气，“我对消防员这个职业没有任何偏见，我甚至很钦佩她一个女孩子能像男人一样带兵出入火场。但是阿深，她所从事的职业，是一个很危险的职业，前两天新闻上还在报道，她的队友在抗震救灾的过程中牺牲了。你知道你爸他当年就是……”

周云澜像是喉咙有痰一样，突然卡住了。

乔深侧目，问：“就是什么？”

周云澜咳了一下，说：“你爸当年就是比我走得早，留下我一个人把你养大。这过程有多不容易，你也知道。妈妈都是为了你好……”

“所以为了避免结束，您要教会我避免一切开始，是吗？”乔深从文件夹里挑出最喜欢的一张照片，揣进兜里，又把文件夹还给周云澜，“对不起妈，谈判破裂了。”

回家路上，乔深几次想要联系陆浅，都忍住了。只是把母亲偷拍的那张照片，发到了朋友圈。

陆浅是晚上刷到这条动态的，那照片拍得很朦胧，至少隔着百米开外的距离，只见雨后的空地上，她和乔深站在一棵刚种下的银杏树前，乔深手里拿着铁锹，她提着一个颜色鲜艳的水桶。

照片美得像是一幅泼墨画，让陆浅忍不住手贱，点了保存。

照片上有乔深配的简单的文字——“种下的也许不是树，是未来。”

陆浅手抖了一下，未来？谁和谁的未来？种下的不是希望吗？

明明都已经半个月没联系了，突然在朋友圈发合照又是几个意思？陆浅盯着手机，都快盯出一个洞了。过了一会儿，她看到了共同好友邵然的评论——“你和浅妹子成了？”

陆浅心跳怦怦怦，像住了一头迷路的小鹿似的。

她刷新了一次，看到了乔深的回答，言简意赅的两个字——“没有。”

看到否定的回答，陆浅就放心了。放心的同时，她又觉得有点难受，心里闷闷的，像是堵着什么东西一样。

真矫情啊！

陆浅把手机扔到桌子上，强迫自己睡觉。

另一边，躺在沙发上的邵然踢了踢乔深："手机还我！"

乔深把手机丢给他，貌似还挺嫌弃。

邵然说："你到底能不能行？不行就换我来，说不定浅妹子喜欢我这款呢！"

"天黑了，睡吧！"乔深拍拍邵总的肩，"梦里什么都会有的。"

"你大爷！"邵然一个抱枕砸过去，和乔深擦肩而过。

日子就这么不温不火地过着，乔深沉得住气，整整一个月没联系陆浅。直到消防演习举行当天，两人才终于碰面。

30 号上午 9 点，随着响彻机场上空的各种警报声，星城武警总队、消防支队、中队以及公安等救援人员火速赶到现场，展开救援。

第一批到达现场的是经过陆浅和江尔易培训的机场专职消防队。

一架飞临星城机场的 A320 客机，电气设备失灵，导致起落架无法展开，从 05 跑道进入迫降，在滑行过程中，机翼断裂附带流淌火，机上 75 名乘客和 5 名机组人员被困，并且机上还载有 8—9 类危险品。

老王带领战友立刻拉起警戒线，开始对 A320 实施救援。

消防支队和公安救援人员陆续赶到，全都投入 A320 的救援时，另一机坪上一架正在检修的波音 737 客机发动机内部突然起火，3 名机组人员以及 2 名检修人员被困。

乔深就是波音 737 的机长，他和祝星辞被困在驾驶舱，除此之外还有被困在客舱的乘务长艾琳以及另外两名检修人员。

现场消防救援资源相当有限，而陆浅就是这时出现的，她和罗永旭带着消防中队的战士们赶到现场。

在支队长萧蓬生的一声令下，罗永旭和陆浅负责波音 737 的救援行动！

乔深站在驾驶舱内，看着舱外的陆浅。一个月不见，她的头发又长长了不少，额前的碎发遮眼，她嫌碍事，便全部捋到了耳后，变成了很帅气的中分。脸上那些从德北县带回来的瘀青都散了，又变回了以前那张白净的小脸。

她和罗永旭里应外合，安排大鹅拉起警戒线后，罗永旭负责安排战士们铺设水带灭火，而她则带着陈奇，拿着破拆工具拆除舱门……

祝星辞站在乔深身旁，顺着他的目光看向窗外。他的视线凝固在窗外那个身穿藏蓝色灭火防护服的女人身上，那女人个子很高，混在一支灭火队伍里，要不是乔深正目不转睛地盯着那人，祝星辞根本就分不清哪个是陆浅。

自从上次乔深的生日会以后，祝星辞和乔深已经一个多月没碰过面了。要不是今天这场早就定好的消防演练，祝星辞想，她可能还会继续躲着乔深。

其实上次乔深和陆浅在会所洗手间门口演的那出戏，挺假的。祝星辞过了一会儿就反应过来了，乔深这人看起来温文尔雅，实则也挺霸道。要是陆浅真是他女朋友，他不可能眼睁睁看着邵然把钟夙离介绍给陆浅。

虽然祝星辞对陆浅不是很了解，但至少从第一印象来看，陆浅应该是一个很明事理的女人。上次在驾驶舱甚至主动退出，把空间留给她和乔深。这也就说明了，陆浅应该不是那种无理取闹的人，更不可能揪着乔深的耳朵找他算账。

所以祝星辞基本可以确定，乔深和陆浅不是情侣关系。而她为什么不敢面对乔深，还是因为地震发生时，乔深义无反顾地选择了陆浅。

他逆行的身影刻在了祝星辞的心上，每次想起，她就觉得……乔深愿意为了陆浅付出一切，包括生命。

那感觉太真实，真实到祝星辞忍不住去想，如果乔深真的喜欢陆浅，自己该怎么办？还要不要付出全部的时间和感情去喜欢一个不喜欢自己的人……

祝星辞缓缓地收回目光，最终还是主动开口打破了机舱的沉默。

“深哥，我顺利升机长了。”

窗外已经看不到陆浅的身影了，乔深回头来笑着说：“是吗？恭喜。”

“后天我请大家吃饭。”祝星辞小心翼翼地试探，“你要是有空的话，叫上陆小姐一起来吧？”

“我回头问问她。”

舱内的空气足足安静了十秒，最终还是祝星辞沉不住气：“深哥，你和陆指导……其实没有交往吧？”

不得不承认，祝星辞比萧泊舟聪明多了。

乔深浓眉一挑："很明显？"

祝星辞眼前一亮，觉得自己又有希望了，她语气难掩兴奋："我就说嘛！看你这一个月工作排得这么满，哪有人谈恋爱一个月都不见面的！"

乔深嘴角往上扯了扯，语气轻松地说："不是我不想见，是她躲着我，小丫头挺难追的。"

祝星辞刚扬起来的嘴角，又垮下去了，一脸难以置信地看着乔深："你在追她？"

她可以接受陆浅死皮赖脸追求乔深，却无法接受乔深先心动这个事实。在她眼里，乔深是完美的，他配得上任何人，但是任何人都配不上他。让她听到是乔深先主动的，比被乔深亲口拒绝更难以接受。

乔深丝毫未曾察觉，倒是一脸宠溺地笑着点点头："是啊，要早知道她那么难追，见她第一面的时候，就该装成她喜欢的样子。" 乔深话还没说完，舱门就被人从外面拉开了，陆浅带着陈奇和石头出现在门口，把乔深刚说的那句话，不偏不倚，一字不差地全听进了耳朵里。

可是情势紧急，当下她没空分析乔深这话有何深意。

三人刚把舱内的大火扑灭，观察员正站在不远处观察现场有没有复燃可能，石头凭借着一己之力使劲儿撑着舱门，陈奇已经率先冲进了驾驶舱。

演练方案中，共有两名工作人员被困，其中一名因为吸入浓烟昏迷不醒，看样子昏迷不醒的这位就是祝星辞了，因为她正坐在旁边，一脸生无可恋的表情。

陈奇确认情况后，抱起祝星辞就往外跑。陆浅也不敢耽搁，迅速跨进驾驶舱，拉住了乔深的手。

正要往外撤时……

"小心！"观察员大吼一声，拉着石头朝后扯了一把。

舱外刚灭的火又复燃了，多亏了观察员眼疾手快，才让石头避免了被火势席卷的危险。

随着石头松手，好不容易才破开的舱门，又合上了。阻碍了舱外大火的同时，也堵住了陆浅和乔深的逃生通道。

这下好了，被困在舱内的人，变成了乔深和陆浅……

陆浅手里什么破拆工具都没有，只能拿着对讲机问："石头，什么情况？"

只能听到外面断断续续的声音："复燃面积太大……水枪、水枪……"

陆浅：“……”

驾驶舱内是相对封闭的环境，目前除了舱门打不开以外，没什么其他危险，但陆浅还是拎起了一旁的灭火器对准舱门，随时准备战斗。

乔深被她护在身后，乖乖地站成了一棵常柏松。

陆浅背对着乔深，却气不打一处来，这人平时看着挺聪明的，刚刚怎么就傻了，看见舱门开了都不知道往外跑，还非要等着她来拉他！

该不是之前被拒绝之后，现在还在记仇吧？

就在陆浅的脑洞越来越大时，乔深轻声开口，说了一句：“好久不见。”

陆浅回头，奇怪地看了他一眼，所以……他们还是那种可以友好打招呼的关系？

陆浅只好配合他，在头盔的掩护下，扯出一个比哭还难看的笑容。

“最近很忙吗？”反正舱门破不开，乔深干脆就像老朋友叙旧一样和陆浅聊天。

陆浅敷衍地回：“还好吧，不是很忙……”

这对话快要尬出天际了，比第一次的相亲现场还要尴尬。

乔深倒是很自然：“我最近挺忙的。”

陆浅：“……”谁问你了？

乔深不知道陆浅在想什么，只是盯着她的后脑勺，有一搭没一搭地聊着：“公司给我换了个副驾驶，正在磨合期。”

“哦。”

“你不忙怎么不联系我？”

陆浅蒙了两秒，联系？怎么联系？他还真打算按照小字条上说的，继续做朋友吗，还是准备打开天窗说亮话，撕破脸皮朋友都没得做？

不管他是怎么想的，陆浅都只能硬着头皮直言不讳：“我怕联系了你，你会觉得尴尬。”

“尴尬？”乔深眉头轻蹙，假装听不懂这话是什么意思。

陆浅提着灭火器，把从舱门缝里钻进来的火星子全扑灭了，回头：“乔大机长，再装傻就没意思了啊！”

“装什么傻？”

“那字条你不是看了吗？”陆浅破罐子破摔，直视着他的眼睛，问，“是我写得还不够明白吗？”

“字条啊……”乔深伸手揉了一下眉心，“上次我回去找了半天没找着，结果被周姨当成垃圾收走了。我以为是不重要的话，就没问你，所以那上面到底写什么了？”

陆浅：“？！”

所以他到现在为止都没看到那张字条。这一个多月没联系，并不是因为他想跟自己撇清关系，而是因为……他是真的忙？！

陆浅一时失声，竟不知该作何表情。

也不知道是该怀疑乔深说了谎，还是相信这一切都是天意？难道是老天爷不想让她拒绝乔深？这想法刚从陆浅的脑海里冒出来，她就被自己吓了一大跳。

作为一个坚定的唯物主义者，在面对乔深的感情时，她竟然选择相信老天爷……

陆浅正沉浸在自己拧巴的思绪里时，乔深突然叫了一句“陆浅”，然后陆浅就感觉到乔深从背后贴上来，熟悉的呼吸贴在她耳畔，遒劲有力的双臂死死地箍住她的身子。

她还没有理清思绪，就听到“咚”的一声闷响，从天而降。随之而起的，还有乔深压抑的闷哼。

短短不过两秒，乔深一下就松了力道。

陆浅再回头时，乔深已经倒在了地上。落在他身边的，是刚刚在爆炸中碎得七零八碎的仪表盘。

“乔深？”陆浅跪在地上，拍着他的脸，“乔深，你没事吧？”

头盔阻碍了她的视线，她看不清乔深的脸。

“乔深！”她又唤了一声，同时摸到了他的后脑勺。防护手套是黑色的，只有黄色的反光条上能看到红色的血迹。

陆浅慌了，前所未有的惊慌，她掀开防护罩，跪在地上捧起乔深的脸：“乔深，你醒醒，你别吓我！乔深！”

迷迷糊糊的，乔深能听到陆浅焦急的声音，可是浑身就是使不上劲儿，提不起力气来回答她。

他能感受到陆浅趴在他的胸前听他的心跳声，也能感受到陆浅确认他的脉搏，以及她带着鼻音，一声又一声地叫着他的名字……

（未完待续）

HEERMENG